FT

〈FT532〉

英国パラソル奇譚

アレクシア女史、倫敦《ロンドン》で吸血鬼と戦う

ゲイル・キャリガー

川野靖子訳

早川書房

6852

SOULLESS
by
Gail Carriger

Translated by
Yasuko Kawano
First published 2011 in Japan by
HAYAKAWA PUBLISHING, INC.
This book is published in Japan by
arrangement with
LITTLE, BROWN, AND COMPANY
New York, New York, USA.
through TUTTLE-MORI AGENCY, INC., TOKYO.

謝辞

つねに才知に富んだ批評を与えてくれる西海岸作家協会《WCWC》の女性たちと、運命の赤ペンならぬ〝色とりどりのペン〟に多大なる感謝を捧げます――望むらくは、その批評が紅茶つきであらんことを。

〝おりこうだったら本屋に連れて行ってあげる〟というすばらしいアイデアを思いついた父と母に感謝します。そして、どんなに悪魔めいていても、この〝物書き狂〟を気づかい、温かく見守ってくれるＧとＥに。

目次

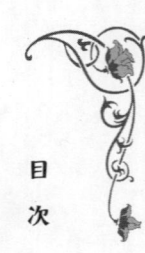

アレクシア女史、倫敦《ロンドン》で吸血鬼と戦う

登場人物

アレクシア・タラボッティ……〈魂なき者《ソウルレス》〉
コナル・マコン卿………………ウールジー城人狼団のボス《アルファ》
ランドルフ・ライオール………マコン卿の副官《ベータ》
アケルダマ卿……………………ロンドンで最高齢の吸血鬼
アイヴィ・ヒッセルペニー……アレクシアの親友
ルーントウィル夫人……………アレクシアの母
フェリシティ
イヴリン ……………………アレクシアの異父妹
ミスター・マクドゥーガル……アメリカ人科学者
ナダスディ伯爵夫人……………ウェストミンスター吸血群の女王

1 パラソルが役に立つ理由

その晩、ミス・アレクシア・タラボッティは退屈だった。オールドミスにとって個人主催の舞踏会はたいした気晴らしにはならないし、アレクシアはそんなものに楽しみを見いだせるタイプのオールドミスでもない。しかたなくアレクシアは、どこの屋敷にもある〝図書室〟という名の聖域にひきこもり、くしくも吸血鬼に出くわした。

アレクシアは吸血鬼を見つめた。

かたや吸血鬼はこの出会いに、舞踏会に来たかいが大いにあったと感じたようだ。なにせ目の前には、襟の大きく開いた舞踏会ドレスを着た若い女性が付き添いもなく座っていたのだから。

この状況において、吸血鬼の無知は致命的だったと言わざるをえない。ミス・アレクシアには生まれつき魂がない。由緒正しいまともな吸血鬼なら誰だって知っている。知っていれば、何があっても避けるべき相手だ。

だが、目の前の吸血鬼は牙を剝き出し、図書室の暗がりからいかにも恐ろしげにアレクシアに近づいた。しかし、アレクシアに触れたとたん、恐ろしげな真似は何ひとつできなくなった。吸血鬼は急に消えた牙を舌先でおろおろと探り、かすかに聞こえる弦楽四重奏の音をバックに立ちつくすだけだ。

ミス・タラボッティは少しも驚かなかった。当然だ――〈魂なき者《ソウルレス》〉はつねに異界族の力を消滅させる。アレクシアはむっつりと吸血鬼を見つめた。多くの昼間族にとって、アレクシアは気位の高い典型的な英国貴婦人にすぎないが、相手は吸血鬼だ。吸血鬼のくせに、吸血鬼の公式文書――『ロンドンとその周辺地域の要注意人物名簿』を読んだことがないのかしら？

吸血鬼はなんとか平静を取り戻し、アレクシアから離れた拍子に、そばにあったティーワゴンをひっくり返した。二人の接触が途切れたとたん、吸血鬼に牙が戻った。それほど鋭くもなさそうだが、吸血鬼はヘビのように首を縮めて牙を剝き、ふたたびアレクシアに飛びかかろうとした。

「ちょっと！」アレクシアが制した。「自己紹介をお忘れじゃありませんこと！」

これまで吸血鬼に嚙まれそうになったことは一度もない。もちろん、危険な吸血鬼の一人や二人は知っているし、アケルダマ卿とは親しいあいだがらだ。アケルダマ卿と親しくならずにおれる人がいるとは思えない。でも、本気で食いものにしようとした吸血鬼は初めてだわ！

暴力は嫌いだが、やむをえない。アレクシアは吸血鬼の鼻の穴――無防備ゆえに痛みを感じやすい部分――をつかみ、ぐいと突き返した。相手は倒れたティーワゴンにつまずき、吸血鬼にしては驚くほどぶざまにバランスを崩し、床に落ちた糖蜜パイの皿の真上に倒れこんだ。

これが何よりもアレクシアの気分を害した。糖蜜パイはアレクシアの大好物だ。これから皿に並んだパイをゆっくり楽しむはずだったのに。アレクシアはパラソルをつかんだ。夜の舞踏会に持ってゆくにはひどく味気ないしろものだが、アレクシアはどこへ行くにもこれを持ち歩く。黒地に紫色のサテンのパンジーを散らしたフリルつきで、骨組みは真鍮製、銀の石突きに鹿弾をこめた特注品だ。

アレクシアはティーワゴンから離れようともがく吸血鬼の脳天をパラソルで叩いた。鹿弾で重みを増した真鍮パラソルは、ゴツッという実に痛快な音を立てた。

「お行儀はどうなさったの！」と、アレクシア。

吸血鬼は痛みに悲鳴を上げ、またしても糖蜜パイの上に尻もちをついた。

アレクシアは攻勢に乗じて股間に強烈な突きを加えた。吸血鬼はかんだかい声で叫び、胎児のように身を丸めた。魂がないこととイタリア人の血が半分混じっていることを除けば、ミス・タラボッティは上品な英国女性だが、ちまたの若いレディより乗馬や散歩に多くの時間を費やしてきたぶん、意外に力が強い。

アレクシアは三層のペチコートと腰当て《バッスル》でふくらませたひだスカートとタフタ織のひだつ

きトップスカートが許すかぎりの速度で駆け寄り、敵をのぞきこんだ。吸血鬼はあらぬ場所をつかみ、身をよじっている。異界族にはすぐれた治癒力があるが、しばらくはかなり痛いはずだ。

アレクシアは結い上げた髪から長いヘア・スティックを引き抜くと、わが身の大胆さに顔を赤らめつつ吸血鬼の糊のききすぎた安物シャツの前を引き開け、心臓の部分に突きつけた。アレクシアのヘア・スティックは特大で、先が鋭い。同時に反対の手で相手の胸に触れた。わずかな接触でも異界族の能力を消すには充分だ。

「いますぐそのひどい叫び声をおやめなさい」

吸血鬼は泣き叫ぶのをやめると、じっと横たわったまま、きれいな青い目をかすかにうるませ、木のヘア・スティックを見つめた。いや、アレクシア流にヘア・杭《ステイク》と言ったほうがいいかもしれない。

「いったい、なんの真似ですの！」アレクシアは詰め寄った。

「どうぞお許しください。あなたはどなたです？」吸血鬼は困惑の表情で、おずおずと牙に手を伸ばした。消えている。

自分の立場をはっきりさせるため、アレクシアは（鋭いヘア・スティックの先を当てたまま）吸血鬼の胸から手を離した。ふたたび牙が現われた。

吸血鬼は驚いて息をのんだ。「いったいあなたは何者なんれす？　てっきり若いレディが一人でいるものとばかり……無用心に付き添いもいないから襲ってもいいのかと……。どうか許してくらさい、こんなことになるとは思わなかったんれす」牙が生えたり消えたりするせいで舌がもつれ、目は完全にパニックにおちいっている。

アレクシアは舌足らずの発音に笑いをこらえた。「そんなに大げさに騒がなくてもいいわ。あたくしが何者かは、あなたの女王様が教えてくれるはずよ」ふたたびアレクシアが片手を吸血鬼の胸に置くと、またしても牙が消えた。

吸血鬼はアレクシアを見つめた。まるでアレクシアにヒゲが生え、シューッと威嚇したかのように。

アレクシアは驚いた。異界族は——吸血鬼だろうと、人狼だろうと、ゴーストだろうと——魂がいくつもあるおかげで存在している。彼らが死なないのは、魂が余分にあるからだ。そして異界族はみな、アレクシアのように生まれつき魂がない種族の存在を知っている。女王陛下の行政機関のひとつ——ほまれ高き異界管理局《BUR》はアレクシアのような種族を〝反異界族〟と呼ぶ。威厳があって、なかなかいい名前だ。それにくらべると吸血鬼が使う呼び名はひどいが、無理もない。なにせ反異界族は、かつて吸血鬼を狩っていた種族なのだから。しかも吸血鬼は恐ろしく記憶力がいい。何も知らない昼間族ならともかく、まともな吸血鬼なら反異界族に触れたらどうなるかは知っているはずだ。この吸血鬼は知らないにもほどがあるわ。アレクシアは小さい子供に言い聞かせるように言った。「あたくしは反異界族なの」

吸血鬼はばつの悪い表情を浮かべた。「ああ、なるほど」うなずいたが、わかっていないようだ。「本当に申しわけありません、愛らしいお嬢さん。お会いできてすこぶる光栄です。

あなたはわたしが初めて出会う」――と一瞬、口ごもり――「はんいかいぞくです」そう言って顔をしかめた。「異界族でもなければ、ふつうの人間でもない。そうか！　こんな単純なことに気づかないなんて、わたしはなんてバカなんだ」吸血鬼はずるそうに目を細めると、ヘア・スティックから目をそらし、気をひくようにアレクシアの顔を見上げた。

ミス・タラボッティは自分の女性としての魅力をよく知っている。この顔が褒められるとすれば、よくて〝エキゾチック〟で、〝愛らしい〟はまずありえない。さっきのはお世辞に違いないわ。でも――アレクシアは思った――吸血鬼は、すべての捕食者と同様、追いつめられたときがもっとも美しい。

吸血鬼がアレクシアの首に両手を伸ばした。血が吸えないなら首を絞めるしかないと判断したようだ。アレクシアはさっと身を引くと同時に、相手の白い肌にヘア・スティックをぐっと押しこんだ。先端が一センチほど肌に突き刺さった。吸血鬼が死にものぐるいでもがいたため、わざわざ異界族の力を使うまでもなく、かかとの高いビロードのダンスシューズをはいていたアレクシアはバランスを崩して後ろに倒れた。吸血鬼は胸にヘア・スティックを半分めりこませたまま立ち上がり、苦悶の声を上げた。

アレクシアは新品のドレスが床の食べ物につかないことを祈りながら、散乱したティーセットのなかでぶざまに転げまわり、必死にパラソルを探した。ようやく見つけて上体を起こし、大きな弧を描くようにパラソルを振り上げたとたん、重い石突きがはからずもヘア・スティックの端を直撃し、吸血鬼の胸に深々とめりこんだ。

吸血鬼は端正な顔に驚愕の表情を浮かべて立ちつくし、次の瞬間、ゆですぎたアスパラガスのように力なく、つぶれた糖蜜パイの皿の上にどさりと倒れこんだ。雪花石膏《アラバスター》のように白い顔は、黄疸症状のようなどすぐろい黄色に変わり、ぴくりとも動かない。手持ちの本によれば、吸血鬼のライフサイクルの終焉は〝不動化〟と言うらしいが、実際はスフレがしぼむさまにそっくりだ。このときからアレクシアは吸血鬼の最期を〝大崩壊〟と呼ぶことに決めた。

誰かに見られる前にさっさと退散したほうがよさそうだ――このもくろみが成功していれば、アレクシアはお気に入りのヘア・スティックとおいしい紅茶と大事件の主役の座を失うだけですんでいただろう。だが、そのとき運悪く数人の若いしゃれ男たちがぶらぶらとこちらに歩いてきた。めかしこんだ若者たちが、よりによって図書室になんの用？　たぶん、トランプ室を探していて迷子になったとかそんな状況に違いない。なんにせよ、こうなったら死んだ吸血鬼を発見したふりをするしかない。アレクシアはあきらめたように肩をすくめ、悲鳴を上げて気絶した。

大量の気つけ薬をかがされてどんなに目がしみようと、片膝の裏が引きつろうと、新しい舞踏会ドレスが無惨にしわだらけになろうと――胴着《ボディス》に合わせて選んだ流行の黄緑色のひだつきドレスは体重で跡形もなく押しつぶされている――ミス・タラボッティは鋼《はがね》の意志でじっと横たわっていた。やがて予想どおりの物音が聞こえはじめた。あちこちで上がる悲鳴。周囲をせわしなく行き交う足音。散らばったティーセットをメイドがガチャガチャと片づける音。

続いて、アレクシアが半ば期待し、半ば恐れていた声が聞こえた。若いしゃれ者集団や、事件を知って図書室になだれこんだ野次馬たちを追いはらう威厳のある声だ。声の主《ぬし》は全員に「出て行け！」と命じ、「このレディから詳しい事情をきかにゃならんのでね」と有無を言わせぬ口調で言った。

あたりが静まりかえった。

「お望みなら、気つけ薬よりもっと強力なものを使ってもええんだが？」アレクシアの左耳にうなるような低い声がした。かすかにスコットランドなまりがある。もしアレクシアに魂があったなら身震いし、月を恐れた原始のサルのように一目散に駆け出していただろう。現実のアレクシアはむっとしてため息をつき、上体を起こした。

「こんばんは、マコン卿。この季節にしてはすばらしい気候じゃありませんこと？」アレクシアはヘア・スティックが抜けて崩れそうな髪を軽く押さえ、ひそかにコナル・マコン卿の補佐役であるランドルフ・ライオール教授を探した。マコン卿は、この副官《ベータ》がそばにいるときは、まだしも穏やかだ。考えてみれば、それこそベータの最大の任務かもしれない。とくにボス《アルファ》がマコン卿のような人物の場合は。

「まあ、ライオール教授、またお目にかかれて光栄ですわ」アレクシアはホッとしてほほえんだ。

そのベータであるライオール教授はやせ型で薄茶色の髪をした年齢不詳の穏やかな紳士で、

無愛想なボスとは対照的に感じがいい。ライオールはアレクシアに向かってにっこり笑い、一流デザイナーが上等の生地で仕立てたとおぼしき帽子を取って挨拶した。幅広ネクタイ《クラバット》も上品で、結び目は控えめだが、結びかたは完璧だ。

「ミス・タラボッティ、ふたたびこうしてお会いできるとは光栄至極に存じます」ライオールが柔らかい落ち着いた声で答えた。

「ご機嫌とりはよせ、ランドルフ」マコン卿が吠えた。ウールジー城の四代目当主であるマコン卿はライオール教授よりはるかに大柄で、いつも顔をしかめている。少なくともハリネズミ事件以来、アレクシア・タラボッティ嬢の前ではつねにそうだ（誓ってあの一件はアレクシアのせいではない）。そして、妙にきれいな黄褐色の目と赤褐色の髪ととびきり形のいい鼻の持ち主でもある。今その目が、ぎょっとするほど近距離からアレクシアをにらんでいた。

「図書室で事件が起こるたびに、きみがその渦中にいるのはどうしたことだろうね、ミス・タラボッティ？」

アレクシアはマコン卿をじろりとにらみ、血痕がついていないかを確かめるように緑色のタフタドレスの前をはたいた。

マコン卿はアレクシアの動きを探るように見つめた。毎朝鏡の前で厳しくチェックしているのかもしれないが、欠点はまったくない。この魅力に気づかないとしたら、よほど感受性にとぼしく、衝動もない者に違いない。もっとも、タラボッティ嬢はいつもしゃべりすぎて、せっかくの魅力を台なしにする。マコン卿の慎ましい経験から言っても、これほど口うるさい女性はいまだかつていない。

「かわいく見せようとしても無駄だ」マコン卿はありもしない血痕をはたくアレクシアのしぐさを見て、指摘した。

マコン卿とその種族は、つい最近文明化したばかりだ――アレクシアは自分に言い聞かせた。彼らに多くを期待してはならない。とくにこのように微妙な状況では。もちろん、つねに礼儀正しいライオール教授は別だ。アレクシアはライオールに尊敬のまなざしを向けた。

マコン卿の眉間のしわが深くなった。

この文明人的行動の欠如こそ、マコン卿の出身地の特徴を示す最たるものかもしれない――アレクシアは思った。噂によれば、マコン卿はロンドンに住んで日が浅い。しかもロンドンに来る前は、野蛮のなかの野蛮の地――スコットランドにいたという。

ライオールが注意を引くようにさりげなく咳ばらいすると、マコン卿は今にも燃え上がりそうな疑りぶかい目でじろりと見返した。「なんだ?」

ライオールは吸血鬼の上にかがみこみ、しげしげとヘア・スティックを見ながら、しみひとつない白い平織りハンカチを巻いた手で傷口をつついた。

「きれいな傷口です。血の飛び散りもほとんどありません」ライオールは顔を近づけ、においをかいだ。「間違いなくウェストミンスター型です」

マコン卿は納得したように鋭い視線を死体に向けた。「よほど腹が減っていたらしいな」

「ここで何があったのでしょう?」ライオールは死体をひっくり返し、ベストのポケットから木製ピンセットを取り出すと、吸血鬼のズボンの裏側から何かをつまみ取った。次にコートのポケットを探って小さな革ケースを取り出し、カチッと蓋を開けてゴーグルのような奇妙な道具を取り出した。金色で、片側に複数のレンズがついており、それぞれのレンズのあいだに液体のようなものが見える。さらに縁《ふち》には小さなつまみやダイヤルがついていた。ライオールは奇妙なゴーグルもどきを鼻に載せると、慣れた手つきでダイヤルをいじりながら吸血鬼に顔を近づけた。

「まあ」アレクシアが驚きの声を上げた。「何をつけてらっしゃるの? 双眼鏡とオペラ・グラスが密通してできた不幸な子どもみたいですわね。なんという道具ですの? 双眼顕微鏡? 小型分光器?」

マコン卿は愉快そうに鼻を鳴らし、すぐに表情をとりつくろって「〝ギョロメガネ〟というのはどうだ?」と言った。口をはさまずにはいられなかったらしい。いたずらっぽく光るマコン卿の目を見て、アレクシアはなぜかどきっとした。

ライオールは吸血鬼の死体から顔を上げ、二人を見つめた。右目だけが恐ろしく拡大していて、アレクシアは思わずぎょっとした。

「これは〝分光修正機能つき単眼交差型拡大鏡〟と言って、非常に便利なものです。からかわないでいただきたい」ライオールは検視作業に戻った。

「まあ」アレクシアは調子を合わせた。「どうやって使うんですの?」

ライオールは振り向き、急に生き生きとアレクシアを見上げた。「よろしいですか、これが実におもしろい。ここにある小さなつまみをまわすと、ここの二枚のレンズ間の距離が変わるのです。つまり、二枚のあいだの液体が――」

マコン卿がうめくようにさえぎった。「講義を始めさせるな、ミス・タラボッティ。一晩じゅう、ここにいるつもりか？」

ライオールは少しがっかりして死体に向きなおった。「はて、被害者の服全体に付着しているこの物質は、いったいなんでしょう？」

直接的アプローチを好むマコン卿は、またしても顔をしかめ、とがめるようにアレクシアを見た。「あのべたべたしたものは、いったいなんだ？」

「ああ、悲しいかな、糖蜜パイですわ。なんて惜しいことを」その言葉に答えるかのようにアレクシアのお腹がぐうっと鳴った。もしアレクシアの肌の色が、母親の言う〝異教徒のイタリア人ふう〟でなかったら、恥ずかしさでほんのり赤くなっていただろう。もっとも母親自身は、ほんのりだろうとそうでなかろうと、決して顔を赤らめるような人間ではない（キリスト教は事実上イタリア人から始まったものであり、異教徒ではないといくら説得しても時間と呼吸の無駄だ）。アレクシアは胃袋の無礼をわびもせず、マコン卿をキッとにらんだ。そもそも舞踏会を抜け出したのは空腹だったからだ。〝舞踏会に行けば食べ物がある〟と言われて来たのに、出たのはボウル一杯のパンチと、さびしげにしなびたクレソンだけ。ミス・タラボッティにとって空腹を満たすことは何ものにも優先する。そこでやむなく執事にお茶を頼み、図書室にこもったのだった。どこの舞踏会に行っても、アレクシアは〝あたくしをワルツに誘わないで〟とばかりに舞踏室から離れた場所をうろつくだけだから、食事は何よりの楽しみだ。訪問先の執事にお茶を頼むのは無礼だが、サンドイッチがあると聞いてきたのにクレソンしかなかったら、自力でなんとかするしかないわ！

心優しいライオールはアレクシアのお腹の音に気づかないふりをして、誰にともなくしゃべりはじめた。でも、聞こえたに違いない。ライオール教授は耳がいい。彼らの種族は、みなそうだ。ライオールは死体から顔を上げた。〝ギョロメガネ〟のせいで顔がゆがんで見える。「賢い連中ならスラム街に行くところですが、舞踏会会場でミス・タラボッティに襲いかかるとは、よほど空腹だったようです」

「どの吸血群にも属していないようね」アレクシアは顔をしかめた。

「どうしてきみにそんなことがわかる？」マコン卿は驚きを隠し、黒い眉を片方、吊り上げた。

ライオールが二人に向かって説明した。「若いレディにそうずけずけとたずねるものではありません。女王吸血鬼が身内をこれほど飢えさせることは、まずありえない——となると、これははぐれ吸血鬼——すなわち地元の吸血群とは無縁のはぐれ者と思われます」

アレクシアが立ち上がった。失神が芝居だったことは疑いようもない。ミス・タラボッティは床に落ちた長椅子のクッションの上で気持ちよく寝ていただけだ——マコン卿はニヤリと笑ったが、アレクシアのいぶかしげな視線にさっと顔をしかめた。

「あたくしには別の根拠がありますわ」アレクシアは吸血鬼の服装を指さした。「クラバットの結びかたが下手で、シャツも安物です。由緒正しい吸血群が身内をこんなだらしない格好で公の場に送り出すはずがありません。玄関で止められなかったのが不思議なくらいだわ。公爵夫人の召使《フットマン》たるもの、こんなクラバットの男がいたら、受付の列に並ぶ前に断固として追い返すべきよ。最近では、優秀な人材はみな取り巻き《ドローン》になりたがり、フットマンにふさわしい人物もなかなか見つからないようだけど、それにしてもあのシャツはあんまりですわ！」

「安物の服を着ていたからといって殺していい理由にはならん」マコン卿がじろりとにらんだ。

「あら、おっしゃいますわね」アレクシアはマコン卿のあつらえ物とおぼしき上等なシャツの胸もとと品よく結んだクラバットを品定めした。ぼさぼさの褐色の髪は長すぎて流行遅れだし、顔にはうっすらひげが生えているが、態度が偉そうなので、だらしなくは見えず、かえって下流階級ふうの粗野な魅力をただよわせている。でも、あの銀と黒のペイズリー柄のクラバットはしぶしぶつけてる感じね。家に帰れば、きっと胸をはだけてうろうろしているに違いないわ。考えただけでアレクシアは身震いした。マコン卿のような人の身だしなみを整えるのは、さぞ大変だろう。マコン卿は並はずれた大男だ。彼の従者は、よほど忍耐づよい世話人《クラヴィジャー》に違いない。

マコン卿は、いつもはきわめて我慢づよい人物だ。同族の多くがそうであるように、彼もまた洗練された社会で生きるために忍耐を学んだ。だが、ミス・タラボッティはマコン卿のなかにある、もっともたちの悪い動物的本能を引き出すらしい。「話をすり替えないでもらいたい」マコン卿はぴしゃりと言い、アレクシアの鋭い視線に身をよじった。「何があったのか、さっさと話したまえ」マコン卿はBUR捜査官らしい顔に戻ると、小さな金属筒と尖筆と透明の液体が入った瓶を取り出した。小型クランクのような道具で筒を広げ、瓶の蓋をカチッと開けて尖筆を液体に浸すと、尖筆は不気味にシューッと音を立てた。

アレクシアはマコン卿の高圧的な口調にむっとした。「そんな口調で命令するのはやめてくださらない……この」と言いかけ、とびきりの侮辱の言葉を探した。「ワンちゃん《パピー》！　あたくしはあなたの団員じゃないわ」

ウールジー城伯爵であるマコン卿は地元人狼団のボス《アルファ》だ。ミス・タラボッティの対処法については実に陰険なやりかたを数多く知っている。だから侮辱の言葉にもいきりたつことなく（それにしてもパピーとは！）、とっておきの秘密兵器を持ち出した。これぞ、数十年のあいだに複数のアルファ雌とやり合ってきた経験のたまものといえよう。生まれはスコットランドだが、おかげで気の強い女のあつかいかたは誰よりも心得ている。「言葉遊びはやめたまえ、ミス・タラボッティ。舞踏室から母上を連れてきてもいいのか？」

アレクシアは鼻にしわを寄せた。「まあ、どうぞご勝手に！　反則技を使うなんてひどいかた」アレクシアの母は娘が反異界族であることを知らない。再婚によってルーントウィル夫人になった母は、ささいなことにも大騒ぎする性質があり、いつも黄色を着たがり、しょっちゅうヒステリーを起こす。あの母が吸血鬼の死体の目の前で娘の秘められた素性を知ったら、どんな事態になるか……考えるだに恐ろしい。

反異界族であることは、ミス・タラボッティが六歳のとき、市民課から来た感じのよい紳士によって当人に告げられた。銀色のステッキを持った銀色の髪の紳士は、反異界族担当の人狼だった。アレクシアは黒髪と立派な鼻だけでなく、反異界族の血を受け継いだことを亡きイタリア人の父に感謝した。アレクシアにとって何より重要だったのは、アイ《I》とかミー《me》といった言葉がきわめて理論的なものになったことだ。もちろんアレクシアにも自我はあるし、喜びや悲しみを感じることもできる。ただ、魂がない。六歳のアレクシアは感じのよい銀髪の紳士に礼儀正しくうなずいた。そして、理性や論理や倫理について書かれた古代ギリシア哲学の本を片っぱしから読むことに決めた。魂がなければ道徳観も欠けているはずだ。ならば、それに代わる能力を伸ばさなければならない。母はアレクシアのことを本好きの頭でっかちと思っている。ルーントウィル夫人にとっては、それだけで情けない《ソウルレス》ことであり、図書室に入りびたる長女は悩みの種だ。いまここに母親が現われたら、どれほどやっかいなことになるかわからない。

マコン卿は決然と扉に向かいはじめた。本気でルーントウィル夫人を連れてくるつもりらしい。

「ああ、もう、わかりましたわ！」アレクシアはしぶしぶ降参すると、緑色のスカートをこすらせ、窓のそばにあるピンクの紋織りの大きな長椅子に座った。

アレクシアがさっさと自分で気絶用クッションを拾い上げ、長椅子の背もたれに置いたのを見て、マコン卿はおかしいようないらだたしいような複雑な気分になった。

「お茶を飲もうと思って図書室に来たの。舞踏会では食事が出ると聞いていましたわ。ご存じないときのために言っておきますけど、この屋敷に食べ物があるとは思えません」

大食漢のマコン卿も――主食はタンパク質だが――この事実には気づいていた。「スノッドグローブ公爵は夫人主催の舞踏会に極力カネをかけないことで有名だ。食事は〝しかるべき供物リスト〟のなかにないらしい」マコン卿はため息をついた。「バークシャー州の半分を所有しているくせに、まともなサンドイッチも出せんとはな」

アレクシアは〝そのとおり〟とばかりに両手を振り動かした。「まさに言いたいのはそこですわ！　これでお茶を頼んだ理由がわかったでしょう。飢え死にしたほうがよかったとでもおっしゃるの？」

マコン卿はアレクシアの豊かな体曲線にぶしつけな視線を向け、しかるべきところが申しぶんなくふくらんでいることに気づいた。だが、これに惑わされてはならない。マコン卿は顔をしかめた。「それこそ、まさに付き添いもなく一人でいたきみを見つけたときに吸血鬼が思ったことじゃないのか？　この文明社会に未婚女性が一人で部屋にいるとは！　まったく、満月の夜だったら、わたしだって襲っていたかもしれん！」

アレクシアはマコン卿をちらっと見やり、愛用の真鍮パラソルに手を伸ばした。「あら、ぜひお手合わせねがいたいものだわ」

アルファという尊敬される地位にいるマコン卿は、スコットランド育ちにもかかわらず、この大胆な答えには不意を突かれた。一瞬、驚いて目をぱちくりさせ、ふたたび反撃に出た。「現代社会における社会的慣行の存在理由を知らぬわけではあるまい？」

「お腹がすいていたの。考慮されてしかるべきだわ」〝これで説明は終わり。さっきから何をくどくど言ってるの？〟と言わんばかりだ。

そのとき、忘れ去られていたライオールがベストのポケットをごそごそと探りはじめ、やがて、小さな茶色の紙包みを取り出した。ほどよく時間の経ったハムとピクルスのサンドイッチだ。ライオールはいつもの紳士的態度でアレクシアに差し出した。

いつもは、しけったサンドイッチには手を出さないアレクシアだが、ライオールの態度があまりに親切でさりげなかったので、思わず受け取った。食べてみると、なかなかの味だ。

「あら、おいしい！」アレクシアは驚いた。

ライオールがニッコリ笑った。「ご主人様がひどく不機嫌になられたときのために、つねに携帯しております。多くの場合、獣《けもの》の気を静めるのに役立ちますので」そこで顔をしかめ、注意事項を言い添えた。「もちろん満月の夜は別です。どんなにおいしいハムとピクルスのサンドイッチも役には立ちません」

アレクシアは興味をひかれて顔を上げた。「満月の日にはどうなるんですの？」

ミス・タラボッティはわざと話をそらそうとしている。我慢の限界にきたマコン卿は、ついにファースト・ネームを使うという手段に出た。長い、多音節の、「**アーレークシーア！**」

地を這うようなうなり声だ。

　アレクシアはマコン卿に向かってサンドイッチを振った。「あら、あなたも半分、召し上がる？」

　マコン卿の眉間のしわがさらに深くなった——そんな変化に気づく者がいればだが。

　ライオールは機械じかけの奇妙な第二の目のようなギョロメガネを帽子のつばに押し上げ、助け船を出した。「あなたは微妙な状況をわかっておられないようです、ミス・タラボッティ。吸血鬼の行動が完全に不当だったと証明できなければ、正当防衛を主張できません。そうなると、あなたは殺人罪の嫌疑を受けることになります」

「なんですって？」アレクシアは口のなかのサンドイッチをあわてて呑みこみ、咳きこんだ。

「繊細なレディにずけずけと物を言ってるのはどっちだ？」マコン卿はライオールをにらみつけた。

　マコン卿はロンドンに来てから日が浅い。ロンドンという見知らぬ社会に現われ、当時のウールジー城のアルファに決闘を挑み、勝利した。彼は狼の姿でないときも、その謎めいた雰囲気と有能さと危険な香りで若いレディの胸をときめかせ、いまやBURにおける地位と前アルファから奪い取ったウールジー城と伯爵の称号のおかげで、晩餐会の招待状はひきもきらない。いっぽう、人狼団とともにマコン卿の部下となったライオールは、外交儀礼に翻弄されたり、マコン卿がしでかす数々の社会的失態の尻ぬぐいに追われたりで、つねに気の抜けない日々を送っていた。これまでのところ、もっともやっかいな問題は〝ぶしつけさ〟

だ。そして、それはときにライオールにも伝染する。驚かすつもりはなかったが、さすがのアレクシアも、これにはしゅんとなった。

「座っていただけですわ」アレクシアはすっかり食欲をなくし、サンドイッチを脇に置いた。「何もしないのに、いきなり襲いかかってきたの。牙を剝き出して。あたくしが昼間族の女性だったら一滴のこらず血を吸われていたはずよ。れっきとした正当防衛ですわ」

ライオールはうなずいた。極度の空腹状態にある吸血鬼が社会的に許される行動はふたつしかない。同じ吸血群に属する気のいいドローンたちから少しずつ血を吸わせてもらうか、もしくは波止場周辺にたむろする売血娼にカネを払って空腹を満たすか。だが今は十九世紀──予告もなく、頼まれてもいないのに誰かを襲って許される時代ではない。人狼でさえ、自分を制御できない満月の夜には周囲に充分なクラヴィジャーを置き、みずから独房に閉じこもる。ライオールは三人のクラヴィジャーをつける。マコン卿には五人は必要だ。

「被害者は、強制的にこの状態にさせられたのでしょうか?」と、ライオール。

「飢えて理性を失うまで監禁されていたということか?」マコン卿は考えこんだ。

ライオールは帽子のつばからギョロメガネをはずして鼻に載せ、顔を近づけて吸血鬼の手首や首を調べた。「監禁や拷問の跡はありませんが、吸血鬼の場合、判断は困難です。たとえ低血状態でも、表面的な傷の大半は」──ライオールはマコン卿から金属板と尖筆を受け取り、シューシューと音を立てる透明の液体に先端を浸して、すばやく計算した──「一時間強で治るはずです」数値は金属板に刻みこまれた。

「では、どういうことだ？　逃亡したのか、それとも意図的に放されたのか？」

「あたくしにはいたって正気に見えましたわ。もちろん、襲いかかってきたこと自体、正気とは言えませんけど。会話もまともで、気をひくようなそぶりさえ見せて。かなり若い吸血鬼ね。しかも」――アレクシアは劇的な間合いを取り、低い不気味な声で続けた――「舌足らずだったの」

ライオールは驚愕の表情を浮かべ、アレクシアに向かって左右非対称のレンズごしに大きくまばたきした。吸血鬼にとって〝舌足らず〟はもっとも恥ずべき行為だ。

アレクシアは続けた。「吸血群のマナーも、礼儀作法もまったく知らない様子でした。まったくの田舎者でしたわ」〝田舎者〟だなんて、およそ吸血鬼にはふさわしくない言葉だ。

ライオールはギョロメガネをはずし、きっぱりした態度で小さなケースにしまうと、まじめな顔でマコン卿を見た。「どういうことか、おわかりですね？」

マコン卿は、しかめつらから厳しい表情に変わっていた。一文字に結んだ唇。決然とした、いじらしい黄褐色の目。マコン卿にはこんな表情のほうが似合う。マコン卿が心から笑ったら、どんな顔になるのかしら？　いいえ――アレクシアはきつく自分に言い聞かせた――それだけは知らないほうがよさそうだ。

「どこかの吸血鬼女王が意図的にBURの規則を無視し、不法に変異させたということか」

マコン卿が答えた。

「この件だけでしょうか？」ライオールはベストから折りたたんだ白い布を取り出し、さっと振り広げた。一枚の大きな上等のシルクだ。アレクシアは目を見張った。いったいライオールのベストにはどれだけ物が入っているのかしら？

「あるいは、もっと重大な事件の始まりかもしれん」マコン卿が続けた。「局に戻ろう。まずは周辺の吸血群への聞きこみ調査だ。女王たちは嫌がるだろうがね。何より今回の事件で恥をかくのは女王たちだ」

アレクシアがうなずいた。「とくに安物シャツのことを知ったら」

マコン卿とライオールはシルクの布で吸血鬼の死体をくるみ、ライオールが軽々と肩にかつぎ上げた。人間の姿のときでも、人狼は昼間族よりかなり力が強い。

マコン卿は黄褐色の目でミス・タラボッティを見つめた。つんとすまして長椅子に座り、手袋をはめた片手を珍妙なパラソルの黒檀の柄に載せ、茶色の目を細めて考えこんでいる。彼女が何を考えているかがわかるなら、百ポンド出してもいい。もちろん本人に直接たずねたら、待ってましたとばかりに話すだろう。だが、それでは向こうの思うつぼだ。マコン卿はあえて別のことを告げた。「きみの名前は出ないように手配しておこう、ミス・タラボッティ。報告書には〝若い貴婦人が運よく不当な襲撃を逃れた〟と書いておく。反異界族の関与をあえて知らせる必要はないからな」

「どうしてBURの人たちは、いつもそうなの？」今度はアレクシアがマコン卿をにらみつけた。

マコン卿とライオールは動きを止め、困惑の表情で見返した。

「われわれがどうだとおっしゃるのです、ミス・タラボッティ？」と、ライオール。「あたくしが子供であるかのように無視なさるということよ。あたくしだって役に立てるかもしれませんわ」

マコン卿がうなった。「これだけ迷惑をかけておいて、そのうえ今度は合法的に厄介ごとを引き起こそうという魂胆か？」

これくらいでひるむアレクシアではない。「BURには女性捜査官もいるんでしょう？ 聞けば、北の支局にはゴーストの個体数管理と除霊のための反異界族がいるとか」

「誰からそんなことを？」マコン卿はキャラメル色の目を細めた。

アレクシアは眉を吊り上げた。失礼ね。あたしが貴重な情報をくれた人の名を軽々しく教えるとでも思うの？

マコン卿はアレクシアの表情を完璧に理解した。「いや、いい。いまの質問はなかったことにしてくれ」

「もちろんよ」アレクシアはつんとして答えた。

「たしかにBURには女性や反異界族の捜査官もおります」死体をかついだライオールがアレクシアの肩を持った。

マコン卿はベータの脇腹を肘で突こうとしたが、ライオールは熟練の優雅な動作でさりげなくよけた。「だが女性の反異界族はいないし、間違っても貴族女性などいない。BUR女性捜査官は、みな労働者階級の出身だ」

「まだハリネズミの一件を根に持ってるようね」アレクシアはつぶやきながらも、おとなしくうつむいた。前にも同じような会話をしたことがある。正確にはBURのマコン卿の上司とだ。アレクシアが今もひそかに〝すてきな銀髪のおじさま〟と呼ぶ人物。アレクシアのような育ちの女性が働きたいと思うこと自体、社会的には許されない。〝かわいいお嬢さん〟――そのとき銀髪の紳士は言った――〝お母様が知ったら、どうお思いになるでしょうね？〟

「でも、BURは秘密機関でしょう？　あたくしだってスパイとしてなら動けるかもしれないわ」アレクシアはなおも食い下がった。この心意気をみて、ライオールはアレクシアに好感を持った。もう少しで口ぞえしそうになったほどだ。

だが、マコン卿は笑い飛ばした。「そりゃ大槌《おおづち》みたいに目立つスパイだな」言った瞬間、自分に悪態をついた。ミス・タラボッティが急に悲しげな顔をしたからだ。アレクシアはさっと表情を取りつくろったが、かなり傷ついていた。

「言葉が過ぎます、卿」ライオールが空いた手でマコン卿の腕をつかんだ。

マコン卿は咳払いし、すまなそうな表情を浮かべた。「気を悪うせんでくれや、ミス・タラボッティ」またしてもスコットランドなまりが出た。

アレクシアはうつむいたままうなずき、パラソルのパンジーを引っぱった。「あたくしはただ」――目を上げた瞬間、茶色の目がかすかにきらめいた――「何かの役に立てないかと思っただけですわ」

ライオールは丁寧に辞去の挨拶をし、マコン卿と一緒に廊下に出た。マコン卿は二人きりになるのを待って、憤然とたずねた。「それにしてもランドルフ、どうして彼女は結婚しないんだ?」

ランドルフ・ライオールは困惑してボスを見た。大声とスコットランドふうのぼやきぐせという欠点はあるものの、ふだんはきわめて頭の回転が速いかたなのだが……。「ミス・タラボッティはいくぶん歳がいっております」

「ばかな。歳と言っても、せいぜい四半世紀くらいだろう」

「それに、あのかたは非常に」ライオールは紳士にふさわしい言葉を探し、こう続けた。「気の強いところがありますので」

「ハッ」マコン卿はバカを言うなとばかりに大きな片手を振った。「ちまたの現代女性に比べて少しばかり気骨があるだけだ。あのよさがわかる男性はいくらでもいるだろう」

自衛本能にすぐれたライオールは確信した。ここでミス・タラボッティの容姿について軽々しいことを口にしたら、なんと非難されるかわからない。たとえライオールと上流社会が、ミス・タラボッティの肌は少しばかり黒く、鼻は少しばかり大きいと思っていたとしても、マコン卿が同じように思っているとはかぎらない。ライオールはコナル・マコンが前のアルファに闘いを挑み、ウールジー城四代目伯爵となって以来、ベータを務めてきた。あれから二十年ほどが経ったが、血まみれの記憶はいまも消えず、なぜマコン卿がロンドンの縄張りをほしがったのか、いまも人狼の誰ひとり——ライオールでさえ——たずねる勇気はない。マコン卿は難解な男であり、女性の好みも同じくらい謎に満ちている。ひょっとすると、本当にローマふうの鼻と褐色の肌と勝ち気な性格が好きなのかもしれない。だが、ライオールはただこう言った。「あのかたが独身なのはイタリアふうの名字のせいかもしれません」

「なるほど。そうかもしれんな」マコン卿は納得いかない顔でうなずいた。

二人の人狼は公爵屋敷を出てロンドンの闇に消えた——一人は吸血鬼の死体をかつぎ、一人は困惑の表情を浮かべて。

2 予期せぬ招待

ミス・アレクシア・タラボッティが〈魂なき者《ソウルレス》〉であることは家族にも秘密だった。と言ってもアレクシアは不死者ではない。人と同じように呼吸し、普通に生活する人間である。ただ……足りないものがあるだけだ。家族のなかにも、付き合いのある社交グループのなかにも、ミス・タラボッティに何かが足りないと気づいた者はいない。彼らにとってアレクシアは一人のオールドミスにすぎず、その不幸な状況は、勝ち気な性格と褐色の肌と派手すぎる顔立ちが合わさったせいだと思っている。だがアレクシアは、何も知らない一般人に魂がないことを説明してまわる気などさらさらなかった。それは、父親がイタリア人でかつ故人であることを言ってまわるのと同じくらい肩身がせまい。

そして、〝何も知らない一般人〟の最たるものこそ、迷惑と愚かさが専門のルーントウィル家だ。

「ちょっと、これを見て！」フェリシティ・ルーントウィルが朝食に集まった家族に向かって《モーニング・ポスト》紙を振った。父親のルーントウィル氏は八分ゆでの卵とトーストを食べるのに熱中しているが、フェリシティの妹イヴリンは興味津々の面持ちで顔を上げ、母親は大麦湯を飲むのを中断してたずねた。「なんなの、フェリシティ？」

フェリシティは新聞の社会面を指さした。「昨夜の舞踏会で恐ろしい事件があったんですって！　事件よ？　そんなこと少しも知らなかったわ！」

アレクシアは無言で卵をにらんだ。てっきりマコン卿が手をまわし、新聞には出ないようはからってくれると思っていた。でも、死んだ吸血鬼と一緒にいるところをあれだけ多くの人に見られたのだ。いくらマコン卿でも、そんな芸当ができるはずがない。アレクシアは暗澹たる気分になったが、やがて、マコン卿が夜明けまでに不可能を可能にしたことが判明した。有能な捜査官という評判は嘘ではなかったようだ。

「誰かが死んだみたい」フェリシティが先を続けた。「名前は出てないけど、たしかに死者が出たのよ。いやだ、まったく気づかなかったわ！　若い女性が図書室で死体を発見し、ショックで気絶したんですって。かわいそうに、さぞ怖かったでしょうね」

末娘のイヴリンが同情するように舌を鳴らし、スグリジャムの瓶に手を伸ばした。「女性の名前は？」

フェリシティは鼻をこすりながら先を読んだ。「残念ながら書いてないわ」

アレクシアは眉を吊り上げ、いつになく黙りこんで紅茶を飲み、その味にたじろいでカップに目を細め、クリームポットに手を伸ばした。

「つまんない！」イヴリンがトーストの隅々までジャムを塗り広げた。「もっと詳しく知りたいわ。まるでゴシック小説みたいじゃない？　ほかにおもしろい話はないの？」

「ええと……舞踏会の詳細が書いてあるわ。あら、スノッドグローブ公爵夫人が食べ物をけちったことまで書いてある」

「書かれて当然よ」イヴリンは心からうなずいた。「アルマック家でさえ、まずいサンドイッチくらい出すわ。公爵家におカネがないわけじゃあるまいし」

「まったくだわ」ルーントウィル夫人がうなずいた。

フェリシティが記事の署名欄に目をやった。「〝文責不詳〟ですって。ドレスについてはノーコメント。ひどい記事ね。イヴリンやあたしのことを何も書かないなんて」

ルーントウィル家の二人の娘は、見目のよさと付き添い男性の数の多さで、社会面の常連だ。ルーントウィル家はアレクシア以外の全員が、新聞に載ることを至上の喜びと考えている。たとえそれが好意的な内容でなくても、何かが書かれてさえいれば満足なのだ。

イヴリンが完璧なアーチ型の眉のあいだに小さなしわを寄せた。「あたしの新しい裾にピンクのスイレンのついた黄緑色のドレスのことを、どうして書いてくれないのかしら？」

アレクシアはびくっと身を縮め、イヴリンのドレスを頭のなかから押しやった。あのフリルだらけのおぞましいドレス！

母親の再婚による不幸な副産物は、フェリシティとイヴリンが異父姉妹であるアレクシアとあまりにも違いすぎることだ。三人が一緒にいるのを見て、長女のアレクシアと下の二人に血のつながりがあるとは誰も思わないだろう。イタリア人の血が入っていないことと魂があることを別にしても、下の二人はかなりの美人だ。淡い金髪。青い大きな目。バラのつぼみのような小さな口。だが悲しいかな、愛する母と同様、二人は〝かなりの美人〟なだけで中身がない。したがって、朝食の会話がアレクシアの望む知的なものになるはずもなかったが、話題が殺人事件から世間話になっただけでもアレクシアはホッとした。

「ええと、舞踏会の記事はそれだけよ」フェリシティはお知らせ欄に目を転じた。「これはどう？　ボンド・ストリートのそばの、あのしゃれたティールームが異界族の客を取りこむために午前二時まで営業時間を延ばすんですって。いまにきっと生肉と生き血入りワインがメニューに載るわね。もう行くのをよしたほうがいいかしら、お母様？」

ルーントウィル夫人はふたたび大麦湯とレモン水から顔を上げた。「まったく迷惑な話ね」

ルーントウィル氏がトーストを呑みこんで口をはさんだ。「賢い投資家のなかには夜の顧客と手を組む者もいる。娘たちの結婚相手を探して追いまわすおまえのほうがよほど迷惑じゃないか」

「まあ、お父様」と、イヴリン。「お母様が暴れる人狼みたいだとでも言いたいの？」

ルーントウィル夫人が疑うような目で夫を見た。「まさか最近、〈クラレット〉や〈サングリア〉に通っているんじゃないでしょうね、あなた？」まるで、夫がロンドンじゅうの人狼やゴーストや吸血鬼と親しくしているのではないかと疑うような口調だ。

「冗談じゃない」ルーントウィル氏はあわてて会話から逃げ出した。「〈ブードルズ（ロンドンにある名門紳士クラブ）〉だけだよ。異界族のクラブより行きつけのクラブのほうがいいに決まってるだろう」

「紳士クラブと言えば」フェリシティはなおも新聞に夢中だ。「先週メイフェア地区に新しいクラブができたんですって。知識人とか哲学者とか科学者とかが対象で、名前は〈ヒポクラス・クラブ〉。ばかばかしい。どうしてそんな人たちにクラブが必要なの？　博物館にでも行けばいいのに」フェリシティは住所を見て眉をひそめ、「でも、すごくおしゃれな場所よ」と言って記事を母親に見せた。「これってスノッドグローブ公爵屋敷の隣じゃない？」

ルーントウィル夫人がうなずいた。「あら、本当だわ。科学者たちが昼も夜も出入りするようになったら、あのあたりも雰囲気が悪くなるわね。スノッドグローブ公爵夫人はヒステリーを起こしているに違いないわ。昨夜の舞踏会のお礼状を出すつもりだったけど、今日の午後、訪ねてみましょう。友人としては夫人の精神状態が心配よ」

「公爵夫人は、さぞおびえてるでしょうね」アレクシアはついに我慢できずに口をはさんだ。「よりによって隣が頭脳集団のたまり場になるなんて。皮肉もいいところだわ」

「あたしも一緒に行くわ、お母様」と、イヴリン。

ルーントウィル夫人は末娘に笑いかけ、アレクシアを完全に無視した。

「パリの春の流行は反対色の幅広ベルトですって」と、フェリシティ。「あら残念。あなたには似合うけど、イヴリン、あたしの体型には……」

だが、不幸にもルーントウィル夫人は科学者の侵略にも、友人の不運にほくそえむチャンスにも、来るべき流行のベルトにも惑わされず、スノッドグローブ邸で起こった殺人事件のことを考えていた。「昨夜、しばらく姿が見えなかったわね、アレクシア。何か隠しているんじゃないでしょうね？」

アレクシアはそっけなく見返した。「マコン卿と出くわしただけよ」〝つねに追っ手を惑わすべし〟――これが鉄則だ。

アレクシアのひとことに全員が――義理の父親までが――注目した。ルーントウィル氏が自分から発言することはまずない。ルーントウィル家の女性を前に言葉をはさむチャンスはほとんどないため、いつも朝食の会話は紅茶葉を揺らす湯のように流れるにまかせ、話の内容にもうわの空だ。しかし、それなりの分別と礼儀をわきまえた人物にふさわしく、このアレクシアの言葉にはすばやく反応した。マコン卿ことウールジー城伯爵は人狼だが、かなりの財産と影響力がある。

ルーントウィル夫人は青ざめ、わざとらしく口調を和らげた。「伯爵に何か失礼なことを言ったんじゃないでしょうね、アレクシア？」

アレクシアは昨夜の会話を思い出して答えた。「それほどでもないわ」

「ああ、なんてこと」ルーントウィル夫人は大麦湯のグラスを押しやり、震える手でカップに紅茶を注ぎながらつぶやいた。

ルーントウィル夫人はいまだにアレクシアが理解できない。ルーントウィル夫人はうかつにもアレクシアの結婚を後まわしにすれば面倒は起こさないだろうと考えた。だが、結果として、あつかいにくい娘はますます野放し状態になった。いま思えば、さっさと結婚させておけばよかった。いまや家族全員がアレクシアのとっぴな行動に頭を悩ませている。しかも、とっぴな傾向は歳を取るごとにひどくなっていた。

アレクシアは不機嫌そうに付けくわえた。「今朝は言おうと思って言いそびれた悪口のあれこれを思い出しながら目が覚めたわ。まったく不愉快ったらありゃしない」

ルーントウィル氏は止めていた息をふうっと吐き出した。

アレクシアは片手をぐっとテーブルの上についた。「これから公園に散歩に出かけてきます。あれ以来、どうも気分が冴えなくて」といっても、吸血鬼に襲われたことを指したのではない。アレクシアは水で薄めた牛乳のようなめめしい女性ではない。その逆だ。男性の多くが、初めてアレクシアに会ったときの衝撃を〝フルーツジュースと思いこんで強いコニャックを飲んだときのような感覚〟と表現する。すなわち〝ひとくちめで驚き、あとに焼けるような感覚が残る〟。アレクシアの気分が冴えないのは、マコン卿に対する怒りが冷めないからだ。あのあと、ひとり図書室に残されてからずっと腹が立っていた。腹の虫がおさまらぬまま眠れぬ夜を過ごし、朝起きると寝不足で目がゴロゴロしていた。気分は最悪だ。

「ちょっと待って」と、イヴリン。「何があったの？　ねえ、お姉様、詳しく話してちょうだい！　どうしてマコン卿に会ったの？　あたしたちは会わなかったのに。マコン卿は招待客名簿になかったわ。あったら気づかないはずないもの。召使《フットマン》の肩ごしにのぞき見したんだから間違いないわ」

「嘘でしょ、イヴリン」フェリシティはしんから驚いて息をのんだ。

アレクシアは二人を無視して朝食室を出ると、お気に入りのショールを取りに行った。ルーントウィル夫人は呼びとめようとして考えなおした。話す気のないアレクシアから何かを聞こうとするのは、ゴーストから血をしぼり出すようなものだ。ルーントウィル夫人は慰めるように夫の手を握りしめた。「心配しないで、ハーバート。マコン卿はアレクシアの無礼さがお好きかもしれないわ。少なくとも、あからさまにあの娘《こ》を邪険になさったことは一度もないもの。それだけでも感謝しなきゃ」

ルーントウィル氏はうなずき、望みをつないだ。「たしかに、あれほどの年齢の人狼からすると新鮮に見えるのかもしれん」

ルーントウィル夫人は楽観主義を讃えるように夫の肩をいとおしげに叩いた。二番目の夫がアレクシアにどれだけ手こずっているかはよくわかる。まったく、わたしとしたことがイタリア人と結婚するなんて何を考えていたのかしら？　しかたないわ——あのころのわたしは若かったし、アレッサンドロ・タラボッティはとてもハンサムだった。でも、アレクシアにはそれだけではない何かがある。何か……恐ろしいほど独特のもの。イタリア人の亡夫のせいばかりとは言えないような何か……。間違ってもわたしのせいじゃないわ。もともとアレクシアはあんなふうに論理と理性と毒舌を持ち合わせて生まれてきたのよ。ルーントウィル夫人はまたしてもアレクシアが男でなかったことを悔やんだ。もしあの娘が男だったら、家族全員にとって人生はどんなに楽になっていたことか……

一般的に、育ちのいい未婚女性は母親と、一人ないし二人の年配の女性親族の付き添いなしにハイド・パークを散策すべきではない。だが、ミス・タラボッティにその原則は当てはまらない。なぜならオールドミスだから。物心ついてから、ずっとそうだった。もっと機嫌が悪いときは、生まれつきそうだったような気にさえなる。社交界デビューの歳になっても、適齢期になっても、ルーントウィル夫人はアレクシアに経費をかけようとしなかった。「ねえ、アレクシア」あるとき夫人は恩着せがましく言った。「その鼻と肌の色では、おカネをかけてもしょうがないわ。うちには考えなきゃならない二人の妹がいるのよ」こうして、そこまで大鼻でも色黒でもないアレクシアは十五歳で後まわしにされた。たしかにそれほど夫がほしかったわけではないが、少しでもチャンスが残されていれば状況も違っただろう。ダンスは嫌いじゃないし、せめて一人の花嫁候補として舞踏会を楽しむくらいはできたはずだ——いつもこそこそ図書室を探すのではなく。アレクシアにとって、最近の舞踏会は妹たちの付き添いと図書室めぐりの場でしかない。でも、オールドミスなら母親なしでハイド・パークを歩けるし、とやかく文句を言う人もいない。せいぜい《モーニング・ポスト》に投稿するようなやかまし屋くらいのものだ。それに、そんなやかまし屋はミス・アレクシア・タラボッティの名前など知らない。

とはいえ、マコン卿の厳しい忠告が今も耳に残っていた。太陽がさんさんと降りそそぐ午前中ではあっても、一人で散歩に行く勇気はない。そこでアレクシアは日差しよけには頼みの真鍮パラソル、マコン卿の非難対策にはミス・アイヴィ・ヒッセルペニーを選んだ。

ミス・アイヴィ・ヒッセルペニーはアレクシアの親友で、付き合いも長く、どんな秘密も打ち明け合うあいだがらだ。だからアレクシアから散歩の誘いが届いたとき、アイヴィはピンときた。散歩はただの口実で、何か大事な話があるに違いない。

アイヴィはアレクシアほど恵まれた境遇ではなかった。容姿はそこそこ、財産もそこそこ、そして恐ろしく珍妙な帽子をかぶりたがるひどい趣味。この帽子の趣味だけはアレクシアも我慢できないが、それ以外は温厚な性格で、一緒にいて楽しく、何よりいつも喜んで外出に付き合ってくれる貴重な存在だ。

アイヴィから見れば、アレクシアは分別と知性にあふれ、自分の繊細な感覚からすれば無遠慮すぎるところもあるが、どんなに困難な状況でも誠実で親切な女性だ。

やがてアイヴィはアレクシアの無遠慮さをおもしろがることを学び、アレクシアはアイヴィの帽子から目をそらすことを学んだ。こうして二人は知り合ってまもなく、相手のもっとも嫌な部分に目をつぶる方法を見つけ、たがいに有益な確固たる友情をはぐくんできた。ハイド・パークでの会話はいつもの調子で始まった。

「まあ、アイヴィ」急ぎ足でやってきた親友にアレクシアが声をかけた。「とつぜんの散歩の誘いに応じてくれてうれしいわ！　今日のボンネットも最悪ね。そんなものに大枚をはたいたなんて言わないでちょうだい」

「アレクシアったら！　あなたの毒舌も相変わらず最低ね。わたしが散歩を断わるはずないでしょ？　木曜日は何もすることがないんだもの。木曜日って本当に退屈。そうは思わない？」

「お願いだから買い物に行くときは誘ってちょうだい、アイヴィ。おぞましい帽子を買わずにすむかもしれないわ。でも、どうして木曜日がほかの曜日と違うの？」

と、こんな具合だ。

絶好の散歩びよりで、二人は腕を組み、ロングスカートをこすらせて歩きだした。ひとつ前の社交シーズンから流行になった小さくて扱いやすいバッスルのおかげで、ずいぶん歩きやすくなった。フランスではバッスルをまったくつけない女性が現われたらしいが、そんなはしたないスタイルは、まだロンドンには届いていない。二人は日差しよけにパラソルをかざしたが、アレクシアがいつも言うように、この肌には無駄な努力だ。どうして、ああ、どうして上流階級は吸血鬼のような青白い肌が主流なの？　二人が並んで歩く姿は人目をひいた。アイヴィはバラの花をあしらったクリーム色のモスリンドレス。アレクシアはビロードで縁どったお気に入りの青いウォーキングドレス。どちらも何層ものレース地と深いひだ飾りとしゃれたタックがついている。アイヴィが派手に見えるとしたら、それは努力不足ではなく、い、し、す、ぎ、と考えるべきだ。

好天とおしゃれなウォーキングドレスの流行のせいでハイド・パークはにぎわっていた。紳士が二人に向かって次々に帽子を傾け、そのたびにアイヴィが会話を中断して愛想を振りまくのにアレクシアはうんざりした。

「まったく」アレクシアがぼやいた。「今朝はみんなどうしたの？　これじゃまるで、あたくしたちが結婚相手を物色しているみたいだわ」

「アレクシア！　あなたは自分を売れ残りと思ってるようだけど」アイヴィは毛なみのよい鹿毛《かげ》の馬に乗った立派な紳士に恥ずかしそうにほほえみながら言った。「あきらめちゃだめよ」

アレクシアはふんと鼻で笑った。

「それはそうと、昨夜の公爵夫人の舞踏会はどうだった？」アイヴィはゴシップ好きだ。ヒッセルペニー家は中流だから、よほど大きな舞踏会でないと招待されない。だから《モーニング・ポスト》に載らないような詳しい話はアレクシアから聞くしかない。だが、悲しいかな、彼女の親友は信頼できる情報源でもなければ、おしゃべりでもなかった。

「そんなにつまらなかった？　誰が来てたの？　ドレスはどんなふうだった？」

「アイヴィ、お願いだから質問は一度にひとつにしてちょうだい」アレクシアはあきれて目をまわした。

「じゃあ……楽しかった？」

「ちっとも。舞踏会で食べ物が出ないなんて信じられる？　出たのはパンチだけよ！　結局、図書室に行ってお茶を頼んだわ」アレクシアは腹立たしげにパラソルを振りまわした。

「嘘でしょ！」アイヴィは驚きの声を上げた。

アレクシアは黒い眉を吊り上げた。「本当よ。それからどうなったかを知ったら、あなたもきっと驚くわ。しかもそこに、またしてもマコン卿が現われたの」

アイヴィは足を止め、友人の顔をのぞきこんだ。不愉快そうな表情だが、マコン卿のことを話すアレクシアの口調は、いつもどこか怪しい。

「まあ、そんなに怖ろしかった？」アイヴィはさりげなく話を合わせた。個人的には、人狼にしては立派な人物だと思っている。ただアイヴィの好みからすれば、マコン卿はなんというか……いろいろな点で〝大き〟すぎる。身体も声もすくみあがるほど大きい。とはいえ、公の場ではつねに礼儀正しいし、上等の背広の着こなしは完璧だ――たとえ月に一度、凶暴な獣に変身するとしても。

アレクシアは鼻を鳴らした。「べつに。いつもどおりよ。思うにあの態度はアルファという立場にいるせいね。誰もがいつだって自分の命令にしたがうという状況に慣れすぎているのよ。まったく不愉快だわ」そこで間合いを取り、おもむろに続けた。「昨夜、吸血鬼に襲われたの」

アイヴィが気絶するふりをした。

「下手な芝居はやめて」アレクシアは組んだ腕に力をこめて友人の身体を立たせた。「ここで倒れても誰も助けてはくれないわ」

アイヴィは姿勢を正し、語調を強めた。「なんてことなの、アレクシア。いったいどうして？」

アレクシアが肩をすくめ、早足で歩きだしたので、アイヴィはあわててあとを追った。

「それで、どうしたの？」アイヴィが先をうながした。

「もちろんパラソルでなぐりつけたわ」

「嘘でしょ！」

「ちょうど脳天のところをガツンと。誰かに襲われたら、相手が異界族であろうとそうでなかろうとそうするわ。だっていきなり襲いかかってきたのよ、自己紹介もなく！」ミス・タラボッティは思った――われながら弁解じみてるわ。

「でも、アレクシア、パラソルだろうとなんだろうと、吸血鬼をなぐるなんて非常識よ」

アレクシアはため息をついた。たしかにアイヴィの言うとおりだ。ロンドンに暮らす吸血鬼の数は昔からそれほど多くないが、地元吸血群のなかには社交界名簿に名を連ねる政治家や地主や発言力を持つ貴族もいる。そのような著名人をのべつまくなしにパラソルでなぐりつけるのは、みずから社会的生命を絶つも同然だ。

「それにしても驚いたわ。それからどうしたの？　見さかいなく下院に押しかけて夜会のあいだじゅう地元の異界族議員にジャムを投げつけてたとか？」

アレクシアはアイヴィの想像の飛躍ぶりにくすくす笑った。

「違うわ、ええと、そうじゃなくて……」アイヴィは手袋をはめた手で仰々しく額を抑えて考えこみ、ついに降参した。「教えて、何があったの？」

アレクシアは事実を告げた。

「殺した？」と、アイヴィ。今度は本当に気絶しそうだ。

「偶然だったのよ！」アレクシアはアイヴィの腕をぎゅっとつかんだ。

「《モーニング・ポスト》に出てたのはあなただったの？　昨夜スノッドグローブ公爵夫人主催の舞踏会で死体を発見したレディっていうのは？」じれったそうな口調だ。

アレクシアはうなずいた。

「マコン卿がうまく手まわししてくれたのね。あなたの名前も名字も出てなかったわ」友人思いのアイヴィはほっとした表情を浮かべた。

「おかげさまで死体が吸血鬼だったことも書いてなかったわ。そんなことが知れたら、母がなんと言うと思う？」アレクシアは天を仰いだ。

「〝図書室で付き添いもなく吸血鬼の死体と一緒にいたなんて、あなたの評判にどれほど傷がつくことか！〟」

アレクシアは〝そのとおり〟という表情でうなずいた。

「あなた、マコン卿にどれだけ感謝しなければならないかわかってる？」

アレクシアは生きたウナギを呑みこんだかのような表情を浮かべた。「そうは思わないわ、アイヴィ。こうした情報を伏せるのは〝異界＝常界連絡課ロンドン地区担当主任捜査官〟の仕事よ――マコン卿のBURの肩書きが何か知らないけど。職務を果たしただけの人に恩義を感じる必要はないわ。それに、ウールジー団の行動パターンから判断すれば、たぶん新聞記者に対応したのはライオール教授よ。マコン卿じゃないわ」

アイヴィは思った――アレクシアはマコン卿を信用していないようだ。でもアレクシアが彼に惹かれないからといって、世の女性が無関心というわけではない。たしかにスコットランド生まれだけど、ウールジー人狼団のアルファになって、かれこれ二十年。異界族としてはそう長くもないが、変化の激しい昼間社会から見れば充分な年月だ。マコン卿がどうやってウールジー人狼団の前アルファに勝利したかについては諸説ある。いまの感覚からすると、かなり手荒い方法ながら、人狼団の掟には違反しなかったらしい。聞けば、前アルファはあらゆる点で礼儀と品格に欠ける堕落した人物だったそうだ。そこへ、どこからともなくマコン卿が現われ、きわめて厳格なやりかたでアルファの座を奪ったことは、ロンドンの社会に驚きと興奮を与えた。重要なのは、現代社会に生きる人狼団のアルファや吸血鬼女王の大半が昼間族と同じ文明的手段——すなわちカネ、社会的地位、政治力——によって最高位を保っているということだ。マコン卿はこの社会の新参者ではあったが、二十年のあいだにうまくなじんできた。アイヴィはこの事実に感銘を受けるほど若かったし、マコン卿が北の生まれであることにこだわるほど愚かでもなかった。

「あなたはマコン卿に少し厳しすぎると思うわ、アレクシア」二人は広い散歩道から脇道に折れた。

「しかたないわ」と、アレクシア。「好きになれないんだから」

「そのようね」

二人はカバノキの木立をゆっくりと迂回し、大空の下に広がる広大な芝生の端で足を止めた。踏みならされた道からはずれたこの草地は近年、フランスの技師アンリ・デュピュイ・ド・ロームが考案したプロペラつきジファール型蒸気飛行船の発着場として使われはじめた。

それは偉大な発明による新しい旅の始まりであり、上流階級はたちまち空の旅に夢中になった。空中遊覧は今や貴族の余暇として、狩りをもしのぐ人気ぶりだ。まさに飛行船は世紀の発明品で、アレクシアもすっかり魅了された。いつか乗ってみたい。聞けば、見晴らしは息をのむほどにすばらしく、飛行船のなかでは上等なハイティーが出るという。

二人は一機の飛行船が降りてくるのを見つめた。遠くから見ると、カゴをぶら下げた恐ろしく長細い風船のようだが、近づくにつれ、風船がところどころ半硬式に強化された機体で、カゴは巨大な艀《はしけ》ほどの大きさであることがわかる。風船から千本ものワイヤーで吊られたカゴの胴体には、黒と白の光る線でジファール社のロゴが描いてあった。飛行船は草地のほうに向きを変えると、アレクシアとアイヴィが見つめる前でプロペラを停止させ、ゆっくりと着陸態勢に入った。

「驚くべき時代が来たものね！」アレクシアはすばらしい光景に目を輝かせた。

「人が空を飛ぶなんて不自然だわ」アイヴィはそっけない。

「あなたはどうしてそんなに時代遅れなの？」アレクシアはあきれて舌打ちした。「いまは驚異的な発明と科学の時代よ。あんな装置が動くのを見ると本当にわくわくするわ。離昇のための計算だけを取ってみても――」

そのとき、アレクシアの声は甘い女性の声にさえぎられた。

アイヴィはホッとした――アレクシアの難しくてわけのわからない解説を中断させるものなら、なんであろうと大歓迎だ。

二人は——アレクシアはしぶしぶ、アイヴィはこれ幸いとばかりに——飛行船とすばらしい眺めから目を離した。

その声は、いつのまにか二人の背後にとまっていた豪華な二頭四輪馬車の上から聞こえた。ハイフライヤーと呼ばれる車高の高い馬車で、女性があやつることはめったにない危険な幌つき型だ。ハイフライヤーにふさわしい二頭の黒馬の後ろには、金髪で親しげな笑みを浮かべた小太りの女性が座っていた。馬車用ドレスではなく、ワインレッドで縁どったくすんだバラ色のアフタヌーンティー・ドレスを着ているところから、勇壮なコリント人兵団を牽くのにふさわしそうな気性の荒い馬まで、すべてが陽光ふりそそぐハイド・パークには不釣り合いだ。女性はにこやかに巻き髪を揺らし、しっかりと手綱を握っている。見知らぬ女性だ。おそらく人違いだろうと二人が飛行船に視線を戻しかけたとき、ふたたび女性が声をかけた。

「ミス・タラボッティはこちらでしょうか？」

アイヴィとアレクシアは目を見交わした。公園のどまんなかの飛行船発着場のそばで、しかも自己紹介もなく呼びかけられるなんて。驚きのあまり思わずアレクシアは答えた。「あたくしですわ。ごきげんよう」

「空の旅には絶好の日ですわね？」女性は、着陸を終えて乗客を降ろす準備を始めた飛行船をムチで指した。

「まったくですわ」アレクシアは女性のぶしつけでなれなれしい口調に少し気分を害し、そっけなく答えてから、遠慮なくたずねた。「どこかでお会いしましたかしら？」

女性は甘くくすぐるような声で笑った。「わたしはミス・メイベル・デア。これで、もうお会いしましたわね」

どうやら人違いではなさようだ。

「お会いできて光栄ですわ」アレクシアは慎重に答えた。「ミス・デア、こちらはミス・アイヴィ・ヒッセルペニー」

アイヴィはお辞儀すると同時にアレクシアの袖口のビロードを引っぱり、「女優よ」と耳うちした。「知ってるでしょう！　え？　アレクシアったら知らないの？」

アレクシアは知らなかった。知っておくべきだったようだ。「あら、そうなの」と、ぼんやり相づちを打ち、アイヴィにささやいた。「ハイド・パークのどまんなかで女優に話しかけていいものかしら？」アレクシアは飛行船から降りる乗客たちをこっそり見やった。こちらを見る者は誰もいない。

アイヴィは手袋をはめた手の下でにやりと笑った。「それが昨夜」――いったん言葉を切り――「偶然、男をパラソルでなぐった女性のセリフ？　それに比べたら、公園で女優と話すくらいなんでもないわよ」

青い目で二人のやりとりを見ていたミス・デアが笑い声を上げた。「まさにその事件こそ、こうしてぶしつけにお声をかけた理由ですわ」

アレクシアとアイヴィはミス・デアが内緒話の内容を聞きつけたことに驚いた。

「内緒話に口出しした無礼を許してくださいますわね？」

「許すべきかしら？」アレクシアがつぶやくと、アイヴィがアレクシアの脇腹を肘で突いた。

「わたしの女主人があなたにお会いしたいと申しております、ミス・タラボッティ」ようやくミス・デアは本題に入った。

「女主人？」

ミス・デアは巻き髪を揺らしてうなずいた。「通常、あの種族は表舞台に立つ芸術家を選びません。女優はクラヴィジャーになる傾向が強いようです――人狼のほうが舞台芸術に関心がありますから」

「あらまあ、あなた……ドローンなのね？」アレクシアはようやく納得した。

ミス・デアはうなずき、えくぼを見せてほほえんだ。巻き髪もえくぼも苦手なアレクシアはこっそり顔をしかめた。

なおもアレクシアは首をかしげた。〝ドローン〟とは、いずれ不死者になる望みと引き替えに、吸血鬼の取り巻き兼召使兼世話人になることを約束した者のことだ。だが、吸血鬼がスポットライトを浴びる職業人からドローンを選ぶことはまずない。彼らの魂狩りの相手は通常、画家や詩人、彫刻家といった、あまり表に出ない芸術家だ。派手な芸術家は一般に人狼の縄張りと考えられており、人狼の世話人を意味する〝クラヴィジャー〟には、役者やオペラ歌手、バレエダンサーなどが選ばれる。いずれにせよ、取り巻きや世話人に芸術的資質を望む点では吸血鬼も人狼も変わらない。創造的な人種は余分な魂を持っている確率が高く、結果として変異が成功する確率が高いからだ。それでも吸血鬼がドローンに女優を選ぶのはきわめてめずらしい。

「でも、あなた……女性なのに？」アイヴィが驚きの声を上げた。ドローンやクラヴィジャーに関してもっと知られた事実は、その多くが男性だということだ。女性は変異に耐えられないことが多い。理由はわからないが、女性の骨格の弱さが原因だとする研究者もいる。

女優ミス・デアは笑みを浮かべた。「すべてのドローンが永遠の命を求めるわけではありませんわ。たんに後援を得たいだけの人もいます。わたしはそれほど異界族になりたいとは思いませんが、ご主人様はそれ以外のやりかたでいろいろと援助してくれます。ところで、今夜はお暇かしら、ミス・タラボッティ？」

アレクシアはようやく驚きから覚め、眉をひそめた。とくに予定はないが、いきなり吸血群を訪ねる度胸はない。「あいにく今夜は予定がありますわ」アレクシアはきっぱり答え、すばやく考えをめぐらした。アケルダマ卿に使いを送って夕食に招待しよう。地元吸血群の動向について何か知っているかもしれない。アケルダマ卿は香水をしみこませたハンカチとピンクのネクタイと同じくらい〝情報収集〟が好きなのだ。

「では、明日の夜はいかが？」ミス・デアが期待の目で見つめた。女主人は、よほど大事な話があるらしい。

アレクシアがうなずくと、フェルト帽の長い羽根が首をくすぐった。「どちらにうかがえばよろしいんでしょう？」

ミス・デアは、はやる馬の手綱をしっかり握ったまま御者席から身を乗り出し、封をした小さな封筒を差し出した。「住所は他言無用です。申しわけありません、ミス・ヒッセルペニー。微妙な状況をご理解いただけますわね？」

アイヴィはなだめるように両手を前に出し、かすかに顔を赤らめた。「ご心配にはおよびません、ミス・デアア。わたしには関係のないことですから」さすがのアイヴィも吸血群のゴシップを知りたがるほどバカではない。

「それで、どなたをお訪ねすればよろしいの？」アレクシアは封筒の裏を返しながらたずねた。

「ナダスディ伯爵夫人です」

その名前には聞き覚えがあった。現存する最高齢の吸血鬼の一人で、信じられないほど美しく、ありえないほど残忍で、きわめて礼儀正しいと噂のウェストミンスター群の女王だ。いくらマコン卿が社交界の駆け引きに通じていると言っても、ナダスディ伯爵夫人にはとうていかなわない。

アレクシアは陽気な金髪女優をじっと見つめた。「何か深い事情があるようですわね、ミス・デアア」ナダスディ伯爵夫人の内輪で何が起こっているかはわからない。ましてやウェストミンスター群の内情など知るよしもない。だが、吸血群にまつわる書物は山ほど読んだ。ルーントウィル家の図書室の蔵書の大半はアレクシアの実父の遺産だ。アレッサンドロ・タラボッティは異界族に関する文献に強く傾倒していたらしく、アレクシアも吸血群で行なわれることについてはかなり詳しい。ミス・デアアは、金髪巻き毛とえくぼと美しいバラ色ドレス以上の人物に違いない。

「ゴシップ欄になんと書かれようと、ナダスディ伯爵夫人はすばらしいかたですわ――」ミス・デアは二人に向かって巻き髪を揺らし、かすかに口をゆがめてほほえんだ。「――その手のことがお好きなら。お会いできて何よりでした」そう言って黒馬の手綱を引くと、強くムチを入れた。四輪馬車はいきなりでこぼこの芝生を走り出したが、ミス・デアの上体は少しも揺れなかった。たちまち馬車はガタゴトと音を立てて散歩道を駆け抜け、カバノキの小さな木立の向こうに消えた。

アレクシアとアイヴィは走り去る馬車を見送った。アレクシアは技術の粋を集めた飛行船に対する興味をすっかり失った。それよりはるかに胸おどる事件が起こりつつある。二人は声をひそめ、さっきよりゆっくり歩きだした。アレクシアは小さな封筒をなんどもひっくり返しながら。

ハイド・パーク内の散策はアレクシアのイライラ解消には有効だったようだ。マコン卿に対する怒りは、いまや不安に変わっていた。

アイヴィは青ざめている。いつもよりさらに。そして、ついにアレクシアがさっきからいじりまわす封筒を指さした。「どういうことかわかってる？」

アレクシアはごくりと唾をのみこんだ。「もちろんわかってるわ」アイヴィにも聞き取れないほどの小声だ。

「吸血群の住所を教えられたのよ、アレクシア。あなたを仲間に入れるか、最後の一滴まで血を吸おうとしてるに違いないわ。ドローン以外に、あんなことを知ってる昼間族がいるはずないもの」

アレクシアは顔をしかめた。「わかってるわ！」心配なのは、反異界族を前にした吸血群がどう反応するかだ。大歓迎されるとはとても思えない。アレクシアはしきりに下唇をいじった。「とにかくアケルダマ卿と話さなきゃ」

アイヴィはさらに不安の表情を浮かべた。「本気で言ってるの？　あんないかれた人と？」

〝いかれた〟という言葉は、アケルダマ卿を言い表わすのにぴったりだ。アレクシアは吸血鬼が怖くないのと同じくらい、いかれた人も怖くない。さいわいアケルダマ卿はその両方だ。

ルビーとゴールドのバックルつきの七センチのハイヒールをはいたアケルダマ卿が小股で部屋に現われた。「いとしい、**いとしい**、アレクシアよ」アケルダマ卿は初対面から数分も経たないうちにミス・タラボッティを名前で呼ぶようになった。出会った瞬間、友人になれるとわかった相手には遠慮しないのが彼の流儀だ。「**おお**、**ダーリン！**」しかも言葉の多くを太字で話す傾向がある。「わたしをディナーに招待してくれるとは、なんとすばらしく、ありがたく、**喜ばしい**ことよ、**ダーリン**」

アレクシアはにっこり笑った。アケルダマ卿を見て、どうして笑わずにいられよう？　そのいでたちはいつ、どんなときもとっぴだ。まずは七センチのハイヒール。黄色いチェックのスパッツに、ゴールドサテンのひざ丈ズボン。オレンジ色とレモン色のストライプのベストに、明るいピンクの浮き織りのイブニング・ジャケット。軽くて薄い流れるようなオレンジと黄色とピンクの中国シルクのクラバット。それをかろうじてとめている巨大なルビーのピン。彼の種族の特徴である青白い優美な顔には必要以上に粉をはたき、両頬にはあやつり人形のほっぺのような丸い紅をさし、仕上げに金縁の片メガネをかけている。もっとも、吸血鬼がすべてそうであるように、彼の視力は完璧だ。

アケルダマ卿は流れるような動作でアレクシアの向かいの長椅子に座った。二人のあいだにはきちんと準備された夕食テーブルが置いてある。

アレクシアが客間で一人でもてなすつもりでいることを知って、ルーントウィル夫人はひどくくやしがった。夫人は〝アケルダマ卿は家族全員で歓迎しない個人宅には入らない〟という噂を信じていた。いくらアレクシアが、それは正しい社交儀礼に対する吸血鬼界の集団的強迫観念にもとづく神話にすぎないと説明しても納得しない。軽いヒステリーのあと、ようやくルーントウィル夫人はあきらめた。どんなに騒いでも、なるようにしかならない。アレクシアはイタリア人の血をひく強情な娘だ。そう判断するや、夫人はさっさと下の二人の娘と夫を連れてブリングチェスター伯爵夫人宅のトランプパーティに出かけてしまった。ルーントウィル夫人は〝自分の知らないことは何が起ころうと関係ない〟という理論のすぐれた実践者だ——ことアレクシアと異界族に関しては。

そんなわけで家にはアレクシアしかおらず、派手な客人を出迎えたのはルーントウィル家に長年つかえる執事のフルーテだけだった。アケルダマ卿はがっかりしたようだ。あれほど仰々しいしぐさで座り、優雅にポーズをとったところを見れば、もっと多くの観客を予想していたに違いない。

アケルダマ卿は香水をしみこませたハンカチを取り出し、おどけてアレクシアの肩をたたいた。「聞いたよ、キャンディちゃん、昨夜の公爵夫人の舞踏会ではずいぶん**おいた**をしたそうじゃないか」

アケルダマ卿の見た目としぐさは位《くらい》の高い傲慢な道化のようだが、ロンドンで彼ほどの情報通はいない。《モーニング・ポスト》紙も、彼が夜ごと入手する情報には週の収入の半分を支払うだろう。アケルダマ卿はどこの屋敷にも召使として取り巻き《ドローン》を忍びこませてるんじゃないかしら──主要な公的機関にゴーストのスパイを送りこんでいるのは言うまでもなく。

でも、昨夜の事件をどこから仕入れたのかをたずねて得意がらせるつもりはないわ。アレクシアは精いっぱい謎めいた笑みを浮かべ、シャンパンを注いだ。

アケルダマ卿はシャンパンしか飲まない。つまり、血を飲む以外には。かつて〝世のなかで最高の飲みものは血とシャンパンのカクテルだ〟と宣言し、それをうれしそうに〈ピンクのチュルチュル〉と名づけたのは有名な話だ。

「では、今夜ご招待した理由もおわかり？」アレクシアはピックに刺したチーズをすすめた。

アケルダマ卿は手首をくにゃくにゃと振り、ピックをつまんでチーズの先をちょっとかじった。「おやまあ、いとしい**お嬢ちゃん**、それは、わたしに会わずには**一秒たりとも**耐えられなくなったからだろう。さもなくば、わが豊かな魂はどんなに傷つくことか」

アレクシアが執事のフルーテに向かって手を振ると、フルーテはかすかに不満そうな表情を浮かべ、一品めの料理の準備のために部屋を出て行った。

「そのとおりよ。あなたもあたくしに会いたかったでしょう？　ずいぶん久しぶりですもの。あなたほどの情報通が、あたくしが昨夜どうやって吸血鬼を殺したかを知りたくて訪ねてくるはずがないわ」アレクシアはやんわりと牽制した。

「しばし待たれよ」アケルダマ卿は片手を上げ、ベストのポケットから角張った小さな装置を取り出した。水晶柱のなかに二本の音叉《おんさ》を沈めたようなしろものだ。アケルダマ卿は片方の音叉を爪ではじき、しばらくしてもう片方をはじいた。二本の音叉から低く震えるような――ケンカする二種類のハチのうなりのような――不協和音が起こり、それが水晶で増幅されるらしい。アケルダマ卿はテーブルのまんなかにぶーんとうなる装置を置いた。耳ざわりではないが、いずれそうなりそうだ。

「しばらくすれば慣れる」アケルダマ卿は申しわけなさそうに言った。

「これは？」

「この小さなお宝は〝調波聴覚共鳴妨害装置〟だよ。最近、うちのボーイがおしゃれなパリで見つけてきた。かわいいだろう？」

「ええ。これで何ができるの？」アレクシアは興味津々だ。

「この部屋では何も起こらんが、たとえば誰かがラッパ補聴器や盗聴器などでこの部屋の様子を遠くから聞こうとすると、叫び声のような音を立て、相手にひどい頭痛を引き起こす。実験ずみだ」

「まあ、すてき」アレクシアは思わずつぶやいた。「これから、誰かが盗み聞きしたくなるような話をするつもり？」

「現にいま、きみはどうやって吸血鬼を殺したかを話題にしたではないか？　わたしはどうやったのかを**正確に**知っておるが、**花びらちゃん**、それを他人に知られたくはあるまい？」

「あら、本当？　どうやったと思う？」アレクシアは挑むようにたずねた。

アケルダマ卿は笑い声を上げ、とびきり白くて鋭い牙を剥き出した。「おお、**王女様**よ」そう言うや、アケルダマ卿は一流のスポーツ選手か異界族にしかできない稲妻のようなすばやさでアレクシアの手をつかんだ。そのとたん、恐ろしげな牙は消え、優美な顔はかすかに弱々しい表情になり、手を握る力も消えた。「こうやったのさ」

アレクシアはうなずいた。アケルダマ卿は出会って四度目にして、ようやくアレクシアが反異界族であることに気づいた。群に属さないため、アレクシアの存在を知る機会がなかったからだ。このことは彼の長いスパイ人生の大きな汚点となった。この失態に対し、アケルダマ卿は苦しく弁明した。〝反異界族の男性はめずらしい。まして反異界族の女性は存在しないに等しいのでね〟。だが本当は、まさか反異界族の女性が勝ち気なオールドミスで、ロンドンの表社会に溶けこみ、しかも二人の愚かな妹とさらに愚かな母親と暮らしているとは夢にも思わなかった。だから、アレクシアが何者であるかを忘れないために、アケルダマ卿は機会あるごとにアレクシアの手をつかむのだ。

アケルダマ卿はアレクシアの手をいとおしげになでた。そのしぐさに性的な意味合いはまったくない。「**かわいこちゃん**よ」かつてアケルダマ卿は言った。「そのような点については、きみが不意に嚙みつかれる危険がないのと同じように、なんの危険もない。どちらも同様に不可能だ。わたしの牙はきみに触れたとたんに消えるし、女性のきみには大事なお道具がないのだからね」父の蔵書は、アレクシアにいずれ必要となるかもしれない詳しい資料を提供した。独身時代、きわめて波乱に満ちた人生を送ったアレッサンドロ・タラボッティはヨーロッパじゅうから本を集め、そのいくつかには魅惑的な絵がついていた。彼は未開民族の研究に情熱をそそぎ、興味ぶかい文献を残した。もしその存在を知ったら、あのイヴリンさえ図書室に足を向けたかもしれない。さいわいルーントウィル家の人々は、出典が《モーニング・ポスト》のゴシップ欄でないものは読むに値しないと考えている。結果としてアレクシアは肉体の交わりについて、イングランドの未婚女性が知るべき以上の知識を備えており、アケルダマ卿の親愛のしぐさにもまったく動じなかった。

「きみと出会えた奇跡にわたしがどれほど安らぎを覚えたか、きみには想像もつかんだろう」初めてアレクシアに触れたとき、アケルダマ卿は言った。「まるで人生の大半をぬるま湯で泳いできたあとで、いきなり氷のように冷たい渓流に飛びこんだかのようだった。ショックだったが、魂にはいい刺激になる」そう言ってかすかに肩をすくめた。「ふたたび〝死すべき者〟となった感覚を味わう貴重な機会だ――たとえ**麗しききみ**の御前《おんまえ》にいるときだけであろうと」それ以後アレクシアは、未婚女性にあるまじき行為ながら、アケルダマ卿が望むときはいつでも手を握らせるようになった。もちろん二人きりのときにかぎって。

アレクシアはシャンパンをひとくち飲んだ。「昨夜、図書室にいた吸血鬼は、あたくしが何者かを知らなかったわ。いきなり襲いかかって、首に噛みつこうとして牙を失ったの。あなたたちの種族はみな知っていると思ってたわ。BURはあたくしを監視していたみたいね。その証拠に、昨夜マコン卿は予想以上に早く現場に現われたわ――いくら迅速な行動がモットーの彼にしても」

アケルダマ卿がうなずくと、揺れるロウソクの炎を浴びて髪が光った。ルーントウィル家は最新のガスライトを備えているが、アレクシアは読書のとき以外はロウソクを好む。ロウソクの光を受けたアケルダマ卿の髪が靴のバックルのように金色に輝いた。吸血鬼と言えば暗くて不気味な姿を思い描くが、アケルダマ卿はそのようなイメージとは正反対だ。長く伸ばしたブロンドの髪を、数百年前に流行した髪型ふうにひとつにまとめて垂らしたアケルダマ卿が、とっぴな身なりには似合わない、老いた深刻な表情でアレクシアを見上げた。「たしかにほとんどの吸血鬼はきみのことを知っておる。公認された四つの吸血群では、変異したばかりの吸血鬼に必ず〃ロンドンには〈魂吸い《ソウル・サッカー》〉が一人いる〃と教えるからね」

アレクシアはびくっと身を縮めた。礼儀正しいアケルダマ卿がアレクシアの嫌う呼び名を使うことはめったにない。初めて本人の前でその呼称を口にしたのは、アレクシアの素性を知った晩だった。歯に衣着せぬオールドミスの反異界族に出会った驚きに、長い人生を生きてきたアケルダマ卿も、このときばかりは超人的冷静さを失った。もちろん、アレクシアは〈ソウル・サッカー〉と呼ばれたくはない。以来アケルダマ卿は二度と使わないようにしていた――物ごとをはっきりさせたいとき以外は。つまり、いまは物ごとをはっきりさせるべきときだ。

　執事のフルーテがスープと、おいしいキュウリとクレソンのサラダを持って現われた。アケルダマ卿は食べ物から栄養を取るタイプではないが、味を楽しむ礼儀はこころえている。一部の冷血な同胞とは違い、古代ローマの慣習にもとらわれないため、吐きバケツを用意する必要もない。礼を失さぬよう、すべての料理をひとくち味見し、残りはあとで執事がお相伴できるようとっておく。おいしいスープを無駄にすべきではない。事実、このスープは絶品だ。ルーントウィル家にはいくらでも悪口のネタがあるが、ケチだと言われたことは一度もない。オールドミスのアレクシアでさえ、一流のドレスを身につけるだけの小づかいをもらっている。流行に忠実すぎるきらいはあるが、これはしかたがない。アレクシアの服選びには熱意《ソウル》がないのだから。いずれにせよルーントウィル家のぜいたくは、おいしい食事にもおよんでいた。

　フルーテが次の料理を運ぶために静かに部屋を出ていった。

　アレクシアは何ごともなかったようにアケルダマ卿の手をのけて切り出した。「教えてちょうだい。昨夜あたくしを襲った吸血鬼は誰？　どうしてあたくしのことを知らなかったの？　彼はあたくしが何者かも知らなかったわ――まるで反異界族の存在すら聞いたことがないかのように。たしかにBURは反異界族を一般社会から隠しているけど、人狼団や吸血群では常識でしょう？」

「**いとしき友よ**」アケルダマ卿は、ふたたび盗聴防止装置の二本の音叉をはじいた。「これは**かなり**やっかいな事態だ。不幸にもきみにとって。きみは問題の人物を殺してしまった。あらゆる異界族が、さっきの質問の答えを知っているのはきみだと思いはじめておる。憶測が飛び交い、吸血鬼のあいだに疑念が広まっている。なかには、吸血群が**意図的に**蚊帳の外に置かれているのではないかと疑う者もいる――きみかBUR、もしくはその両方によって」アケルダマ卿は牙を剝いてにっこり笑い、シャンパンをひとくち飲んだ。

　アレクシアは椅子の背にもたれ、ふうっとため息をついた。「彼女の強引なご招待は、そのせいね」

　アケルダマ卿はくつろいだ姿勢のまま、背筋を伸ばしたかのような声を上げた。「彼女？彼女とは**誰だ**？誰から招待されたんだね、わが**いとしの**ペチュニアよ？」

「ナダスディ伯爵夫人よ」

　それを聞いてアケルダマ卿は本当に背を伸ばした。滝のようなクラバットが興奮して揺れている。「ウェストミンスター群の女王か」吐き捨てるように言い、牙を剝いた。「彼女を言いあらわす言葉は**いくつも**あるが、上流階級の前で繰り返せる言葉は**ひとつもない**」

　フルーテが魚料理――シンプルなシタビラメのタイムとレモン添え――を持って現われた。執事はぶーんとうなる装置を見て眉を吊り上げ、興奮した客人を見つめた。保護者のように部屋に残ろうとするフルーテに向かって、アレクシアは軽く首を振った。

アレクシアはアケルダマ卿の顔をまじまじと見つめた。彼は〝はぐれ吸血鬼〟――すなわち群を離れた吸血鬼だ。はぐれ吸血鬼の数は多くはない。吸血鬼が群を離れるには多大なる政治的、心理的、異界族的力を要する。さらに、いったん群を離れると精神に異常をきたす傾向があり、その奇行により社会から追放される危険がある。そうならないためにアケルダマ卿はきちんと書類を整理し、BURにもしっかり届け出ている。逆に言えば、群に対していささか偏見を持っているということだ。

アケルダマ卿は魚をひとくち食べたが、そのおいしさも気分をなだめることはできなかったようだ。むっつりと皿を押しやると、椅子の背にもたれ、高級そうな靴をこんこんと打ちつけ合った。

「ウェストミンスター群の女王が嫌いなの？」アレクシアは目を見開き、さりげなくたずねた。

アケルダマ卿はハッとわれに返り、わざとらしく手首をくねらせていつもの気取ったポーズを取った。「おやまあ、**いとしのスイセン嬢よ**、女王とわたしは……相違点が多すぎる。彼女はわたしのことを**少しばかり**」――ふさわしい言葉を探して口ごもり――「**けばい**と思っているようだ」

アレクシアは言葉と裏を探るようにアケルダマ卿を見つめた。「あなたがナダスディ伯爵夫人を嫌っているのかと思ってたわ」

「おや、スイートハート、そんな話を誰から聞いたのかね？」

アレクシアは秘密めかした表情で魚料理をぱくついた。アレクシアが食べおわり、フルーテが皿を片づけてメインディッシュ――ポークチョップの蒸し煮・アップルコンポートとじっくり焼いたミニポテト添えという黄金の一皿――を並べるあいだ、しばし沈黙が降りた。ふたたびフルーテが退室するのを待って、アレクシアはいちばんききたかった質問をした。そもそもアケルダマ卿を招待したのはこのためだ。

「伯爵夫人の目的は何だと思う？」

アケルダマ卿は目を細めると、ポークチョップには目もくれず、ぼんやりと大きなクラバット・ピンをもてあそんだ。「思うに理由はふたつある。昨夜の舞踏会の出来事を知っていてきみを買収して黙らせる気か、それとも昨夜の吸血鬼が何者で、自分の縄張りで何をしていたのか見当もつかず、きみから答えを聞き出そうと思っているかだ」

アレクシアはバターたっぷりのミニポテトを口に運んだ。「いずれにしても、何も知らずに行くより、情報を仕入れてから行ったほうがよさそうね」

アケルダマ卿は強くうなずいた。

「本当にそれ以上のことは知らないの？」

「いとしのお嬢ちゃん、わたしを誰だと思っておる？　マコン卿とは違うぞ」アケルダマ卿はテーブルからシャンパングラスの脚を取って持ち上げ、ゆっくりまわしながら考えぶかげに小さな気泡を見つめた。「ふむ、マコン卿と言えば……いっそ人狼団にきいてみてはどうだ？　**役に立つ**情報を知っているかもしれん。なにしろマコン卿はＢＵＲ捜査官だ。事件に関する情報は彼に集まるのではないか？」

「でも、ＢＵＲ捜査官が機密情報を教えてくれるとは思えないわ」アレクシアはそっけなく答えた。

　アケルダマ卿はとってつけたような、わざとらしい笑い声を上げた。「ならば、**かわいい**アレクシアよ、きみのあふれんばかりの女の魅力で**たぶらかす**しかないな。わたしの記憶にあるかぎり、人狼は**女性**に弱い。しかもわたしの記憶は**実に長い**」アケルダマ卿は、自分が外見上は変異した二十三歳の青年のころから一日たりとも老いていないと知りつつも、茶目っ気たっぷりに眉を動かした。「あの**愛すべき**獣どもは女性が好きだ――どんなに野卑に振る舞おうとも」そこであだっぽく身震いして見せた。「とくにマコン卿は身体が大きい**荒くれ者だ**」そう言って小さくうなり声を上げた。

　アレクシアはくすくす笑った。人狼を真似る吸血鬼ほどおかしいものはない。

「明日ウェストミンスター群の女王に会いに行く**前に**、**ぜひとも**マコン卿を訪ねるのだ」アケルダマ卿がアレクシアの手首をつかんだ。牙が消え、目は本当の年齢ほど年老いて見えた。実年齢をたずねても、アケルダマ卿は決まってこうはぐらかす。「**おやまあ**、アレクシア。吸血鬼はレディと同じく、**決して**本当の歳は明かさないものだよ」だが、かつてアケルダマ卿は、異界族が昼間族に知られる前の暗い時代を詳しく話してくれたことがある。吸血群や人狼団の存在がブリテン島に知られる前の話だ。彼らの出現は哲学と科学にすばらしき革命をもたらした。ルネサンスと呼ぶ者もいるが、吸血鬼は〈啓蒙の時代〉と呼ぶ。異界族はそれ以前を当然のごとく〈暗黒の時代〉と呼んだ。事実、彼らは夜の闇にまぎれて長く暗い時代を過ごしてきた。これだけの話を聞き出すのに、たいてい数本のシャンパンが空になった。こうした話から計算しても、アケルダマ卿は少なくとも四百歳は超えているはずだ。

アレクシアは友人の顔をじっと見つめた。いまふとよぎったのは恐れの表情？

アケルダマ卿はいつになく真剣な顔で言った。「いとしい小鳩ちゃんよ、**わたし**には何が起こっているのか見当もつかん。この**わたし**がわからんのだ！　今回ばかりは油断ならんぞ」

アレクシアには、アケルダマ卿がうろたえる本当の理由がようやくわかった。何が起こっているかわからないからだ。長いあいだアケルダマ卿はロンドンのあらゆる駆け引きを見てきた。誰よりも早く正確な事実をつかむことに慣れていた。だが、今回ばかりはアレクシアと同じように当惑している。

「**約束しておくれ**」アケルダマ卿は思いつめた口調で言った。「ウェストミンスター群に行く**前に**、必ずマコン卿から情報を聞き出すと」

アレクシアは笑みを浮かべた。「あなたの知識のために？」

アケルダマ卿は金色の頭を振った。「そうではない、スイートハート、き、きみのためだ」

3　われらがヒロイン、よき助言に耳をかたむける

「こいつは驚いた」目の前に立つ人物を見てマコン卿が声を上げた。「これはこれはミス・タラボッティ、朝いちばんにきみの来訪を受けるとは、いったいなんの報いだろうな？　二杯目の紅茶もまだだというのに」そう言って執務室の入口に立ちはだかった。

　ミス・タラボッティは失礼な挨拶を無視し、マコン卿の脇をすりぬけてなかに入った。すりぬけてと言っても、戸口はせまく、アレクシアのお尻は（コルセットをしていても）せまくはないため、実際はマコン卿の身体と強く触れ合う結果となった。その瞬間、かすかにぞくっとしてアレクシアはとまどったが、それはどうやら、ぞっとするような執務室に対する反応だったようだ。

　室内は紙であふれていた。四隅は書類の山で、デスクとおぼしき台の上――散らかりすぎて原形が判別できない――にも散乱している。刻み目入りの金属筒と大量の試験管の山の下にもデスクがありそうだ。どうして金属に記録するのかしら？　量の多さからして、何か理由があるに違いない。さらに、少なくとも六客の汚れたカップ＆ソーサーと大きな骨つき生肉の残りが載った皿が一枚、散らばっていた。マコン卿の執務室に来たのは初めてではない。

アレクシアの感覚からすれば、いつ来ても男くさかったが、これほど悲惨な状態は初めてだ。

「まあ、なんてひどい部屋なの！」アレクシアは怖気《おぞけ》を振りはらい、きかずもがなの質問をした。「ライオール教授はお留守？」

マコン卿は片手で顔をこすると、そばにあったティーポットを荒々しくつかみ、注ぎ口から直接、中身を飲みほした。

アレクシアは恐ろしい光景から目をそらした。〝文明化したばかり〟なんて言ったのは誰？　アレクシアは目を閉じて考えた。あたしだ。アレクシアは片手で喉もとをぱたぱたとあおいだ。「お願いだからマコン卿、カップを使ってくださらない？　あたくしの繊細な神経には耐えられないわ」

「きみにそのようなものがあるとは知らなかったな、ミス・タラボッティ。わたしの前では一度も見せたことがないようだ」マコン卿は鼻を鳴らしてティーポットを置いた。

アレクシアはマコン卿の顔を正面から見つめたとたん、どきっとした。こちらもひどい状態だ。赤褐色の前髪は何度も掻きあげたかのように逆立ち、全体的にいつもよりだらしない。薄暗い照明の下ではよくわからないが、犬歯が出ているようにも見える。苦痛を感じている証拠だ。アレクシアは目を細めた。満月まであとどれくらいかしら？　〈ソウルレス〉でも表情は目に現われる。アレクシアの茶色い瞳が心配そうにかげり、ティーポットが原因の不快な表情がやわらいだ。

「異界管理局《BUR》の仕事だ」マコン卿はそっけないひとことでライオールの不在と執務室の惨状

の理由を説明し、親指と人差し指で鼻梁《びりょう》をつまんだ。

アレクシアはうなずいた。「日中に執務室にいらっしゃるとは思わなかったわ。いつもなら寝ている時間ではないの？」

マコン卿は首を振った。「二、三日ならば太陽を浴びつづけても平気だ。とくにこんな事件のときはな。ボス《アルファ》の称号は飾りではない。普通の人狼にできないことをやるのがアルファだ。何よりヴィクトリア女王が真相を知りたがっておられる」マコン卿はBURの異界連絡官にしてウールジー城人狼団のアルファであると同時に、ヴィクトリア女王の〈陰の議会〉の特使でもある。

「それにしてもひどい顔よ」アレクシアは遠慮ない。

「ほう、心配してくれるとはありがたい、ミス・タラボッティ」マコン卿は少しでもしゃきっと見えるよう背筋を伸ばし、目を見開いた。

「何をなさっていたの？」アレクシアはいつものようにずばりとたずねた。

「きみが襲われてから一睡もしていない」

「あたくしを心配して？」アレクシアはかすかに頬を赤らめた。「あら、マコン卿、感激だわ」

「そうではない」マコン卿はそっけなく答えた。「ずっと捜査を監視していた。心配そうに見えるとすれば、別の誰かが襲われないかという心配だ。きみは自分の身を守れるだろう」

アレクシアは心配されていなかったことにがっかりしたが、能力を信頼されたことはうれしかった。

アレクシアは脇の椅子に山積みになった金属板をかき寄せて腰を下ろし、薄い金属筒のひとつをつまんで興味ぶかそうに広げると、陰にならないよう首を傾け、刻まれた文字を判読した。「〝はぐれ吸血鬼登録証〟。先日の夜あたくしを襲った吸血鬼は登録証を持っていたと考えているの？」

マコン卿は憤然と近づき、金属筒の山をつかみとった。その拍子に筒は音を立てて床に落ち、マコン卿は自分の失態を毒づいた。太陽の光を浴びすぎたせいだ。アレクシアの手前、いかにも迷惑そうな顔をしたが、マコン卿はひそかに自分の推理を話す相手が現われて喜んでいた。通常は副官《ベータ》の役目だが、ライオールが調査に出かけたので、部屋をうろうろしながら独りごとをつぶやいていたところだ。「登録証を持っていたとしても、ロンドンの台帳にはない」

「ロンドン以外の場所から来たんじゃないかしら？」

マコン卿は肩をすくめた。「知ってのとおり、吸血鬼は縄張り意識が強い。たとえ群を離れても、自分が変異した場所を離れることはまずない。旅行の可能性もあるが、いったいどこから、なんのために？　吸血鬼が生息地を離れるのはよほどのことだ。それを確かめるためにライオールを送り出した」

なるほどね。ＢＵＲ本部はロンドン中心部にあるが、支局は英国じゅうにあって、ロンドン以外に住む異界族を管理している。〈開化の時代〉――迫害されていた異界族が受け入れられるようになった時代——に異界族管理のために生まれた組織は、やがて相互理解の手段となった。その相互理解の産物であるBURには、今や人狼や吸血鬼、人間、さらには少数のゴーストが捜査官として勤務している。今はあまり使われないが、〝サンドーナー〟も数名いるはずだ。

「ライオール は、昼間は駅馬車で移動し、夜は狼の姿で移動する。満月の前までに近隣の六都市から情報を集めて戻ってくるだろう。とにかく、そう願っている」

「ライオール教授が調査を始めたのはカンタベリーね？」

マコン卿はくるりと振り向き、アレクシアを見つめた。黄褐色というより黄色い目が薄暗い部屋のなかでやけに鋭く光っている。「きみのそういうところが気に入らんのだ」うなるような声だ。

「あら、正確に言い当てるところ？」アレクシアはおもしろがるように茶色の目を細めた。

「手の内をすっかり読まれたような気にさせられるところだ」

アレクシアは笑みを浮かべた。「カンタベリーは港湾都市で、移動の中心地よ。謎の吸血鬼がよそから来たとすれば、まず疑うべき場所だわ。でも、あなたはロンドンの外から来たという説には反対なのね？」

マコン卿は首を横に振った。「ああ、そうは思えない。あの吸血鬼は地元のにおいがした。すべての吸血鬼には〝造り手〟特有のにおいがある。とくに変異したての吸血鬼はそうだ。謎の吸血鬼の死臭はウェストミンスター群のにおいがした」

アレクシアは驚いて目をぱちくりさせた。そんなこと父の本には書いてなかったわ。人狼は吸血鬼の血統をかぎわけられるの？　だったら吸血鬼も人狼団の種類を判別できるのかしら？

「ウェストミンスター群の女王とは話したの？」

マコン卿はうなずいた。「あの晩、きみと別れてからまっすぐ屋敷を訪ねた。女王は襲撃者との関係を完全に否定した。たいていのことでは動じないナダスディ伯爵夫人も、今回ばかりは驚いていたようだ。もちろん、女王が正式な届け出なしに新しい吸血鬼を生み出し、驚いたふりをした可能性もある。だが、ふつう吸血群は新しい吸血鬼の誕生を自慢するものだ。舞踏会を催し、誕生記念の贈り物を要求し、ちまたのドローンを呼び集め、大盤振る舞いをする。ＢＵＲへの登録は伝統的に式典の一部だ。なにせ地元の人狼まで招待されるのだからな」マコン卿は唇をゆがめ、鋭い歯を剝き出した。「招待とは名ばかりで、実際は人狼団に〝ざまあみろ〟と言いたいだけだ。人狼団にはもう十年以上、新たな人狼は一人も誕生していない」

新しい異界族を生み出すのがいかに困難かは衆知の事実だ。普通の人間は自分がどれだけ魂を持っているかを前もって知ることができない。だから変異に挑むのは命がけだ。多くの取り巻き《ドローン》と世話人《クラヴィジャー》は、若いほうが不死になれる確率が高いと信じ、人生の早い時期に変異に挑む。そのため、彼らの死はなおいっそう痛ましい。異界族が世間で黙認されているのは人口が少ないせいだ。そのことはＢＵＲもアレクシアも知っている。異界族が初めて現代社会の表舞台に現われたとき、昼間族が長年の恐怖を克服できたのは、現存する異界族の数がきわめて少なかったからだ。マコン卿ひきいる人狼団は全部で十一人、ウェストミンスター群はそれよりわずかに少ない——だが、かつてはどちらもかなりの大所帯と思われていた。

アレクシアは首をかしげた。「となると、どういうこと？」

「どこかのはぐれ吸血鬼女王が、群とBURの管轄外で違法に吸血鬼を生み出しているということだ」

アレクシアは息をのんだ。「ウェストミンスター群の縄張りのなかで？」

マコン卿がうなずいた。「しかもナダスディ伯爵夫人の血統で」

「伯爵夫人はさぞ頭にきているでしょうね！」

「頭にきているなんてものじゃない。吸血鬼女王としては当然、殺された吸血鬼はロンドンの外からやってきたよそ者だと主張した。女王は血統のにおいを判別できない。だが、ライオールはウェストミンスター型だと断定した。ウェストミンスター群については長年の経験があるライオールが言うのだから間違いない。しかもライオールの鼻は、団内随一だ。ウールジー人狼団では、ライオールがわたしより古株なのは知ってるだろう？」

アレクシアはうなずいた。マコン卿が伯爵になってまもないことはみな知っている。どうしてライオール教授は自分がアルファになろうとしなかったのかしら？　アレクシアはマコン卿の見るからに筋骨たくましい体格と威圧的な表情を見て納得した。ライオール教授は臆病者ではないが、愚かでもない。

マコン卿が続けた。「あの吸血鬼は、ナダスディ伯爵夫人の〝嚙まれ子〟の一人が勝手に変異させたのかとも考えた。しかし、ライオールが知るかぎり、これまでナダスディ伯爵夫人が女性ドローンを変異させた例は一度もないそうだ。ナダスディ本人は不愉快だろうがね」

「となると、ますます謎ね」アレクシアは顔をしかめた。「ドローンを変異させて新しい吸血鬼を生み出せるのは女性吸血鬼――すなわち女王だけ。なのに造り手のいない吸血鬼が現われた。となると、ライオール教授の鼻かナダスディ伯爵夫人の舌のどちらかが嘘をついているってことになるわ」マコン卿がやつれるのも当然だ。人狼と吸血鬼の意見が食いちがうことほどやっかいなものはない。とくにこの手の捜査においては。「きっとライオール教授が何か答えを見つけてくれるわ」アレクシアはなぐさめるように言った。

マコン卿は新しい紅茶を持ってくるよう、ベルを鳴らした。「そうだな。さて、こっちの問題はこれくらいにして、きみが朝っぱらから執務室に現われた理由をうかがおうか」

アレクシアは床から拾い上げた書類の束をぱらぱらめくり、マコン卿に向かって金属板を振った。「彼にここへ来るように言われたの」

マコン卿はアレクシアが振り動かす金属板を奪い取ってじっと見つめ、不快そうに言った。

「どうしてあんなやつと付き合う？」

アレクシアはスカートをなで、子ヤギ革のブーツの上にひだつきの裾をていねいにおろした。「アケルダマ卿が好きだからよ」

マコン卿の顔が疲れから怒りに変わった。「こりゃ驚いた！　あの男はなんといってきみをたぶらかしてるんだ？　あのいくじなしのチビ助め。やせこけた皮がずたずたになるまでぶちのめしてくれる」

「そういう趣味はあちらにはないと思うけど」アレクシアはつぶやいた。考えてみれば、あたしはアケルダマ卿の本当の気質については何も知らない。だが、アレクシアのつぶやきはマコン卿には聞こえなかったようだ。それとも、わざと異界族の聴覚を使わなかっただけ？　マコン卿は、傲然と部屋を行ったり来たりしながらいまや完全に歯を剝き出している。

アレクシアは立ち上がり、つかつかと歩みよってマコン卿の手首をつかんだ。たちまちマコン卿の歯は引っこみ、黄色い目は琥珀色になった。人狼になる前はこんな色だったに違いない。身体の大きさと怒りの表情は変わらないが、髪のもつれは少し減ったようだ。アレクシアは〝女の武器を使え〟というアケルダマ卿の言葉を思い出し、反対の手をマコン卿の上腕にそっと置いた。

アレクシアは〝バカはやめて〟と言いたい気持ちを抑え、こう言った。「異界族に関するアケルダマ卿の助言がほしかったの。ささいなことであなたの仕事の邪魔をしたくなかったから」いかにもマコン卿に助けを求めたかったような口ぶりだが、ここに来たのはアケルダマ卿に強く言われたからにすぎない。アレクシアは茶色い大きな目を見開き、少しでも鼻が小さく見えるように首をかしげ、懇願するようにまつげを伏せた。アレクシアのまつげは長く、眉は鋭い。だが、マコン卿は鋭い眉より長いまつげに気を取られ、アレクシアの小さな褐色の手を大きな手で包みこんだ。

アレクシアの手が熱くなった。マコン卿が近すぎて両膝が震えている。止まって！　アレクシアはきつく命じた。次はなんと言えばいいの？　そう――〝バカはやめて〟。それから――〝吸血鬼の助けがほしくてアケルダマ卿に助けを求めに行ったの〟。いいえ、そうじゃない。こんなときアイヴィならなんと言うかしら？　そうだわ――「ひどく取り乱していたの。だって昨日、公園でドローンに会って、今晩ナダスディ伯爵夫人の屋敷に招待されたんですもの」

そのとたん、マコン卿の頭からアケルダマ卿を細切れにしてやるという考えは吹き飛んだ。ミス・タラボッティがアケルダマ卿を好きだと言った瞬間、なぜあんなに腹が立ったんだ？　いや、分析はよそう。アケルダマ卿はきわめて行儀のいいはぐれ吸血鬼だ。少しいかれたところもあるが、つねに自分とドローンたちをそつなく律している。そつがなさすぎるくらいだ。アレクシアが好きになっても不思議はない。またしてもマコン卿は唇をゆがめ、アレクシアの手を振りほどくと、今度はアレクシアとナダスディ伯爵夫人が同じ部屋にいる場面を想像し、さっきとは別の意味で不安になった。

マコン卿は飛行船の運航地図が散乱する小さな長椅子にアレクシアを追い立て、地図が音を立ててつぶれるのもかまわず、並んで座った。

「最初から話してくれ」

アレクシアはフェリシティが新聞を読み上げるところから、アイヴィと散歩しているときにミス・デアに声をかけられ、アケルダマ卿の意見をあおいだことまで残らず話した。「言っておきますけど」アレクシアはマコン卿がアケルダマ卿の名前に身をこわばらせたのに気づいて付けくわえた。「あなたに会いにくるようすすめたのはアケルダマ卿よ」

「なんだと！」

「一人で吸血群の屋敷に行くとなれば、できるだけ状況を把握しておく必要があるわ。異界族の争いの多くは情報戦よ。ナダスディ伯爵夫人があたくしから何かを聞き出すつもりなら、それがなんなのか……教えてもいいものかがわかっていたほうがはるかに有利でしょう？」

マコン卿は立ち上がり、動揺のあまり言ってはいけないことを口にした。「行ってはならん！」この女性の何がマコン卿に正しい言葉の使いかたを忘れさせるのかはわからない。だが、たしかに何かがある。気づいたときには口から出ていた。

アレクシアもカッとして立ち上がり、興奮して胸を上下させた。「あなたに命令される筋合いはないわ！」

マコン卿はアレクシアの両手首をがしっとつかんだ。「言っておくが、わたしはBURの主任サンドーナーだ。反異界族はわたしの管轄内にある」

「でも、反異界族には異界族と同じだけの自由があるわ。しかもこれは、れっきとした親睦活動よ。伯爵夫人はあたくしを夕べのひとときに誘った――それだけのことよ」

「アレクシア！」マコン卿はもどかしげにうめいた。

マコン卿がアレクシアを名前で呼ぶのは、いらだっている証拠だ。

マコン卿は気を静めようと深呼吸したが、無駄だった。あまりにアレクシアが近すぎる。吸血鬼はすえた血と血統のにおいがする。同族である人狼は毛皮と湿った夜のにおい。では人間は？　満月ごとにわが身を拘束し、狩りを断ってずいぶんになるが、いまだに人間のにおいはエサのにおいだ。だが、ミス・タラボッティのにおいはそれだけではない。何か……肉ではない何かのにおい。温かくて甘くてスパイシーな……今となっては消化できないが、味の記憶だけは残っていてときどき無性に食べたくなる昔ながらのイタリアふう菓子パンのようなにおいだ。

マコン卿はアレクシアに顔を近づけた。

アレクシアは当然ながらマコン卿をたたいた。「マコン卿！　自分をお忘れよ！」

またやってしまった。アレクシアの手を放したとたん、マコン卿は自分のなかに人狼が戻るのを感じた。数十年前、部分的な死によって得た力と、とぎすまされた感覚。「吸血群がきみを信用するはずがない、ミス・タラボッティ。いいか、彼らはきみのことを天敵だと信じている。最新の科学的発見を知っているか？」マコン卿はデスクをひっかきまわし、週刊の小冊子を取り出した。見出し記事のタイトルは『園芸学的均衡理論《カウンターバランス》の応用』。

アレクシアは意味がわからず、目をぱちくりさせた。冊子をひっくり返すと《ヒポクラス出版》の文字。それでもわからない。もちろんカウンターバランス理論については知っているし、その考えかたじたいには興味もあるけど……。

「カウンターバランスというのは、どんな力にも固有の反対力があるという科学的理論でしょう？　たとえば、自然界にある毒には必ず解毒剤がある。しかも通常、両者は近接して存在する。ちょうどイラクサの葉汁が、イラクサのトゲにさされたときの薬になるように。これがあたくしとなんの関係があるの？」

「吸血鬼は反異界族を自分たちのカウンターバランスと考えている。つまり、きみたち反異界族の根源的存在理由は吸血鬼を無力化することだと信じているんだ」

こんどはアレクシアが鼻を鳴らした。「バカげてるわ！」

「吸血鬼には長い記憶がある。われわれ人狼より長い。われわれは仲間うちの抗争が頻繁なため、彼らより数世紀、早く死ぬ。われわれ異界族が夜にまぎれて人類を狩っていたころ、われわれを狩っていたのはきみたち反異界族の先祖だった。なんとも暴力的なバランスだ。吸血鬼はこれからもきみたちを憎み、ゴーストはきみたちを恐れるだろう。では人狼はどうだ？　われわれにとって変身は部分的な呪いにすぎん。周囲の安全のために月に一度、監禁されればすむことだ。もっとも人狼のなかには、反異界族を満月の呪いに対する救済者と見なす者もいる。みずからペットとなり、反異界族の接触に対する代償として仲間を狩る者もいるらしい」マコン卿はうんざりした表情を浮かべた。「こうした考えかたは〈理性の時代〉が魂の計量化という概念をもたらし、英国国教会がローマ教皇と決別して以来、以前より理解されるようになった。だが、いま新しい科学――たとえばこのカウンターバランス理論のような考えかた――が吸血鬼に古い記憶を呼び起こしはじめたのだ。彼らが反異界族を〈魂吸い〉《ソウル・サッカー》と呼ぶのには正当な理由がある。きみはこの地区に登録されている唯一の反異界族で、しかも吸血鬼を殺したばかりだ」

アレクシアは険しい表情を浮かべた。「でも、もう招待を受けてしまったわ。いまさら断わるのは失礼よ」

「どうしてきみはいつも、そう頑固なんだ?」マコン卿が思わず口走った。

「魂がないからかしら?」アレクシアがにっこり笑った。

「分別がないからだ!」

「たとえそうだとしても」――アレクシアは立ち上がった――「誰かが真実を明らかにしなきゃならないわ。ウェストミンスター群が死んだ吸血鬼について何か知っているのなら、それを突きとめたいの。アケルダマ卿はこう言ったわ――彼らはあたくしが何を知っているかを知りたがっている。それは彼らが事件のことを知っているか、もしくは何も知らないからだ――って。どちらなのかがわかれば有利になるわ」

「またしてもアケルダマ卿か」

「彼の助言は的確よ。それに、あたくしといると気が休まるんですって」

これにはマコン卿も驚いた。「世のなかにはそんなやつもいるかとは思ったが……まったく変な男だ」

アレクシアはむっとして真鍮のパラソルを手に取り、扉に向かいはじめた。

「どうしてこの事件にそんなに興味がある?」マコン卿が呼びとめた。「なぜ首を突っこもうとするんだ?」

「人が死んだからよ。あたくしの手によって」アレクシアは表情をくもらせた。「というか、正確にはあたくしのパラソルによってだけど」

マコン卿はため息をついた。いつかこの手に負えない女性を言い負かしてやりたいが、今日はその日ではなさそうだ。

「自家用馬車で来たのか？」マコン卿は負けを認める代わりにたずねた。

「貸し馬車を呼びますから、ご心配なく」

マコン卿は断固としたしぐさで帽子とコートに手を伸ばした。「ウールジー団の四頭立て大型馬車がある。せめて家まで送ろう」

「ではお言葉に甘えて」今朝はマコン卿にずいぶん譲歩してもらった。これ以上ダダをこねるのは失礼だわ。アレクシアは申し出を受け入れた。「でも、家から少し離れたところで降ろしてくださらない？　母はあたくしがこの件に関係あることをまったく知らないの」

「しかもきみが人狼団の馬車から付き添いもなく降りてくるのを見たら、さぞショックを受けるだろうな。なんであれ、きみの評判に傷がつくような真似はおたがいしたくない、だろう？」マコン卿は想像しただけでぞっとした。

アレクシアはマコン卿の思わせぶりな口調に気づき、笑い声を上げた。「あら、マコン卿、まさか、あたくしがあなたの気を引こうとしているとでも思ってらっしゃるの？」

「笑えるほどおかしいことか？」

アレクシアはいたずらっぽく目を輝かせた。「あたくしははるか昔に婚期を逃したオールドミスで、あなたは引く手あまたの独身男性よ。考えただけでも笑ってしまうわ！」

マコン卿はアレクシアの手を引き、大股で部屋を出ながら「どこがそんなにおかしいのかさっぱりわからん」とつぶやいた。「少なくともきみは、社交界の既婚女性が〝比類なき美女〟と言ってしきりにすすめる女性たちより、わたしと歳が近い」

アレクシアはまたしてもコロコロと笑った。「まあ、おもしろい。あなたはもうすぐ何歳になるの？　二百歳？　二百歳になろうとする人に〝結婚市場の平均的な女性より八つか十、年上でも気にするな〟と言われるなんて、嬉しいけれど無意味だわ」アレクシアはよしよしとでもいうようにマコン卿の腕を軽く叩いた。

マコン卿はアレクシアがあまりに自分を卑下するのを見て困惑して足を止め、はっとわれに返った。おれはなんてバカげた会話をしてるんだ？　もう少しで危険な領域に踏みこむところだった。苦労して勝ち得たロンドン社会に対する冷静な感覚が戻り、マコン卿は決然と口を閉じた。〝歳が近い〟というのは、年齢が近いという意味ではなく、よりわかりあえるという意味だったんだが……いったいおれは何を考えてるんだ？　まったく今日はどうかしてる。これ以上アレクシア・タラボッティには耐えられない――たとえ笑ったときに輝く茶色い目がどんなに愛らしくて、どんなにいいにおいがして、どんなに魅力的な体型をしていようと。

マコン卿はアレクシアをせき立てるように廊下を急いだ。さっさと馬車に乗せ、一刻も早く追いはらったほうがよさそうだ。

ランドルフ・ライオール教授の専門は特定の学問ではなく、広い事象の研究におよび、そのひとつが長年の課題である『人狼の変身に直面した人間の典型的行動』だ。研究の結果、狼から人間に変わるときは、まず上流階級の目を避け、できれば暗い路地の隅を選ぶのが望ましいことがわかった。そこならば見られても狂人か酔っぱらいくらいのものだ。

一般的にはブリテン島の住民——具体的にはロンドンの住民——が原則的に人狼を受け入れるようになったとはいえ、変身の場面に立ち会うのとはまったく別の話だ。ライオールはひそかに変身の達人を自負していた。激しい痛みにも優雅さと気品を失わない。若い人狼のなかには過剰にもがいたり、背を丸めて旋回したり、ときにはクーンと泣き声を上げたりする者もいるが、ライオールは淡々とひとつの姿形から次の姿形に溶けるように変化する。とはいえ、根本的に変身は〝不自然〟なものだ。誤解しないでもらいたいが、そこには白い光も霧も魔法もない。皮膚と骨と体毛が組み変わるだけだ。それでも、たいていの昼間族はあまりの恐怖に絶叫する。絶叫という言葉は、このときのためにあるようなものだ。

ライオールは夜明け前、狼の姿でBURカンタベリー支局に着いた。狼のときのライオールは——お気に入りのベストと同じように——こぎれいという以外にこれといった特徴はない。毛は髪の色と同じ薄茶色で、顔と首まわりをつややのある黒毛が縁取っている。それほど大柄でないのは、もともと大柄な人間ではないからだ。質量保存の法則は、異界族であろうとなかろうと万人に当てはまる。昼間族と同様、人狼も物理法則からは逃れられない。

変身にかかる時間は、わずか数分だ。毛皮が消えて髪の毛になり、骨がバキバキと音を立てて四本脚から二本脚になり、目は淡い黄色から穏やかなハシバミ色になる。人間の姿に戻るとすぐ、狼の姿で走っていたときに口にくわえていたマントをはおり、ライオールは路地を出た。一人の人狼がカンタベリーに着いたことには誰も気づかない。

BUR支局の入口の側柱に寄りかかり、うつらうつらするうちに夜が明け、最初の事務員が現われた。

「どなたです?」

ライオールは入口の扉から身を起こして脇によけ、事務員がカギを開けるのを待った。

「何か?」事務員はあとに続いてなかに入ろうとするライオールをさえぎった。

ライオールは犬歯を剝き出した。朝日のなかではあまりさまにならないが、老練の人狼であるライオールはさりげなくすごんでみせる術を知っている。「ウールジー城人狼団の副ボス《ベータ》でBURの捜査官だ。当支局の吸血鬼個体数登録担当者は誰だね?」

事務員はライオールの犬歯にも動じず、淡々と答えた。「ジョージ・グリームスです。九時ごろにやってきます。控え室はあの角です。靴磨き少年を肉屋に行かせましょうか?」

ライオールは教えられたほうへ歩きだしながら答えた。「そうだな。ではお言葉に甘えてソーセージを三ダースほど頼む。生で」

BURの控え室にはたいてい予備の服が備えてある。何世代にもわたって人狼が行き来するうちに生まれた知恵だ。そこでライオールは趣味にぴったりとは言えないが――ベストについてはかなり不満だ——そこそこの服を見つけると、ソーセージを数本むさぼり食い、手ごろな腰かけに横になって仮眠を取り、九時少し前には、すっかり人間らしい——異界族に可能なかぎり人間らしい——気分で目覚めた。

ジョージ・グリームスはれっきとしたBUR捜査官だが、異界族ではなかった。この弱点をおぎなうためゴーストとペアを組んでいるが、当然ながら相棒は日没までは働かない。いきおい事務処理をこなすだけの平穏無事な日々に慣れきっており、待ち受けるライオールを見て内心うんざりした。

「お名前はなんとおっしゃいました?」部屋に現われたグリームスは、すっかりくつろいでいたライオールにたずね、くたびれたフェルト帽を、酷使された大型箱時計の中身のようなものが詰まった壺に叩きつけるように載せた。

「わたしはランドルフ・ライオール——ウールジー城人狼団のベータでロンドン地区の異界族管理担当補佐官だ」ライオールはグリームスを見下ろした。

「マコン卿のように頑丈なかたの補佐役にしては、ずいぶん細身ですね?」グリームスは片手でぼんやりと、まだ顔についていることを確かめるかのように頬の大きな火傷の跡をなでた。

ライオールはため息をついた。彼の細身の体型を見ると、人は決まってこのような反応を示す。マコン卿があまりに大柄で堂々たる風貌なので、副官も同じような体格と気質だと思いこむらしい。人狼団にとって、つねにスポットライトを浴びる人物と決して浴びない人物を擁することがいかに有益かを理解する者はほとんどいない。だが、この事実を無知なる者に啓蒙する気はさらさらなかった。

「さいわい、これまで任務の遂行に腕力を要求されたことは一度もない。マコン卿に闘いを挑むものはほとんどおらず、挑んだ者はみな敗北する。しかし、わたしがベータの地位についたのは、人狼団協定に忠実にしたがったうえでのことだ。筋力はさほどないが、わたしにはそれ以外の資質がある」

グリームスはため息をついた。「それで、ご用件は？　この地区に人狼団はない――となるとBURがらみの仕事ですか？」

ライオールはうなずいた。「カンタベリーには公式な吸血群がひとつあるだろう？」答えを待たずに続けた。「最近、女王から吸血鬼が増えたとの報告はないか？　変異祝賀パーティの知らせは？」

「とんでもない！　カンタベリー群は歴史ある由緒正しい吸血鬼群ですよ。そのようなバカ騒ぎとは無縁です」グリームスは少し気を悪くしたようだ。

「では、何かいつもと違ったことは？　変異の報告も正式な届け出もなく、いきなり吸血鬼が現われたとか？　そういった話はないか？」と、ライオール。表情は穏やかだが、ハシバミ色の目はじっと相手を見据えている。

グリームスは困惑の表情を浮かべた。「言っておきますが、カンタベリー吸血群は品行方正な集団です。これまでの記録を見ても違反ひとつありません。このような地域の吸血鬼は非常に警戒心が強い。異界族が港町で暮らすのは楽じゃありません。動きが速く、変化が激しいですからね。カンタベリー群は吸血鬼を増やすことに非常に慎重です。言うまでもなく、多くの船乗りが出入りするということは、波止場にはみずから売血娼になろうとする者がいくらでもいるということですから。ともかくBURに関するかぎり、カンタベリー群はまったく問題ありません。おかげで楽をさせてもらっています」

「未登録のはぐれ吸血鬼の数はどうだ？」ライオールは食い下がった。

グリームスは立ち上がり、書類の詰まったワインの木箱の上にしゃがみこむと、ときおり記載内容を読みながら書類をめくった。「五年前に一人。群の女王が登録をさせており、それ以降なんの問題もありません」

ライオールはうなずくと、借り物のシルクハットをひょいとかぶり、背を向けて立ち去りかけた。ブライトン行きの貸し馬車を待たせてある。

そのとき、薄茶色の書類の束をワイン箱に戻しながらグリームスがつぶやいた。「もっとも、登録されたはぐれ吸血鬼の消息はつかめませんが」

ライオールは戸口で立ちどまった。「今なんと言った?」

「行方不明になっているはぐれ吸血鬼たちのことですよ」

ライオールはシルクハットを取った。「その件は年次報告書に書いたか?」

グリームスはあきれて首を振った。「この春、ロンドン本部に報告書を提出しました。読んでないんですか?」

ライオールはグリームスをにらんだ。「どうやらそのようだ。これについてカンタベリー群の女王はなんと言っている？」

グリームスは眉を吊り上げた。「女王が自群のエサ場を徘徊するはぐれ吸血鬼の身を心配すると思いますか？　群にとっては、いなくなったほうが都合がいいに決まってるじゃありませんか」

ライオールは顔をしかめた。「行方不明になったのは何名だ？」

グリームスは眉を吊り上げてライオールを見上げた。「全員ですよ」

ライオールは歯ぎしりした。吸血鬼は縄張り意識が強いため、地元から長くは離れられない。グリームスもライオールもわかっていた。行方不明のはぐれ吸血鬼たちは、すでに死んでいるに違いない。ライオールはありったけの自制心で深いいらだちを隠した。はぐれ吸血鬼の失踪は吸血群の女王にはたいした問題ではないが、BURにとっては重大だ。ただちに本部に報告しなければならない。BURがあつかう吸血鬼の問題の大半は、人狼の問題の大半が一匹狼がらみであるのと同じように、はぐれ吸血鬼がらみだ。グリームスには配置がえが必要だな――ライオールは思った。この男の行動にはドローンじみたところがある。異界族にまつわる古代の謎に魅了される、なりたてのドローンのような。吸血鬼関係の担当者がいいかげん、吸血鬼キャンプに入りびたっていては、ろくなことにならない。

ライオールは、いけすかないグリームスに怒りを覚えつつも平然と辞去の会釈をし、考えこみながら廊下を歩きはじめた。

控え室では見知らぬ男がライオールを待っていた。見たことのない顔だが、毛皮と湿った夜のにおいがする。

男は茶色の山高帽を両手でにぎると、盾のように胸の前に構え、ライオールを見て会釈した。挨拶というより、首の横を見せる服従のポーズのようだ。

最初に口を開いたのはライオールだった。

はたからは人狼団の優劣関係は複雑そうに見えるが、英国にライオールより地位の高い人狼はほとんどいないし、ライオールは自分より上位の顔とにおいをすべて知っている。目の前の男はそのなかの一人ではない。つまりライオールのほうが上位ということだ。

「この支局に人狼職員はいないはずだが」ライオールが厳しい口調で言った。

「おっしゃるとおり、BURの者ではありません。この街に人狼団はありませんが、高名なライオール教授の名は存じております。われわれはマコン卿の管轄下にあります」

ライオールは腕を組んでうなずいた。「しかもウールジー人狼団の一員でもないな。わたしにはわかる」

「はい、おっしゃるとおりです。団にも属しておりません」

ライオールは唇をゆがめた。「一匹狼か」思わず毛が逆立った。一匹狼は危険だ。なにせ本来は共同体指向の動物が、正気と統制を保つ社会的構造から切り離されているのだから。

アルファへの挑戦は公式ガイドラインにのっとり、原則的に団内の人狼によって行なわれる。最近の例外として記憶に新しいのが、他団のコナル・マコンによるウールジー団アルファへの予期せぬ挑戦だった。しかし多くの場合、ケンカや暴力、人肉の饗宴、その他、非論理的大量殺戮は、すべて一匹狼のしわざだ。一匹狼の数ははぐれ吸血鬼より多く、その危険性ははるかに高い。

一匹狼はライオールの軽蔑の表情に帽子をにぎりしめ、うなだれた。狼の姿のときなら、しっぽを後ろ脚のあいだにきつくはさんで（縮みあがっての意）いただろう。

「そうです。わたしはここに見張りを立て、ウールジー団のアルファが捜査官を送りこむのを待っていました。クラヴィジャーからあなた様の到着の知らせを受け、正式な報告をしたほうがいいのかどうか、直接、自分で確かめようと、こうして待っておりました。若造ではないので、太陽のもとでも、もうしばらくなら耐えられます」

「ここに来たのは吸血群の件だ。人狼団は関係ない」用件がわからず、ライオールはじれったそうに言った。

「え、いまなんと？」一匹狼は心から驚いた。

ライオールは混乱させられるのが嫌いだ。何が起こっているのかわからない状態には耐えられないし、わからないことで不利な状況に置かれたくもない――とりわけ一匹狼の前では。

「報告せよ！」ライオールは一喝した。

一匹狼はライオールの剣幕に丸まりそうな背を必死に伸ばした。ジョージ・グリームスと違って、この男はライオールの戦闘能力を知っている。「止まったんです」

「何が止まったんだ？」静かですごみのある声だ。

一匹狼は唾をのみこみ、またしても山高帽をもみしぼった。この接見が終わるころにはボロボロになっているかもしれない。「失踪です」

「それはわかっている！」ライオールがどなった。「たったいまグリームスから聞いたばかりだ」

一匹狼は困惑の表情を浮かべた。「でも、グリームスは吸血鬼担当です」

「そうだが……？」

「わたしが言っているのは、行方不明になった人狼たちのことです。マコン卿はわれわれがロンドンに近づかないよう、一匹狼の多くをこのあたりの海岸ぞいに隔離しました。なぐり合いのケンカをするくらいなら海賊退治に精を出すようにと」

「それで？」

一匹狼はまたしても縮こまった。「ご存じだと思っていました。てっきりアルファが始めて、やめられたのかと……。この現象が始まってから数カ月になります」

「マコン卿が殺処分をやっていると思っていたのか？」

「人狼団は決して一匹狼を認めません。マコン卿は新しいアルファですから、権威を示す必要があります」

たしかに一理ある。「こうしてはいられない」ライオールが言った。「ふたたび失踪が始まったらすぐに知らせてくれ」

一匹狼はおどおどと咳払いした。「それはできません。申しわけありません」

ライオールがギッとにらみかえした。

一匹狼は指をクラバットにかけて引き下ろし、弁解するように首をさらした。「すみません、でも残っているのはわたしだけなんです」

ライオールの全身に寒気が走り、毛が逆立った。

ライオールはブライトン行きを中止し、次の駅馬車でふたたびロンドンに向かった。

4 われらがヒロイン、よき助言を無視する

自宅を出るのにこそこそ人目を盗まなければならないのは屈辱だったが、夜中に吸血群の屋敷に出かけることが母親に知れたら、ただではすまない。この違法行為にしぶしぶ協力したのはフルーテだった。フルーテはアレクシアが生まれるずっと前から、あの大胆で過激なアレッサンドロ・タラボッティの従者だった男だ。執事業を超えたあらゆる世事にたけ、よからぬやからとかかわりあいになったことも一度や二度ではない。フルーテは〝大事なお嬢様《ヤング・ミス》〟を裏の勝手口から送り出し、抜かりなく調理係の古いマントをかぶせると、それまでじっと動かず、音も立てずに待っていた貸し馬車に押しこんだ。

馬車はガタゴトと夜の通りを進んだ。アレクシアは窓を引き下ろし、帽子と髪の乱れを気にしつつ顔を出して夜の景色をながめた。満月の四分の三ほどまで大きくなった月は、まだ建物の上までは昇っていない。上空に飛行船がぼんやり見えた。最終の乗船客に、闇に浮かぶ星と街の灯を見せるという趣向らしい。でも、あれに乗りたいとは思わないわ。地上でもこれだけ冷えるのだから、上空はさぞ寒いに違いない。だけど、ロンドンの夜はたいていこんなものだ。暖かい晩などめったにない。アレクシアは身震いして窓を閉めた。

馬車は街でも流行の先端をゆく高級住宅地――だが、アレクシアの友人たちが訪れるような場所ではない――に止まった。それほど長くはかからないだろうと、アレクシアは馬車に待つように告げ、お気に入りの緑とグレイのチェックのよそゆきドレスをつまみ上げて玄関に急いだ。

アレクシアが近づくと、若くて美しいメイドが扉を開けてお辞儀した。濃いブロンドの髪にすみれ色の大きな目。身なりもぱりっとして、できたてのペニー銅貨が黒いドレスと白いエプロンをつけているかのようだ。

「ミズ・タラボーッティ？」メイドが強いフランスなまりでたずねた。

アレクシアはドレスを引っぱって座りじわを取り、うなずいた。

「伯爵夫人、お待ちです。どーぞこちらへ」メイドは先に立って長い廊下を歩きはじめた。流れるような優雅な動きで腰を振る様子は、まるで踊り子のようだ。隣を歩くアレクシアは、自分が巨大で、色黒で、ひどくやぼったく思えた。

屋敷はこうした豪邸によくある造りだが、どこより豪華で、あらゆる近代的設備が整っていた。アレクシアはスノッドグローブ公爵邸を思い出した。あそこに比べると、ここの贅沢さと豪華さは本物だ。わざわざ見せびらかさなくても、ただそこにあるだけで本物感が伝わってくる。

三百年前にオスマン帝国から直輸入したとおぼしき、内装に調和した深紅色の厚くて柔らかい絨毯《じゅうたん》。壁にずらりと並ぶ美しい絵画。古いものもあれば、最近、新聞のギャラリー案内欄で見かけた名前をサインした現代作家の作品もある。そして優美なマホガニー材の陳列ケースのなかに並ぶ美しい塑像の数々……。クリーム色の大理石でできたローマの胸像。ラピスラズリを埋めこんだエジプト神。花崗岩と縞瑪瑙《しまめのう》でできた現代作品。角を曲がると、ぴかぴかに磨かれ、入念に手入れされた機械が塑像よろしく通路脇に飾ってあった。人類史上初の蒸気機関。銀と金でできた一輪車。そして……思わずアレクシアは息をのんだ。あれは機械工学者バベッジが発明した階差機関《ディファレンス・エンジン》の模型じゃない？　どれもしみひとつなく、鋭い目で選びぬかれた逸品で、ひとつひとつに重厚な威厳がただよっている。博物館好きのアレクシアには、これまで訪れたどの博物館より立派に思えた。見わたすと、いたるところで身なりのよいドローンがてきぱきと露払いを務め、夜のお楽しみの準備を進めている。雰囲気にぴったりの、さりげなくエレガントな服をまとった彼らもまた選びぬかれた芸術品だ。

アレクシアには、こうした壮麗さを心から味わう魂がない。それでも洗練された雰囲気には圧倒された。ひどく気後れして、地味なドレスをしきりになでつけたが、すぐに思いなおして背筋を伸ばした。そもそもあたしのような十人並みの色黒のオールドミスがこの豪華さにかなうはずがない。いまあるもので勝負するしかないわ。アレクシアは軽く胸を張り、気を静めるように息を吸った。

フランス人メイドが広い客間の扉を開けてお辞儀し、赤い絨毯の上を音も立てず、腰を左右に揺らしてすべるようになかに入った。

「まあ、ミス・タラボッティ！　ようこそウェストミンスター群へ」

近づいて挨拶した女性は、アレクシアの予想とはまったく違った。小柄で小太り。人なつっこい表情。赤い頬に、きらめく濃いブルーの目。ルネサンス絵画から出てきた羊飼いの娘のようだ。アレクシアは室内の一群を見まわした。たしかに群だ。

「ナダスディ伯爵夫人でいらっしゃいますか？」アレクシアはおずおずとたずねた。

「ええ、そうよ！　こちらはアンブローズ卿。あちらはシーデス博士。それからあちらの男性はヘマトル公爵。ミス・デアは、もうご存じね」ナダスディ伯爵夫人は身振りをまじえて紹介した。そのしぐさはとても優雅だが、どこかわざとらしい。練習の成果を披露するべく言語学者が外国語を一語一語ていねいに発音するかのようだ。

長椅子からやさしく笑いかけるミス・デア以外は、誰ひとりアレクシアを見てうれしそうではなかった。ドローンの出席者はミス・デアだけで、ほかの三人は吸血鬼らしい。誰とも面識はないが、シーデス博士の研究については、学術的探求に没頭していたころ何かで読んだことがある。

「お目にかかれて光栄です」アレクシアがていねいに挨拶すると、三人は礼儀にしたがい、ぼそぼそと挨拶を返した。

アンブローズ卿は大柄で端正な男だ。黒髪。貴族ふうの顔立ちに浮かぶ物憂げな傲慢さ。意味ありげな深い目。夢見がちな女学生が吸血鬼に対して抱く幻想そのもののような風貌だ。シーデス博士も長身だが、ステッキのようにやせており、薄くなりかけた髪が変異によって後退の途中でとどまっている。医者かばんをたずさえているが、医者ではない。以前に読んだ記事によれば、シーデス博士のロンドン王立協会会員権は広範な工学技術に与えられたものだ。最後の一人へマトル公爵はわざと目立たなくしているような、なんの特徴もない風貌で、どことなくライオール教授を思わせる。アレクシアは大いなる警戒心と敬意を持ってへマトル公爵を見つめた。

「握手してもかまわないかしら？」ウェストミンスター群の女王は異界族特有の唐突さで、すべるようにアレクシアに近づいた。

アレクシアはたじろいだ。

近くで見るナダスディ伯爵夫人の肌は、それほどつややかではなかった。赤い頬も太陽を浴びたせいではなく、化粧のなせるわざだ。塗り固めたクリームと粉の下の肌は青白く、目のきらめきもない。天文学者が太陽観察に使う黒ガラスのように鋭く光るだけだ。

アレクシアはあとずさった。

「あなたの状態を確かめたいの」そう言って、ナダスディ伯爵夫人はさらに近づき……。いきなりアレクシアの手首を強くつかんだ。伯爵夫人の小さな手は信じられないほど強かったが、触れあった瞬間、その力の大半は消えた。もしかしたらナダスディ伯爵夫人は、はるかはるか遠い昔、本当に羊飼いだったのかもしれない。

ナダスディ伯爵夫人がほほえみかけた。牙が消えている。

「だから危険だと申しあげたのです、女王様」アンブローズ卿がぶっきらぼうに言った。

「この場ではっきりさせましょう。問題解決のためとはいえ、この方法には反対です」

アレクシアは首をかしげた。アンブローズ卿はあたしが反異界族であることに怒ってるの？　それとも女王に与えた身体的影響？

ナダスディ伯爵夫人がアレクシアの手首を離すと、ふたたび牙が現われた。長くて細く、よく見るととげのように先端が鉤状になっている。次の瞬間、伯爵夫人は稲妻のような速さで鉤爪のついた片手を真横に動かした。アンブローズ卿の顔に赤い細長い筋が現われた。

「越権行為よ、わが血の子」

アンブローズ卿は黒髪の頭を下げた。すでに傷はふさがり、治りかけている。「お許しください、女王様。御身《おんみ》が心配のあまり、つい」

「だからあなたはわたくしの親衛隊なのよ」伯爵夫人は急に語調を変えて手を伸ばし、たったいま自分で切り裂いたアンブローズ卿の頬を優しくなでた。

「アンブローズ卿の言うとおりです。〈魂吸い《ソウル・サッカー》〉に触れさせるなど、いったん人間に戻れば、ひとつの傷が命取りになりかねません」こんどはシーデス博士が発言した。やや甲高い声は、語尾が不明瞭で、スズメバチが群がる前に立てる音のようだ。

意外にも伯爵夫人はシーデス博士には爪を振るわず、にっこり笑って鉤状の鋭い牙を剥き出した。アレクシアは首をかしげた——やすりをかければ、あんな形になるのかしら？

「この女性は目の前に立っているだけよ。脅威でもなんでもないわ。あなたたちは若いから、この女性の種族が受け継ぐ本物の危険を知らないのよ」

「それくらい知っています」ヘマトル公爵がほかの二人より静かな、敵意に満ちた口調で言った。こちらは沸騰するヤカンから漏れる柔らかい蒸気のような声だ。

　ナダスディ伯爵夫人はアレクシアの腕をやさしく取り、深く息を吸った――大嫌いな香りだけど、なんとしても香りの正体を突きとめたいとでもいうように。「女性の反異界族から直接、危険な目に遭わされたことは一度もないわ。これまで、つねに男性でした」伯爵夫人は秘密めかしてアレクシアにささやいた。「男というものは狩りが好きでしょう？」

「わたしが心配なのは殺人能力ではない。その反対です」ヘマトル公爵がおだやかに言った。

「それを言うなら、彼女を避けなければならないのはわたくしではなく、あなたがた男性ではないの？」伯爵夫人がからかうように言うと、アンブローズ卿がせせら笑った。

　アレクシアは不満そうに目を細めた。「あたくしは招待されて来たんです。邪魔者あつかいされたり、無視されたりするために来たのではありませんわ」そう言うと、伯爵夫人の手を激しく振り切り、背を向けて立ち去りはじめた。

「待って！」ナダスディ伯爵夫人が鋭く呼び止めた。

　アレクシアはかまわず扉に向かった。恐怖で息が詰まりそうだ。は虫類のねぐらに捕らわれたふわふわの小動物の気持ちは、きっとこんなふうに違いない。次の瞬間、誰かが扉の前に立ちはだかり、アレクシアは足を止めた。長身で嫌味なほど優美なアンブローズ卿が吸血鬼特有の敏捷さで目の前に立ち、あざけるような表情で見下ろしている。あたしはこんなタイプより、ぶっきらぼうで、ところどころだらしない巨体のマコン卿のほうがよっぽどいいわ。

「そこをどいてください！」と、アレクシア。ああ、手もとに真鍮パラソルがあったら……。どうして忘れてきたのかしら？　あれがあれば、股間に一撃、浴びせてやれるのに。

金色巻き毛のミス・デアが立ち上がり、青い目に困惑を浮かべて近づいた。「お願いです、ミス・タラボッティ。まだお帰りにならないで。これはたんに吸血鬼の記憶が長いほど気が長くないせいですわ」ミス・デアはアンブローズ卿をうらめしそうににらむと、気づかうようにアレクシアの肘を取り、無理やり椅子に向かわせた。

アレクシアは緑とグレイのタフタドレスをこすらせ、おとなしく腰を下ろした。ますます追いつめられた気分だ。ナダスディ伯爵夫人が向かいの椅子に座るのを見て、ようやくアレクシアはホッとした。

ミス・デアがひもを引いて呼び鈴を鳴らすと、先ほどのすみれ色の目の美しいメイドが戸口に現われた。「お茶をお願い、アンジェリク」

アンジェリクと呼ばれたメイドは姿を消し、数分後、盛りだくさんのティーワゴンを押して現われた。ワゴンの上にはキュウリのサンドイッチ、ピクルス、レモンピールの砂糖漬け、バッテンバーグ・ケーキが並んでいる。

ナダスディ伯爵夫人がみずから紅茶を注いだ。アレクシアはミルク、ミス・デアはレモン、三人の吸血鬼はガラスの水差しからまだ温かそうな血をひとしずく入れた。なんの血かは考えたくもない。ふと科学的疑問が頭をもたげた。もしあの水差しに反異界族の血を混ぜたらどうだろう？　毒になる？　それとも一定の時間だけ人間の姿に戻るのかしら？

アレクシアとミス・デアは食べ物に手をつけたが、それ以外は誰も食べなかった。アケルダマ卿と違って、味覚を楽しむ気もなければ、客に合わせて食べるふりをする気もなさそうだ。何も食べない女主人の前で食べるのは気がひけるが、アレクシアはおいしい食べ物と紅茶を遠慮するタイプではない。屋敷にあるすべてのものと同様、紅茶もまた一級品だ。アレクシアはあわてず、上品な青と白の磁器カップからゆっくりお茶を飲み、お代わりまで要求した。

ナダスディ伯爵夫人はアレクシアがキュウリのサンドイッチを半分ほど食べ終えたところで会話を再開した。無難でありふれた世間話だ。ウエスト・エンドで上演中の新しい劇のこと……最近の展覧会について……満月が近いこと……。満月の日は人狼たちの強制的休日となるため、働く吸血鬼には定休日となるのだ。

「スノッドグローブ公爵の屋敷のそばに新しい紳士クラブができたそうですわね」元気を取り戻したアレクシアが最新の話題を持ち出すと、ナダスディ伯爵夫人は笑い声を上げた。

「公爵夫人はさぞご立腹でしょうね。どう見ても周辺の雰囲気が悪くなるわ。それでもわたくしに言わせれば不幸中の幸いね。もっとひどい状況もありえたのだから」

「〈ブードルズ〉だったかもしれませんものね」ミス・デアがくすくす笑った。郷士の名士に昼も夜もあたりをうろつかれて困惑するスノッドグローブ公爵夫人を想像したのだろう。

「もっと悪ければ〈クラレット〉だったかもしれない」ヘマトル公爵が人狼御用達の紳士クラブの名をあげると、吸血鬼たちはどっと大笑いした。まあ、なんて下品なの！

とたんにアレクシアはヘマトル公爵が嫌いになった。

「スノッドグローブ公爵夫人と言えば」ナダスディ伯爵夫人はアレクシアを呼び出した核心へとさりげなく話を向けた。「おとといの晩、舞踏会のあいだに何があったんですの、ミス・タラボッティ？」

アレクシアはカップをそっとソーサーに載せ、カチリと音を立ててワゴンに置いた。「新聞に書いてあったとおりですわ」

「きみの名前は出ていなかったようだが」と、アンブローズ卿。

「殺された若い男が異界族だったことも書いてなかった」と、シーデス博士。

「そして、あなたの一撃で死亡したことも」ナダスディ伯爵夫人は椅子の背にもたれ、丸く人なつっこい顔にかすかに笑みを浮かべた。笑みが似合わないのは、四本の牙がぽってりした羊飼いふうの唇に小さなくぼみをつけるせいだ。

アレクシアは腕を組んだ。「よくご存じですわね。そこまでご存じなら、なぜあたくしを呼び出したのです？」

誰も答えない。

「事故だったんです」アレクシアは防御の姿勢を解いてつぶやき、よく味わいもせずにバッテンバーグ・ケーキをかじった。こんな食べかたは、この小さなケーキに対して失礼だ。プレーンの生地とママレード入りの分厚いスポンジ生地を市松模様に組み、煮詰めたアーモンドペーストでコーティングしたバッテンバーグ・ケーキは、じっくり堪能するべきお菓子なのに。でも、このスポンジはパサついていて、アーモンドペーストがじゃりじゃりするわ。

「実にあざやかに心臓をひと突きだった」と、シーデス博士。

アレクシアは即座に弁解した。「これ以上ないほどあざやかでした。ほとんど出血もないほど。非難される筋合いはありませんわ、高貴なるみなさん。彼を飢餓状態に追いこんだのはあたくしではありません」まともな人間で、アレクシアを引っこみ思案と言う者は誰もいない。どちらかと言うと、攻撃されたら利子をつけて反撃するタイプだ。反異界族だから？いや、たんに頑固な気性のせいだ。アレクシアはすねる子どもに話すように断言した。「あの吸血鬼は完全に群から無視されていました。変異したてのころにまともな教育を受けなかった証拠に、あたくしが何者かも知りませんでしたわ」もっと近くに座っていたら、伯爵夫人の胸もとを指でぐいと突いてやるところだ。引っ掻けるものなら引っ掻いてごらんなさい。この目で見届けてやるわ！　アレクシアは気のすむまで恐ろしげににらみつけた。

ナダスディ伯爵夫人はいきなり非難の矛先を向けられ、驚いた。「あの吸血鬼はわたくしの群の者ではないわ！」弁解するような口調だ。

アレクシアは立ち上がって背筋を伸ばした。このときばかりは立派な体格が武器になる。アレクシアはアンブローズ卿とシーデス博士を除く全員を見下ろした。「いったいこれはなんの真似ですの？　マコン卿は、死んだ吸血鬼からウェストミンスター群の血のにおいがすると言いました。あなたか、もしくはあなたの子によって変異したとしか考えられません。こんなことになったのはあなたの不注意と力不足のせいじゃありませんの？　責任を押しつけられる筋合いはありません。あたくしの行為はれっきとした正当防衛です」アレクシアは片手を上げて反論を制し、先を続けた。「たしかに、あたくしは普通の昼間族より身を守る能力が発達しています。でも、吸血群の血の管理を怠ったのはあたくしじゃありませんわ」

アンブローズ卿がシューッと息を吐き、牙を剝き出した。「言葉が過ぎるぞ、〈ソウル・サッカー〉」

ミス・デアが立ち上がり、アンブローズ卿の暴言に啞然として片手で口をおおった。青い大きな目を見開き、おびえたウサギのようにアレクシアとナダスディ伯爵夫人を交互に見ている。

アレクシアは必死にアンブローズ卿を無視したが、全身が鳥肌立っていた。にらまれた獲物のように、今すぐ駆けだして長椅子の後ろに隠れたい。だが、アレクシアは衝動を抑えこんだ。吸血鬼を狩っていたのは反異界族であって、逆ではない。理論的に言えば、アンブローズ卿があたしの正当なる獲物だ。長椅子の後ろで震えるべきはあなたのほうよ！　アレクシアはティーワゴンの上に身を乗り出し、ナダスディ伯爵夫人に顔を近づけた。マコン卿のようにすごんだつもりだが、緑とグレイのチェックのよそゆきドレスと大きなお尻では、効果のほどは疑わしい。

ほどなくアレクシアは何ごともなかったかのように二切れ目のバッテンバーグ・ケーキにフォークを突き刺した。フォークの先が皿に当たってカチッと大きな音を立てたとたん、ミス・デアが飛び上がった。

「ひとつの点についてはおっしゃるとおりよ、ミス・タラボッティ」と、ナダスディ伯爵夫人。「これはわたくしたちの問題であり、群の問題です。だから、あなたはかかわるべきではないし、BURもしかり。もっとも簡単に手を引くとは思えないけど。でも、わたくしたちが詳しい情報を手に入れるまでは邪魔させません。人狼の毛深い鼻で詮索されるのはまっぴらよ！」

アレクシアは伯爵夫人の言葉じりをとらえた。「つまり、謎の吸血鬼の出現は一人だけじゃないってことですわね？」

伯爵夫人は冷ややかにアレクシアを見た。

「BURが情報を得れば、なぜこんなことが起こっているのかがより早くわかるかもしれませんわ」と、アレクシア。

「これは吸血群の問題よ。BURは関係ないわ」伯爵夫人はこれ以上、言うことはないとばかりに繰り返した。

「未登録のはぐれ吸血鬼が群の知らないところでロンドンを徘徊しているとなれば、そうとは言えません。その時点でBURの仕事ですわ。あなたがただって、人間が吸血鬼を恐れ、反異界族が吸血鬼を狩っていた〈暗黒の時代〉に戻りたくはないでしょう？　少なくとも吸血鬼は政府の管理下に置かれているように見せる必要がある。それがBURに与えられた重要な任務のひとつです。それはあなたもあたくしも知っている——というより、この部屋にいる全員が知っておくべきことじゃありませんこと！」アレクシアは強く言いはなった。

「はぐれ吸血鬼！　わたくしの前で、はぐれ者の話をしないでちょうだい――あんなけがらわしい、無法な狂人どものことなど！」ナダスディ伯爵夫人は唇を噛んだ。イングランドで最年長の不死者のしぐさと思うと、どことなくほほえましい。

ナダスディ伯爵夫人の困惑の表情を見て、ようやくアレクシアは状況を理解した。ウェストミンスター群の女王はおびえている。アケルダマ卿と同じように、女王も自分の縄張り内のことは完全に把握しておきたいのだろう。何百年も生きてきた女王にとって、これまでに起こったことはつねに予測と退屈の範囲内だった。だが、今回ばかりは理解の範囲を超えている。吸血鬼はサプライズが嫌いだ。

「話を聞かせてください」アレクシアは口調をやわらげた。マコン卿にはこの手が効いた。異界族とうまくやるコツは、単純に下手に出ることかもしれない。「これまで何人、現われたのです？」

「女王様、油断してはなりません」と、ヘマトル公爵。

ナダスディ伯爵夫人はため息をつき、三人の吸血鬼の顔を順に見わたした。「この二週間に三人。そのうち二人を捕らえました。二人は吸血鬼の作法を何も知らず、混乱して取り乱し、手厚い看護にもかかわらず二、三日以内に死亡したわ。あなたの言うとおり、彼らは反異界族の脅威も、群の女王に対する敬意も、〈宰相〉の事務所のことさえ知らなかった。BURのことも、登録法についても。あの姿のまま、どこからか湧き出し、いきなりロンドンの通りに現われたかのようだったわ――まるでゼウスの心から生まれたアテナのように」

「アテナは戦《いくさ》の女神ですけど」アレクシアがおずおずと訂正した。

「何世紀も生きてきて、こんなことは初めてよ。ブリテン島には人間による政府ができる前からいくつかの吸血群があったの。封建制は吸血群と人狼団の歴史を手本にしたものだし、ローマ帝国は吸血群の組織と効率性を採用したわ。群の構造は単なる社会制度ではなく、本能にもとづくものよ。吸血鬼は群の外では生まれない。なぜなら変異を起こせるのは女王だけだから。それがわたくしたちの最大の強みであり、これが統制を生むの。でも、これは同時に最大の弱みでもあるわ」ナダスディ伯爵夫人は小さな手を見おろした。

アレクシアは演説のあいだじゅう、無言で伯爵夫人の顔を見つめていた。たしかに伯爵夫人はおびえているが、恐怖の端々に激しい渇望が感じられた。もし女王の介在なしに吸血鬼を生み出すことができたら！　ウェストミンスター群が事実を解明したがっているのは、その技術を手に入れたいからだ。そんな技術があれば、吸血鬼なら誰だってほしいに決まっている。彼らが現代科学に多額の投資をする理由のひとつはそれだ。廊下にあった機械を見ればわかる。あれはたんに客を驚かせ、喜ばせるためだけのものではない。ドローンのなかにはすぐれた発明家もいるのだろう。ウェストミンスター群はジファール飛行船会社の株式の半数以上を保持しているという噂もある。だが、彼らの真の望みは科学の飛躍的発展――すなわち〝牙なくして異界族を誕生させること〟だ。それができれば、まさに奇跡だわ。

「これからどうなさるおつもり？」アレクシアがたずねた。

「すでに次の手は打ったわ。こうして反異界族であるあなたを吸血群の問題に引きずりこんだ」

「〈宰相〉は喜ばれないでしょうな」と、ヘマトル公爵。不満というより、あきらめの口調だ。結局のところ、彼は女王と女王の決断を支持するしかない。

〈宰相〉とはヴィクトリア女王につかえる相談役で、首相に相当する吸血鬼だ。通常、政治的見識のある名の知れたはぐれ吸血鬼が務める。〈宰相〉は大英帝国内のすべての吸血群から投票で選ばれ、より優れた人物が現われるまで在任する。はぐれ吸血鬼が吸血鬼社会で社会的に重要な地位を得るには、この方法しかない。現在の〈宰相〉はエリザベス一世の即位以来、その地位を保っていた。ヴィクトリア女王は〈宰相〉の助言を重視しており、大英帝国の繁栄も彼の進言による部分が大きいらしい。これは、ヴィクトリア女王の人狼の相談役である〈将軍〉についても同じことが言えた。〈宰相〉に並ぶ長い在任期間を誇る現〈将軍〉は一匹狼で、主に軍事分野を担当し、団内のボス《アルファ》争いにはかかわらない。二人は一般社会とのパイプ役を務める貴重な政治家として、ちまたの一匹狼やはぐれ吸血鬼からあがめられている。しかし、体制に忠実なすべての部外者と同様、〈宰相〉も〈将軍〉も自分たちのルーツを忘れ、体制寄りになりがちだ。とはいえ、〈宰相〉も最終的には吸血群に頭が上がらない。

「〈宰相〉は女王ではないわ。これは群の問題で、政治とは無関係よ」ナダスディ伯爵夫人がぴしゃりと言った。

「しかし、いずれは話さなければならないでしょう」ヘマトル公爵は骨張った手で薄くなった髪を掻き上げた。

「なぜ話す必要がある？」アンブローズ卿はどうしても部外者には知られたくないらしい。アレクシアに相談することにも反対だったし、政治家の介入も気に入らないようだ。

「お二人とも、その件についてはのちほど相談してはいかが？」ミス・デアは小さく咳払いし、つかのま忘れ去られたアレクシアを頭で示した。

アレクシアは三切れ目のバッテンバーグ・ケーキを呑みこみ、抜け目ない表情をつくろった。

シーデス博士が振り向き、アレクシアを鋭くにらんだ。「きみは、いずれ厄介ごとを引き起こす」非難がましい口調だ。「反異界族はいつもそうだ。せいぜい仲よしの〝月に吠えるやつら〟を見張っているがいい。人狼には人狼の仕事がある。わかるだろう？」

「あなたがた〝血を吸う者たち〟は、あたくしを心から心配してくださってるようですわね？」アレクシアはケーキのかけらを膝からさりげなく払い落とし、鋭く見返した。

「なんと勇敢なレディだ！　この期におよんで冗談を言うとは」アンブローズ卿が当てつけがましく言った。

アレクシアは立ち上がり、目の前の一団に向かってうなずいた。言葉がいよいよ険悪になってきた。アレクシアの読みが正しければ、いつ暴言が暴挙に変わっても不思議はない。そろそろ切り上げたほうがよさそうだ。いとまを告げるとすれば今しかない。

「すてきなおもてなしに感謝いたします」アレクシアは精いっぱい捕食者ふうの笑みを浮か

べ、「実に」と、わざと間を取り、慎重に言葉を選んだ。「有意義でしたわ」

ミス・デアが女王を見た。女王がうなずくと、ミス・デアは重いビロードのカーテンの陰に隠れていたロープを引いて呼び鈴を鳴らした。ふたたび美しい金髪のメイドが戸口に現われ、アレクシアはあとについて歩きだした。恐ろしい獣のあごからかろうじて脱出したような気分だ。

入口の階段を下り、馬車に向かいかけたとき、アレクシアは腕をぐっとつかまれた。かわいいアンジェリクは見かけよりはるかに力が強かった。だが、異界族の強さではない。アンジェリクはただのドローンだ。

「何か?」アレクシアはていねいにたずねた。

「あなた、BURのかたですか?」アンジェリクは思いつめたようにすみれ色の目を見開いた。

アレクシアは答えに詰まった。公認されたわけじゃないから、そうと言えば嘘になる。雇ってもらえないのはマコン卿とBURの古めかしい方針のせいだわ！　「正式な職員ではないけど――」

「では、伝言、届けてくださいますか?」と、アンジェリク。

アレクシアはうなずき、顔を近づけた。関心を示すつもりもあったが、何よりアンジェリクの万力のような力をゆるめたかった。明日は腕にあざができているに違いない。

「どのようなことかしら?」

アンジェリクはあたりを見まわした。「どーか、行方不明者を探すよう頼んでください。あたしのご主人様、はぐれ吸血鬼です。先週、姿を消しました。パッと」そういってパチンと指をはじいた。「手品のよーに。あたしはきれーで仕事もできるので、この群に連れてこられました。でも伯爵夫人はしかたなく置いているだけ。ご主人様の保護、なければ、いつまで生きられるかわかりません」

アンジェリクが何を言いたいのか、アレクシアにはさっぱりわからなかった。アケルダマ卿はかつて、吸血群の政治に比べれば英国政府など――昼間と陰にかかわらず――子どもだましだと言ったが、あの言葉は本当だったらしい。たしかに吸血群内の駆け引きは複雑そうだ。「あの、よくわからないのだけれど」

「せめて、やってみるだけでも」

そうね――やってみるだけなら問題ないわ。「具体的には何をすればいいの？」

「はぐれ吸血鬼たち、どこに消えたのか、どーして新しいはぐれ者が現われたのか、突きとめてください」アンジェリクはカギ穴から盗み聞きするのが得意らしい。

アレクシアはまばたきして話を追った。「吸血鬼がどこからともなく現われるだけじゃなくて、消えているの？　それって、その、はぐれ吸血鬼が化粧や恐ろしげなシャツで変装して〈なりたて〉のように見せているとかではないの？」

「いーえ」アンジェリクはアレクシアの冴えないユーモアに冷たい視線を向けた。

「そうね、悪ふざけだとしても、そんなバカな真似をするはずがないわね」アレクシアはため息をついてうなずいた。「わかった。やってみるわ」と答えたものの、事件はますます複雑になってきた。吸血群にもわからないなら、BURにはもっとわからない。いったいあたしに何がわかると言うの？

アンジェリクはアレクシアの迷いには気づかず、安心したように腕から手を離すと、すべるように屋敷に戻り、大きな扉をバタンと閉めた。

困惑に顔をしかめたままアレクシアは階段を下り、停まっている貸し馬車に向かった――それが乗ってきた馬車ではなく、御者が違うことにも気づかず。

馬車のなかに先客がいるのを見て、アレクシアは驚いた。

「あら、申しわけありません！　空き馬車と思ったものですから」アレクシアは向かい合わせ席の隅にうつむいて座る巨体の人物に声をかけた。「御者に待つように告げて、戻ってきたら、この馬車がちょうど降りた場所にあって扉が開いていたものですから、てっきりさっきの馬車かと……。本当に申しわけありません、あたくし……」アレクシアは言葉をのみこんだ。

男の顔は陰になり、顔立ちはつば広の御者帽に隠れて見えない。男は無反応だ。挨拶も、謝罪に対する返事もない。いきなり乗りこんできた見知らぬ女性に、場違いな帽子を傾けようともしない。男は灰色の手袋をはめている。

「まあ」アレクシアは男の無礼に眉をひそめた。「すぐに降りますわ」

だが、アレクシアが背を向けて馬車から出ようとしたとき、御者席にいた男が降りて扉の前に立ちはだかっていた。こちらの男の顔は陰にはなっていない。男の顔が近くのガス灯の柔らかな金色の光に浮かび上がった瞬間、アレクシアは恐怖にのけぞった。その顔たるや！まるで人間ではない何物かをロウで複製したかのようだ。のっぺりして青白く、にきびも傷跡も髪の毛もなく、額には黒い物質で〝VIXI〟と四つの文字が描いてある。そして、あの目！　暗く、妙にうつろで動きがなく、無表情で、感情を持つ者の目とはとても思えない。まばたきもせずに世界を見ているが、現実には何も見ていないような目だ。

　アレクシアはぞっとして能面のような顔からあとずさった。不気味な男は手を伸ばして馬車の扉をバタンと閉め、取っ手をぐいと動かしてカギをかけた。そのとき、ほんの一瞬、男の表情が変わった。油が水に広がるように、ロウ顔にゆっくり笑みが広がった。口には、歯とは違う白い四角形がずらりと並んでいる。これからさき数年間は夢に出てきてうなされそうな笑みだ。

　ロウ男が扉の窓から消えた。御者席に戻ったらしく、やがて馬車は大きく揺れて動きはじめた。馬車はロンドンの砂利道をがたがたと車輪をきしませながら進んでゆく。どこへ向かうのかは考えたくもない。

　アレクシアは扉の取っ手をつかんでガチャガチャ揺らしたが、無駄だった。片方の肩を扉に押しつけ、全体重をかけて押してもビクともしない。

「さて、お嬢さん」顔の見えない男が言った。「こんなことはしたくないんだが」男は顔を近づけたが、まだ表情は見えない。ふと、あたりに奇妙なにおいが立ちこめた。甘いテレビン油のような、不快なにおいだ。

アレクシアはくしゃみをした。

「われわれが知りたいのは、きみが誰で、なんのためにウェストミンスター群を訪ねたのかだ。さあ、少しも痛くはないよ」男が襲いかかった。片手に濡れたハンカチを握っている。不快なにおいのもとはこれだ。

アレクシアはヒステリー症ではない。だが、大声が必要な状況と判断すれば、黙っているタイプでもない。アレクシアは大声で、長々と叫んだ。おびえた女性か、演技派の女優にしか出せない、つんざくような金切り声だ。この悲鳴に馬車は大騒ぎになった。アレクシアの声は馬車の壁を突き抜けて響きわたり、静かなロンドンの夜を打ち砕いた。寝静まった家々の鉛枠の窓ガラスががたがたと揺れ、数匹の野良猫がなかなかやるな、とばかりにあたりを見まわした。

同時にアレクシアは背中をカギのかかった扉に押しつけた。パラソルがない場合、最強の防衛武器は鋭い靴のかかとだ。アレクシアはお気に入りの散歩用ブーツをはいていた。かかとの真ん中が細くくびれた優美な木製で、ちょっとおしゃれすぎるが、これをはくと優雅な気分になれる。しかもこのかかとは、手持ちの靴のなかで、もっとも先が鋭い。あまりにフランスふうだと母親がショックを受けたほどだ。アレクシアは男の膝頭をねらって、片方の硬いかかとを蹴り出した。

「やめろ！」男はアレクシアのかかとをかわしながら叫んだ。

アレクシアは足蹴りのことか悲鳴のことかわからなかったので、ダメ押しとばかりに両方をお見舞いした。男はアレクシアの何層ものスカートとひだ飾りに苦戦している。たしかにせまい貸し馬車のなかでは思いのほか有効な防壁になる。問題は、アレクシアの動きも同じように制限されることだ。アレクシアはなおも背中を押しつけ、ふたたび足を蹴り出した。スカートがこすれて音を立てた。

必死の防戦もむなしく、ハンカチが容赦なく顔に近づいた。アレクシアは眩暈《めまい》をこらえつつ顔をそむけた。甘いかおりがますます強くなり、かすかに目がしみはじめた。

時の流れが遅くなったような気がした。一週間のうちに二度も襲われるなんて、いったいあたしが何をしたというの？

もうダメ。アレクシアが甘いにおいに屈しかけたとき、意外な音が聞こえた。当世流行りの進化論ふうに言えば、〝人を骨まで震え上がらせる資質が特に発達した種〟とでもいうような、大きい、とどろくようなうなり声。その声は空気を震わせ、背中の血と肉を上下に震わせた。まさしく捕食者が一度だけ——捕らえた獲物の息の根をまさに止めようとするときに上げる声だ。声に続いて、どすんという大きな音がした。何かが馬車の前方に激しくぶつかったらしく、振動はなかで取っ組み合うアレクシアと男にも伝わった。

速度を出していた馬車が急停止した。おびえた馬のいななきが聞こえ、やがて馬が引き綱を引きちぎる音と、ロンドンの通りを全速力で走り去る蹄《ひづめ》の音が聞こえた。

ふたたび肉体と木材がぶつかるような大音響がして、馬車が揺れた。

あまりの騒動に男はアレクシアに押しつけたハンカチをはずすと、馬車の窓を引き下ろして身を乗り出し、御者席に向かって叫んだ。「何ごとだ？」

答えはない。

アレクシアは男の膝の裏を蹴った。

男は振り向き、アレクシアのブーツをつかんでぐいと押しやった。

アレクシアは扉に突きとばされ、背中にあざができるほど激しく取っ手にぶつかった。ドレスのひだもコルセットも盾にはならない。

「いい加減にしろ」男はうなるように言うと、いきなりアレクシアの片足をつかんで持ち上げた。アレクシアは果敢に反対の足で立とうともがき、またもや叫んだ。今度のは危険を知らせるというより、怒りといらだちの叫びだ。

それに応えるかのように、寄りかかっていた扉が開いた。

アレクシアは小さくきゃっと叫び、両手両脚をばたつかせて背中から馬車の外に転げ、〝ぐう〟という声を出す堅い——しかし落下の衝撃をやわらげるには充分クッションのよい——何かの上に落ちた。

アレクシアはロンドンのよどんだ空気を深々と吸い、咳きこんだ。クロロホルムでないだけでもありがたい。あの薬品をかいだのは初めてだ。クロロホルムは、医療従事者のなかでも、とくに最新科学に興味のある人たちのあいだで使われはじめたばかりだが、顔の見えない男がハンカチにしみこませていたのはこれに違いない。

「ああ、たまらん。早くどいてくれ！」アレクシアが着地した〝マットレス〟が身をよじり、うめいた。

アレクシアの体重は軽量級ではない。食べるのが大好きで、豪華な料理はもちろん、普段の食事も存分に楽しむ。日ごろの運動で体型を保ってはいるが、厳しい食事制限はしていない。だがマコン卿は——身をよじったのはマコン卿だったのだが——屈強な男だ。アレクシアをのけるくらいたやすいはずなのに、なぜか手間どっている。これほどの大男にしては不自然だ——いくら反異界族との密接な接触で異界族の力が消えていたとしても。

原則的にマコン卿は色っぽい女性が好きだ。女性は肉づきのいいほうがいい。できればつかみ——できれば噛みちぎれるほどあれば、なおいい。いつもの迷惑そうな声とは裏腹に、マコン卿はアレクシアを身体に載せたまま、ケガがないかを調べるのを口実に大きな手で豊かな曲線美をやさしくなでた。

「傷ついたところはないか、ミス・タラボッティ？」

「誇り以外に——ということ？」と、アレクシア。こんな状況とはいえ、マコン卿の手つきは少しなれなれしすぎないかしら？　でも、まんざらでもなかった。とっくに婚期の過ぎたオールドミスがマコン卿ほどの上流階級の男性に身体を触れられる機会はめったにない。この状況を楽しまない手はないわ。アレクシアは自分の大胆さに笑みを浮かべた。こんなふうに考えるなんて、アイヴィのことをからかえないわね！

やがてマコン卿はアレクシアの上体を起こすと、横転して立ち上がり、そっけなく手を引いて立たせた。

「マコン卿、どうしてあたくしは、あなたがそばにいるときは、いつもぶざまにひっくり返ってなきゃならないのでしょうね？」

マコン卿は形のよい眉を吊り上げた。「初対面のときにぶざまに転んだのはわたしだったような気がするが」

「前にも言ったとおり」アレクシアはドレスをはたいた。「ハリネズミをあそこに置いたのはわざとじゃないわ。あの哀れな動物の上にあなたが座るなんて、あたくしにわかるわけないでしょう？」身なりを整えて顔を上げたとたん、アレクシアは息をのんだ。「まあ、顔じゅう血だらけじゃないの！」

マコン卿は顔じゅうにママレードをつけた悪ガキよろしくタキシードの袖で顔をぬぐうと、答えるかわりにアレクシアにむかってうなり、馬車を指さした。「見ろ、きみのせいで逃げられた！」

アレクシアは見もしなかった。いまさら見るべきものはない。顔が陰になった男はアレクシアが馬車から転げ落ちたすきに逃げてしまった。

「あたくしのせいじゃないわ。扉を開けたのはあなたよ。あたくしはただ転げ落ちただけ。濡れハンカチを持った男に襲われていたのよ。ほかに何ができたと言うの？」

マコン卿は予想外の反論に言葉を失い、アレクシアの言葉を繰り返した。「濡れハンカチ？」

アレクシアは腕を組み、高慢そうにうなずくと、いつものように攻撃を始めた。マコン卿の何がそんな気にさせるのかわからないが、顔を見るとなぜか噛みつかずにはいられない。きっとイタリア人の血のせいね。「ちょっと待って！　どうしてあなたがこんなところにいるの？　あたくしをつけてたの？」

マコン卿にもばつが悪そう《シーピッシュ》なそぶりをするだけのたしなみはあったようだ——人狼がヒツ《シー》ジ《ピッシュ》のように見えるかどうかは別にして。「吸血群は信用できない」言いわけがましくつぶやいた。「行くなと忠告したはずだ。言わなかったか？　みろ、やっぱりこんなことだ」

「言っておきますけど、ウェストミンスター群の屋敷では何ごともなかったわ。屋敷を出てからよ、その……状況が」アレクシアはひらひらと片手を振った。「変なふうになったのは」

「だから言ったろう！　家に帰っておとなしくしているんだ。二度と外に出てはならん」

マコン卿の大げさな反応にアレクシアは笑い声を上げた。「ずっとあたくしを待っていたの？」ふと見上げると、四分の三を少し過ぎたくらいの月が見えた。満月が近い。アレクシアはマコン卿の口についていた血を思い出した。なるほど、そういうことね。「寒い夜ね。あなた、狼になったんでしょう？」

マコン卿は腕を組んで目を細めた。

「どうやったらそんなにすばやく変身して、服を着られるの？　鬨《とき》の声が聞こえたわ。あれは間違いなく狼の声ね」人狼の変身についてはよく知っている。でも、マコン卿が変身するのを見たことはなかった。正直なところ、図書室にある父の本に載っていた詳しい図解を見ただけで、変身の現場に居合わせたことは一度もない。目の前のマコン卿はいつものマコン卿だ。シルクハットから足もとまで完璧な身なり。乱れた髪に、飢えたような黄色い目。いつもと違うところはまったくない――あの血以外は。

マコン卿はラテン語を完璧に訳しおえた小学生のように得意げにニヤリと笑うと、質問には答えず、驚くべき行動に出た。目の前で狼に変身したのだ――しかも頭部だけ。そしてアレクシアに向かってうなった。まあ、なんて恐ろしい。変身の過程それ自体も不気味だ（視覚的には肉が溶けるさま、聴覚的には骨が砕ける音が何より気味が悪い）が、完璧なタキシード姿の紳士の、灰色シルクのクラバットの上に、これまた完璧な狼の頭部が載っているさまは、もっと異様だ。

「まあ、気味が悪い」アレクシアは興味ぶかげに言い、手を伸ばしてマコン卿の肩に触れた。たちまちマコン卿は人間の姿に戻った。「人狼はみな、そんなことができるの？　それともできるのはアルファだけ？」

アレクシアにいとも軽々と人間に戻され、マコン卿は侮辱されたような気になった。「アルファだけだ。それに年齢も関係する。経験を積まなければ、この技はできない。これは昔からある形で〝アヌビス（頭がジャッカル、体が人間の死者の神）の形〟と言う」アレクシアに触れられて完全に人間に戻ったマコン卿は、あらためて周囲を見まわした。疾走する馬車が急停止して二人が振り落とされたのはロンドンの住宅街だった。吸血群の屋敷のある区域ほど高級ではないが、それほどさびれてもいない。

「とにかく家まで送ろう」マコン卿はあたりをそっと見まわすと、肩から優しくアレクシアの手をはずして腕につかまらせ、大股で通りを歩きはじめた。「数ブロック先に〈サングリア〉がある。そこならこの時間でも馬車が見つかるだろう」

「人狼と反異界族がロンドンでもっとも悪名高き吸血鬼クラブの玄関前で貸し馬車を探すというの？」

「つべこべ言うな」マコン卿は気分を害した。おれでは頼りにならないとでも言いたいのか？

「あら、あたくしがウェストミンスター群で突きとめたことを知りたくないの？」

「話したくてうずうずしてるのはきみのほうじゃないのか？」マコン卿は大きくため息をついた。

アレクシアはうなずくとジャケットの袖を引っぱり、冷たい夜気に身震いした。馬車から家に直接、移動するつもりだったから薄着だ。まさか夜の散歩をするとは思わなかった。

「ナダスディ伯爵夫人は変わった女王ね」と、アレクシア。

「見た目にだまされなかっただろうな？ ナダスディは恐ろしく高齢で、腹黒く、自分のことしか頭にない」マコン卿はタキシードの上着を脱ぎ、アレクシアの肩にかけた。

「女王はおびえていたわ。この二週間でウェストミンスター群の縄張りに身元不明の吸血鬼が三人も現われたんですって」アレクシアは上着に顔をすり寄せた。生地はボンド・ストリートの最高級シルク混で、仕立ては超一流だ。でも、かすかに広い野原のにおいがする。いいにおいだわ。

マコン卿はナダスディ伯爵夫人の家柄について、実に無礼かつ事実とおぼしき言葉をつぶやいた。

「女王は事件をBURに届けてなかったのかしら？」アレクシアはとぼけてたずねた。

マコン卿は低く、威嚇するようにうなった。「ああ、ひとことの報告もなかった！」

アレクシアはうなずき、できるだけアイヴィを真似て無邪気に大きく目を見開いた。でも、アイヴィの真似は思ったより難しい。「ナダスディ伯爵夫人は今回、政府の介入を暗黙のうちに了解したわ」そう言ってまつげをぱちぱちさせた。

まつげ効果も相まって、ますますマコン卿はいらだった。「まるで自分に決定権があるような口ぶりだな！　最初からBURに報告すべきだったんだ」

「伯爵夫人も気の毒よ」アレクシアはなだめるようにマコン卿の腕に手を置いた。「ひどくおびえていたわ。困惑していることを決して認めようとしなかったけど。でも、なんとか謎のはぐれ吸血鬼を二人とらえたんですって。どちらもすぐに死んだらしいけど」

マコン卿は〝吸血鬼は同胞を殺すくらいやりかねん〟とでも言いたげな表情を浮かべた。

アレクシアは続けた。「謎の新参者はまったくの〈なりたて〉で、捕まったとき、慣習も法規範も政治のことも何ひとつ知らなかったそうよ」

マコン卿は情報を分析しながら、しばらく無言で歩いた。認めるのはしゃくだが、ミス・

タラボッティはたった一人で、どのBUR捜査官より陰謀の真相に近づいたようだ。急に彼女に対して……なんだ、この感情は？　尊敬か？　まさか、ありえない。

「ほかにも、この謎の吸血鬼が知らなかったことがあるの。なんだかわかる？」アレクシアが不安そうにたずねた。

マコン卿は急に困惑の表情を浮かべ、別人を見るかのようにアレクシアを見つめた。この女性が不安な様子を見せるとはよほどのことだ。

「いまのところ、きみより情報を持っている者はいない」マコン卿はいらだたしげに鼻を鳴らした。

じっと見つめられてアレクシアはどぎまぎと髪をなでつけ、自分で自分の質問に答えた。

「彼らはあたくしのことも知らなかったの」

マコン卿はうなずいた。「BURも人狼団も吸血群も、反異界族の身元は極力、秘密にしている。謎の吸血鬼が群の外で変異したとすれば、反異界族という種族が存在することさえ知らない可能性もある」

そこでアレクシアはハッとして足を止めた。「あの男は〝きみが誰かを知りたい〟と言ったわ」

「あの男？」

「ハンカチを持ってた男よ」

マコン卿がうめいた。「つまり連中はきみを狙って追っていたということか。くそっ！

てっきりドローンか吸血鬼を追っているところに、たまたまきみが運悪く屋敷から出てきただけかと思っていたが……となると、やつらはまたやってくるかもしれんな」

アレクシアはタキシードを身体に巻きつけてマコン卿を見上げた。「気をつけたほうがよさそうね」

同じことを考えていたマコン卿はさらに身を寄せ、アレクシアの腕をきつく自分の腕にからめると、誰もいない路地から一刻も早く離れようとするかのように、ふたたび〈サングリア〉と光と人のいるほうへ歩きはじめた。「きみに見張りをつけよう」

アレクシアは鼻を鳴らした。「満月の夜はどうなるの?」

マコン卿はたじろいだ。「BURには人狼だけでなく、人間や吸血鬼の捜査官もいる」

アレクシアはいつもの高飛車な態度に出た。「せっかくですけど、見知らぬ他人につけまわされるのは嫌よ。どうしてもと言うのなら、あなたがいちばんいいけど、そうでなければせめてライオール教授にしてくださらない? ほかの人は……」

マコン卿はアレクシアのつけた優先順位にだらしなくニンマリした。いまアレクシアは〝あなたがいちばんいい〟と言ったな。だが、次の言葉を聞いたとたん、マコン卿の笑みは消えた。

「満月のあいだはアケルダマ卿に見張ってもらおうかしら?」

「乱闘になったらさぞかし頼りになるだろうな」マコン卿はアレクシアをにらんだ。「あの男ならどんな暴漢も容赦なくおだててあげ、服従させそうだ」

アレクシアはにやりと笑った。「あら、そんなにバカげた考えでもないわ。あたくしの大事な吸血鬼の友人をそんなに悪く言うなんて、まるで妬いてるみたいに聞こえるわよ。いいこと、マコン卿、とにかくあたくしは――」

マコン卿はアレクシアの腕を放して立ち止まると、振り向きざまに唇にキスした。

5　アメリカ人との晩餐

　マコン卿は大きな手でアレクシアのあごをつかみ、反対の手でうなじをぐっと引き寄せ、顔を斜めにして荒々しく唇を押し当てた。

　アレクシアは驚いて身を引いた。「あなた、何を……？」

「きみを黙らせるにはこうするしかない」マコン卿はつぶやくと、さらに強くあごをつかみ、またもや唇を押しつけた。

　アレクシアがこれまで経験したキスとはまったく違う。それほど経験があるわけではないが、これでも若いころは、どこかのよからぬ男に若くて色黒の付き添い役はいいカモだとねらわれたことは何度かある。そんなときのキスはどれもぞんざいで、肌身離さぬパラソルのおかげで一瞬で終わった。それに比べると、マコン卿のキスは情熱的だった。これまでアレクシアが経験したお粗末なキスの埋め合わせをするかのように。長年の——おそらく何世紀ぶんの——経験を考えれば当然だ。マコン卿のタキシードをはおっていたアレクシアは、突然の抱擁に両腕もろともがっちりとらえられ、迫る唇にまったく抵抗できなかった——抵抗する気もなかったのだが。

始まりはきわめて穏やかだった。抱擁の激しさと比べると、驚くほどゆっくりでやさしいキス。少し物足りないくらいだ。アレクシアは小さく不満の声を漏らし、自分から顔を押しつけた。そのとたんキスが変わった。激しく、荒々しく、決然と唇をこじ開け、あろうことか舌が入ってきた。これにはアレクシアも動揺した。気持ちいいのか悪いのかわからない。でも、すごく熱い……。現実主義の反異界族であるミス・タラボッティは状況を分析し、さっそくマコン卿の味を楽しみはじめた。濃厚でコクのある高級フランス料理のスープみたい。アレクシアは身をそらした。息が荒いのは口をふさがれているせいに違いない。ようやく舌の動きに慣れ、上着がいらないほど身体が熱くなっているのに気づいたとき、マコン卿は唇をはずし、アレクシアの肩にかけたタキシードの襟を荒々しく引き下ろして、首すじをやさしく噛みはじめた。

たちまちアレクシアはその感覚に酔った。マコン卿に身をあずけ、うっとりとわれを忘れた。うっとりしすぎて、うなじをささえていたマコン卿の手が背中を下り、バッスルをものともせずにお尻をなでていたことにも気づかなかった。

マコン卿はなおも唇を這わせながら、アレクシアの首をゆっくり動かし、帽子から垂れ下がるリボンを払いのけるや、うなじを責めはじめた。途中でふと動きを止め、うろたえたような声で耳もとにささやいた。「いつもきみからにおうスパイスの香りはなんだ？」

アレクシアは目をぱちくりさせた。「シナモンとバニラよ。ヘア・リンスの香りなの」こんな状況でも顔を赤らめないアレクシアだが、肌は妙にほてり、張りつめている。

マコン卿は答えず、ふたたび唇を這わせた。

マコン卿に頭をもたせかけながら、ふとアレクシアは眉をひそめた。こんなことすべきじゃないわ――でも、気がつくと貴族の男性に公道のまんなかで情熱的に抱きしめられる感覚にすっかり酔いしれ、そのまま身をまかせていた。愛撫がますます激しく、ますます執拗になってきた。少しくらい嚙んでくれてもいいのに……。その思いに応えるかのように、マコン卿は人間の歯――いまや親密な抱擁と、アレクシアが反異界族であるという事実によってすっかり人間に戻っている――を首と肩が合わさる部分に立てた。

その瞬間、全身にぞくぞくするような衝撃が走った。寒い朝の熱い紅茶をもしのぐ、これまでに感じたことのない感覚だ。アレクシアは小さく声を上げ、人狼サイズの肉体を楽しむように身体をこすり上げ、みずから首をマコン卿の口に押しつけた。

そのとき、誰かが小さく咳払いした。

マコン卿はさらに強く歯を立てた。

アレクシアは完全に膝の力が抜けていた。大きな手で腰を支えられていなかったら、倒れていたかもしれない。

「失礼いたします、マコン卿」きわめて礼儀正しい声が聞こえた。

マコン卿は嚙むのをやめ、アレクシアの肩から指の幅一本ぶん口を離した。それだけで一メートルも離れたような気分だ。マコン卿は首を振ると、呆然とするアレクシアをちらっと見て腰から手を放し、まるでこの手が勝手に悪いことをしたとでも言うように見つめ、ぱつの悪い表情を浮かべた。

アレクシアは頭がぼうっとして、マコン卿がボス《アルファ》らしからぬ恥じ入った表情を浮かべるのを楽しむ余裕もなかった。

マコン卿はわれに返ると、どんなに挑発されてもレディの前では決して使うべきではない不謹慎な言葉を連発してから背を向け、乱れ姿のアレクシアを人目から隠すように立ちはだかった。

アレクシアは帽子と胴着《ボディス》の位置を正し、ずり落ちたバッスルをもとに戻すべきだとわかっていたが、マコン卿の背中に力なく寄りかかるだけで精いっぱいだ。

「ランドルフ、間が悪いにもほどがあるぞ」マコン卿が腹立ちまぎれに言った。

ランドルフ・ライオール教授はおそるおそるマコン卿の前に立った。「おっしゃるとおりです。しかし、人狼団にかかわる重大な事態ですので」

アレクシアはマコン卿の腕の横からぽかんとライオールを見つめ、まばたきした。胸がどきどきして、まだ膝が震えている。アレクシアは深呼吸し、膝に全神経を集中した。

「こんばんは、ミス・タラボッティ」ライオールはアルファの愛情の対象がアレクシアであることに驚きもせずに挨拶した。

「支局を巡回しろと言ったはずだぞ」マコン卿はいつもの不機嫌な状態に戻っていた。今回ばかりは、募るいらだちをアレクシアではなくライオールに向けている。

アレクシアは思った——どうやらマコン卿の精神状態には二種類しかないようだ。不機嫌と欲情。ふだん付き合うとしたら、どちらがいいかしら？　そのとたん、身体が恥ずかしげもなく反応し、アレクシアは自分自身に驚いて口をつぐんだ。

ライオールはアレクシアの返事など初めから期待していなかったかのように、マコン卿の質問に答えた。「カンタベリーで重大なことが判明しました。きわめて異常事態でしたので、巡回をとりやめ、こうしてロンドンに戻った次第です」

「何ごとだ？」マコン卿がじれったそうにたずねた。

アレクシアはようやく落ち着いて帽子を正した。肩までずり落ちたドレスの襟を引き上げ、つぶれたバッスルをふくらませたとたん、自分が通りのまんなかで夫婦のように長々とみだらな行為にふけっていたことに気づいた。しかもマコン卿と！　ああ、穴があったら入りたい！　さっきより身体がほてった。今度のは快感じゃない。屈辱的な恥ずかしさのせいだ。

アレクシアが人間の本能的衝動と激しい羞恥心の関係に考えをめぐらせる横で、ライオールが淡々と続けた。「すべての一匹狼をカンタベリーの海岸沿いに移動させたことを覚えておられますか？　彼らのうち、一人を除く全員が行方不明です。さらに、かなりの数のはぐれ吸血鬼が姿を消しています」

マコン卿は驚いてびくっと顔を上げた。

アレクシアはマコン卿の背にもたれていたことに気づき、さっと離れて脇によけた。ようやく膝の感覚が戻ってきた。

マコン卿は〝おれのものだ〟とでも言いたげにうなり、長い腕をそっと伸ばしてアレクシアを引き寄せた。

「変ね」アレクシアはマコン卿のうなりと腕に気づかないふりをして口をはさんだ。

「何が変なんだ？」険しく、ぞんざいな口調にもかかわらず、マコン卿は空いた手でタキシードの上着をさらにきつくアレクシアの肩と首に巻きつけた。

アレクシアは気づかうマコン卿の手を叩き、小声でたしなめた。「やめてちょうだい」

ライオールが賢《さか》しげな目で二人のやりとりを見つめた。表情は変わらないが、腹の底では笑っているに違いない。

「吸血群にいたドローンのメイドがロンドンのはぐれ吸血鬼について同じことを言ってたわ。数週間のあいだに多数の行方不明者が出たそうよ」と、アレクシア。「ロンドンの一匹狼たちは？　みな無事ですの？」

「ロンドンに〈将軍〉以外の一匹狼はおりません。もっとも、〈将軍〉は団を超えた存在ですから別格です。わがウールジー団は一匹狼を厳しく取り締まり、規則を遵守させております」ライオールが誇らしげに答えた。

「この件については、わたしより〈将軍〉のほうが心配だろうな」と、マコン卿。「知ってのとおり〈陰の議会〉は保守的だ」

ヴィクトリア女王の議会とかかわりのないアレクシアは知らなかったが、わかったふりをして考えぶかげにうなずいた。「つまり、人狼と吸血鬼が消えて、謎の新しい吸血鬼が現われているということね」

「そして誰かがきみのことも消そうとしている」と、マコン卿。

この言葉にライオールの表情が一変した。「なんですと?」

ライオールの心配ぶりにアレクシアは感激した。

「この件はあとで相談しよう」と、マコン卿。「彼女を家に送り届けるのが先だ。さもないと、別の大問題が起こる」

「同行いたしましょうか?」と、ライオール。

「その格好でか? 事態を悪化させるだけだ」マコン卿がからかった。

自分の軽率な行動に動揺するあまり、アレクシアはいま初めて気づいた。ライオールは帽子も靴も身につけず、大きなマントを巻いているだけだ。よく見るとズボンもはいていない! まあ、なんてこと。アレクシアは驚き、片手で口を押さえた。

「急いでねぐらに戻れ」と、マコン卿。

ライオールはうなずいて背を向けると、裸足のまま足音も立てず、近くの建物の角を曲がって消えた。やがて知的な黄色い目をした、小柄でしなやかな薄茶色の狼が一匹、口にマントをくわえて通りに現われた。狼はアレクシアに会釈すると、身を低くして砂利道を駆け出した。

それ以降は比較的、平穏に過ぎた。アレクシアとマコン卿は〈サングリア〉の外で飾り襟とピカピカの靴で決めた伊達男の一団に出くわし、馬車を使うよう勧められた。気のいいめかし屋たちで、しかも完全に酔っぱらっていたので、マコン卿は遠慮なく申し出を受け入れた。マコン卿はアレクシアが無事に――もちろん勝手口から――自宅に入り、出迎えたのが心配顔のフルーテだけで、ほかは誰ひとりアレクシアの夜中の大冒険に気づかなかったのを見届けると、建物の角を曲がって闇に消えた。

アレクシアは急いで寝間着に着替え、窓から顔を出した。人がこの人生をどう思おうと、金色と灰色と茶色のまだら毛皮の巨体の狼が下の路地を歩いてゆくのを見て、アレクシアは心から安らぎを覚えた。

「マコン卿が何をしたんですって？」ルーントウィル家の玄関ホールのテーブルの上に手袋と小物入れバッグを置くなり、アイヴィ・ヒッセルペニーはたずねた。

アレクシアはアイヴィを応接間にうながした。「声が大きすぎるわ、アイヴィ。それと、お願いだからそのボンネットを脱いでちょうだい。目が焦げそうよ」

アイヴィは言われるままに帽子を脱ぎながらも、アレクシアから目を離さなかった。友人の衝撃的な告白に、帽子に対するいつもの暴言にも気づかないようだ。

フルーテが盛りだくさんのトレイを持って現われ、アイヴィの手からボンネットを取りあげた。フルーテは、その迷惑なしろもの――黄色い花と大きなホロホロチョウの剝製のついた紫色のビロード地のボンネット――を親指と人差し指でつまんで部屋を出た。アレクシアはフルーテとボンネットを見送り、ドアを堅く閉めた。

ルーントウィル夫人と二人の妹は買い物に出かけて留守だが、いつ帰ってくるかわからない。今朝はアイヴィの到着がいつもより遅かった。どうか誰にも邪魔されずにゴシップを語りつくす時間がありますように。

アレクシアはラズベリー・リキュールを注いだ。

「さあ、聞かせて！」アイヴィは茶色の巻き髪を無意識に引っぱりながら籐椅子に座った。

「さっき話したとおりよ。昨夜、マコン卿にキスされたの」アレクシアはリキュールのグラスを手わたし、淡々と答えた。

アイヴィは飲み物に手をつけなかった。よほどショックが大きい証拠だ。アイヴィはグラスを倒さないよう小さな脇テーブルに置くと、コルセットが許すかぎり身を乗り出した。

「どこで？」少しの間。「なぜ？　どうやって？　マコン卿のことは嫌いじゃなかったの？」アイヴィは茶色い眉を寄せた。「というか、彼があなたを嫌ってると思ってたわ」

アレクシアはアイヴィをじらすため、落ち着きはらってリキュールをひとくち飲んだ。アイヴィのじれた顔を見るのはおもしろい。でも、本当は早く話したくてたまらなかった。

アイヴィがせかした。「どんなふうだった？　詳しく話してちょうだい。どうしてそんなことになったの？」

「寒い夜だったけど、上空には最終の飛行船が浮かんでたわ。フルーテが勝手口からこっそり送り出してくれて――」

「アレクシア！」アイヴィがうめいた。

「詳しくって言ったじゃない」

アイヴィがじろりとにらんだ。

アレクシアは笑みを浮かべた。「吸血群の女王に会いに行ったあと、誘拐されそうになったの」

アイヴィは口をぽかんと開けた。「なんですって！」

アレクシアがもったいぶってショートブレッドの皿を渡すと、アイヴィはもどかしげに払いのけた。「アレクシア、これじゃ拷問よ！」

これ以上じらすのはかわいそうだ。「吸血群の屋敷の前で、貸し馬車に見せかけた馬車に乗っていた二人の男に誘拐されそうになったの。さすがに怖かったわ」

誘拐未遂の話に無言で聞き入っていたアイヴィがおもむろに言った。「アレクシア、警察に届けるべきよ！」

アレクシアは切り子のデカンターからラズベリー・リキュールを注ぎ足した。「マコン卿、自身が警察みたいなものよ——正確には異界管理局《BUR》だけど。まんいちに備えて見張ってくれているわ」

アイヴィはさらに興味を示した。「マコン卿が？　本当に？　どこで？」

アレクシアはアイヴィと一緒に窓に近づき、通りを見下ろした。一人の男が角のガス灯の柱にもたれ、ルーントウィル家の正面入口をじっとにらんでいる。黄褐色のよれよれの長いほこりよけコートに、アメリカの相場師がかぶりそうなとんでもなくつばの広い英国帽といういでたちだ。

「わたしの帽子も負けそうだわ！」アイヴィがくすっと笑った。

「まったくね」アレクシアもうなずいた。「でも、しかたないわ。人狼はセンスがないから」

「でも、あれがマコン卿？」アイヴィは英国帽の下の顔に目を凝らした。マコン卿には二、三度しか会ったことがないが、それでも……「背が低すぎない？」

「だってマコン卿じゃないもの。あたくしが起きる前に帰ったの。あれは副官《ベータ》のライオール教授——礼儀に関しては完璧な人狼よ。マコン卿は休息のために帰宅したんですって」できればマコン卿本人から聞きたかったと言いたげだ。「とにかく忙しい夜だったわ」

アイヴィは重いビロード地のカーテンをさっと引いて表の窓を隠し、振り向いた。「さあ、それで、キスの話よ！　言っとくけど、まだ何も聞いてないわ。正直に話して。どうだった？」

アイヴィはアレクシアの父親の蔵書をすべて恥ずべき本だと見なしている。アレクシアが父親の話をしただけで耳をふさぎ、ふんふんとハミングするほどだ。もっとも、話の内容が聞こえないほど大声でハミングすることはない。だが、親友の実体験とあって、今回ばかりは羞恥心に好奇心が勝ったようだ。

「いきなり肩をつかまれたの。きっとしゃべりすぎたのね」

アイヴィはありえない状況に驚きの声を漏らした。

「そして気づいたら……」アレクシアは手をひらひらさせて言葉をのみこんだ。

「気づいたら？」アイヴィは待ちきれないように目を見開いて先をうながした。

「あの人、舌を使ったの。身体が熱くなって、眩暈《めまい》がして……どう言えばいいかわからないわ」あたしったら、どうしてこんなことをアイヴィに話してるの？　あまり話したくないのは、きわどい内容だからというだけでなく、心の底で、あの感覚を自分だけの秘密にしておきたい気持ちがあるからだ。

朝、目覚めたとき、昨夜の出来事は夢かと思った。でも、首の下に大きな歯形がついているのを見て、悪夢ではなく、現実の出来事だったと確信した。マコン卿の歯形のせいで、今日はネズミ色と紺のストライプの古い散歩用ドレスを着るしかなかった。ハイネックのドレスはこれしかない。でも、歯形のことをアイヴィに話すのはよそう。話せば、どうしてマコン卿に〝甘噛み〟が可能だったのかを説明しなければならない。

アイヴィはビーツのように顔を赤らめ、先をたずねた。「どうしてマコン卿はそんなことをしたの？」

「舌を使ったらそんなふうになるみたいよ」

「そうじゃなくて！」アイヴィはあきらめない。「そもそも、なぜマコン卿があなたにキスするの？　しかも道のまんなかで！」

アレクシアも朝から同じことを考えていた。そのせいで朝食の席でもいつになく無言だった。昨日なら辛辣な言葉を返していたはずの妹たちのおしゃべりに対しても、ひとことのつぶやきもなかった。あまりに静かすぎて、具合でも悪いのかと母親が心配したほどだ。結局、家族は〝気分がすぐれないのだろう〟という結論に達し、アレクシアはこれさいわいと午後の手袋の買い物を断わった。

「とにかく黙らせたかったみたい」アレクシアはアイヴィから目をそらした。「ほかに考えられないわ。あなたが言ったとおり、あたくしたちは犬猿の仲よ。マコン卿があたくしのせいでハリネズミの上に座らされたと思いこんだときから」

だが、アレクシアの口調に以前ほどの強さはなかった。


ほどなくミス・タラボッティは、あのキスがまさしくただの口封じだったと知らされることになった。その夜、ブリングチェスター卿主催の大規模な晩餐会で、アレクシアはマコン卿からあからさまに会話を避けられ、ショックを受けた。その晩、アレクシアはめずらしく念入りにめかしこんだ。襟ぐりが大胆に開いた濃いバラ色のイブニングドレスに、流行の小さいバッスルを選んだのは、マコン卿のボディに対する執着を考慮したからだ。さらに首の歯形を隠すため、何時間もかけてカールごてで髪をのばして肩に垂らした。あの母親でさえ、オールドミスにしては上等だとほめたほどだ。

「鼻はどうしようもないけど、それ以外はとてもすてきよ、アレクシア」母はドレスの小さなボタンにまで粉おしろいを振りかけながら言った。

フェリシティまでが〝そのドレスはお姉様の肌に合うわ〟と言った。オリーブ色の肌に似合う色があるなんて、それだけで奇跡だとでも言うように。

だが、すべては無駄な努力だった。たとえ浮浪者みたいな格好をしていてもマコン卿は気づかなかっただろう。マコン卿は気まずそうにひとこと「ああ、ミス・タラボッティ」と挨拶しただけで、困ったような表情を浮かべていた。辛辣な言葉もなければ、気を持たせるようなほのめかしの言葉もない。まったく言うべきことがないかのように。晩餐会のあいだじゅう。ただのひとことも。こんなことなら、いがみ合っていたころのほうがまだよかったわ。

どうやらマコン卿は、キスしたことを後悔し、すべてを忘れてほしいと思っているようだ。良家の淑女ならおとなしくそうするかもしれない。でも、アレクシアはあの出来事を楽しんだし、物わかりのいいレディを演じるつもりもなかった。それにしても、あの感覚を楽しんだのがあたしだけだったなんて……。マコン卿は二度と顔も見たくないようだ。少なくともこの場は他人行儀に振る舞うつもりらしい。

いったい何を期待してたの？　あたしは繊細さも優雅さも魂もない、ただのオールドミス。かたやマコン卿は貴族で、人狼団のアルファで、広大な城の主《あるじ》で、いわば高嶺の花だ。少しは親しげにしてくれるかと思っていた。ここに来る前に鏡に映った姿は自分の厳しい目で見ても悪くなかった。でも、いまや期待は打ち砕かれた。

これがマコン卿の精いっぱいの言いわけなのかもしれない。礼儀正しく謝罪しているつもりかもしれない。ブリングチェスター家を囲んでの食前酒のあいだ、マコン卿はおたがいが同じ輪のなかに入るようはからいながら、いざ近くになると黙りこんだ。全身から痛いほどの気まずさが伝わってくる。アレクシアのほうに顔を向けることさえつらそうだ。

アレクシアはマコン卿のこうした態度に三十分、耐えた。やがて困惑は不満になり、激しい怒りになった。もう耐えられない。いつも母親が言うように、短気はイタリア人の気性だ。あたしはマコン卿のように取りつくろうつもりはないわ。

そのときから、アレクシアはマコン卿が部屋に入ってくるたびにわざと部屋を離れた。マコン卿が何か言いたげに玄関間を横切って近づいてくるとそっぽを向き、さりげなくよその会話に加わった。会話はたいてい最新のパリの香水は何かというようなくだらない内容だったが、なかには年ごろの娘が何人もマコン卿につれなくされたという話もあった。座るときは必ず両脇に人がいる席を選び、決して一人にならないよう、間違っても部屋の隅で一人きりにならないよう気をつけた。

夕食が始まった。最初アレクシアの近くにあったマコン卿の席順カードは、なぜかテーブルの端に移動しており、夕食のあいだじゅうマコン卿は若いミス・ウィブリーの中身のない会話に延々と付き合うはめになった。

席が遠く——八人ぶんも！——離れていたにもかかわらず、アレクシアはマコン卿とミス・ウィブリーの会話に耳をそばだてた。アレクシアの食事の相手は社会的地位のある科学者で、隣に座るには願ってもない人物だった。ミス・タラボッティが知的階級と自在に会話できる才女であることはつとに有名で、これこそ行きおくれのオールドミスがいまだに晩餐会に招待される主な理由だ。だが、さすがのアレクシアも哀れなロべたの紳士に話を合わせるのには苦労した。

「こんばんは。マクドゥーガルと言います。ミス・タラボッティ……ですよね？」科学者が切り出した。

あら、アメリカ人だわ。それでもアレクシアはていねいに会釈した。

夕食は氷の上にずらりと並ぶ小ぶりなカキの冷たいレモンクリーム添えで始まった。生ガキが〝鼻の排泄物〟に似ているとしか思えないアレクシアは、気味の悪い軟体動物を押しやり、マコン卿が十二個ぺろりと平らげるのをまつげの下からぞっとして見つめた。

「イタリアふうの名字ですね？」マクドゥーガルがおずおずとたずねた。

痛いところを突かれた。アレクシアはつねづね父親から受け継いだイタリアふうの遺産には、〈魂なき者《ソウルレス》〉であること以上に負い目を感じている。しかもよりによってアメリカ人に指摘されるなんて。「父がイタリア人ですの。これぱかりは嘆いてもどうしようもありませんわ。父は死にましたけど」

マクドゥーガルは答えに困り、引きつったような笑い声を上げた。「父上はゴーストを残さなかったのですか？」

アレクシアは鼻にしわを寄せた。「残すだけの魂がなかったものですから」それどころか魂はゼロですのよ。反異界族の性質は必ず受け継がれる。本来なら地球は反異界族であふれているはずだが、BUR、と言うかマコン卿によれば――マコン卿のことを考えただけで胸が痛む――もともと反異界族の数は非常に少なく、しかも短命らしい。

マクドゥーガルはまたしてもヒステリックな声で笑った。「これは奇遇だな。ぼくは人間の魂に科学的興味があるんです」

アレクシアはうわの空だ。テーブルの端ではミス・ウィブリーのまたまたいとこが突然、園芸学の研究を始めた話が続いていた。ウィブリー家はこの分野の発展に懐疑的らしい。マコン卿は一、二度アレクシアと科学者のほうをちらっと見ると、やけに椅子を近づけて座る頭の空っぽなミス・ウィブリーに作り笑いを浮かべた。

「ぼくの専門は」マクドゥーガルは懸命に話をつなげた。「人間の魂の計量と計測です」

アレクシアは打ちひしがれた気分でブイヤベースを見下ろした。でも、味は抜群だ。ブリングチェスター家には優れたフランス料理人がいるらしい。「どうやって魂を量るんですの?」アレクシアはお愛想でたずねた。

マクドゥーガルは困った表情を浮かべた。自分の研究が上流階級の晩餐会の会話にふさわしいとは思えなかったからだ。

興味を覚えたアレクシアはスプーンを置き――アレクシアがブイヤベースを残すのは、よほど動揺している証拠だ――探るようにマクドゥーガルを見た。若くて小太り。ビン底メガネをかけ、髪の生えぎわはいましも終焉を迎えそうに後退している。いきなり関心を向けられて若き科学者は動揺した。

「具体的な方法はまだですが、構想はあります」

魚料理が運ばれてきた。カワカマスのローズマリーと黒コショウ風味のパン粉焼きのおかげで、マクドゥーガルは詳しい説明をせずにすんだ。

アレクシアは魚をひとくち食べ、ミス・ウィブリーがマコン卿に向かってまつげをぱちぱちさせるのを見つめた。あのしぐさには見覚えがある。アイヴィが教えてくれた戦法だ。アレクシアは頭にきて、ぶすっと魚の皿を押しやった。

「どのような方法で研究を？」

「大型のフェアバンクス型台つき秤《はかり》を改造し、簡易寝台をささえるようにしてはどうかと考えています」と、マクドゥーガル。

「それで被験者の体重を量り、そのあと殺して、もういちど量るの？」

「やめてください、ミス・タラボッティ！　いったい誰がそんな残酷なこと！　いえ、具体的な方法は、まだこれからです」マクドゥーガルはかすかに青ざめている。

「なぜそのようなことに興味を持たれたの？」アレクシアは気の毒になり、話を理論に切り替えた。

「〝魂の様態は質料を含んで定義される。したがってこれを考察することはまさに自然学者の仕事である〟」

「アリストテレスの言葉ね」アレクシアは淡々と応じた。

マクドゥーガルは目を輝かせた。「ギリシア語が読めるんですか？」

「翻訳ですわ」アレクシアは相手の興味をあおらないよう、そっけなく答えた。

「魂の本質がわかれば、その重さを量ることができるかもしれません。そうすれば、異界族に嚙まれる前に、その人が異界族になれるかどうかがわかるかもしれない。それができれば多くの人命が救われるはずです」

その秤《はかり》であたしの魂を量ったらどうなるかしら？　重さはゼロ？　きっと物議をかもすでしょうね。「その件で英国にいらしたの？　吸血鬼と人狼が昼間族と共存している国だから？」

マクドゥーガルは首を横に振った。「最近は海外の状況も以前ほどひどくはありません。いえ、ぼくが来たのは論文を提出するためです。王立協会が〈ヒポクラス・クラブ〉という新しい紳士クラブの開業に合わせて招待してくれたんです。ご存じですか？」

聞き覚えはあったが、いつ聞いたのかは思い出せず、アレクシアは無言でうなずいた。

魚料理が下げられ、メイン料理——ショートリブのロースト・グレイビーソースと根菜添え——の皿が並べられた。

テーブルの向こうでミス・ウィブリーが転がるような笑い声を上げた。

「ミス・ウィブリーはとても魅力的ですわね？」アレクシアはだしぬけに言うと、きちんと皿に置かれたショートリブをぐいっと倒し、荒々しくナイフを入れた。

マクドゥーガルは——アメリカ人らしく——ぶしつけにミス・ウィブリーを見て顔を赤らめ、皿に向かっておびえるようにつぶやいた。「ぼくは、黒髪の、もっと個性的な女性が好きです」

思わずアレクシアは笑みを浮かべた。今夜はマコン卿のせいで、おいしい料理は言うまでもなく、貴重な時間を無駄にした。残りの時間は、この不器用なマクドゥーガルに全力を傾けよう。マクドゥーガルはこの展開に恐怖と喜びを感じたようだ。

アレクシアはここぞとばかりに知性を発揮し、若き科学者とさまざまな話題で語り合った。魂の量りかたはさておき、サラダが出るころには各種エンジンの設計に関する最新技術を論じ、果物と砂糖菓子が出るころには心理現象と行動現象のあいだの生理学的相互関係が吸血群の形態にどう影響するかについて語り合い、客間でコーヒーを飲むころには、マクドゥーガルが〝明日、会えませんか〟と申し出るほど親しくなった。マコン卿は雷雲のような陰鬱な顔で二人を見ている。ミス・ウィブリーの作戦は失敗だったようだ。だが、アレクシアは微細映像をとらえる新技術の話に夢中で、マコン卿の不機嫌な表情には気づかなかった。

晩餐会から帰るときもマコン卿に無視されたショックは残っていたが、気分は悪くなかった。明日またミスター・マクドゥーガルと知的な会話ができると思うと楽しみだわ。マコン卿の態度には腹が立ったが、マコン卿本人にも、ほかの誰にもその怒りを気取られなかったことにアレクシアは満足だった。


コナル・マコン卿ことウールジー城伯爵は、まさに檻のなかの狼のごとく執務室をうろつき、不満そうにつぶやいた。

「いったいあの態度はなんだ?」ブリングチェスター家の晩餐会から戻ってきたばかりなのにいつもよりだらしなく見えた。タキシードゆえになおさら乱れが目立ち、クラバットは誰かに前足で引っかかれたかのようにゆがんでいる。

部屋の隅の小デスクの椅子に座るライオールは、山と積まれた金属筒の背後からアルファを見上げ、ワックス布の山を片側に寄せた。悲しいかな、服装に関するかぎり、わがアルファは絶望的だ。そして恋愛に関しても絶望的方向に向かいつつあるらしい。

人狼の多くがそうであるように、二人の勤務時間は夜だ。つまり、ブリングチェスター家の夕食は実質、マコン卿にとっての朝食だった。

「ウェストミンスター群から、また一人、はぐれ吸血鬼が現われたとの報告がありました」と、ライオール。「少なくとも今回は報告してきました。不思議なのは、どうしてわれわれより先に知ったのかです。吸血群がこれほどはぐれ者を監視しているとは意外でした」

マコン卿は聞いていなかった。「あの女は完全にわたしを無視した！　晩餐会のあいだじゅう科学者といちゃつきおって。しかも、あろうことかアメリカ人ときたぁもんだ！」怒りのあまりスコットランドなまりが出た。

しばらくは仕事になりそうもない——ライオールはあきらめた。「公正を期すために申し上げれば、先に無視なさったのはあなたです」

「ああ、無視したさ！　あの状況でわたしに近づくかどうかは向こうが決めることだ。こっちははっきりと態度を示したんだからな」

沈黙がおりた。

「彼女にキスした」やがてマコン卿が苦しげに言った。

「ええ、たしかに、不本意ながらわたくしは——あー、その——いくぶん目にあまる行為を目撃いたしました」ライオールはギョロメガネの端に突き出た小さな銅刃でペン先をとがらせた。

「そうだ！　なのに、なぜ、それに対して何もしてこない？」マコン卿は本気で困惑している。

「あの恐ろしいパラソルで頭をなぐられたいという意味ですか？　わたくしならやめておきます。あれは特注品で、先端に銀がついております」

マコン卿はむっとした。「わたしが言いたいのは、たとえば向こうから話しかけるとか、無言でどこかに引っぱっていくとか……」だんだん声が小さくなり、「どこか暗くて柔らかいところで……」そこで濡れた犬のように身震いした。「だが、そうじゃなかった。完全にわたしを無視し、ひとことも話しかけなかった。いっそ大声でなじられたほうがましだ」マコン卿は言葉を切り、うなずいた。「まったく、そのほうがどんなにましか」

ライオールはため息をついて羽ペンを置き、マコン卿に全神経を向け、説明をこころみた。わがアルファも、ふだんはこんなに鈍くはないのだが……。

「ミス・アレクシア・タラボッティが人狼団の規範どおりに行動するとはかぎりません。あなたはアルファ雌に対する伝統的求婚の儀式にのっとって行動なさいました。本能にしたがわれただけかもしれませんが、いまは革新の時代です。多くのものが変化しております」

「彼女は」と、マコン卿。うなるような声だ。「明らかにアルファの器《うつわ》で、間違いなく女性だ」

「しかし人狼ではありません」ライオールの声はしゃくにさわるほど冷静だ。完全に本能のままに行動していたマコン卿は急にしゅんとなった。「まったくやりかたを間違えたということか？」

ライオールはマコン卿の経歴を思い浮かべた。老練の人狼ではあるが、その人生の大半をひなびたスコットランド高地の街で過ごした。すべてのロンドン市民はスコットランドを野蛮の地と見なしている。かの地の人狼団は、昼間族の微妙な社交儀礼にほとんど注意を払わない。スコットランド高地の人狼は恐ろしく礼儀知らずな振る舞いをすることで有名だ。たとえば晩餐会にスモーキングジャケットで現われるような。ライオールは考えただけでぶるっと身震いした。

「はい。はっきり申し上げて、まずいやりかたでした。ていねいな謝罪と腹ばいが必要かと思われます」ライオールの表情は穏やかだが、目は冷酷そのものだ。ひとかけらの同情もない。

マコン卿はすっくと立ち上がった。たとえライオールが立っていても、マコン卿はそびえるほどの巨体だ。「腹ばいなどできるか！」

「一生のあいだには、いくらでも新しく興味深い技術を学ぶことができるものです」ライオールはマコン卿の脅しのポーズにもひるまず、淡々と言った。

マコン卿はキッとにらみかえした。

ライオールは肩をすくめた。「結構です、ではあきらめるしかありません。そもそも、なぜあの女性《かた》に興味をお持ちになるのか、わたくしには理解できません。人狼と反異界族間の親交は認められておりません。今回の過ちは別にしても、ミス・タラボッティとの件では、おそらく〈将軍〉も黙ってはいないでしょう」ちょっとからかっただけだが、マコン卿はすっかり真に受けたようだ。

マコン卿は真っ赤になって言葉に詰まった。正直なところ、自分でもなぜアレクシアに惹かれるのかわからない。ただ、惹かれる何かがあるのは確かだ。彼女の首のひねりかたかもしれないし、二人が言い合うときの——実際はマコン卿をからかってアレクシアがわめいているだけかもしれないが——謎めいた笑みかもしれない。おれに言わせれば、引っこみ思案の女ほどつまらないものはない。若き日に知り合ったスコットランド高地の勇ましい娘たちを思い出し、ロンドンにもあんな女性がいればと嘆いたことも一度や二度ではない。その点アレクシアは、スコットランドの厳しい寒さにも、岩だらけの土地にも、キルトにも適応できそうだ。それが彼女に惹かれる理由か？　キルトを身につけたミス・タラボッティ？　マコン卿はさらに想像をふくらませ、アレクシアがキルトを脱いだところまで思い浮かべた。

マコン卿はため息をついて椅子に座りこんだ。沈黙は三十分ほど続いた。夜は静まり返り、聞こえるのは書類をめくる音と金属板がぶつかる音と、ときどき紅茶をすする音だけだ。

やがてマコン卿が顔を上げた。「腹ばいになれと言うのか？」

ライオールは読みかけの吸血鬼に関する最新報告書から顔も上げずに答えた。「腹ばいです、マコン卿」

6 科学者と馬車に乗り、伯爵とたわむれること

翌朝、ミスター・マクドゥーガルは十一時三十分きっかりに現われ、ミス・タラボッティをデートに連れ出した。マクドゥーガルの登場はルーントウィル家を興奮の渦に巻きこんだ。アレクシアは透かし細工の前ボタンのついた深緑色の馬車用ドレスに、つば広の麦わら帽子といったいでたちで戦に向かうような表情を浮かべ、むっつりと応接間の椅子に座って待っていた。帽子と手袋を身につけているところを見ると、もうすぐ外出するようだが、誰と出かけるのか、家族には想像もつかない。アレクシアを訪ねる者といえば、せいぜいアイヴィ・ヒッセルペニーくらいだ。ヒッセルペニー家にも馬車はあるが、金の透かしボタンのドレスでめかしこむほど立派な馬車ではない。どうやら待ち人は男性のようだ。このとき世界で何が起ころうと、この事実ほどルーントウィル家を驚かすことはできなかっただろう。ふたたびフープ型ペチコート《クリノリン》がはやったとしても、これほどの衝撃はなかったはずだ。午前中ずっと、家族の誰もがあの手この手で探りを入れたが無駄だった。結局、やきもきしながらもアレクシアとともに待つことにした。ついに待ちわびたノックの音がしたときは、あまりの期待に全員が狂乱したほどだ。

マクドゥーガルは玄関を同時に開けようとした四人のレディに恥ずかしそうにほほえむと、ルーントウィル夫人、イヴリン、フェリシティの順にていねいに挨拶した。アレクシアは気まずそうに、そっけなくマクドゥーガルを家族に紹介すると、きびきびと――半分やけっぱちのような勢いで――差し出された腕をつかんだ。マクドゥーガルはさっさと挨拶を切り上げ、階段を下りるアレクシアの手を取って馬車に乗せ、隣の御者台に座った。アレクシアは家族の視線を避けるように愛用の真鍮パラソルをかざした。

　馬車をひくのは二頭の優雅な栗毛の馬だった。足並みと毛色どおりの穏やかでおとなしい馬で、目に血気はないものの、よく走りそうだ。車高の高い派手なハイフライヤーではないが、こぎれいな軽装馬車《バギー》で、あらゆる近代的設備が備わっている。慣れた手つきで馬車をあやつるマクドゥーガルを見て、アレクシアはこのアメリカ人科学者を少し見なおした。馬車は隅々まで最高の状態に保たれている。短期滞在にもかかわらず、マクドゥーガルは少しも経費を惜しまなかったようだ。車内でお茶を飲むためのクランク式湯沸かし器。遠くの景色を楽しむための単眼望遠鏡。そしてなんのためにあるのか見当もつかない、複雑な油圧装置に連結する小型蒸気機関。たしかにマクドゥーガルは科学者で、間違いなくアメリカ人だが、趣味がよく、それをさりげなく見せるやりかたをこころえている。悪くないわ。アレクシアは相手が資産家であるだけでは満足できない。大事なのは、それをどう見せるかだ。

　背後ではルーントウィル家が色めきだっていた。アレクシアを迎えにきたのが本当に男性、だっただけでなく、昨夜の晩餐会で一緒だった立派な若き科学者だったことは二重の喜びだった。さらにその男性が（たとえアメリカ人であっても）標準的な知的階級より資産がありそうだと知って、幸福感はいや増した（とりわけルーントウィル氏の喜びようは並大抵ではなかった）。

「意外に掘り出し物かもしれないわね」ポーチでアレクシアを見送りながら、イヴリンがフェリシティに言った。「あたしに言わせればちょっと太りすぎだけど、えり好みできる立場じゃないわ——お姉様の年齢と容姿では」イヴリンはブロンドの巻き毛を肩から背中に払いのけた。

「そうよ。てっきり結婚の望みは消えたと思っていたんだから」フェリシティは降って湧いたような宇宙の驚異に首を振った。

「とってもお似合いだわ」と、ルーントウィル夫人。「あのかたはどう見ても本好きよ。昨夜の晩餐会での二人の会話にはひとこともついてゆけなかったわ——ただのひとことも。本好きに違いないわ」

「でも、いちばんの好条件はなんだと思う？」フェリシティが意地悪そうに付け加えた。ルーントウィル氏の〝あの財産だ〟というつぶやきは聞こえなかったのか、あえて無視したのか、いずれにせよフェリシティは自分の質問に自分で答えた。「二人が結婚したら、アレクシアがアメリカに行くってことよ」

「そうね、でも、ルーントウィル家にアメリカ人の血が入ることが上流階級に知られるのは嫌だわ」イヴリンが顔をしかめた。

「背に腹は替えられないわ」ルーントウィル夫人はみんなを家のなかにうながし、扉をバタンと閉めた。アレクシアがあの男性と結婚するとしたら、どれだけ経費を抑えられるかしら？　この件を話し合うため、夫人は夫とともに書斎に引っこんだ。

もちろん、すべては勇み足だった。アレクシアのマクドゥーガルに対する関心はまったくプラトニックなもので、本人はただ気晴らしに家を出て、まともに脳みそが働いている誰かと話したかっただけだ。マクドゥーガルのほうはそれほどプラトニックではなかったかもしれないが、いかんせん押しが弱い。アレクシアは口説き文句をさりげなく無視し、マクドゥーガルの科学的研究に話題を向けた。

「どうして魂の計測に興味を持たれたの？」と、アレクシア。外に出た開放感で口調も軽い。誘ってくれたマクドゥーガルに対してもやさしい気持ちが湧いてくる。

予想以上の晴天だった。日差しが降りそそいで暖かく、やさしいそよ風が吹いている。馬車の幌が下りていたので、アレクシアは本来の使用目的どおりにパラソルをさした。よほどのことがないかぎり、これ以上、太陽を浴びる必要はない。ほんのちょっと日を浴びただけでアレクシアの肌はチョコレート色になり、母親はヒステリーを起こす。帽子とパラソルで完全武装して初めて母親は安心した。少なくとも、この点に関してだけは。

マクドゥーガルが舌で合図すると、馬はゆっくり歩きだした。長いトレンチコートを着た鋭い顔つきの薄茶色の髪の男が、ルーントウィル家の玄関脇にある街灯柱の持ち場を離れ、適度な距離を保ちながらついてくる。

マクドゥーガルはミス・タラボッティを見つめた。とびきり美人ではないが、とがったあごの線と決然とした茶色い目の輝きが魅力的だ。マクドゥーガルは意志の強い女性が好きで、それに形のよいあごと大きな茶色い目が加わり、顔立ちもよければ申しぶんない。この人なら魂を量りたい本当の理由を話しても耐えられそうだし、意外に感動してくれるかもしれない。

「最初に言っておきますが、ぼくの祖国ではおいそれと口にはできない理由です」マクドゥーガルは後退する生えぎわとメガネの奥にドラマチックな語りの才能を隠し持っていた。

アレクシアは片手をやさしくマクドゥーガルの腕に載せた。「あら、詮索するつもりはありませんわ！　失礼な質問だったかしら？」

「いえ、そんなことありません！」マクドゥーガルは顔を赤らめ、神経質そうにメガネを押し上げた。「そうじゃなくて。実は兄弟が変異したんです。その……吸血鬼に。ぼくの兄が」

アレクシアの反応はきわめて英国ふうだった。「〝無事のご変異を祝福いたします。歴史に名を残されますように〟」

マクドゥーガルは悲しげに首を振った。「あなたの言葉が示すとおり、ここではよいことと考えられています。つまり、この国では」

「でも、不死は不死でしょう？」冷たく言うつもりはなかったが、結果的にはそうなった。

「魂を犠牲にしたとなると、そうはいきません」

「ご家族は古い教義を信じてらっしゃるの？」アレクシアは驚いた。マクドゥーガルは科学者だ。宗教熱心な家系から科学者が出るなんてめずらしい。

マクドゥーガルはうなずいた。「筋金いりの清教徒《ピューリタン》で、なかでも保守的です。彼らにとって異界族は〝死にぞこない〟でしかありません。兄のジョンは変異に成功しましたが、家族は彼を拒否し、勘当しました。三日間の猶予を与え、その後、狂犬のように追いつめたんです」

アレクシアは悲しげに首を振った。なんて偏狭な人たちなの！　歴史のことは知っている。清教徒が英国を出て新世界に向かったのは、当時のエリザベス女王がブリテン島における異界族の存在を正式に認めたためだ。以来、アメリカは完全に世界から取り残された。吸血鬼や人狼、ゴーストと付き合いのある者は、みな宗教界に密告され、アメリカはいよいよ迷信深い国となった。ましてやあたしのような反異界族は、なんと言って忌み嫌われるかわかったものじゃないわ！

でも、どうしてそんな保守的な一族の人間が変異を望んだのかしら？「そもそも、なぜお兄様は吸血鬼になろうと思われたの？」

「意に反してです。おそらく吸血鬼女王が見せしめのためにやったんでしょう。われわれマクドゥーガル家はつねに保守派を支持してきました。死ぬまで反進歩主義で、ときの政府に大きな影響力を持っています」

アレクシアはうなずいた。マクドゥーガルの裕福さから判断すると、一族の影響力はかなり大きいに違いない。アレクシアは片手で座席の上等の革に触れ、目の前の、なんの庇護も必要ないほど裕福な科学者を見つめた。海の向こうの国はなんて不可解なのかしら――宗教と富がものを言い、歴史と年齢がなんの力も持たないなんて。

「おそらく吸血群は、兄を吸血鬼にすればマクドゥーガル一族の考えかたが変わるんじゃないかと考えたんでしょう」

「それで？」

「ぼく以外は誰も変わりませんでした。ぼくは兄を愛していました。兄が吸血鬼になってから一度だけ会いましたが、前と同じでした。たしかに前より力は強く、顔は青白く、夜型になってはいましたが、本質は変わりません。いまだって保守党に投票するでしょう――もし投票が許されるならば」マクドゥーガルはかすかに笑みを浮かべ、丸いプディングのような穏やかな表情に戻った。「それでぼくは銀行をやめて生物学の道に入り、異界族の研究を始めたんです」

なんて悲しい動機かしら――アレクシアはつらそうに首を振り、陽光降りそそぐ景色を見まわした。ハイド・パークの美しい緑……腕を組んで芝生をそぞろ歩く貴婦人たちの華やかな帽子とドレス……上空を静かに移動する丸っこい二機の飛行船。「承諾もなく変異させるなんて、異界管理局《BUR》が許すはずないわ！　ましてや吸血群の女王が変異の意志のない人間を噛むなんて！　こんなひどい行為があるものですか」

マクドゥーガルはため息をついた。「ここは世界が違います、ミス・タラボッティ。まったく違うんです。祖国は今も内戦状態にあります。吸血鬼が南部連合国側についた事実が、いまだに許されていないんです」

アレクシアはアメリカ政府に対する批判を差し控えた。新しい友人を侮辱したくはない。

でも、いったいアメリカ人は異界族との共存を拒否してどうするつもりなの？　忌まわしきヨーロッパ暗黒時代のように、吸血鬼や人狼を闇に閉じこめるつもり？

「あなたは清教徒の教義《ピューリタニズム》を拒否なさったの？」アレクシアが探るようにマクドゥーガルを見たとき、視界の隅に褐色のトレンチコートがちらっと見えた。さすがのライオール教授も、この日差しのなかでの任務はこたえるだろう。しかも満月が近い。ちょっと気の毒だけど、見張りを引きついだのがライオール教授でよかった。マコン卿があたしのことを心配している証拠だ。たとえ厄介者と思われても、まったく無視されるよりましだわ。アレクシアは指先で唇に軽く触れ、マコン卿のことを頭から追いはらった。

「〝異界族は悪魔に魂を売った種族だ〟という考えを捨てたかどうかってことですか？」と、マクドゥーガル。

アレクシアはうなずいた。

「ええ。でも、それは必ずしも兄の不幸のせいではありません。その考えじたい、ぼくには科学的とは思えませんでした。両親は——危険も知らずに——ぼくをオックスフォード大学に留学させました。ぼくはしばらくこの国で勉強したんです。大学講師のなかには吸血鬼もいました。やがてぼくは〝魂は計測可能な物体である〟というロンドン王立協会の考えかたに共感するようになりました。魂の量が少ない人もいれば、多い人もいる。多い人は不死者になれるが、少ない人はなれない。清教徒が恐れるのは、魂がないことより、余分にあることです。その考えこそ、わが一族では異端なんです」

アレクシアは納得した。王立協会の刊行物には目を通しているが、異界族については知られていない点も多く、〈ソウルレス〉にいたってはほとんど解明されていない。BURは一般社会における研究が進んでいない状態に満足しているが、いまは開化の時代だ。反異界族が分析され、解剖されるのも時間の問題かもしれない。

「それ以来、魂を量る方法の研究を？」アレクシアはさりげなく人狼の影をチェックした。ライオール教授はすれちがう貴婦人たちに帽子を取って挨拶し、前を行く馬車にはなんの関心もないふうをよそおいながら、どこにでもいる中流階級の紳士といったふぜいで数メートル後ろを歩いている。だが、アレクシアはライオールがずっとこちらを見ているのを知っていた。任務には忠実な男だ。

マクドゥーガルがうなずいた。「知りたいと思いませんか？　女性はとくに。なにせ女性は変異に失敗する場合が多いですから」

アレクシアはほほえんだ。「あたくしは自分に魂がどれだけあるか、よく知っています。科学者のご意見をきくまでもありませんわ」

マクドゥーガルはアレクシアの確信に満ちた言葉を冗談と受け取り、笑い声を上げた。

馬車は若い伊達男の一団とすれちがった。全員が最新流行の服でめかしこんでいる。フロックコートの代わりに三つボタンの燕尾服。高い襟にシルクのクラバット。見覚えのある顔もいるが、名前はわからない。何人かがアレクシアに向かって帽子を傾けた。そのなかの一人――ブルーベリー色のサテンの半ズボンをはいた長身の男――がふと速度をゆるめ、マクドゥーガルに謎めいた視線を向けたかと思うと、あわてて仲間に追いついた。ライオール教授は脇に寄り、彼らの行動をじっと見ている。

アレクシアはマクドゥーガルを振り返った。「魂の計量に成功したとして、その知識が悪用される心配はありませんの、ミスター・マクドゥーガル？」

「科学者によってですか？」

「科学者や吸血群、人狼団、あるいは政府によってですわ。いま異界族の力が抑えられているのは数が少ないからでしょう？ 事前に変異に耐えうる人材を判別できるようになれば、多くの女性が異界族になり、人口が一気に増えて、社会の基本構造が変わるかもしれませんわ」

「それでも、異界族が増えるには人間が必要ですから、そう簡単にはいかないでしょう」

吸血群と人狼団は何百年ものあいだ魂を量る方法を研究してきた。先進技術を持つ異界族の研究者たちが何世代にもわたって失敗しつづけてきた難問に、一介の若い研究者が成功するとは思えない。だが、アレクシアは口をつぐんだ。夢を打ち砕く権利は誰にもない。

アレクシアは散歩道の脇の池をながめ、白鳥の群を見つめるふりをした。だが、実際にはライオール教授を見ていた。あら、いまよろけた？ どうやら一人の男にぶつかったようだ。その拍子に男は金属製の道具のようなものを落とした。

「それで、〈ヒポクラス・クラブ〉の開業式では何について演説なさるの？」

「それが……」マクドゥーガルは咳払いし、困ったような表情を浮かべた。「いまのところわかっているのは、魂が何でないかということだけです。これまでの研究によれば、魂はいわゆる霊気でもなければ、肌の色素でもありません。説得力のある仮説としては、魂は脳のなかにあるという説や、目のなかにある液状の物質である、あるいは電気だという説もあります」

「それで、あなたのご意見は？」アレクシアはなおも白鳥に目を向けながら、ライオールの様子を確かめた。なんとか倒れずにすんだようだ。この距離からはよくわからないが、英国帽の下の角張った顔が妙に青ざめて見えた。

「変異についてこれまで知り得たことから推測すれば――もっとも、この目で見たことはありませんが――変異は血液を媒介とする病原体によって引き起こされるのではないかと考えています。最近のコレラの大流行の原因としてスノウ博士が示唆した病原体のような」

「瘴気《しょうき》が病気をうつすという説には反対なのね？」

マクドゥーガルはうなずいた。これほど現代の医療理論に通じた女性と会話できるとはすばらしい。

「スノウ博士によれば、コレラに汚染された水の経口摂取によって感染するそうですわ。異界族の感染はどうやって起こると思われます？」

「それはまだ謎です。なぜそれに反応する人とそうでない人がいるのかも」

「さっきおっしゃった〝余分な魂があるかどうか〟次第だということ？」

「そのとおりです」マクドゥーガルは興奮に目を輝かせた。「病原体を突きとめても、変異をもたらす原因がわかるだけで、なぜ、どうやって起こるのかはわかりません。これまでは血液学ばかり研究してきましたが、方法が間違っていたのかもしれません」

「変異で命を落とす人と、生き延びる人の差が何なのかを考える必要がありそうですわね？」アレクシアはパラソルの真鍮の取っ手を軽く叩いた。

「そして生き延びた人が変異の前とあとでどう変わったのかも」マクドゥーガルは手綱を引き、生き生きした表情でアレクシアを正面から見つめた。「もし魂が物質なら……器官もしくは器官の一部――たとえば心臓とか、肺とかのようなもので、所有する人とそうでない人がいるとすれば……」

アレクシアが熱っぽい口調で仮説を締めくくった。「だとしたら量ることができるかもしれないわ！」アレクシアの茶色い目がきらめいた。考えとしてはすばらしいけど、さらに多くの研究が必要だ。マクドゥーガルの研究が晩餐会での会話にふさわしくない理由がようやくわかった。「死体解剖をなさるの？」

マクドゥーガルは興奮のあまり、レディに対する気配りも忘れてうなずいた。「でも、比較研究のために人狼と吸血鬼の死体を手に入れるのは非常に困難です。とくにアメリカでは」

アレクシアは身震いした。理由はきくまでもない。アメリカでは科学者による調査を恐れ、異界族と見なされた者を焼き殺し、あとには何も残さないという。有名な話だ。「では、この国で標本を手に入れて持ち帰るおつもり？」

マクドゥーガルはうなずいた。「この分野の研究が科学にいかに貢献するかが理解されればいいんですが」

「いまの会話を〈ヒポクラス・クラブ〉で発表なされば、理解への道を開くに違いありませんわ。こんなに斬新で、すばらしい理論を聞いたのは初めてよ。あたくしが紳士クラブの会員になれたら、間違いなく信任票を投じますわ」

マクドゥーガルはアレクシアの讃辞にっこり笑い、ますます好意を抱いた。ミス・タラボッティはぼくの考えを理解する知性があるだけでなく、その価値もわかっている。マクドゥーガルは馬に合図して道の片側に馬車を寄せると、「今日のあなたはとてもきれいです、ミス・タラボッティ」と言って完全に馬車を停めた。

あれほどほめたあとで、マクドゥーガルの理論にある数々の矛盾を指摘するわけにもいかず、アレクシアは世間話に話題を切り替えた。マクドゥーガルはクランクを動かして湯沸かし器を作動させ、お茶の準備を始めた。そのあいだアレクシアは望遠鏡のレンズの角度をあちこち変え、うららかな陽気や公園のはるか上空に浮かぶ飛行船の優雅さを楽しんだ。レンズの向きを変えると、少し離れた木陰に寄りかかるライオール教授が見えた。向こうもギョロメガネごしにこちらを見ている。アレクシアはあわてて望遠鏡を下ろし、にこやかにマクドゥーガルと紅茶のほうを向いた。

アレクシアはブリキのマグカップからそろそろと紅茶を飲み、アッサム・ティーのおいしさに驚いた。マクドゥーガルが馬車の後部についている小型油圧エンジンのスイッチを入れると、大きなきしみとうめきを上げて巨大なパラソルが立ち上がり、パッと開いて馬車に陰を作った。アレクシアは自分の小さなパラソルをパチンと閉じ、〝この役立たず〟とでも言うようににらんだ。小さいながら立派なパラソルに、にらまれる筋合いはまったくないのだが。

それから二人は一時間ほど紅茶を飲み、マクドゥーガルがこのときのために特別に買い求めた箱入りのローズウォーター味とレモン味のトルコ菓子《ターキッシュ・デイライト》をつまみながら楽しいときを過ごした。やがてマクドゥーガルは巨大パラソルをたたみ、アレクシアを家まで送った。

マクドゥーガルはデートの成功にすっかり気をよくし、ルーントウィル家の玄関の階段で馬車から降りるアレクシアに手を貸したが、アレクシアは戸口まで送ろうとするマクドゥーガルを制した。

「どうか無礼だと思わないでください」アレクシアは慎重に言葉を選んだ。「でも、いまは家族に会っていただきたくないの。恥ずかしいけど、家族の者はあなたの知性にはついてゆけませんわ」母と妹たちは買い物に出かけて留守かもしれないが、断わる理由が必要だ。この目からすると、いつ愛を告白されるかわからない。そんなことになったら大変だ。

「わかります、ミス・タラボッティ」マクドゥーガルは重々しくうなずいた。「ぼくの家族も似たようなものです。またお誘いしてもいいですか？」

アレクシアは愛想笑いを控えた。口説きに応じる気もないのに、気を持たせるのは失礼だ。「ええ、でも明日はよしましょう、ミスター・マクドゥーガル。演説のご準備があるでしょう？」

「では、明後日は？」マクドゥーガルはあきらめない。「そうすれば、開業式の様子をお話しできます」

さすがはアメリカ人——押しが強い。アレクシアは心のなかでため息をつき、うなずいた。

マクドゥーガルは御者席に戻って帽子を傾け、栗毛の馬に合図して静かに去って行った。

アレクシアはポーチに立って手を振り、見送るふりをしていたが、マクドゥーガルが見えなくなったとたん、すばやく正面階段を下りて家の脇にまわりこんだ。

「ずいぶん熱心な見張りでしたこと」アレクシアは家の陰にいた男になじるように言った。

「ごきげんよう、ミス・タラボッティ」ライオールはいつものようにていねいな、穏やかな口調で答えた。いつもよりさらに穏やかだ。いくら上品なライオールでも、今日は〝穏やか〟を通り越して弱々しい。

アレクシアは心配そうに眉をひそめ、仰々しい帽子の下の表情を見つめた。「どうして今日は教授が見張りに？　あなたほどの人を見張りに立てるなんて。教授にはもっと重要な仕事があるんじゃありませんの？」

ライオールの顔は青白く、やつれて見えた。吸血鬼なら普通だが、人狼ではめずらしい。顔のしわは疲れで深くなり、目は血走っている。「満月が近づいておりますので、ミス・タラボッティ。マコン卿は昼間の見張りに誰をつけるかを慎重に考慮なさいました。この時期、若い人狼は情緒不安定になります」

アレクシアは鼻を鳴らした。「マコン卿のご配慮には感謝します。でも、BURには日中の勤務がそれほどこたえない職員もいるでしょう？　満月はいつですの？」

「明日の晩です」

アレクシアは顔をしかめ、小さくつぶやいた。「ミスター・マクドゥーガルが〈ヒポクラス・クラブ〉で演説する日と同じね」

「なんです？」ライオールは反応する気もないほど疲れきっている。

アレクシアは片手を振った。「いいえ、なんでもないの。家に帰って休まれたほうがいいわ、教授。本当にひどい顔よ。マコン卿はあなたを働かせすぎね」

ライオールは笑みを浮かべた。「これも任務のうちですので」

「あたくしを守ってくたくたになることが？」

「マコン卿の関係者を守ることが――です」

アレクシアは驚愕の目でライオールを見た。「その表現が適切とは思えないわ」

ライオールはルーントウィル家の反対側に停まっている紋章つきの馬車を無言で見つめた。

一瞬の間。

「あの男は何をしていたんですの？」と、アレクシア。

「あの男？」ライオールはそしらぬ顔でとぼけた。

「あなたが公園でわざとぶつかった人よ」

「ふうむ」ライオールは用心深く言葉をにごした。「問題は、何をしていたかでなく、何を持っていたかです」

アレクシアは首をかしげ、探るように見つめた。

「ではよい夕べを、ミス・タラボッティ」

アレクシアはライオールをにらみつけると、大股で玄関の階段を上り、家に入った。

家族は外出していたが、玄関間ではフルーテがフルーテらしからぬ取り乱した表情でアレクシアを待っていた。応接間の扉が開いている。客人らしい。アレクシアは驚いた。いきなりやってきたようだ。来客があるとわかっていたら家族が外出するはずがない。

「どなたなの、フルーテ？」アレクシアは帽子の留めピンをいじりながらたずねた。

フルーテは眉を吊り上げた。

アレクシアは急にどぎまぎしてごくりと唾をのみこみ、玄関のテーブルに帽子と手袋をそっと置いた。

アレクシアは気を静め、ホールにかかる金縁の鏡の前で髪を整えた。昼間にしては少し垂らしすぎだが、歯形を隠すにはしかたない。ハイネックを着るには暑すぎる。アレクシアは巻き毛を何房か引っぱって歯形を隠し、鏡を見つめた。鋭いあご。茶色い目。好戦的な表情。アレクシアは鼻に触れ、鏡の自分に言い聞かせた。ミスター・マクドゥーガルはきれいだと言ってくれたわ。

アレクシアはピンと背筋を伸ばし、つかつかと応接間に入った。

コナル・マコン卿はその場でくるりと振り向いた。表の窓にひかれた重いビロード地のカーテンをじっと見つめていたようだ——カーテンごしに外を見通そうとするかのように。薄暗い部屋のなかで、マコン卿がなじるような目で見返した。

アレクシアは戸口で一瞬、立ちどまると、無言で振り向き、応接間の扉をバタンと閉めた。

フルーテは閉じられた扉をじっと見つめていた。

通りに戻ったライオールは疲れきった身体でBURに向かった。寝る前に、あと二、三、報告書を調べなければならない。ライオールはポケットだらけのベストの新たなふくらみを叩いた。なぜ注射器を持った男がハイド・パークにいたのだろう？　ライオールは振り返り、もういちどルーントウィル家を見た。そして屋敷のそばにウールジー城の馬車があるのを見て、骨張った顔に笑みを浮かべた。夕陽に光る紋章は盾形を四分割したデザインで、ふたつは月を背景にした城、残りのふたつは月のない星降る夜が描いてある。ライオールは思った——マコン卿は本気で腹ばいになる気だろうか？

濃いチョコレート色のスーツにキャラメル色のシルクのクラバットといういでたちのマコン卿は、全身にいらだちをただよわせ、片手に持った子ヤギ革の手袋を反対の手にせわしなく打ちつけていた。アレクシアが応接間に入ったとたん、すぐにやめたが、アレクシアはいらだちのしぐさを見逃さなかった。

「ズボンにハチでも入ったの？」アレクシアは挨拶もせずたずねると、部屋の奥に進んで両手を腰に当て、マコン卿の前の丸い淡黄色のラグの上に立った。こんな人に礼儀は無用だ。

マコン卿がぶっきらぼうにたずねた。「それで、きみは一日じゅうどこに行ってたんだ？」

アレクシアは言葉を省略する傾向がある。「外よ」

マコン卿が追求した。「誰と？」

アレクシアは眉を吊り上げた。いずれライオール教授から話を聞くだろう。隠しても無駄だ。「若くてすてきな科学者よ」からかうような口調だ。

「まさか昨夜の晩餐会でぺちゃくちゃしゃべっていた太ったやつじゃないだろうな？」マコン卿がおびえた目を向けた。

アレクシアは冷ややかに見返したが、内心うれしかった。気づいていたのね！「ミスター・マクドゥーガルは話題が豊富で、とても刺激的な考えの持ち主で、あたくしの意見に興味を持ってくれたわ。ほかのどの男性よりも。天気はよかったし、馬車は快適で、あんなに楽しい会話は初めてよ。あなたにはとても真似できないような紳士的態度だったわ」

マコン卿は急に疑り深い表情を浮かべ、クラバットと同じキャラメル色になった目を細めた。「そいつに何を話したんだ、ミス・タラボッティ？　何か報告することはないか？」B

UR捜査官ふうの声だ。

アレクシアはいまにもライオール教授がメモ用紙か金属板と尖筆を持って現われるのではないかとあたりを見まわし、あきらめたようにため息をついた。どうやらマコン卿は仕事の用事でやってきただけらしい。あたしったら何を期待していたの？　アレクシアは自分をたしなめた。いったい何を望んでいたの？　謝罪？　マコン卿から？　まさか。ありえない。

アレクシアはマコン卿との距離を保ちながら長椅子の脇の小さな籐椅子に座った。「おもしろい話を聞いたわ。ミスター・マクドゥーガルは異界族を一種の病気だと考えているの」

マコン卿は人狼で〝呪われし者〟だ――そのような話は前にも聞いたことがある。マコン卿は腕を組み、アレクシアの前に立ちはだかった。

「お願いだから」アレクシアは舌うちした。「座ってちょうだい」

マコン卿はおとなしくしたがった。

「ミスター・マクドゥーガル――それが彼の名前だけど――は、異界族が血液を媒介とする病原体によって引き起こされる状態だと考えているわ。そして、感染しても発症する者とそうでない者がいることから判断すると、発症する者は何らかの身体的な特性を持っていると考えられる。つまり男性はより多くこの身体的特性を持ち合わせており、その結果、女性よりはるかに変異に耐えられる場合が多いのだろう――これが彼の理論よ」

マコン卿は小さな長椅子をキイときしませて背もたれに寄りかかり、バカにしたように鼻を鳴らした。

「もちろん、この理論には大きな問題があるわ」アレクシアはマコン卿の反応を無視して続けた。

「きみだ」

「そう」アレクシアはうなずいた。マクドゥーガルの理論には、まったく魂がない者や、逆に魂を過剰に持つ者は含まれていない。マクドゥーガルが反異界族のことを知ったら、なんと思うかしら？〝異界族病〟に対する解毒剤？「それでも、少ない知識で考えたにしては立派よ」アレクシアがその理論を生み出した若き科学者を尊敬していることは言うまでもない。顔を見れば一目瞭然だ。

「では、彼には存分に勘違いを楽しんでもらおう」マコン卿が不愉快そうに言った。犬歯が伸び、茶色い目が黄色っぽくなっている。

アレクシアは肩をすくめた。「ミスター・マクドゥーガルは好奇心旺盛で、頭脳明晰で、裕福で、家柄も立派よ」そしてあたしをかわいいと思っている——アレクシアは心のなかで付け加えた。「誘われて悪い気はしないし、断わる理由もないわ」

マコン卿はミス・タラボッティが吸血鬼を殺した夜、ライオールにつぶやいた言葉を後悔した。彼女は結婚をあきらめてはいなかったらしい。そして、イタリア人の血が半分混じっているにもかかわらず相手を見つけたようだ。「その科学者はきみをアメリカへ連れて行くんだろうな。だが、きみは反異界族だ。きみの言葉どおり頭のいい男なら、すぐにその事実に気づくんじゃないのか？」

アレクシアは笑い声を上げた。「あら、結婚なんて考えてないわ。あたくしがそんな軽はずみなことをすると思う？　ただ、一緒にいると楽しいの。退屈な毎日から解放されるし、家族からも文句を言われずにすむわ」

その言葉を聞いたとたん全身に安堵が走り、マコン卿は困惑した。どうしてこんなにアレクシアのことが気になるんだ？　犬歯がかすかに引っこんだ。そして、ふとアレクシアがはっきり結婚と言ったことに気づいた。長年の経験から判断すると、ミス・タラボッティは——オールドミスにしては——現代的感覚の持ち主のようだ。「結婚はないにしても、なんらかの感情はあるんだろう？」うなるような声だ。

「あら、いったいなんのこと？　もしそうだったらどうだと言うの？」

この反応にマコン卿は言葉を失った。

アレクシアはハッとした。あたしったら何をしてるの？　椅子に座ってマコン卿と愛想よく個人的恋愛感情（もしくはその欠如）について話すなんて。マコン卿は大嫌いな、許せない相手じゃなかったの？　落ち着いて。いきなり目の前に現われたから、少し混乱してるだけよ。

アレクシアは目を閉じ、深く息を吸った。「ちょっと待って。どうしてあなたにそんなことを話さなきゃならないの？　昨夜はあんな態度を取っておきながら！」アレクシアは立ち上がり、ドレスをこすらせて散らかったせまい部屋を行ったり来たりしながらマコン卿を鋭くにらみ、非難するように指先を突きつけた。「あなたはただの人狼じゃないわ。放蕩者よ。

それがあなたの本性だわ！　あの晩、あなたは立場を利用した。はっきり認めたらどうなの！　あたくしが誘拐されそうになった夜、どうしてあんな」――アレクシアは言葉につまり、顔を赤らめた――「あんなことをしたのか、まったくわからないわ。でも、とにかくあなたは後悔してる。あたくしがあなたにとって単なる」――アレクシアはふさわしい言葉を探して口ごもり――「〝つかのまの慰みもの〟だったのなら、はっきりそう言ったらどうなの？」アレクシアは腕を組み、冷ややかにマコン卿を見た。「そうでしょう？　そんなことを言ったら、あたくしが大騒ぎするとでも思った？　そんなに弱い人間とでも？　言っておきますけど、あたくしほど拒否されるのに慣れた人間はいないわ。目の前ではっきりと〝あの無礼な行為は一時の不幸な衝動の結果だった〟と言えばいいじゃない？　言う気にもならないってこと？　せめてそれくらいの敬意は払ってくれてもいいんじゃない？　こんなに長い付き合いなのに」そのとたん怒りが消え、目の奥が熱くなった。違う。これは涙なんかじゃない。

今度はマコン卿が――別の理由で――憤慨した。「なんだ、気づいてたんか？　だったらなんでわたしが……教えてくれや……その……なんだ？……〝一時の不幸な衝動〟を後悔しているなんてぇ思ったんか？」スコットランドなまりが強くなった。マコン卿は怒るとなまりが強くなる。いつものアレクシアならおもしろがるところだが、いまは怒りでそれどころではない。マコン卿の言葉に、出かかった涙もたちまち引っこんだ。

アレクシアは足を止めて両手を天に向けた。「いったいどういうつもり？　あなたが始めて、あなたが終わらせたんじゃないの。あなたは昨夜よそよそしい態度で、あたくしを気に入らない知り合いのようにあつかった。そして今日はこうして応接間に現われて。晩餐会のあいだ、何を考えてたの？　どういうことなのかまったくわからないわ。それが正直な気持ちよ」

マコン卿は口を開き、すぐ閉じた。正直なところ、自分でも何をしているのかわからない。だから説明もできない。ライオールは〝腹ばいになれ〟と言った。でも、どうすればいい？　ボス《アルファ》はご機嫌とりなどしない。傲慢さはアルファ雄という地位に必要な資質だ。ウールジー城のアルファになってからは間がないが、おれはそれまでもずっとアルファだった。

アレクシアは自分を抑えきれなかった。ウールジー伯爵に言葉を失わせるなど、誰にでもできることではない。アレクシアは勝利と困惑を感じていた。昨日はマコン卿の冷たい仕打ちにショックを受け、悶々として夜を明かした。マコン卿の行動についてアイヴィの意見を聞こうかと思ったほどだ。よりによって、あのアイヴィに！　どうかしてたに違いない。そして今あたしを苦しめた張本人が言葉もなく目の前に座っている。

アレクシアはこのときとばかり核心に切りこんだ。だが、さすがにマコン卿の黄色い目に正面から向き合う度胸はない。アレクシアはレモン色のラグの上でうつむいた。「あたくしはあまり」――父親の本にあった破廉恥な絵を思い出して一瞬、言いよどみ――「経験がないの。やりかたが間違っていたのなら、その」――アレクシアは宙で片手を振った。ますます気まずくなったが、ここでくじけてはならない――「キスのしかたが間違っていたのなら許してちょうだい。その……」

アレクシアは言葉をのみこんだ。マコン卿が小さな椅子から音を立てて立ち上がり、思いつめた顔で近づいてきたからだ。まったくマコン卿は人を見下ろす達人だ。アレクシアが自分をこんなに小さく感じることはめったにない。

「そうじゃない」マコン卿がぶっきらぼうにつぶやいた。

「だったら」アレクシアは両手を突き出し、防御の姿勢を取った。「あまりに品がないと思って後悔したのね？　ウールジー城伯爵と二十六歳のオールドミスの組み合わせなんて」

「それがきみの本当の年齢か？」マコン卿はそっけなくつぶやき、飢えた獣が忍び寄るかのように近づいた。仕立てのいい茶色の上着の下で堅い筋肉が動き、いまや秘めたエネルギーのすべてをアレクシアに向けている。

アレクシアはあとずさり、大きな肘かけ椅子にぶつかった。「あたくしの父はイタリア人よ。忘れたの？」

マコン卿はゆっくり近づいた。アレクシアが逃げ出そうものなら、いつでも跳びかかるとでもいうように。目はほとんど黄色で、周囲をオレンジ色が縁取っている。マコン卿のまつげがこんなに黒くて濃いなんて今まで知らなかったわ。

「わたしはスコットランド出身だ。ロンドンの社交界では、どちらの出自が嫌われると思う？」

アレクシアは自分の鼻に触れ、褐色の肌のことを考えた。「あたくしは……ほかにも……

欠点があって……。ずっと気にしてきたせいで、よけい気になるのかもしれないけど」

マコン卿はアレクシアの手を顔からはずし、その手をそっと反対の手に合わせ、自分の大きな手で包みこんだ。

マコン卿の顔がわずか数センチ前に近づき、アレクシアはまばたきした。息もできない。本気であたしを食べる気じゃないでしょうね？　目をそらしたくてもそらせない。アレクシアに触れたとたん、マコン卿の目は茶褐色——人間の目の色——に変わった。アレクシアはほっとするどころか、よけいに恐くなった。もはや威嚇ではない。あれは本物の欲望の目だ。

「あの、マコン卿、あたくしはエサじゃないわ。わかってる？」

マコン卿がさらに顔を近づけた。

アレクシアは見返した。もう少しで寄り目になりそうだ。近づいたマコン卿からは広い野原と暗く冷たい夜のにおいがした。

ああ、どうしたらいいの？　またあのときと同じ雰囲気だわ。

と、マコン卿はアレクシアの鼻先にキスした。それだけだ。

アレクシアは驚いてあとずさり、魚のように大きな口をぽかんと開けた。「な？」

マコン卿はアレクシアを引き寄せた。

マコン卿の声がアレクシアの頬に低く、暖かく響く。「きみの年齢などどうでもいい。きみが何歳で、何年間オールドミスかも関係ない。わたしが何歳で、何年間、独身だと思う？」マコン卿はアレクシアの片方のこめかみにキスした。「それにイタリアは大好きだ。景色は美しいし、食べ物はおいしい」今度は反対のこめかみにキス。「それに、完璧な美人なんか退屈なだけだ、だろう？」そして、もういちど鼻の頭にキスした。

思わずアレクシアは身を引き、マコン卿を叩いた。「美人でなくて悪かったわね」

「いてっ」マコン卿はたじろいだ。

だが、ここで話を終わらせるアレクシアではない。「だったらなぜ？」

ついにマコン卿は腹ばいになった。「わたしが人狼団のなかで長い時間を過ごし、よその世界をほとんど知らない愚かで高齢の狼だからだ」

ちゃんとした説明とは言えないけど、いまはこれでよしとするしかなさそうだ。「いまのは謝罪？」アレクシアははっきり問いただした。

これ以上、言うことはないとばかりにマコン卿はアレクシアの頬をなでた。まるで動物をなでるかのように。あたしをなんだと思ってるの？　ネコ？　これまでの経験からすれば、ネコにはあまり魂がない。概しておもしろみのない、そっけない小動物だ。動物にたとえるなら、ネコがぴったりかもしれない。

「満月が近づいている」さも重要な理由であるかのようにマコン卿が言った。一瞬の間。

「わかるか？」

何が言いたいの？「あの……」

「あまり自制がきかない」マコン卿は恥ずかしそうに低くささやいた。

アレクシアは茶色い目を見開き、とまどいを隠すようにまつげをぱちぱちさせた。アイヴィの得意技だ。

次の瞬間、マコン卿はキスした――ちゃんと唇に、たっぷりと。まつげ作戦本来の意図とは違うけど、成果に不満はない。アイヴィも捨てたものじゃないわね。

前回と同じく、最初はゆっくりと、なだめるようなキスで始まった。マコン卿の唇は意外なほど冷たい。筋を描くようにアレクシアの下唇をやさしく噛み、それから上唇に移った。気持ちいいけど、もどかしい。そして、またしても舌が入ってきた。今回は驚かなかった。けっこう好きかもしれない。でも、キャビアと同じように、本当に好きかどうかを決めるには何度か試したほうがいい。マコン卿は喜んで応じてくれそうだ。しかも腹立たしいほど冷静に。アレクシアは応接間の散らかりが気になりはじめた。よりによって、どうしてこんな狭苦しい場所なの？

マコン卿は噛むのをやめ、長くやさしいキスに戻った。短気なアレクシアはじれったくなった。さっきとは別のいらだたしさだ。なんであれ、主導権を握らなければ気がすまない――それが舌であっても。アレクシアはためしに舌をマコン卿の唇に突き出してみた。すると、それに応えるようにマコン卿は顔を傾け、荒々しく唇を押しつけた。

そして、さらにアレクシアを引き寄せると、握っていた手を離してアレクシアの髪をまさぐり、きつい巻き毛に指をからめた。嫌だわ――髪がくしゃくしゃになってしまう。マコン卿は髪に指をからめたまま、思いのままにアレクシアの頭を傾けた。アレクシアは観念した。

キスを続けてくれるなら何をされてもいいわ。

マコン卿は反対の手でアレクシアの背中を上下にゆっくりなではじめた。やっぱりネコだ――アレクシアはくらくらしながら考えた。頭がぼんやりして、なでられるたびにジリジリするような奇妙な感覚が湧き起こり、しだいに強くなって全身を駆け抜けてゆく。

マコン卿はアレクシアを抱いたまま向きを変えた。キスを続けてくれるならどんなことでも協力したい気分だ。マコン卿は唇を押し当てたまま、アレクシアもろとも、ゆっくりと肘かけ椅子に座りこんだ。

はしたないことに、気がつくとアレクシアはバッスルとドレスのフリルをたくし上げ、マコン卿の仕立てのよいズボンの膝の上に座っていた。

唇が離れたとたん、アレクシアは不満の声を漏らしたが、首筋を噛まれはじめてふたたびうっとりした。マコン卿は、アレクシアが入念に肩に下ろした黒い巻き毛を持ち上げ、指先ですくように絹のような髪を払いのけた。

アレクシアは息を止め、期待に身をこわばらせた。

ふとマコン卿は動きを止め、さっと身を引いた。そのとたん、決して軽量とは言えない二人の体重を支える肘かけ椅子が大きく揺れた。「これはいったいなんだ？」

いきなり怒りだしたマコン卿をアレクシアは言葉もなく見つめた。

やがてアレクシアは溜めていた息をふうっと吐いた。胸がどきどきして喉から飛び出しそうだ。ほてった肌は張りつめ、未婚のレディが濡れるべきではない場所が濡れている。

マコン卿はアレクシアの首と肩が合わさる個所を見つめた。褐色の肌が色あせ、人の歯形とおぼしき醜い紫色のあざがついている。

アレクシアはまばたきした。茶色い目から恍惚の表情が消え、眉間に小さくしわを寄せている。

「歯形よ、マコン卿」さいわい声は震えていない。でも、いつもより深い声だ。

「誰がこんなことを？」マコン卿はますますいきりたち、声を荒らげた。

「あなたよ」アレクシアはおかしくなって首をかしげ、人狼団のアルファがいかにもすまなそうな表情を浮かべる場面を楽しんだ。

「わたしが？」と、マコン卿。

アレクシアは眉を吊り上げた。

「たしかに、わたしだ」と、ふたたびマコン卿。

アレクシアは強くうなずいた。

マコン卿が呆然と乱れ髪を掻き上げると、焦げ茶色のもつれ髪が小さな房になってツンと立った。「なんてこった。これじゃまるで初めて発情期を迎えた仔狼《パピー》以下だ。すまん、アレクシア。月と睡眠不足のせいだ」

アレクシアはうなずいた。ファースト・ネームで呼んだ無礼を指摘すべきかしら？　いえ、あんなキスをしておいて、いまさら無礼も何もないわね。「そのようね。あら、これは何？」

「自制がきかないと言っただろう」

途中から何が起こっているのか想像はついた。でも、まさか、これがそうなの？「何の？」

「わかるだろう！」

アレクシアは目を細め、大胆に言った。「あざにキスすれば落ち着くかもしれないわ」男性の膝の上に座っておきながら、大胆な言葉とも思えないけど。いずれにせよアレクシアは父親の本から得た知識で、太ももに強く当たる硬いものの正体はわかっていた。

マコン卿は首を振った。「いい考えとは思えん」

「そうかしら？」自分の積極さにとまどいながらも、アレクシアはマコン卿から離れようと身をよじった。

マコン卿は毒づき、目を閉じた。眉に汗が浮かんでいる。

アレクシアはためらいがちに、ふたたび身をよじった。

マコン卿はうめき、頭をアレクシアの鎖骨に押しつけ、動きを止めようと両手でアレクシアの腰をつかんだ。

ふと科学的興味が頭をもたげた。あそこがさっきより大きくなったみたい。最大可能拡大率はどれくらいかしら？　アレクシアは小さくニヤリと笑った。自分が男性に影響を与えるなんて思ってもみなかった。あたしは誰もが認めるオールドミスで、マクドゥーガルの求愛に応じるつもりもない。とすれば、これは長いあいだ疑問に思っていた興味深い理論を確かめる唯一のチャンスかもしれない。

「マコン卿」アレクシアはささやき、つかまれた腰を無理に動かした。

マコン卿は鼻を鳴らし、押し殺した声で言った。「この状況で名前を呼ばないとはどういうことだ？」

「え？」

「コナルと呼んでくれ」

「コナル」アレクシアは最後のためらいを振り捨てて呼びかけた。卵が割れたらオムレツを作るしかないわ。アレクシアはマコン卿の背中の筋肉の感触に一瞬われを忘れた。そして気がつくと両手がマコン卿の上着をさぐり、あっけなく脱がせていた。

「なんだ、アレクシア？」マコン卿がアレクシアを見上げた。いまキャラメル色の目に浮かんだのは……恐怖？

「あなたを実験台にさせてもらうわ」アレクシアは答えるまも与えず、マコン卿のクラバットをほどきはじめた。

7 ぶつ切りレバーの前で明かされた真実

「待て、これはまずい」マコン卿が小さくあえいだ。

「ダメよ、今さら」と、アレクシア。「あなたが始めたんだから」

「そしてわたしが終わらせたら、関係者全員にとってきわめてまずい状況になる。それを言うならきみが終わらせてもだ」そう言いつつもアレクシアをのけようとはしない。それどころか、からみ合ううちに大きくずり下がったドレスの襟ぐりにすっかり夢中だ。大きな片手が胸もとを縁取るレースのフリルを行ったり来たりしている。よほど女性の服に興味があるらしい。

アレクシアはクラバットをほどき、ベストのボタンをはずし、さらにシャツのボタンをはずした。「ずいぶんたくさん着てるのね」

いつもならマコン卿も大いに同意するところだが、このときばかりはたくさん着こんでいたことに感謝した。アレクシアがボタンをはずしに手間どれば、そのあいだに自制心を取り戻せるかもしれない。自制心は間違いなく近くにある。あとはこの手に引き寄せるだけだ。マコン卿はアレクシアの見事な胸から無理やり目をそらし、とびきりおぞましいものを思い浮かべた。煮すぎた野菜……安物のワイン……。

アレクシアはようやくマコン卿の服を脱がせ、上半身と肩と首をあらわにした。そのあいだ、しばしキスは中断だ。ありがたい――マコン卿はほっと安堵のため息をつき、アレクシアの好奇心に満ち満ちた顔を見上げた。

次の瞬間、アレクシアは顔を近づけ、マコン卿の耳を嚙んだ。

マコン卿は身をよじり、痛みに耐える動物のような声を漏らした。アレクシアの実験は文句なしの成功だ。これで〝雌のガチョウに気持ちのいいことは雄のガチョウにも気持ちいい〟ことが証明された。

さらに探求を進めるべくアレクシアは唇をマコン卿の喉から鎖骨に這わせ、青黒い色もあざやかな歯形が残る自分の首と同じ場所を探り当てて歯を立てた。思いきり強く。やるときは徹底的にやるのがアレクシアの主義だ。

マコン卿は椅子から飛び出さんばかりにのけぞった。

アレクシアはかまわず歯を食いこませた。血を流すつもりはないが、歯形は残したい。マコン卿はたくましい異界族だ。これくらい平気よ。それに、たとえ歯形が残っても、二人が離れ、マコン卿が反異界族の力から解放されれば傷は長くはもたない。マコン卿はすばらしい味がした。塩と肉の味――まるで肉汁みたい。アレクシアは嚙むのをやめ、赤い三日月型の歯形をやさしくなめた。

「くそっ」マコン卿が荒い息を吐いた。「もうやめなければ」

「どうして？」アレクシアは顔をこすりつけた。

「このまま続けたら、やめることもできなくなる」

「そうね、それが賢明かもしれないわ」アレクシアはうなずき、ため息をついた。なんだか一生ぶんの賢明さを使った気分だ。

そのとき玄関で物音がして、二人はいやおうなく中断せざるをえなかった。

「まあ、信じられない」と、女性の驚いた声。

続いて詫びるようなつぶやき。内容はわからないが、フルーテの声だ。

「応接間に？」と、ふたたび女性の声。「異界管理局《BUR》の用件で、あのかたが？　あら、そう。でも、まさか……」

そこで声が途切れ、誰かが応接間の扉を大きくノックした。

アレクシアはあわててマコン卿の膝からすべり下りると、バッスルを戻し、ぴょんぴょん跳ねてスカートをもとの位置に下ろした。意外にも脚はちゃんと動いている。

マコン卿もあわててシャツとベストのボタンをはめ、上着をはおったが、クラバットまでは手がまわらない。

「貸して」アレクシアは独裁者よろしく身振りし、クラバットを結びはじめた。

アレクシアがややこしいクラバット結びに奮闘するあいだ、マコン卿も慣れない手つきでアレクシアの髪を整えた。ふと指先が首のつけ根の嚙み跡に触れた。

「悪かった」マコン卿がすまなそうに言った。

「それは心からの謝罪？」アレクシアはなおもクラバットをひねりながら笑みを浮かべた。「あざのことは気にしてないわ。くやしいのは仕返しできないことよ」マコン卿につけた歯形は、二人が離れ、アレクシアがスカートをまっすぐにしているあいだに消えていた。アレクシアは続けた。言うべきときに黙っているタイプではない。「あなたといると変な気分になるわ。こんなことは今すぐやめてちょうだい」

本気で言ってるのか？　マコン卿はアレクシアの表情を盗み見たが、冗談か本気かわからずに口をつぐんだ。

アレクシアはクラバットを結び終え、マコン卿はアレクシアの髪を整え、かろうじて愛情の痕跡を隠した。アレクシアは誰が来たのだろうと窓に近づき、カーテンを開けた。

応接間の扉がしつこく叩かれ、ついにバタンと開いた。

入ってきたのは世にも奇妙な二人連れ——ミス・アイヴィ・ヒッセルペニーとライオール教授だ。

しゃべりながら現われたアイヴィがアレクシアに近づいた。派手な帽子をかぶった、興奮したハリネズミのようだ。「ああ、アレクシア、玄関にBURの人狼がいたのよ、知ってた？　お茶を飲もうと思って来たら、それは恐ろしい様子でフルーテに食ってかかって。いまにもなぐり合いになるんじゃないかと思ったわ。人狼があなたの家になんの用？　どうしてフルーテは必死に追い払おうとしてたの？　どうして……？」そこでようやくマコン卿に気づき、言葉をのみこんだ。くるりと巻いた黄色いダチョウの羽根のついた、赤白ストライプの羊飼いの少女がかぶるような大きな帽子が大きく揺れた。

「ひどい顔だな、ライオール」マコン卿は部下を見つめた。「ここで何をしている？　家に帰れと言ったはずだ」

ライオールはマコン卿の乱れた服に目をやった――いったいクラバットにどんな暴虐が行なわれたのだろう？　まったくひどい結びかただ。続いてアレクシアの下ろした髪を見て目を細めた。しかしライオールは、これまで三代つづけて人狼団の副官《ベータ》を務めてきた男にして礼儀を忘れぬ男だ。所感も述べなければ、質問にも答えず、まっすぐマコン卿に近づき、耳元で何かささやいた。

アイヴィはようやくアレクシアのただならぬ様子に気づくと、心配そうに小さな長椅子に座らせ、自分も隣に座った。「大丈夫？」手袋をはずし、手の甲をアレクシアの額に当てた。「まあ、熱いわ。熱があるんじゃない？」

「そうとも言えるわね」アレクシアはまつげの下からマコン卿を見た。

ライオールが耳打ちを終えた。

「なんだと？」新たな怒りのタネがまかれたらしく、マコン卿は顔を真っ赤にしてどなった。まったく、どれだけ怒れば気がすむのかしら？

さらにライオールが何ごとかささやくと、マコン卿はよどみなく毒づいた。

「マリアの太ったケツ野郎め！」

アイヴィが口をぽかんと開けた。

マコン卿の下品な言葉にすっかり慣れたアレクシアは、アイヴィの愕然とした顔を見てくすっと笑った。

マコン卿はさらにいくつか独創的な罵詈《ばり》雑言《ぞうごん》を並べ立てると、帽子かけから茶色のシルクハットを無造作につかんで頭に載せ、大股で部屋を出て行った。

ライオールはあきれたように首を振り、舌を鳴らした。「あのクラバットで表に出るとは」

その問題のクラバットが顔つきでふたたび戸口に現われた。「彼女を頼む、ライオール。局に着いたら、すぐにハーバービンクを行かせる。やつが到着したら、頼むから家に帰って少し眠ってくれ。長い夜になりそうだ」

「了解しました」と、ライオール。

ふたたびマコン卿は出てゆき、やがてウールジー団の馬車が猛スピードで通りを駆けてゆく音が聞こえた。

アレクシアは見捨てられたような気分になった。アイヴィの憐れむような視線も、あながち的はずれではない。こんなにあわてて出て行くなんて、さっきのキスはなんだったの？

ライオールは居心地が悪そうに帽子とコートを脱ぐと、〝罵詈雑言卿〟の帽子がかかっていた帽子かけにかけて室内を見まわした。アレクシアは首をかしげた。何を探しているのかしら？　ルーントウィル家は応接間を高級に見せようと、ありったけの家具を詰めこんでいた。誰も弾けない竪型ピアノ。これでもかと並べたいくつもの小テーブル。テーブルはどれも刺繍入りの掛け布でおおわれ、その上には銀板写真機一式や、飛行船の模型が浮かぶガラス瓶、小さな置物などがところせましと置いてある。ライオールは慎重に日光を避けながら室内を調べた。数世紀前、異界族が表舞台に出るようになってから、正面の窓に重いビロード地のカーテンをかけるのが主流になったが、光はかすかに隙間から忍びこむ。ライオールはそのわずかな光も苦痛のようだ。

これくらいの光もこたえるなんて、よほど疲れているのね——アレクシアは思った。老練の人狼なら日中も数日間は連続して起きていられる。ライオールはその限界に近づいているのか、もしくは何か別の不調がありそうだ。

アレクシアとアイヴィは上品な人狼が室内を行ったり来たりするのを礼儀正しく見つめた。ライオールはフェリシティの下手な水彩画の裏を調べ、いまわしき肘かけ椅子の下をのぞきこんだ。アレクシアは椅子を見たとたん、ひそかに顔を赤らめ、ついさっきあの上で起こったことを頭から追い払った。あたしったら、なんて大胆なことを……。恥知らずにもほどがあるわ。

「座ってくださらない、ライオール教授」沈黙に耐えきれず、アレクシアは声をかけた。「立っているのもつらいほど疲れてるみたいよ。それに、そんなふうにうろうろされたら目がまわるわ」

ライオールは疲れた笑い声を上げ、言われるままにチッペンデール様式の小さなサイドチェアをつかむと、部屋のもっとも暗い場所——ピアノの陰——に移動させて腰を下ろした。

「お茶を頼みましょうか？」アイヴィが、やつれた人狼と礼儀も忘れるほど熱っぽい親友の体調を心配してたずねた。

「すばらしいアイデアだわ」アレクシアはアイヴィの機転をほめた。

アイヴィがフルーテを呼ぼうと扉に近づくと、魔法のように本人が戸口に現われた。「アレクシアの調子が悪くて、こちらの男性も……」アイヴィは口ごもった。

アレクシアは礼儀を忘れた自分に驚いた。「アイヴィ！　あなたがた、まだ知り合ってないの？　てっきり紹介はすんだものだと思っていたわ。二人一緒に入って来たから」

アイヴィが振り向いた。「正面のポーチで一緒になっただけで、正式な紹介はまだよ」ふたたびフルーテのほうを向いて、「ごめんなさい、フルーテ。なんの話だったかしら？」

「お茶でございますね？」さすがはフルーテ、つねに機転がきく。「ほかに何かございますか？」

「レバーはあるかしら？」アレクシアが長椅子からたずねた。

「い、い、レバー……でございますか？　さて、料理人にたずねてみませんと」

「あったら、生のまま小さく切って運んでちょうだい」アレクシアが確認するように視線を向けると、ライオールはうれしそうにうなずいた。

アイヴィとフルーテは呆気にとられたが、命令には逆らえない。家族が留守である以上、ルーントウィル家の主《あるじ》はアレクシアだ。

「それとジャム・サンドイッチを」アレクシアがきっぱり命じた。マコン卿が屋敷を去ってから、少し気分が落ち着いてきた。アレクシアは落ち着くとお腹がすく傾向がある。

「かしこまりました」フルーテがすべるように出て行った。

アレクシアは二人を紹介した。「ライオール教授、こちらはあたくしの親友で、ミス・アイヴィ・ヒッセルペニー。アイヴィ、こちらはランドルフ・ライオール教授、マコン卿の副官で、あたくしが知るかぎり人狼団の外交儀礼顧問《アドバイザー》よ」

ライオールは立ち上がって頭を下げ、アイヴィは戸口でお辞儀した。挨拶を交わしたあと、二人は椅子に座った。

「何があったんですの？　どうしてマコン卿はあんなにあわてて出ていったの？」アレクシアは身を乗り出し、部屋の隅をのぞきこんだ。薄暗いので表情は読めない。ライオールには好都合だ。

「残念ながらお答えしかねます、ミス・タラボッティ。BURの捜査に関することですので」ライオールは悪びれもせず断わった。「ご心配なく。じきにマコン卿が片をつけられます」

アレクシアは長椅子にもたれ、ぼんやりとピンクのリボンを刺繡したクッションの房を引っぱった。「では、人狼団の慣習についてなら教えてくださる？」

アイヴィは目を大きく見開き、扇子に手を伸ばした。アレクシアがあんな目をするときは、何かとんでもないことを考えているときだ。またお父様の本でも読んでいたのかしら？　アイヴィは考えただけで身震いした。あんなふしだらな書物に読むべきものなんてひとつもないわ。

いきなり話題が変わってライオールは驚き、いぶかしげにアレクシアを見た。

「あら、秘密なの？」異界族については謎が多い。人狼団に慣習や礼儀があることはアレクシアも知っている。だが、表立って教えられたり話されたりするものではないため、その文化によほど通じていないとわからない。吸血鬼に比べると、人狼はより広く人間社会に溶けこんでいるが、それでも人狼でないとわからない部分は多い。なんといっても人狼団の伝統は昼間族のそれよりはるかに古いのだから。

「そういうわけではございません」ライオールは優雅に肩をすくめた。「しかし、初めに申し上げておきますが、人狼団の掟は粗野なものが多うございます。ミス・ヒッセルペニーのような繊細な女性の神経には刺激が強すぎるかもしれません」

「あたくしと違って？」アレクシアはライオールの言葉じりをとらえ、ニヤリと笑った。

ライオールは少しも動じない。「その柔軟さこそ、あなたがあなたたるゆえんです、ミス・タラボッティ」

アイヴィは激しく顔を赤らめ、ほてった顔を扇子で扇ぎはじめた。縁《ふち》に黄色いレースのついた真っ赤な中国シルクの扇子は、あのとんでもない羊飼い帽に合わせて選んだに違いない。アレクシアはあきれて天をあおいだ。アイヴィの怪しげな趣味は、いまやすべての装飾品におよんでいる。

「どうぞ、わたしのことはお気づかいなく」扇子のおかげでアイヴィは少し気分が落ち着いたようだ。

アレクシアはほほえみ、なだめるようにアイヴィの腕を軽く叩くと、薄暗い部屋の隅に座るライオールに期待の目を向けた。「はっきり言って、最近のマコン卿の振る舞いには首をかしげざるをえません。あのかたはあたくしに対して」――アレクシアはさりげなく間を取り――「いくつか興味深いアプローチをなさいました。ことの始まりは――あなたもご覧になったとおり――先日の公道での一件ですわ」

「まあ、アレクシア！」アイヴィは仰天して息をのんだ。「まさか、目撃者がいたの！」

「あたくしが知るかぎり、ここにいるライオール教授だけよ」アレクシアはアイヴィの心配を打ち消した。「しかも教授は分別の権化のような人物だから心配ないわ」

ライオールはアレクシアの賞賛にまんざらでもない表情を浮かべた。「失礼ながら、ミス・タラボッティ、団の慣習に関することとは……？」

アレクシアは鼻を鳴らした。「ああ、それよ。ご存じのとおり、ライオール教授、これは微妙な問題なの。少しまどろこしい言いかたになっても許してちょうだい」

「あなたがずけずけと物をおっしゃるかたとは少しも思っておりません、ミス・タラボッティ」と、ライオール。皮肉っぽい口調だ。

「とにかく」アレクシアは憤然と続けた。「昨夜の晩餐会でのマコン卿の態度から判断するに、その前夜の出来事は……過ちだったとしか思えないわ」

「まあ」アイヴィが小さく驚きの声を上げた。「なんてひどい！」

「アイヴィ」アレクシアがとがめるように言った。「お願いだから、マコン卿を批判する前に最後まで話を聞いてちょうだい。とにかくこれだけは言っておかなければならないの」なぜか、アイヴィにはマコン卿を悪く思われたくなかった。

「今日の午後、家に戻ったら、この応接間でマコン卿が待っていたわ。またしても考えが変わったかのように。いったいどういうこと？」アレクシアは哀れなベータを容赦なくにらむと、「あたくしはわからないことが嫌いなの！」と言ってリボンのクッションを下に置いた。

「またしてもマコン卿はわれわれを忘れ、何かヘマをしたのでしょうか？」と、ライオール。

そこへフルーテがトレイを持って現われた。正式な作法がわからなかったらしく、生のレバーが切り子細工のアイスクリーム皿に盛ってある。ライオールは器《うつわ》を気にするふうもなく、小さな銅のアイスクリーム・スプーンですばやくかつ上品にレバーを食べはじめた。

フルーテはお茶を配り、ふたたび部屋を出て行った。

アレクシアはようやく核心にたどりついた。「なぜ前の晩はあんなに尊大な態度で接しておきながら、今日は急にやさしくなったの？　人狼団の秘密の儀式でも行なわれたの？」アレクシアは紅茶を飲んでいらだちを隠した。

ライオールはぶつ切りレバーを食べ終えると、空《から》のアイスクリーム皿をピアノの上に置き、アレクシアを見た。「マコン卿は最初からはっきりと関心を示しましたか？」

「ええと」アレクシアは言いよどんだ。「知り合って数年になるけど、通りでの出来事の前は、どちらかと言うと無関心だったわ」

ライオールは含み笑いをもらした。「たしかにそうでしょう……あなたは過去いくたびかの出会いのあと、マコン卿がどんな感想をもらしたかをご存じありません。いえ、わたくしが知りたいのは最近の話です」

アレクシアはティーカップを置き、身振りを交えて話しはじめた。父のことはほとんど知らないのに、いつのまにかイタリアふうのしぐさが癖になっている。「そうね……」と言って大きく指を広げた。「考えてみると、それほどはっきりでもなかったわ。たしかにあたくしは長期の恋愛対象になるには——とくにマコン卿のような階級の男性には——歳を取りすぎて地味だけど、クラヴィジャーの地位を提供するつもりなら、そうはっきり伝えるべきじゃなくて？　そもそもあたくしのような……」アレクシアはアイヴィをチラッと見た。アイヴィはアレクシアが反異界族であることはおろか、そのような種族の存在すら知らない。「……創造性に欠けた人間をクラヴィジャーにするのは無理でしょう？　いったいどういうこと？　マコン卿の申し出が求愛とはとうてい思えないわ。その証拠に昨夜、マコン卿はあたくしを完全に無視しました。通りでの出来事を過ちだと思うのも当然じゃありませんこと？」

「そうでしたか」ライオールはまたしてもため息をついた。「さて、どう申し上げたものか……。わがほまれ高きアルファは、残念ながらあなたを頭ではなく本能で考えておられます。マコン卿はあなたを人狼のアルファ雌として理解しているのです」

アイヴィが眉をひそめた。「それって褒め言葉？」

空のアイスクリーム皿を見て、アレクシアはライオールにティーカップを手渡した。

ライオールは品よく紅茶を飲み、カップの縁から眉を吊り上げた。「アルファ雄の言葉として——ということですか？　もちろんです。もっともアルファ以外のわれわれにとっては、そうとも言えません。それには理由があります」

「聞かせてちょうだい」アレクシアは興味をひかれた。

「興味を示したことを自分で認めようとしないのは、本能に支配されていた証拠です」

アレクシアはふと本能に駆り立てられたマコン卿の肩にかつぎ上げられ、夜の闇に連れ去られるはしたない場面を想像し、あわててわれに返った。「それで？」

アイヴィがチラッとライオールを見ながらアレクシアに言った。「〝自制心〟を失っていたってこと？」

「鋭いご指摘です、ミス・ヒッセルペニー」ライオールにほめられ、アイヴィはうれしそうに顔を染めた。

ようやくアレクシアはわかってきた。「つまり、晩餐会ではあ、あ、あたくしが言い寄るのを待っていたってこと？」ショックで金切り声になった。「でも、マコン卿はいちゃいちゃしてたわ！　あの、ウ……ウ……ウィブリーと！」

ライオールがうなずいた。「あなたの気を惹こうとしたのです——あなたに権利を主張させ、要求をはっきり示させ、所有権を宣言させようとしたのです。あわよくば、その三つすべてを示させようと」

アレクシアとアイヴィは明かされた真実に愕然として黙りこんだ。だが、アレクシアが感じたのは驚きより困惑だ。ついさっき、あたしはこの部屋で、男と女の感覚は同じだという深遠なる真理を発見した。もし首に嚙みついて歯形を残せたら、マコン卿を自分のものだと主張できるかもしれないと思ったのも事実だ。

「人狼団の慣習では、これを〈雌狼のダンス〉と呼んでおります」と、ライオール。「あなたは、ミス・タラボッティ――こう申し上げてはなんですが――非常にアルファ的でいらっしゃいます」

「あたくしはアルファじゃありませんわ」アレクシアは立ち上がり、部屋をうろうろしはじめた。父の蔵書には人狼の外交儀礼にまつわる微妙な駆け引きや交配慣習については書いてなかった。

ライオールは腰に手を当てた、大柄で気の強そうなアレクシアを見つめ、笑みを浮かべた。

「女性の人狼の数はあまり多くありません、ミス・タラボッティ。〈雌狼のダンス〉は、人狼団では求婚を意味します。選択権は女性にあるのです」

アイヴィはますます言葉を失った。これまで聞いたこともない概念だ。

でも、悪くない考えね。アレクシアはつねづね吸血群に君臨する女王をひそかに尊敬していた。まさか人狼団にも似たような考えかたがあったなんて。アルファ雌は恋愛以外でも雄を尻に敷くのかしら？「なぜ女性に？」

「雄の数に比べて雌がはるかに少ない以上、選択権は雌にゆだねるしかありません。雌をめぐる争いは禁じられています。人狼は内部抗争のせいで短命で、百年、二百年と生きる者はまれです。この掟は厳格で、つねに〈将軍〉が目を光らせています。ダンスでどうステップを踏むかは、完全に雌狼にゆだねられております」

「つまりマコン卿は、あたくしが行動を起こすのを待っていたのね」ヴィクトリア女王が統治する昼間社会の社会規範は変わりやすい。アレクシアはこのとき初めて、年配の異界族がそれに適応するのにどれだけ苦労しているかがわかった気がした。マコン卿はつねにうまく立ちまわっているように見えた。まさかあたしの前でミスを犯すなんて思ってもみなかったわ。「だったら、マコン卿の今日の行動はどういうこと？」

「何があったの？」アイヴィは息をのみ、期待と恐怖で身震いした。

アレクシアはあとで詳しく話すと約束した。でも、今回はすべてを話すわけにはいかない。アイヴィのような繊細な女性に聞かせるには、少し事態が進展しすぎたわ。このあたしが肘かけ椅子を見ただけで顔が赤くなるくらいだから、アイヴィには刺激が強すぎる。

ライオールが咳払いした。心の底ではおもしろがっているに違いない。「それはわたくしのせいかもしれません。あなたを人狼ではなく、一人の現代英国女性としてあつかうよう厳しく忠告しましたので」

「少し……」アレクシアは肘かけ椅子を見つめた。「現代的すぎたかしら？」

ライオールは眉を吊り上げ、部屋の陰から少し身を乗り出した。

「アレクシア」と、アイヴィ。真剣な表情だ。「どういうつもりなのか、マコン卿にはっきり確かめるべきよ。こんなことを続けてたら何を噂されるかわからないわ」

アレクシアは自分が反異界族であることと、独身時代は名うての遊び人だった父親に思いをはせ、もう少しで〝あなたは何もわかっていない〟と言いそうになった。

アイヴィが続けた。「まさか本気でそんなことを考えてるとは思わないけど、それでもはっきりさせるべきよ、だって……」つらそうに顔をゆがめ、「マコン卿があなたにすべての決定権をゆだねるつもりだったらどうするの？」そう言って大きな目を心配そうに見開いた。

何も知らないアイヴィも——本人が認めるかどうかは別にして——あたしの結婚の見こみがどの程度かは知っている。現実的に考えて、あたしがマコン卿レベルの男性と結婚できるとは夢にも思っていない——どんなにアイヴィの恋愛に対する想像力がたくましくても。

悪気があって言ったのではないとわかっていたが、アレクシアは傷つき、暗い顔でうなずいた。

ライオールは悲しげにくもるアレクシアの目を見て、思わずなぐさめの言葉をかけた。

「マコン卿の気持ちは決していい加減なものではないと信じております」

「優しいのね」アレクシアは力なくほほえんだ。「でも、難しい決断だわ。みずからの評判を投げうって人狼の求婚に応じるか」——アレクシアはアイヴィの目が大きくなるのを見て言葉を切り——「それともすべてを拒否し、これまでの生活を続けるか」

アイヴィはアレクシアの手を取り、力づけるようにギュッと握った。アレクシアも握り返し、自分に言い聞かせるように続けた。しょせんアレクシアは〈魂なき者《ソウルレス》〉——考えかたはいたって現実的だ。「この人生もそれほど悪くはないわ。物には不自由しないし、健康にも恵まれている。家族にとってはお荷物で、うとまれているけど、不当にあつかわれてるわけじゃない。それに、あたくしには本があるわ」アレクシアは言葉を切った。少し自己憐憫がすぎたかしら?

ライオールとアイヴィは視線を交わした。二人のあいだで何かが通じ合った。無言の協定のような……それが何なのかアイヴィにはわからなかったが、これから先何があろうと、ライオール教授は味方になってくれそうだ。

フルーテが戸口に現われた。「ミスター・ハーバービンクとおっしゃるかたがお見えでございます、ミス・タラボッティ」

男が部屋に現われ、後ろ手に扉を閉めた。

「座ったままで失礼する、ハーバービンク。勤務が続いたものでね」

「どうぞ、お気づかいなく」ミスター・ハーバービンクは労働階級の出とおぼしき、恐ろしく大柄な用心棒のような男だった。矯正された言葉からはわからないが、その立派な体軀を見ればわかる。雄牛が疲れて倒れたら、みずから鋤《すき》を取って肩にかつぎ、自分で畑を耕す実直な農夫といった風情だ。

アレクシアもアイヴィも、これほど筋肉質の男は見たことがない。二人は、木の幹のように太い首を感心して見つめた。

ライオールが紹介した。「ご婦人がた、こちらはミスター・ハーバービンク。ミスター・

ハーバービンク、こちらはミス・ヒッセルペニー、そしてこちらがミス・タラボッティ。きみが護衛を受け持つ女性だ」

「あら！　BURのかたですの？」と、アイヴィ。

「ええ、そうです」ハーバービンクが気さくにうなずいた。

「でも、あなたは人狼のようには……」と、アイヴィ。アレクシアは首をかしげた。どうしてアイヴィは気づいたのかしら？　きっと、まぶしい日光のなかでも平気で立っているせいか、いかにも地に足のついた世俗的タイプに見えるせいね。たしかにハーバービンクには、余分な魂を持つ者に特有の芝居がかった雰囲気はまったくない。

「ええ、人狼じゃありません。クラヴィジャーになる気もありませんし、将来そうなる予定もありません。でも何度か拳闘リングで一度に二人を相手にしたことがありますので、その点はご心配なく。それにマコン卿の話では、腕力が必要になる心配はなさそうです――少なくとも昼のあいだは」

ライオールがゆっくり立ち上がった。背中の曲がった老人のようだ。鋭い顔の頬はこけ、やつれている。

ハーバービンクが心配そうに振り返った。「僭越ながら、教授が馬車に乗りこみ、城に向かうのを必ず見届けよとマコン卿から厳しく言いつかっております。卿は局に戻られてから、すぐ事態の処理に当たられました」

ライオールは疲労困憊の体《てい》でよろよろと扉に向かった。

筋肉隆々の若いハーバービンクならライオールを抱え上げ、通りまで楽に運べそうだが、そこは異界族と長年仕事をしてきた経験からか、上司のプライドを尊重し、腕すら貸そうとしなかった。

どこまでも礼儀正しいライオールは帽子とコートを取ってきちんと身につけ、応接間の戸口で頭を下げた。アレクシアとアイヴィは今にも転ぶのではないかと心配したが、ライオールはなんとか背を伸ばして部屋を出ると、二、三度つまずいただけでウールジー団の馬車に乗りこんだ。

ハーバービンクはライオールが無事に帰路についたのを見届けてから部屋に戻り、アレクシアに言った。「表の街灯の下にいますから、何かあったら知らせてください。日没まではたしが担当し、それからは夜どおし三人の吸血鬼が交代で番をします。マコン卿から決して油断するなと言いつかっております。あのようなことがあったあとですので」

マコン卿はなぜいきなり立ち去ったのかしら？　アレクシアとアイヴィは知りたくてたまらなかったが、ハーバービンクを質問ぜめにするのは控えた。ライオールが話さなかったものを、この若者が話すとは思えない。

ハーバービンクは深々とお辞儀すると、背中の筋肉を上下に波打たせながらどすどすと部屋を出て行った。

アイヴィはため息をつき、扇子をぱたぱた動かしながら即興の詩を吟じた。「〝ああ、田園よ、その景色をとどめたまえ……〟」

アレクシアはくすくす笑った。

「アイヴィ、そんなこと言うなんて失礼よ。最高《ブラボー》だわ」

8 裏庭での悪ふざけ

ルーントウィル家は意気揚々と買い物から帰ってきた。ただ、ルーントウィル氏だけは出かける前よりやつれていた。まるで多数の死傷者が出た負け戦から引き揚げてきた指揮官のようだ。コニャック入りの大きなグラスを持って現われた執事に〝神に次いで慈悲ぶかきフルーテよ〟とかなんとかつぶやき、中身を一息に飲み干した。

応接間にアレクシアとアイヴィがいても誰も驚かない。ルーントウィル氏は礼儀を失さない程度に挨拶すると、二杯目のコニャックと〝邪魔をするな〟という命令とともに書斎に引っこんだ。

いっぽうルーントウィル家のレディたちはアイヴィにぺちゃくちゃと話しかけた。戦利品を見せびらかすつもりらしい。

アレクシアは気をきかせ、フルーテにお茶のお代わりを頼んだ。長い午後になりそうだ。

フェリシティが革製の箱を引っぱり出して蓋を開けた。「見て。すてきでしょ？　こんなのがあったらいいと思わない？」豪華な黒いビロード台の上に、肘の長さまであるレースの夜会用手袋が横たわっていた。淡いモスグリーンで、脇に小さな真珠のボタンがついている。

いんじゃない？」

「本当ね」と、アレクシア。本当にすてきだわ。「でも、これに合うようなドレスなんかな

「そうよ、お姉様。でも今はあるの」フェリシティは興奮して眉毛を動かし、品のない笑みを浮かべた。

継父が青ざめていたわけがわかった。あの手袋に合うイブニングドレスを買ったのなら、かなりの出費だったに違いない。しかもルーントウィル家には〝フェリシティが買うものはイヴリンも買う〟という法則がある。イヴリンは、この普遍的法則の正しさを証明するべく、縁《ふち》にバラ色の花の刺繡が入った銀青色の新しい手袋を誇らしげに見せた。

アイヴィはルーントウィル家の贅沢ぶりに目を見張った。ヒッセルペニー家に、刺繡入りの手袋とイブニングドレスを衝動買いする財力はない。

「ドレスは来週、届くわ」と、ルーントウィル夫人。誇らしげな口調は、まるで二人の娘が何か偉業を成し遂げたとでも言わんばかりだ。「アルマック家の夜会に間に合うように」そう言ってアイヴィを見下ろした。「あなたも出席なさる、ミス・ヒッセルペニー？」

アレクシアは母親の言葉にむっとした。ヒッセルペニー家がそんな華々しい催しに参加できないことは知ってるくせに。「それで、お母様はどんなドレスを着るの？」アレクシアが鋭く言った。「年齢にふさわしいもの？　それともいつものように、お母様の半分の年齢のレディに似合うようなドレス？」

「アレクシア！」アイヴィはギョッとし、小声でたしなめた。

ルーントウィル夫人はアレクシアを冷たくにらみ、立ち上がった。「わたしが何を着ようと、あなたが見ることはないわね。明日の晩の、公爵夫人主催の大夜会に出席することは許しませんよ」ルーントウィル夫人はアレクシアに罰を与え、部屋から出て行った。

フェリシティがおもしろがって目を輝かせた。「お姉様の言うとおりよ。お母様が選んだドレスは胸もとが大きく開いたフリルつきで、しかも薄ピンク色なの」

「でも、アレクシア、自分の母親にあんなことを言うものじゃないわ」と、アイヴィ。

「あんなこと、ほかに誰に言えるっていうの？」アレクシアが不満そうにつぶやいた。

「そうよ、少しは言ってやるべきよ」と、イヴリン。「ほかに言う人はいないもの。いまにお母様のせいであたしたちの将来が台なしになるかもしれないわ」イヴリンは自分とフェリシティを指さした。「あたしたち、オールドミスになる気はさらさらないの。ごめんなさい、お姉様」

「気にしないで」アレクシアは笑みを浮かべた。

アレクシアはお茶を持って現われたフルーテに手を上げた。「フルーテ、オーガスティーナおばさんに手紙を届けてくれる？　明日の夜の件で」

イヴリンとフェリシティは耳をそばだてた。ルーントウィル家に〝オーガスティーナ〟という名のおばなどいない。だが、そんな名前の人物と満月の夜に約束するとすれば、占い師か何かに違いない。母親を怒らせたせいで、かわいそうに留守番を言い渡された姉は代わりのお楽しみを計画しているようだ。

だが、妹たちほどバカではないアイヴィは、アレクシアに〝何をたくらんでるの？〟という視線を向けた。

アレクシアは無言で謎めいた笑みを浮かべた。

フルーテはむっつりとうなずき、言いつけを行なうために部屋を出た。

フェリシティが話題を変えた。「ねえ、聞いて、新しい金属でできた宝石を売ってたの。軽くてすてきなアルムニニウムとかなんとかいう名前で、銀と違って変色しないんですって。もちろん今はとても高価だから、お父様は買ってくれなかったけど」フェリシティは不満そうに唇をとがらせた。

科学好きのアレクシアが反応した。二十年ほど前に発見されたこの金属の新しい加工法については、愛読の科学誌でも話題になっていた。「アルミニウムよ。王立協会の刊行物で読んだわ。ついにロンドンの店頭に出たのね。すばらしいわ！　なにせ非磁性体で非エーテル系で耐食性があるんだから」

「な、な、なんですって？」フェリシティが混乱して下唇を嚙んだ。

「ああ、また始まった」と、イヴリン。「こんな話を始めたら止まらないんだから。どうしてお姉様はこんなに学問好きなのかしら？」

アイヴィが立ち上がった。「皆さん、申しわけないけど、そろそろ失礼するわ」

ルーントウィル家の二人がうなずいた。

「わかるわ。お姉様の科学話が始まったら、あたしたちも逃げたくなるもの」と、イヴリン。

同情するような口調だ。「でも、一緒に暮らすあたしたちは逃げたくても逃げられないわ」

と、フェリシティ。

「いいえ、そうじゃなくて本当に帰らなくちゃならないの」アイヴィがあわてて言った。「三十分も前から母が待ってるのよ」

アレクシアがアイヴィとともに扉に向かうと、フルーテが例の黄色いダチョウの羽根のついた赤白ストライプの醜悪な羊飼い帽を持って現われた。アレクシアは顔をしかめてアイヴィのあごの下で帽子のひもを結んだ。

外を見ると、通りをぶらぶら歩くミスター・ハーバービンクの姿が見えた。アレクシアが小さく手を振ると、ハーバービンクは礼儀正しくうなずいた。

「もともと明日の公爵夫人の夜会に出るつもりはなかったんでしょ？」アイヴィが赤いパラソルを開きながら言った。

「よくわかったわね」アレクシアはニヤリと笑った。

「アレクシア」いぶかる口調だ。「〝オーガスティーナおばさん〟って誰？」

アレクシアは笑い声を上げた。「たしかあなたはその人を〝いかれてる〟と評して、会うことに反対したと思うけど」

アイヴィは愕然としてしばらく目を閉じた。おばさんという言葉にすっかりだまされたけど、あれは家族がそばにいるときの、アレクシアとフルーテのあいだの暗号だったのね。

「一週間に二度も！　いまに噂されるわよ——ミス・タラボッティはドローンになる気じゃ

ないかって」アイヴィはあきれてアレクシアを見つめた。現実的で、物怖じしない、おしゃれな女性――ふつうは吸血鬼が選びそうなタイプじゃない。でも、誰もが知っているとおり、アケルダマ卿はふつうの吸血鬼ではない。「本気でドローンになるつもりじゃないでしょうね？　軽々しく決めちゃダメよ」

またしてもアレクシアはアイヴィに自分の素性を話そうとして思いなおした。親友の人間性が信用できないからではなく、都合の悪いときにかぎって暴走する彼女の舌が信用できないからだ。

アレクシアは答えをごまかした。「それはありえないわ、アイヴィ。心配しないで。早まった真似はしないから」

アイヴィは納得しなかったようだ。一瞬、アレクシアの手に自分の手を押しつけてから背を向け、頭を軽く揺らしながら通りを歩いて行った。くるりと巻いた黄色の長いダチョウの羽根が怒ったネコのしっぽのように前後に揺れている。不満を感じている証拠だ。

あんなに明るく、軽やかに人を非難できるのはアイヴィだけね。

アレクシアは異父妹たちの情け容赦ない言葉を思い出し、幸せな家族の夕べに向けて気力を奮い立たせた。

その日の深夜、アレクシアは驚くべき騒ぎで目を覚ました。物音は寝室の真下から聞こえる。アレクシアはベッドから出てナイトガウンの上にモスリンのマントをはおり、窓に近づいた。

アレクシアの寝室はルーントウィル家のなかでも地味な部屋で、窓からは召使が利用する勝手口とご用聞きが出入りする裏路地が見える。

見下ろすと、満月前夜の銀色の月明かりのなかで人がもみ合っていた。なぐり合いのケンカをしているらしい。アレクシアは目を見張った。勝負は互角で、声はほとんど聞こえない。そのせいで、よけいに不気味だ。聞こえたのは、ゴミ箱がひっくり返る音だったらしい。それ以外は肉と肉がぶつかり合う音と、くぐもったうめきが聞こえるだけだ。

男の強烈なパンチが相手の顔に命中した。ふつうなら倒れるところだが、なぐられたほうはくるりと振り向きざまに反撃した。こぶしが皮膚にぶつかる鈍く湿った不快な音が路地にこだました。

あの一撃を受けて倒れないのは異界族くらいだ。そういえばライオールが、今夜の見張りは吸血鬼だと言っていた。つまり、これは吸血鬼どうしのなぐり合いってこと？ アレクシアは怖いもの見たさにぞくぞくした。吸血鬼のなぐり合いなんて、めったに見られるものじゃない。人狼どうしはすぐ腕力に訴えるが、吸血鬼はもっと巧妙な手を使うのが普通だ。

アレクシアはよく見ようと窓から身を乗り出した。一人の男が敵を振り切り、屋敷に駆け寄って窓を見上げた。そのうつろな目を見たとたん、アレクシアは息をのんだ。吸血鬼ではない。

アレクシアは恐怖の叫びをのみこんだ。ケンカをおもしろがる気持ちはいっぺんに吹き飛んだ。あの顔には見覚えがある。あたしを馬車で誘拐しようとしたロウ顔の男だ。月光を浴びて白鑞《しろめ》のような鈍い金属質の光を放つ肌。生気のないのっぺりした顔。アレクシアは身震いした。そして額には煤《すす》で描いたようなⅤⅠⅩⅠの文字。男は暗い寝室を背に浮かび上がる淡い色のナイトガウン姿のアレクシアを見てニヤリと笑った。あのときと同じ、この世のものとは思えないような笑み——熱湯に落ちたトマトの皮がはじけるかのように横に一本、切れ目が走り、不自然な口もとに四角い白い歯らしきものが見える。

男が屋敷に向かって走りだしたとたん、なぜかアレクシアは三階にいるにもかかわらず身の危険を感じた。きっと、あっというまに駆け上がってくるに違いない。

別の男が取っ組み合いから抜け出し、ロウ男を追いはじめた。だが、追いつけるとはとても思えない。ロウ男はまったく無駄のない動きで近づいてくる。走る人間というより、猛スピードで地を這うウミヘビのようだ。

よく見ると、ロウ男を追うのは吸血鬼だった。全速力で走る吸血鬼を見るのは初めてだ。流れるような動きで、房つきブーツが玉石に当たっても、ささやくようなうなりしか聞こえない。

ロウ男は屋敷の建物に到達すると、レンガ造りの外壁をのぼりはじめ、楽々とクモのようにするする這いのぼりながら表情のない顔をアレクシアに向けた。まるでアレクシアの顔に魅入られ、アレクシアしか見えないかのように。ⅤⅠⅩⅠ。アレクシアは四つの文字を何度も読んだ。ⅤⅠⅩⅠ。

まだ死にたくない。無礼な真似をしたマコン卿に、まだどなり散らしてもいないのに！

アレクシアは取り乱し、無駄だと知りつつ鎧戸を閉めようと手を伸ばした瞬間、吸血鬼がロウ男に追いついた。

吸血鬼は飛び上がってロウ男の背中にのしかかり、頭をつかんでぐっと後ろに引いた。重みが加わったせいか、強く引っぱられたせいか、ロウ男はレンガ壁から手を離した。二人はそのまま路地に落下し、骨の砕ける恐ろしい音が響きわたった。それなのに叫び声ひとつ、話し声ひとつ上がらない。仲間たちは二人の落下に気づくふうもなく、背後で無言のなぐり合いを続けている。

ロウ男は死んだに違いない。あの高さから落ちて無傷でいられるのは異界族くらいのものだ。ロウ男は人狼のようにも吸血鬼のようにも見えなかった。だとすれば人間だ。

だが、アレクシアの予測ははずれた。ロウ男は倒れた吸血鬼の身体の上で横転すると、立ち上がって振り向き、またしても一心に建物のほうに——アレクシアに——向かいはじめた。

吸血鬼は、ケガはしても機能不全になったわけではなく、敵の動きを予測していたようにロウ男の片脚をグッと両手でつかんだ。するとロウ男は吸血鬼を振り払おうとはせず、まったく非論理的な行動に出た。おやつをもらっても、いくらなだめられても言うことをきかない子どものように、ひたすらアレクシアのほうへ動きだしたのだ。ロウ男は吸血鬼を引きずったまま、じりじりとにじり寄ってくる。ロウ男が少しずつ近づくたびに三階のアレクシアは身を縮めた。

事態は膠着した。路地のケンカは決着がつかず、ロウ男は脚を吸血鬼につかまれて動けない。

そのとき、重いブーツの音と甲高い笛の音が夜の闇を切り裂き、裏通りの角から二人の巡査が現われた。制服の前身ごろにズラリと並ぶ銀と木でできたピンが月明かりのなかで頼もしげに光っている。一人は吸血鬼用に鋭くとがった木の弾をこめたクロスボウ、もう一人は人狼用に銀の弾をこめたアメリカ製コルト式自動拳銃――迷信深い国で作られたもののなかの最高傑作――を持っていた。ケンカの顔ぶれを見て巡査はコルトをしまい、大きな警棒を取り出した。

路地で争っていた男の一人がラテン語で何かを叫び、命じると、一味は異界管理局《BUR》の吸血鬼を残して逃げはじめた。ロウ顔の男はアレクシアの部屋の窓に向かうのをやめて振り向き、吸血鬼の顔面をなぐりつけた。グシャッと骨の砕ける音が響きわたった。それでも吸血鬼は手を離さない。ロウ男はつかまれた脚に全体重をかけ、反対の脚で吸血鬼の手首を力まかせに踏みつけた。またしてもグシャッ。両手首の骨を砕かれ、吸血鬼はついに手を離した。ロウ男は最後にもういちどアレクシアに無表情な笑みを向けるや、くるりと背を向け、二人の巡査をものともせずに猛然と走り去った。クロスボウを持った巡査が木製弾を命中させたが、ロウ男はよろめきもしなかった。

吸血鬼がよろよろと立ち上がった。鼻は折れ、両手首をだらりと垂らしているが、アレクシアを見上げた顔は満足げだ。アレクシアは頬とあごに飛び散る血を見て身をすくめた。吸血鬼は治りが速い。新鮮な血をもらえばてきめんだ。それでも、いまはかなり痛いに違いない。

見も知らぬ吸血鬼が命を救ってくれた。反異界族のあたしを。アレクシアが両手を合わせて指先を唇に当て、頭を下げて無言の感謝を伝えると、吸血鬼はうなずき、部屋に戻るよう手振りした。

アレクシアはうなずき、寝室の陰に引っこんだ。

「何ごとかね？」アレクシアが鎧戸を閉めると同時に巡査の声がした。

「強盗が押し入ろうとしたようです」と、吸血鬼。

「身分証を見せてもらおうか」巡査はため息をつき、ほかの吸血鬼たちにも命じた。「きみたちのも拝見したい」

アレクシアはなかなか寝つけず、ようやく眠ってからも悪夢にうなされた。手首の砕けた、のっぺりした顔の吸血鬼たちが何人ものマコン卿を次々にロウ人形に変えるという夢だ。ロウ人形のマコン卿にはVIXIの文字が入れ墨されていた。

翌朝アレクシアが朝食に下りてゆくと、意外にも家族がそろって騒いでいた。ふだんは一日でもっとも静かな時間だ。最初にルーントウィル氏が起きて、次にアレクシア、そしてずいぶんたってから残りのレディたちが起きてくる。だが、昨夜の事件のせいで今朝はアレクシアが最後だった。よほど朝寝坊したらしく、一階に下りると、家族が朝食室ではなく廊下に集まっていた。

ルーントウィル夫人が手をよじり、いつもよりさらに取り乱した様子で近づいた。「髪を整えて、アレクシア、ほら、ほら、急いで！　もう一時間もお待ちなのよ。応接間にいらっしゃるわ。もちろん応接間よ、それ以外の場所があるものですか。どうしても起こすなっておっしゃって。伯爵はあなたにご用があるようだけど、なんのご用か、わたしたちにはさっぱりわからないわ。仕事のことでなければいいけど。あなた、なにかやらかしたんじゃないでしょうね、アレクシア？」ルーントウィル夫人は手をよじるのをやめ、興奮したチョウが群れ飛んでいるかのように頭のまわりでひらひら動かした。

「冷製のローストチキンを三羽も食べたのよ」フェリシティがあきれた口調で言った。「朝っぱらから、三羽も！」量が驚きなのか、時間帯が驚きなのか、本人もわかっていないようだ。

「それでも、まだ不満そうなの」イヴリンが大きな青い目をいちだんと大きく青くした。

「とんでもなく早い時間にやってきて、お父様と話そうともしなかったわ。お父様もあえて話そうとはしなかったけど」と、フェリシティ。感心したような口調だ。

アレクシアは廊下の鏡をのぞきこみ、髪を整えた。今朝は、黒と銀のワンピースドレスに青緑色のペイズリー柄のショールを巻いて首のあざを隠している。ショールの柄はドレスのひだを縁どる幾何学模様と合わないし、胸もとを引き立たせる四角い襟ぐりも隠してしまうが、何かが犠牲になるのはしかたない。

簡素なまとめ髪が少し古くさいけど、あとは問題ないわ。アレクシアは母親を振り返った。

「落ち着いて、お母様。いったいどなたが応接間にいらっしゃるの？」

ルーントウィル夫人は質問を無視し、青いフリルを着た牧羊犬が頑固な黒ヒツジを追い立てるようにアレクシアを廊下の奥に急がせた。

アレクシアは応接間の扉を開け、いまにもなだれこみそうな母親と妹たちの目の前で、そっけなくバタンと閉じた。

三羽のチキンの残骸が載った銀の皿を前に、マコン卿が窓からもっとも遠い長椅子に黙りこくって座っていた。

思わずアレクシアはほほえんだ。マコン卿は、ガイコツ衛兵のようなチキンの残骸の後ろでばつの悪い表情を浮かべている。

「ああ」マコン卿はアレクシアの笑みを避けるかのように片手を上げた。「いや、待ってくれ、ミス・タラボッティ。まずは仕事の話だ」

〝まずは〟という言葉がなければ、きっとがっかりしただろう。アレクシアはライオールの言葉を思い出した。このダンスで次に動くのはあたしだ。アレクシアはマコン卿の言葉を聞き流し、ほほえみはあとまわしにして、まつげを伏せ、マコン卿のそば――近すぎない程度――に座った。

「それで、こんな朝早くからなんの用ですの、マコン卿？　おかげでルーントウィル家は大騒ぎだわ」アレクシアは軽く頭を傾け、冷ややかな態度で応じた。

「ああ、たしかに、その点はおわびする」マコン卿はチキンの残骸を恥ずかしそうに見た。「きみのご家族は、少しばかり、その」――しばらくふさわしい言葉を探していたが、やがて独創的な言いまわしを思いつき――「素《す》っ頓狂乱《とんきょうらん》しすぎじゃないか？」

アレクシアの茶色い目がきらめいた。「気づいた？　あの人たちと暮らす苦労が想像できる？」

「できれば遠慮したい。実際に暮らしているきみの忍耐力は賞賛ものだ」マコン卿は意外にも、いつものしかめつらではなく、満面に笑みを浮かべた。

アレクシアは息をのんだ。そのときまでマコン卿をチャーミングだと思ったことはなかった。でも、笑ったらあんなに……。こんなときにあんな顔で笑われたらやりにくいわ。しかも朝食前に。いま最初の一手を打ったらどうなるかしら？

アレクシアはペイズリー柄のショールを取った。

何か言いかけていたマコン卿は深く開いたドレスの胸もとに気をとられ、言葉を失った。飾り気のない銀と黒のドレスが地中海ふうのクリーム色の肌を際だたせている。〝ますます色が黒く見えるわ〟――アレクシアがこのドレスを注文したとき、ルーントウィル夫人は文句を言ったが、マコン卿は目を奪われた。しゃれたデザインと異国風の肌が引き立て合って、とてもエキゾチックだ。

「今朝はなんだか暑いわね？」アレクシアは胸もとが少し下がるような前かがみの姿勢でショールを脇に置いた。

マコン卿は咳払いし、言いかけていたことを思い出した。「昨日の午後、きみとわたしが、その……別の状況で一緒にいたとき、何者かがBURの本部に押し入った」

アレクシアは口をぽかんと開けた。「あら、まあ、大変。ケガ人は？　犯人は捕まえた？　大事なものは盗まれなかった？」

無駄のない質問のしかたは、いかにもミス・タラボッティらしい。マコン卿はため息をつき、質問に順番に答えた。「大した負傷者はいなかった。犯人は逃げた。はぐれ吸血鬼と一匹狼のファイルがごっそり盗まれた。詳しい捜査書類もいくつか消え、そして……」マコン卿は顔をしかめ、唇を引き結んだ。

アレクシアはマコン卿の言葉より、表情に不安を覚えた。こんなに心配そうな顔を見るのは初めてだ。「そして？」アレクシアは不安そうに身を乗り出し、先をうながした。

「きみのファイルが盗まれた」

「ああ、なんてこと」アレクシアは背もたれに寄りかかった。

「帰って休めと命じたにもかかわらず、ライオールは何かを調べようと局に戻り、恐ろしい事態に気づいた」

「まあ、いったい、なぜそんなことに？」

「ケガ人はなかったが、全員がぐっすり眠らされていた。ライオールが調べると、執務室が荒らされ、さっき言った書類が盗まれていることがわかった。それで、あわててここにいたわたしに知らせに来たというわけだ。あれからすぐ局に戻ったが、着いたときは全員が目を覚ましていた」

「クロロホルムね？」

マコン卿はうなずいた。「そのようだ。あたりににおいが残っていた。かなりの量が使われたらしい。大量のクロロホルムが手に入る者はかぎられている。集められるだけの捜査官を送り出し、最近クロロホルムを大量に注文した主な科学施設と医療機関を調べさせているところだ。だが、人狼捜査官は満月の日は動きが取れない」

アレクシアは考えこんだ。「最近、そのような機関はロンドンじゅうにあるんじゃないの？」

マコン卿が顔を近づけた。やさしいキャラメル色の目が心配そうに見つめている。「だから、ますますきみの身が心配なんだ。当初、きみの素性は知られていなかった。せいぜい詮索ずきの女性と思われているだろうと高をくくっていたが、いまや敵はきみが反異界族であることを知った。つまり、異界族の力を無力化できる存在だと知っているということだ。きみを解剖して調べる気かもしれない」

ことの重大さをわからせるため、マコン卿はわざと脅すように言った。いくら危険だと警告しても、この女性は耳を貸そうとしない。しかも今夜は満月だ。おれも、ウールジー人狼団もアレクシアを見張れない。ほかのBUR捜査官も——たとえ吸血鬼でも——信頼はしているが、彼らは団員ではない。やはりもっとも信頼できるのは人狼だ。どんなときも。だが、満月の夜だけは無理だ。このときだけは人間の部分が消えてしまう。それを言うなら、おれもこんな時間に外にいるべきではない。さっさと城に戻り、クラヴィジャーの監視のもと、安全におとなしくしているべき時間だ。間違っても、肉体的衝動を過剰に刺激するアレクシア・タラボッティのような女性のそばにいるべきではない。満月の夜に人狼のカップルを同じ部屋に閉じこめるのには理由がある。相手のいない人狼は獣の姿で一人、凶暴で無慈悲な夜を過ごすが、肉体的衝動も激情には変わりない。その狂おしい感情を少しでも楽しく、少しでも非暴力的な目的に向けることは可能だ――同じように呪われた身で、呪われた変異を耐え抜くことができた女人狼であれば。ふとマコン卿は思った。もし満月の夜を反異界族の恋人と触れあって人間の姿で過ごせたら、どんな気分だろう？　アレクシアのドレスの刺激的な襟ぐりのせいで、マコン卿の本能はあらぬ妄想をかき立てられた。

マコン卿はペイズリー柄のショールを拾い上げると、アレクシアの胸もとに押しつけ、つっけんどんに言った。「つけたまえ」

アレクシアはすました笑みを浮かべてショールを取り上げると、マコン卿の手が届かないよう、腰の後ろにそっと置いた。

それから振り向き、大胆にもマコン卿の大きくてたくましい片手を取って、両手で包みこんだ。

「あたくしを心配してくれるのはうれしいけど、昨夜の見張りは大活躍だったわ。今夜も大丈夫よ」

マコン卿はうなずき、アレクシアの遠慮がちなしぐさから手を引くどころか、逆にアレクシアの手を強く握りしめた。「夜明け前に報告があった」

「あれは誰なの？」アレクシアは昨夜の事件を思い出して身震いした。

「あれ？」マコン卿は生返事で、ぼんやりと親指でアレクシアの手首をなでた。

「ロウ顔の男よ」アレクシアは恐怖を思い出し、目をうるませた。

「わからない。やつは人間でも、異界族でも、反異界族でもない。なんらかの医学実験の産物かもしれん。だが、やつの身体には血が流れている」

アレクシアは驚いた。「どうしてそんなことがわかるの？」

「馬車でもみ合っただろう？　きみがさらわれかけたときだ。あのときやつに嚙みついた。覚えてるか？」

アレクシアはうなずいた。あのときマコン卿は頭だけ狼に変化し、顔についた血を袖でぬぐっていた。

「あの肉は新鮮ではなかった」ハンサムなマコン卿が苦々しげに唇をゆがめた。

アレクシアはぞっとした。なんておぞましいの、〝新鮮じゃない〟だなんて。あのロウ男とその一味に素性を知られたなんて考えたくもない。マコン卿のことだから、全力であたしを守ろうとしてくれるだろう。昨夜の一件で、謎の一味があたしの家を知っていたことは明らかだ。ＢＵＲの書類を盗む前から知っていたに違いない。でも、いまやロウ男とクロロホルムのハンカチを持っていた陰の男は、あたしが〈魂なき者《ソウルレス》〉であることまで知っている。

アレクシアはひどく無防備な気分になった。

「怒るかもしれないけど、今夜、家族が外出しているあいだアケルダマ卿を訪ねることにしたわ。心配しないで。見張りにはついていてもらうから。アケルダマ卿の屋敷はとても安全よ」

「どうしてもと言うのならしかたない」うなるような声だ。

「それに、彼は情報通よ」アレクシアはなだめるように言った。

マコン卿も認めた。「それを言うなら知りすぎだ」

ここははっきりさせたほうがよさそうだ。「アケルダマ卿はあたくしに興味はないわ、つまり……そういう意味で」

「当然だろう？　きみは反異界族――〈ソウルレス〉だ」

アレクシアは一瞬ひるんだが、そしらぬ顔で続けた。「じゃあ、あなたは？」

一瞬の間。

マコン卿はきょとんとした表情を浮かべた。手首をなでる親指は止めたが、手を離そうとはしない。

今この件を追及すべきかしら？　マコン卿の行動は無意識のようだ。おそらくそうなのだろう。〝マコン卿は本能のままに行動しています〟とライオール教授は言った。しかも今夜は満月――人狼とその本能にとっては最悪の日だ。よりによってこんな日に態度を問いただすのは間違い？　でもこんなときだからこそ本音を聞き出せるかもしれないわ。

「わたしがなんだ？」マコン卿はとぼけた。

アレクシアはプライドを捨て、背を伸ばした。「あたくしに興味がある？」

マコン卿はしばし黙りこみ、自分の感情を吟味した。はっきり言って、頭のなかは豚のすね肉ほどの欲望の塊が入った濃厚な豆のスープのようにどんよりしている。バニラとシナモンの香りに包まれてアレクシアの小さな手を握り、目の前に腹立たしいドレスの襟ぐりがある状況では無理もない。だが、そのスープのなかには別の何かが隠れている。それがなんであれ、マコン卿は怒りを覚えた。それこそ、秩序だった生活を破滅的に複雑にするものであり、いまはそれに取り組むときでもないからだ。

「これまでずっと、多大な時間と労力をかけて、きみを好きにならないよう努力してきた」ついにマコン卿は認めた。だが、アレクシアの答えにはなっていない。

「あたくしがあなたを嫌いになるには、その言葉だけで充分よ！」アレクシアはマコン卿の執拗な愛撫から力まかせに手を引き抜こうとした。

これが逆効果だった。マコン卿はアレクシアをぐっと引き寄せると、アザミの綿毛ほどの重さもないかのように軽々と抱え上げた。

気がつくとアレクシアは小さな長椅子の上に座るマコン卿の膝の真上に乗っていた。さっきのセリフではないが、本当に暑くなってきた。たくましい筋肉に押しつけられ、肩から太ももまで焼けそうだ。これは人狼の筋肉が熱いせい？

「ちょっと、何をするの？」

「これから先ずっと」マコン卿はアレクシアの顔を見つめ、片手で顔をなではじめた。「普通の関係であろうと親密な関係であろうと、きみを嫌いになることはありえない」

広い野原の香りがあたりにたちこめ、アレクシアは笑みを浮かべた。マコン卿だけがかもす、さわやかな香りだ。

マコン卿はキスもせず、ただ何かを待つかのようにアレクシアの顔をなでつづけた。

「まだ、この前の態度を謝罪してもらってないわ」アレクシアはマコン卿の手に頬を寄せた。ここでうっとりして主導権を譲ってはならない。いっそ指先にキスしてみようかしら？

「ん？　謝罪？　わたしが犯したいくつもの違反のことか？」マコン卿はアレクシアの耳の下に触れ、首のなめらかさに心を奪われた。マコン卿は昔ふうに髪をひとつにまとめ、女家庭教師のように後ろでアップにした——首筋を愛撫しやすい——髪型が好きだ。

「晩餐会であたくしを無視したことよ」アレクシアはまだ根に持っていた。後悔させずに水に流すつもりはない。

マコン卿はアレクシアのアーチ型の黒い眉をなでながら、うなずいた。「きみだってあの夜はわたしより会話を楽しみ、翌日は若い科学者と出かけたじゃないか」

ひどく落ちこんだ口調にアレクシアは思わず笑い声を上げそうになった。謝罪とは言えないけど、ボス《アルファ》の言葉としては、これが精いっぱいなのかもしれない。アレクシアはマコン卿を正面から見つめた。「彼はあたくしに興味があるみたい」

「言われなくてもわかっている」マコン卿は顔をしかめ、うなった。

アレクシアはため息をついた。怒らせるつもりはなかった。ちょっとからかっただけなのに。「こんなとき、なんと言えばいいの？　あなたは——人狼団の慣習は——あたくしになんと言わせたいの？」ついにアレクシアはたずねた。

〝あなたがほしい〟と言ってくれ——マコン卿の本能がささやいた。〝そう遠くないところに、とびきり大きなベッドと二人の未来がある〟と言ってくれ。マコン卿はみだらな妄想をねじ伏せ、振り切ろうともがいた。くそっ、いまいましい満月め。苦しくて震えそうだ。

マコン卿はなんとかアレクシアに襲いかかりたい気持ちを抑えた。だが、生理的欲求を抑えこんだとたん、別の感情が頭をもたげた。まるで胃のなかのしこりのように。これまで認めたくなかった感情だ。たんなる欲望や渇望ではない。剝き出しの本能なら、人狼の性《さが》だと片づけることもできる。だが、これはもっと深い感情だ。

ライオールは口に出さずとも知っていた。いったいあの男は、これまで何人のアルファが恋に落ちるのを見てきたのだろう？

マコン卿は、狼になるのを阻止する唯一の女性に狼らしい目を向けた。おれの愛情はどれだけこの事実に、この特異な状況に影響されているのだろう？　反異界族と異界族。そんな結びつきが可能なのか？

〝あたくしのもの〟と言ってくれ——マコン卿は目でそう訴えた。

だが、アレクシアには理解できなかった。それに続く沈黙の意味もわからない。

急に不安になって、アレクシアは咳払いした。「〈雌狼のダンス〉。それこそが……あたくしがとるべき行動のことでしょう？」どうすればいいかわからないけど、この言葉を出せば、少しは人狼の行動の意味がわかっていることが伝わるかもしれない。

　マコン卿は自分の本当の感情に動揺しながら、初めて見るような顔でアレクシアを見た。アレクシアの顔をなでるのをやめると、今度は小さい子どものように、両手でものうげに自分の顔をこすり、「ライオールから聞いたようだな」と言って指のあいだからふたたびアレクシアを見た。「この件に関して、わたしは大きな間違いを犯したらしい。ライオールは言った――きみはアルファかもしれないが、人狼ではないと。だが、これだけは言っておく。適切な言いかたかどうかはわからないが、きみと一緒にいると、いつも楽しかった」そう言って肘かけ椅子に目をやった。

「ハリネズミのときも？」アレクシアは首をかしげた。マコン卿はいま自分の気持ちを認めたの？　純粋に身体が目的ってこと？　だとしたら、ここで結ばれるべきなの？　でも、求婚の言葉はひとこともない。人狼は異界族で、ほとんど死者のようなものだから、子どもは持てないはずだ。少なくとも父の本にはそう書いてあった。したがって結婚はまれで、ベッドの相手には、その道のプロかクラヴィジャーが好まれる。アレクシアは自分の将来を考えた。おそらくこんな機会は二度とないだろうし、ひっそり身を隠して暮らす方法もある。少なくとも本にはそう書いてあった。だとしても、マコン卿の独占欲の強い性格を考えれば、いずれは知られるに違いない。だとしても評判なんかどうでもいいわ。そもそも噂で傷つくような洋々たる将来の展望があるわけでもない。さんざん浮き名を流した父の例にならうだけよ。マコン卿のことだから、図書室と快適な大型ベッドのあるどこかの小さな田舎家にあたしを隠すかもしれない。きっとアイヴィとアケルダマ卿が恋しくなるわね。そして、愚かな家族と、もっと愚かなロンドンの社交界も。アレクシアは迷った。そこまでしてマコン卿と一緒になる価値はあるかしら？

考えこむ隙をねらったように、マコン卿はアレクシアの頭を傾けてキスした。今度はやさしいやりかたではなく、いきなり唇を長く熱くふさぎ、歯と舌をからめた。

身体を押しつけながらアレクシアはいらだった。抱き合うときはいつも服が邪魔だ。このいらだちに対する答えはひとつしかない。そうよ、これはきっと、それほどの価値があるわ。アレクシアは熱いキスの下でほほえんだ。さあ、これが〈雌狼のダンス〉よ。アレクシアは身体を離し、マコン卿の黄褐色の目を見上げた。飢えた捕食者のような目。塩味の肌にふりかける危険なスパイスのような、あの目が好きだ。「わかったわ、マコン卿。もしこの奇妙な関係を続けたいのなら、あたくしの……」アレクシアはふさわしい言葉を探した。男の愛人のことを正しくはなんと言うのかしら？　アレクシアは肩をすくめ、にやりと笑った。

「情夫になる？」

「なんだと!?」侮辱的言葉にマコン卿はカッとなり、大声でどなった。

「あら、違った？」突然の気分の変化にアレクシアはとまどった。失言を正すまもなく、マコン卿の大声は廊下に響きわたり、好奇心でうずうずしていたルーントウィル夫人がいきなり部屋に飛びこんできた。

夫人が目にしたのは、三羽のチキンの残骸が置かれたテーブルの後ろの長椅子の上で、ウールジー城伯爵とルーントウィル家の長女がからみ合う姿だった。

9 人狼の食欲の問題

ルーントウィル夫人は、どんなに心構えのいい母親でも、未婚の娘が人狼の男に抱かれているのを見たらまず示すであろう反応を示した。きわめて上品かつ、とてつもない大声でヒステリーを起こしたのだ。

この大声に、ルーントウィル家の一同は取るものも取りあえず、いまいる場所から応接間に駆けつけた。誰かが死んだか、もしくはミス・ヒッセルペニーが世にも醜悪なボンネットをかぶって現われたのかと思ったのも当然だ。だが、家族が見たのは、アレクシアとウールジー城伯爵が熱くからみ合うという予想もしない光景だった。

アレクシアはすぐにでも長椅子から下り、マコン卿から適度に離れた場所に座るべきだったが、片腕を腰に巻きつけられて動けなかった。

アレクシアは黒い眉の下から恐ろしい形相でマコン卿をにらみ、小声でたしなめた。「いったいどういうつもり？　ただでさえ最悪な状況なのに。母はあたくしたちが結婚すると思いこむわ。そんなことになってもいいの？」

「静かに。ここはわたしにまかせろ」マコン卿はアレクシアの首に鼻をこすりつけた。

アレクシアはますます腹を立て、困惑した。

フェリシティとイヴリンは目を丸くして戸口で立ち止まり、ヒステリックに笑いだした。その後ろでは、フルーテが帽子かけの陰で心配そうにうろうろしている。

ルーントウィル夫人は怒りというより、驚きのあまり叫びつづけた。ウールジー城伯爵と、い、い、アレクシアが？　こんなことが知れたら、二人の社会的立場はどうなるの？

アレクシアはマコン卿の熱い腕の下で身じろぎし、腰骨の上をつかむ指をこっそり引き離そうとした。腕はバッスルの上に置かれている。ああ、なんてショック！　マコン卿はアレクシアのささやかな抵抗に対して、いたずらっぽくウインクした。この期におよんでウインクだなんて！

いったい、どういうつもり！

家計簿の計算の最中だったルーントウィル氏は伝票の束を手にぶつぶつ言いながら応接間に現われた。アレクシアとマコン卿の姿を見たとたん、伝票の束を落とし、歯の隙間から大きく息を吸った。それから身をかがめ、わざとゆっくり伝票を拾いながら考えをめぐらせた

——はて、どうしたものか？　父親として、ここは当然、決闘を挑むべき場面だ。だが、状況は少々こみいっている。というのも、マコン卿は異界族で、挑戦者は人間だから、このまま決闘は行なえない。挑戦者であるわたしは自分の代わりに闘ってくれる人狼を見つけなければならない。しかし、かぎられた人狼の知り合いのなかにウールジー団のアルファと闘うような身のほど知らずはいない。わたしが知るかぎり、ロンドンじゅうを探しても、そんな

勇敢な任務を引き受ける者はいないだろう――たとえ〈将軍〉であろうと。

ならばいっそ義理の娘に正義をつくすよう、この紳士に頼むか？　だが、アレクシアの人生をすすんで引き受けるような男がどこにいる？　それは人狼の呪いより、さらに呪わしいことだ。もしかしたら、マコン卿のほうが強引にこの状態にさせられたのかもしれない。となると、あとはマコン卿を説得し、穏便なやりかたでアレクシアと結婚してもらうか、せめてウールジー人狼団のクラヴィジャーとして受け入れてもらうよう頼みこむか……。

ルーントウィル夫人が例のごとく事態を混乱させた。

「ああ、ハーバート」黙りこむ夫に訴えた。「なんとしても伯爵にはアレクシアと結婚してもらわなければならないわ！　すぐに牧師様を呼んでちょうだい！　見て……二人は……」

夫人は一瞬、口ごもり、「からみ合ってるのよ！」

「まあまあ、レティシア、落ち着いて。最近ではクラヴィジャーになるのもそれほど悪い話じゃない」ルーントウィル氏は今後アレクシアにかかるであろう経費を考えた。案外これは――アレクシアの評判が落ちることを除けば――関係者全員にとっていい話かもしれない。

「アレクシアはクラヴィジャーになるような娘じゃありません」ルーントウィル夫人が反論した。

「それだけは間違いないわね」アレクシアが小さくつぶやいた。

マコン卿はぐるりと目をまわして天を仰いだ。

「アレクシアは妻になる娘よ！」ルーントウィル夫人は娘のつぶやきを無視して叫んだ。マコン卿との結婚による社会的地位の劇的向上を思い浮かべたに違いない。

アレクシアは家族に向き合うべく長椅子から立ち上がった。マコン卿は母親のヒステリーや継父の臆病ぶりより、アレクシアが離れたことに腹が立った。

「無理やり結婚させられるのはまっぴらよ、お母様。マコン卿に無理強いするつもりもないわ。マコン卿は結婚の申しこみをしたわけじゃないし、嫌々してもらうつもりもありません。勝手に話を進めないで！」

ルーントウィル夫人のヒステリーは収まり、いまや薄青色の目をぎらりと光らせている。その目を見てマコン卿は思った――アレクシアの怒りっぽい性格はどちら似だろう？　てっきり亡くなったイタリア人の父親似だと思っていたが、どうやらそうでもなさそうだ。

「なんて恥知らずな！」ルーントウィル夫人が甲高い耳ざわりな声で言った。「結婚する気がないのなら、そもそもなぜこんなことをしたの？」

アレクシアは挑むように言った。「やましいことは何もないわ。あたくしはまだ無傷よ」

ルーントウィル夫人がアレクシアに近づき、頬を叩いた。パンというピストルの発射音のような音が部屋じゅうに響きわたった。「そんな口ごたえは通用しません！」

フェリシティとイヴリンは同時に息をのみ、くすくす笑いをやめた。塑像のように立っていたフルーテも思わず扉に近づいた。

マコン卿が目にも止まらぬ速さでルーントウィル夫人の隣に立ち、夫人の手首をグッとつかんだ。「二度とこんな真似は許しません、マダム」声は低く柔らかで、顔は無表情だが、全身から捕食者の怒りがただよっている。冷ややかで容赦ない、血も凍るような……今にも牙を剝き、嚙みつきそうな怒りだ。こんなマコン卿はこれまで誰も――アレクシアでさえ――見たことがなかった。

ルーントウィル氏は確信した――わたしがどう決断しようと、これ以上アレクシアに責任は持てない。何より今は妻の命が危ない。怒りと飢えにかられたマコン卿の犬歯は下唇まで伸びている。

アレクシアは手形がついていないかと、ひりひりする頰にそっと触れ、マコン卿をにらんだ。「今すぐ母から手を離して」

マコン卿はアレクシアのほうを見つつも実際には見ていなかった。黄色い目。色のついている部分だけでなく、白目の部分も黄みがかっている。まさに狼の目だ。人狼《アルファ》は、昼間は変化できないと思っていたけど、満月が近いと可能なの？　それとも、これもボスの特殊能力のひとつ？

アレクシアは母親とマコン卿に近づき、無理やり二人のあいだに割りこんだ。マコン卿はアルファ雌がほしいんだったわね？　だったらアルファ雌らしく、はっきり言ってやるわ。

「お母様、あたくしはマコン卿の意に反して結婚する気はないの。お母様やお父様が強引にことを進めても、結婚式で誓いの言葉は言うつもりはないわ。祭壇の前であたくしが黙っていたら、親族や友人の前で大恥をかくのはお母様たちよ」

マコン卿がアレクシアを見下ろした。「なぜだ？　わたしのどこが不満だ？」

ルーントウィル夫人が驚いてたずねた。「つまり、伯爵はアレクシアと結婚する気がおありなの？」

「もちろんだ」マコン卿は気が変になったのかとでも言うような目で夫人を見た。「あなたはアレクシアと結婚する気があるのですか？」

「はっきりさせておきたいんだが……」ルーントウィル氏が口をはさんだ。「たとえアレクシアが……その……」

口ごもる父親の代わりにフェリシティが言った。「適齢期を過ぎていても」

イヴリンが続けた。「器量が十人並みでも」

「色黒でも」またしてもフェリシティ。

「そして並はずれて強情でも」最後にルーントウィル氏が締めくくった。

「そのとおりよ！」アレクシアがうなずいた。「マコン卿があたくしなんかと結婚するはずがないわ。マコン卿がいかに紳士で誠実だからといって、無理じいする気はないの。今回のことは満月が近いせいで少しはめをはずしただけよ。それとも」――アレクシアは顔をしかめた――「あたくしが大柄すぎて手に余ったと言うべきかしら？」

マコン卿はアレクシアの家族を見まわし、納得した。こんな環境で育てば、自分を卑下するのも当然だ。

マコン卿はフェリシティを見た。「わたしが学校を出たての生意気な小娘を好きになると思うか？」次にイヴリンを見た。「どうやらわれわれの美の基準は違うようだ。わたしはきみの姉上の容姿をすばらしいと思う」身体つきや、香りや、絹のような髪や、その他ひどくそそられる部分にはあえて触れなかった。「いずれにせよ姉上と暮らすのはわたしだ」

考えれば考えるほどすばらしい考えに思えてきた。これまでもマコン卿の頭のなかは、正式に妻になったアレクシアを城に連れ帰り、二人でやるべきことの図でいっぱいだったが、今はそんなエロティックなシーンだけではない。マコン卿は、自分がアレクシアの隣で目覚め、アレクシアと食卓をともにし、科学や政治の議論をし、人狼団内のもめごとや異界管理局《BUR》の問題について助言を仰ぐ場面を思い浮かべた。自分の味方であるかぎり、アレクシアは議論や社交界の駆け引きにおいて、きっと役に立つ。これこそ勝ち気で聡明な女性と結婚する喜びだ。どこで誰がアレクシアの味方につくかわからない。驚きと興奮に満ちた結婚こそ、わが望みだ。何もない静かな人生ほどつまらないものはない。

「ミス・タラボッティの個性は大きな魅力です」マコン卿はルーントウィル氏に言った。「何につけ言いなりで、わたしの決断に黙従するような頭がからっぽの小娘が、わたしの妻にふさわしいと思いますか？」

アレクシアの家族ではなく、アレクシア本人に向けた言葉だ。ルーントウィル家の意向など知ったことか！　おれはアルファだ。この結婚はすべて、おれが決める――ふん、冗談じゃない。たとえそれが、たったいま思いついたことであっても。

ルーントウィル氏は言葉を失った。なぜなら、マコン卿は当然そのような従順な妻を求めると思っていたからだ。そうでない男がどこにいる？

マコン卿とルーントウィル氏は根本的に考えかたが違ったようだ。

「わたしのような職務と地位の人間に、おとなしい女性はふさわしくない」マコン卿は続けた。「わたしには、つねにわたしを支え、わたしが間違っているときははっきり間違っていると言える度胸のある女性が必要だ」

「だったら」アレクシアが口をはさんだ。「今ここで〝間違っている〟とはっきり言わせてもらいます。あなたの言葉は説得力がないわ、マコン卿。とくにあたくしに対して」

アレクシアは反論しようとするマコン卿を片手で制した。「あたくしたちは疑われてもしかたがない状況でいるところを見られ、あなたは誠意をつくそうとしてる」アレクシアは信じなかった。マコン卿の愛情と決意が本物であるはずがない。家族が部屋に現われる前も、それ以前の出来事のときも、結婚の言葉はひとこともなかった。それを言うなら――悲しいけど――愛しているのひとこともなかった。「あなたの誠実さには心から感謝します。でも、無理に結婚してもらう気はないし、肉体的衝動だけにもとづく愛のない結婚をする気もないの」アレクシアはマコン卿の黄色い目を見つめた。「あたくしの立場もわかってちょうだい」

マコン卿は家族の存在を忘れたかのようにアレクシアの頬に触れ、母親に平手打ちされた場所をなでた。「きみはあまりにも長いあいだ、価値のない人間だと思わされてきたんだ」

なぜか急に涙がこみあげ、アレクシアはマコン卿の手から顔をそらした。

マコン卿は手を下ろした。この最悪の朝にアレクシアが受けた心の傷は、短い慰めの言葉では癒えないだろう。

「お母様」アレクシアは大きく手を広げた。「この件には口出ししないで。それから、この部屋で起こったことは内密にして。お願いだから、今回だけは口をつぐんでちょうだい」そう言って二人の妹をにらんだ。「あたくしの評判はこれまでどおり無傷だし、マコン卿はこれからも自由よ。頭痛がするから失礼します」

アレクシアはありったけの威厳をかき集め、すべるように部屋を出ると、三階の寝室にこもり、きわめてアレクシアらしくないことに——さいわい長くは続かなかったが——しばし涙にくれた。そんなアレクシアを見たのは執事のフルーテだけだ。フルーテはベッド脇のテーブルに料理人特製のアプリコットシュークリームが載ったティー・トレイをそっと置き、召使たちに邪魔をしないよう言いわたした。

「しばらくはアレクシアの言うとおりにしたほうがいい」ルーントウィル家のなかに、ひとり残されたマコン卿が言った。

ルーントウィル夫人は納得できず、いまにも食ってかかりそうだ。

マコン卿は夫人をにらみつけた。「邪魔をしないでいただきたい、ルーントウィル夫人。アレクシアの性格を知るかぎり、あなたが賛同すると、かえって彼女はわたしに反発するようだ」

ルーントウィル夫人は表情をこわばらせたが、相手がウールジー城伯爵であることを考え、口をつぐんだ。

マコン卿はルーントウィル氏に向きなおった。「わたしの気持ちが誠実なものであることをご理解いただきたい。アレクシアは一筋縄ではいかないが、自分の気持ちを決める権利は与えるべきだ。わたしも彼女に無理じいするつもりはない。ご夫婦とも、この件には干渉しないでもらいたい」マコン卿は戸口で立ちどまって帽子とコートを身につけ、妹二人に向かって歯を剝き出した。「それから、きみたちはくれぐれも口を慎むことだ。姉上の評判が危うくなれば、きみたちにも大いに影響する。わたしを甘く見ないほうが身のためだ。ではごきげんよう」と言って部屋を出た。

「冗談じゃないわ」ルーントウィル夫人は長椅子にどさりと座りこんだ。「あんな人が義理の息子だなんて」

「だがマコン卿は実力者で、しかもかなりの資産家だ」ルーントウィル氏はあきらめきれない。

「でも、礼儀知らずよ！　上等のチキンを三羽も食べておきながら！」ルーントウィル夫人は力なくチキンの残骸を指さした。ここで何が起こったにせよ、これを見るといやでも自分の負けを思い知らされる。残骸にハエがたかりはじめていた。いつまでほったらかしておくつもり？　夫人は執事に腹を立て、呼び鈴を引いてフルーテを呼んで片づけさせた。

「これだけは言っておきます。今夜の公爵夫人の夜会には断じてアレクシアを出席させませんぞ。前からそのつもりだったけど、いよいよ弁解の余地はないわ。どんなに豪華な月見の会であろうと、あの子は一人で留守番よ。そして自分の犯した過ちの数々をよくよく考えればいいわ！」

ルーントウィル氏は慰めるように妻の手をやさしく叩いた。「もちろんだよ、おまえ」

だが、もちろんミス・タラボッティがおとなしく留守番するはずはない。芝居がかったことが好きな家族に合わせてアレクシアは一日じゅう部屋にこもり、夕方、出かける家族を見送りもしなかった。姉の悲劇を楽しむ二人の妹は部屋の外でこそこそ音を立て、慰めるように「最新のゴシップを仕入れてくるわね」と約束した。アレクシアは苦々しく思った――〝わが家のゴシップは漏らさない〟と約束してくれたほうが、よっぽどありがたいわ。ルーントウィル夫人は口もきかなかったが、アレクシアは少しも気にしなかった。やがて屋敷は静まりかえり、アレクシアは大きく安堵のため息をついた。まったく、この家族にはつくづくうんざりだわ。

アレクシアは寝室から顔を出して呼びかけた。「フルーテ？」

フルーテが即座に現われた。「お呼びでございますか、お嬢様？」

「馬車を呼んでちょうだい。出かけるわ」

「それは賢明でしょうか、お嬢様？」

「〝賢明でいたければ、一生、自室を離れられない〟って言うわよ」と、アレクシア。

フルーテは疑わしげな表情で階下に下り、命令どおりに貸し馬車を呼んだ。

アレクシアはメイドを呼び、丈夫なイブニングドレスに着替えた。象牙色のタフタ織で、小さなパフスリーブに、ひかえめな襟ぐり。裾にはラズベリー色のピンタックのリボンと薄い金色のレース。二シーズンほど前に流行ったデザインで、作られたのはもっと前だが、着心地がよく、身体になじむ。アレクシアにとっては古い友人のようなドレスだ。しかも着映えがするので、気分が落ちこんだときはこれにかぎる。アケルダマ卿は豪華な身なりを期待してるかもしれないけど、今夜ばかりは赤褐色のシルクドレスを着る元気はない。アレクシアはまだ歯形の残る肩に巻き毛を垂らし、お気に入りの二本のヘアピン――銀製と木製――でとめ、残りを黒髪に映える象牙色のリボンでゆるく結わえた。

準備が整うころ、窓の外は暗くなっていた。日没から月が昇るあいだの数時間は、ロンドンじゅうが静まりかえる。異界族が夕暮れから夜のあいだ《トワイナイト》と呼ぶ時間だ。そして、月が姿を現わし、制御なき狂気の怪物に駆り立てる前に人狼たちがみずからを閉じこめ、カギをかけるのに必要な時間でもある。

フルーテはまたもや警告するような視線を向け、馬車に乗りこむアレクシアに手を貸した。こんな夜に出て行くとは、何かいたずらを企てておられるに違いない。お嬢様はわたしの目の届かない場所では、つねによからぬことをたくらんでおられるようだ。だが、満月の夜にかぎって言えば、そのようなたくらみは必ず失敗する。

アレクシアは眉をひそめた。フルーテは無表情だが、何を考えているかは嫌というほどわかる。アレクシアは小さく笑みを浮かべた。おそらくフルーテの意見は正しい。

「くれぐれもお気をつけください、お嬢様」フルーテはきつい口調で言いつつも、無駄なことだとわかっていた。なんといってもフルーテはアレクシアの父親のもと執事だ。アレッサンドロの生涯を見ればわかる。その強情さゆえに、波乱に満ちた人生からは逃れられない――しょせんタラボッティ家というものは……。

「ああ、フルーテ、母親のような心配はやめてちょうだい。ベテラン執事には似合わないわ。ほんの二、三時間、出かけるだけよ。安全面は心配ないわ。見て」アレクシアはフルーテの背後の屋敷の脇を指さした。暗闇のなかからふたつの人影がコウモリのように現われ、異界族特有の優雅さで貸し馬車から数メートル離れた場所に立っている。尾行するつもりだ。

フルーテはなおも心配そうに執事らしからぬしぐさで鼻を鳴らし、馬車の扉をバタンと閉めた。

BURから派遣された見張りの二人は吸血鬼だから、馬車は必要ないが、あるにこしたことはない。馬車の後ろをジョギングしながらついてくるというのは、どう見ても吸血鬼の神秘的なイメージにそぐわない。でも、吸血鬼は運動による肉体的負担を感じないから、少しくらい走らせても平気だろう。アレクシアは二人がなんらかの移動手段を見つけるまで、歩く速度で進むよう言いつけた。

アレクシアの乗った小型馬車は、月見会に出かける馬車の群れをゆっくりすり抜け、ロンドンでもとりわけ人目を引く屋敷――アケルダマ邸――の前に着いた。

馬車から降りると、めかしこんだ吸血鬼が玄関で待っていた。「おお、アレクシア、**とっても甘い**プラムちゃん、満月の夜をきみのようなかぐわしき女性と過ごせるとはなんと**すばらしい！**　人生にこれ以上、何を望むことがあろう？」

アレクシアは仰々しい歓待の言葉にほほえんだ。アケルダマ卿のことだから、今夜はオペラか劇場か公爵夫人の大夜会に出かけるか、もしくはウエスト・エンドの売血娼館で前が見えなくなるまで痛飲する予定だったに違いない。満月の夜は吸血鬼が大いにはめをはずす晩だ。

アレクシアは馬車に料金を支払い、正面玄関の階段をのぼった。「またお会いできてうれしいわ。急な申し出に応じてくれてありがとう。話したいことがたくさんあるの」

アケルダマ卿はうれしそうだ。満月の夜に吸血鬼を自宅に引きとめておけるのは情報しかない。事実、アレクシアからの申し出でなければ断わっていただろう。アレクシアが会いたがるときは、何かを知りたいときだけ。そして何かを知りたいということは、すでに何か重要な情報をつかんだということだ。アケルダマ卿は白い優雅な手をほくほくとこすり合わせた。情報――これぞ生き甲斐なり。ああ、それからファッションも。

今夜のアケルダマ卿は最高にしゃれていた。ジャケットは灰白色と藤紫色の格子のシルクのベストに合わせた高級そうな紫紺色のビロード地。膝丈ズボンはジャケットによく合うラベンダー色で、ローン地の正式な白いクラバットを大きなアメジストと金のピンでとめている。房つきブーツは鏡のように磨かれ、シルクハットはジャケットに合わせた紫紺のビロード地。これほどめかしこんだところを見ると、この約束が終わったら出かけるつもりかもしれない。それともあたしをよほど大事な客と思っているのか、それとも満月の夜はいつもこんな大道芸人みたいな格好なのか……いずれにせよ、アレクシアの流行遅れのドレスと実用的な靴はあまりに地味で、堅苦しく見えた。今夜いっしょに外出する予定でなくてよかった。こんなちぐはぐな二人が夜の街に出かけたら、いい笑いものだわ！

アケルダマ卿はアレクシアを気づかうように階段の上まで案内し、ポーチで立ち止まると、紫紺色のジャケットの肩ごしに、馬車が止まって立ち去ったあたりを振り返った。「きみの護衛には屋敷の外で待機してもらわねばならんよ、ちっちゃい**シュークリームちゃん**。吸血鬼の縄張りの掟は知っているだろう、**小鳩ちゃん**？　たとえきみの安全や、彼らBURの任務がかかっていても、この掟に逆らうことはできん。これは掟というより本能だ」

アレクシアはアケルダマ卿に向かって目を丸くした。「どうしてもと言うのなら、もちろん敷地の外で待たせるわ」

「**魅惑の**お嬢ちゃん、たとえきみにわたしの言う意味がわからなくても、彼らはちゃんとわかっておる」アケルダマ卿は通りに向かって目を細めた。

何がアケルダマ卿の注意を引いたのかわからないが、たしかに彼らはそこにいた。二人の吸血鬼が夜の闇のなかに異界族らしく立ち、こちらを見つめている。アレクシアはアケルダマ卿の顔をまじまじと見つめた。

一瞬、アケルダマ卿の目が本当に光ったような気がした。相手を寄せつけないような光——所有権を主張するような火花だ。ひょっとしたらあの視線は、犬が縄張りにおしっこをかけるようなものかしら？　〝それ以上、立ち入るな〟——アケルダマ卿の表情はそう言っていた。〝ここはわたしの縄張りだ〟。つまり、人狼もこういうことをするってこと？　人狼の縄張り意識は吸血鬼ほど強くないとマコン卿は言った。でも、人狼団は特定の地域にとどまる傾向がある。つまり、人狼にも縄張り意識はあるはずだ。アレクシアは心のなかで肩をすくめた。人狼は――少なくともある期間は――れっきとした狼だし、彼らにとってにおいはとくに重要な意味を持つ。きっとそうだわ。アレクシアはマコン卿が後ろ脚を上げ、ウールジー城内の草地にマーキングをするところを想像して、もう少しで笑いそうになった。このイメージは頭のなかにしまっておこう。そのうち完全に意表をつくような場面で、この最高に侮辱的な質問をマコン卿にしてみるわ。きっとうろたえるに違いない。

通りの向こう――点滅するガス灯の明かりが届かない暗闇のなか――に二人の男の姿が浮かび上がった。二人がアケルダマ卿に向かって帽子を取ると、アケルダマ卿はふんと鼻を鳴らし、やがて二人はふたたび闇に隠れた。

アケルダマ卿はアレクシアの手を取り、やさしく自分の腕にからませて豪華な屋敷内に案内した。

「さあ、こっちだ、**わがいとしき娘**よ」アケルダマ卿の目の光は跡形もなく消え、いつもの屈託のない表情に戻っている。

執事が玄関の扉を閉めたとたん、アケルダマ卿は首を振った。「吸血群の若造も、ドローンとたいして変わらんな。やつらは自分の頭で考えようともせん！　最初は吸血鬼女王にしたがい、次はBURにしたがい……そうやって全盛期の力をおだてられた兵士のごとく、命令から命令へと言われるままに飛びまわる。もっとも、原始的知能には単純な人生がふさわしいがね」恨みがましい口調だが、言葉の奥には後悔の響きがあった。アケルダマ卿は遠くを見るような目をした。とっくに忘れていた、人生が今よりはるかに単純だったころをなつかしむような目だ。

「それが群を離れた理由なの？　命令が多すぎたせい？」

「なんだって、**小さいピクルスちゃん**よ？」アケルダマ卿は頭を振り、長い眠りから覚めたようにまばたきした。「命令？　いやいや、不和の原因はそれよりはるかに複雑だ。すべては金バックルが再流行したときに始まり、スパッツかゲートルかといういまいましい論争で頂点をきわめ、そこからゆっくりと坂をすべり落ちるように関係は悪化した。決定的瞬間は、とある人物――名前は伏せておく――がわたしの赤紫色のシルクのストライプのベストに異議を唱えたときだ。あれはお気に入りのベストだった。まさにそのとき、わたしはきっぱりと態度を決めたのだ。いいかね！」激しい怒りに合わせ、アケルダマ卿は銀と真珠で飾りたてたハイヒールでトンと床を踏み鳴らした。「誰であろうとわたしの服装に文句は言わせんよ！」そう言ってホールのテーブルに置いてあったレースの扇子をさっと取り上げ、芝居がかったしぐさでぱたぱたと顔をあおいだ。

すっかり話が脱線した。だがアレクシアは気にせず、アケルダマ卿の嘆きに対してあたりさわりのない同情の言葉をつぶやいた。

「許しておくれ、**ふわふわオウムちゃん**よ」アケルダマ卿は激しい感情を抑えるように言った。「わたしのざれ言など、狂人のたわごとと聞き流しておくれ。わが血族でない者が二人も屋敷のそばにいたもので動揺しただけだ、わかるな？　**なんとも不快な**寒気がひっきりなしに背筋を行ったり来たりするのだよ。縄張りが侵されると、どうも宇宙のしくみが狂ったような気がする。耐えられなくはないが、いい気持ちはしない。イライラして、われを忘れてしまうのだ」

アケルダマ卿が扇子を置くと、ハンサムな若者が銀のトレイを持って現われた。トレイの上には適度に冷えたおしぼりが美しくたたんで載せてある。アケルダマ卿はおしぼりでそっと額を押さえた。「ああ、ありがとう、ビフィ。気がきくな」若者はウインクして、すばやく立ち去った。身のこなしは優雅だが、筋骨たくましい。まるで軽業師のようだ。アケルダマ卿は去ってゆく若者をほれぼれと見つめた。「お気に入りなど持つべきではないのだが……」と、ため息をつき、アレクシアを振り返った。「いやいや、いまはそんな話をしている場合ではない！　こんなに**麗しき**女性が目の前にいるというのに。それで、こんな夜にわざわざ訪ねてくれるとはなんの用だね？」

アレクシアは即答を避け、屋敷のインテリアを見まわした。なかに入ったのは初めてだが、すっかり圧倒されていた。すべてが――百年ほど前のスタイルではあるが――一級品だ。アケルダマ卿はかなりの資産家で、それを公に知らしめていた。ここに二流品、模造品、まがい物のたぐいはひとつもない。すべてが超一流だ。絨毯はペルシャふうではなく、真っ青な空の下で羊飼いが娘を誘惑する場面を描いたデザインで、周囲に美しい花々があしらってある。あのふわふわした部分は白い雲を表わしてるのね。見上げると、玄関ホールの丸天井にはシスティナ礼拝堂とみまがうようなフレスコ画が描かれていた。違うのは、絵のなかの生意気そうなケルビムたちがみだらな行為にふけっている点だ。ありとあらゆる行為が描かれた絵を見てアレクシアは顔を赤らめ、あわてて視線を下ろした。周囲には小さなコリント式の柱が誇らしげに立ち並び、大理石でできた男性の神々の裸体像を支えている。正真正銘、古代ギリシアの本物だ。

アケルダマ卿はアレクシアを応接間に案内した。すっきりと統一された室内は、フランス革命以前にさかのぼったような雰囲気だ。家具はすべて白か金張りで、壁かけは飾り房のついたクリーム色と金のストライプの紋織。窓のカーテンは金のビロード。床のラグはフラシ天で、これにも羊飼いの絵が描かれている。現代的なものと言えば、ふたつしかない。ひとつは室内を明々と照らすいくつものガスランプ。精巧なシャンデリアはただの飾りらしい。もうひとつは、炉棚の上に置かれた現代芸術作品とおぼしき複数の継ぎ手のある金箔張りのパイプだ。なんて贅沢なのかしら！

アレクシアは玉座のような肘かけ椅子に座り、帽子と手袋を脱いだ。正面に座ったアケルダマ卿は例の奇妙な水晶でできた音叉を取り出すと、ピンとはじいて不協和音を響かせ、脇テーブルに置いた。

アレクシアは首をかしげた。自分の屋敷内でもこんなものが必要なの？　でも、考えてみればアケルダマ卿は盗み聞きを一生の仕事にしてきたような男だ。油断大敵なことは誰よりも知っている。

「さて、拙宅は気に入ったかね?」

まばゆいほどの華やかさと豪華さにもかかわらず、部屋には生活のにおいがあった。帽子と手袋があちこちに脱ぎ捨てられ、そこここにメモ用紙が散らばり、奇妙なかぎタバコ入れが放り投げてある。太った三毛猫が詰め物をした足台の上に寝そべり、暖炉のそばには数羽のハヤブサの死体が転がり、部屋の隅のほこりをかぶったグランドピアノの上には数枚の楽譜が置いてあった。ルーントウィル家のピアノと違って、実際に弾く者がいるらしい。

「とても居心地がいいわ」と、アレクシア。

アケルダマ卿が笑い声を上げた。「ウェストミンスター群を訪ねたことのある者はみな、そう言うよ」

「それにとても……その……ロココふうね」間違っても〝古くさい〟と言わないよう、慎重に言葉を選んだ。

アケルダマ卿はうれしそうに両手を打ち合わせた。「そうだろう? 悲しいかな、わたしはあの時代から離れられないのだよ。じつに**すばらしい**時代だった。ようやく男が光りものを身につけはじめ、レースとビロードがいたるところにあふれていた」

応接間の扉の外でがやがやと人の声がして、静まったかと思うと、にぎやかな笑い声が起こった。

アケルダマ卿がいとおしげにほほえむと、明るい照明の下で牙がはっきり見えた。「わたしのかわいいドローンたちだ!」そう言って頭を振った。「おお、あの若き日よ、もういちど」

どんなに廊下が騒がしくても、応接間は静かだ。アケルダマ邸では、閉じた扉は〝入るな〟の意味だという意識が浸透している。そして、絶え間ない廊下の喧噪がつきもののようだ。

きっと紳士クラブのなかも、こんな感じに違いない——アレクシアは思った。アケルダマ卿のドローンのなかに女性はいない。たとえいたとしても、ナダスディ伯爵夫人に女性ドローンを差し出して変異させてもらうのは不可能だ。はぐれ吸血鬼に飼われる女性を、どこの女王が変異させるだろう？　由緒正しい吸血鬼女王が、そんな危険を冒すはずがない。いくら確率は小さくても、まかりまちがえばはぐれ吸血鬼女王が生まれるかもしれないからだ。ナダスディ伯爵夫人が手を貸すとすれば、せいぜい暗黙の了解のうちに——個体数を増やすという名目で——アケルダマ卿の男性ドローンを嚙むくらいのものだろう。もちろん、アケルダマ卿が別の吸血群と手を組んでいれば話は別だ。だが、そんなことをきくほどアレクシアは無礼ではない。

アケルダマ卿は椅子の背にもたれると、小指をぴんと立て、親指と人差し指でアメジストのクラバットピンをいじった。「さて、**魅惑のマフィン嬢よ**、ウェストミンスター群の話を聞かせておくれ！」

アレクシアはウェストミンスター群での出来事と出会った人物について、できるだけ手短に話した。

アケルダマ卿はアレクシアの意見にほぼ同意した。「アンブローズ卿は無視してよい。彼は女王のお気に入りだが、雄クジャクほどの脳みそもない――あれだけの美貌なのに、もったいないことよ！」アケルダマ卿はチッチッと舌を鳴らし、金髪の頭を悲しげに振った。「さて、ヘマトル公爵だが、この男は一筋縄ではいかんよ。一対一になると、ウェストミンスター群のなかでもっとも危険な人物だ」

アレクシアは、ライオール教授をほうふつとさせる、これといって特徴のないヘマトル公爵を思い出してうなずいた。「たしかにそんな印象だったわ」

アケルダマ卿は笑い声を上げた。「気の毒なパーティ――どんなに普通をよそおっても、すっかり見破られておるとはな！」

「目立たないふりをしてたのね」アレクシアは眉を吊り上げた。

「だが、わが**ラッパスイセン**よ――気を悪くしないでほしいが――彼の目にきみは**取るに足らない**存在としか見えなかったようだ。ヘマトル公爵は世界征服のような**たわごと**に野心を燃やす男だ。社会のしくみを動かす気でいる男に、反異界族の未婚女性など大した問題とは思えんのだよ」

なるほどアケルダマ卿の言葉はもっともだ。アレクシアは気を悪くするどころか、納得した。

「だが、**かわいい人**よ、現在の状況からすると、もっとも警戒すべきはシーデス博士だな。彼は女王より自由がきくし、それに……どう言ったらいいか……」アケルダマ卿はアメジストのクラバットピンをまわすのをやめ、指先でとんとん叩きはじめた。「こ、こまごました、ものに興味を持っている。彼が最新の発明に関心があるのを知っているかね？」

「屋敷の廊下に並んでいたのはシーデス博士のコレクションなの？」

アケルダマ卿はうなずいた。「みずから収集に手を染めたり、カネをつぎこんで似たような趣味を持つドローンを集めたり……。しかもシーデス博士は――昼間族の目から見れば――必ずしも**正気**とは言えん」

「それ以外の目から見ればどうなの？」アレクシアは困惑した。誰が見ても、正気は正気のような気がするけど……。

「そうだな」――アケルダマ卿は一瞬、言葉を切り――「われわれ吸血鬼は精神衛生の概念に対して、より自由な考えを持っておる」そう言って宙で指を動かした。「個人の倫理観は、最初の二世紀ほどが過ぎると少しばかり曖昧になるものだ」

アレクシアは「なるほど」と答えたものの、なんのことかわからなかった。

そのとき、応接間の扉を遠慮がちにノックする音がした。

アケルダマ卿は振動する盗聴妨害装置を止めて答えた。「入りたまえ！」

扉の外にはビフィと呼ばれた男が、にこやかなドローン集団を率いて立っていた。全員がハンサムで魅力的でさわやかだ。一団は部屋のなかに入った。

「ご主人様、これから全員で満月を楽しんできます」ビフィがシルクハットを片手に言った。

アケルダマ卿はうなずいた。「いつもの手はずで頼むぞ、おまえたち」

ビフィと血気さかんな若者たちは、かすかに笑みを浮かべてうなずいた。身だしなみは申しぶんなく、しかも誰ひとり目立たない。アケルダマ邸のドローンは全員がどこに出しても恥ずかしくない伊達男ぞろいだ。だからこそ、やすやすと人混みにまぎれこめる。アケルダマ卿ふうのとんでもないファッションを好む者もいるが、大半は主人の過激さを抑えた落ち着いた服装だ。なんとなく見覚えのある顔もいるが、いつ、どこで見かけたのかは思い出せない。いずれにせよ、誰もがみごとにご主人様の期待にかなう美男ぶりだ。

「今夜とくに必要なものはございませんか？」ビフィはためらいがちにアレクシアに目をやり、アケルダマ卿にたずねた。

アケルダマ卿は手首をくにゃくにゃと振りつつ言った。「**大がかりな**ゲームが始まったようだ、**おまえたち**。いつものように完璧なプレイを期待しておるぞ」

若者たちは、すでにアケルダマ卿のシャンパンを飲んだかのようにそろって歓声を上げ、部屋を出ていった。

ビフィだけが戸口で立ちどまり、少し沈んだ、心配そうな顔で言った。「わたしたちがいなくて大丈夫ですか？　お望みならば、わたしは残ってもかまいませんが」いっそ自分だけは残りたいと思っているような目だ。主人の身を案じているだけとは思えない。

アケルダマ卿は立ち上がり、小股で戸口に近づくと、これみよがしにビフィの頬に軽くキスし、それから手の甲でやさしく頬をなでた。このしぐさは本物だ。「狂言まわしが誰かを突き止めなければならん」アケルダマ卿の口調に仰々しさはなかった。わざとらしい抑揚もなければ、愛情を示す言葉もない。淡々とした威厳のある声だ——まるで疲れた老人のような。

「わかりました、ご主人様」ビフィは光るブーツの先を見下ろした。

アレクシアは寝室内の親密な場面をのぞき見したかのようにどぎまぎして顔を赤らめ、急にピアノに興味が出たふりをして目をそらした。

ビフィは帽子をかぶり、もういちどうなずいて部屋を出て行った。

アケルダマ卿は静かに扉を閉め、アレクシアの隣に座った。

大胆にもアレクシアは片手をアケルダマ卿の腕に置いた。そのとたん、アケルダマ卿の牙は引っこみ、長いあいだ埋もれていた人間の部分が表に現われた。吸血鬼は反異界族を〈魂《ソウル》吸い《サッカー》〉と呼ぶ。だが、アレクシアはつねづね思っていた。アケルダマ卿の魂の本質に近づけるのは、このときしかない。

「彼らは心配ないわ」アレクシアがなだめるように言った。

「心配ないかどうかは、あの子たちが何を見つけるかにかかっておる。そして重要な情報を見つけたことを気づかれるかどうかだ」アケルダマ卿は父親のような口調で言った。

「これまでのところドローンは一人も行方不明になってないわ」アレクシアは、主人のはぐれ吸血鬼が消え、ウェストミンスター群に一身を寄せているフランス人のメイドを思い浮かべた。

「それは**公式の**数値かね？　それとも独自に手に入れた情報か？」アケルダマ卿はアレクシ

アの手をやさしく叩いた。

BURの情報かどうかってことね。ここははっきり話しておいたほうがよさそうだ。「BURの情報は何も知らないわ。マコン卿とあたくしは今、口をきいてないの」

「**なんとまあ**、それはまたどうして？　きみたちは言い合っているほうがはるかにおもしろいのに」マコン卿とアレクシアの口論は何度も見たが、二人が黙りこんだところは一度も見たことがない。これでは今夜の約束の意味がないではないか。

「母がマコン卿とあたくしを結婚させたがってるの。しかも、あの人、同意したのよ！」アレクシアはこれですべて説明ずみとばかりに言いはなった。

いつもの軽薄さを取り戻したアケルダマ卿は驚いて片手をパッと口に当てると、アレクシアのつんと上向いた顔を見下ろし、言葉の真偽を確かめた。本気だとわかると、頭をのけぞらせ、およそ吸血鬼らしからぬ大声で笑いだした。

「マコン卿もついに手のうちを見せたというわけか？」なおもアケルダマ卿はくすくす笑い、ベストのポケットから香水をしみこませた藤色の大判ハンカチを引っ張り出して、あふれる涙をぬぐった。「いやはや、〈将軍〉がこのような結婚になんと言うか見ものだ。異界族と反異界族の結婚とは！　長く生きてきたが、こんな話は聞いたことがない。しかもマコン卿は**すでに**有力者だ。吸血群はさぞかんかんに怒るだろうな。そして〈宰相〉も！　ハッ、ざまあみろ」

「ちょっと待って。あたくしは断わったのよ」

「なんだと?」アケルダマ卿は本気で驚いた。「こんなに何年もじらしたあとで! いくらなんでも残酷ではないか、**バラのつぼみちゃん**。それはあんまりだ。マコン卿はただの人狼にすぎん。知ってのとおり、彼らは**恐ろしく**感情的な生き物だ。こうしたことに関しては**非常に**傷つきやすい。一生消えぬ心の傷になるかもしれんぞ!」

アレクシアは予期せぬ非難に眉をしかめた。アケルダマ卿はあたしの味方じゃなかったの? 吸血鬼が人狼の肩を持つなんて思っても見なかったわ。

「マコン卿のどこが問題なのかね?」アケルダマ卿が忠告を続けた。「たしかに少々、粗野ではあるが、若くて**たくましい**男ではないか? **しかも**噂によれば、ほかにもさまざまな……特性に恵まれておるらしい」

アレクシアはアケルダマ卿の手を離して腕を組んだ。

「現場を見られたからといって、結婚を迫るつもりはないわ」

「何を見られたとな? これはますますおもしろい! **ぜひとも**詳しく聞かせておくれ!」

アケルダマ卿はわがことのように興奮している。

外の廊下から、またしてもアケルダマ邸につきもののざわめきが聞こえた。このときばかりはアレクシアのゴシップに熱中していたので、二人ともドローンが出払った屋敷でこんな音がするはずがないことに気づかなかった。

いきなり応接間の扉が開いた。

「いたぞ!」入口で男が叫んだ。みすぼらしい身なりは、どう見てもアケルダマ邸の一員ではない。

二人は同時に立ち上がった。アレクシアはパラソルをつかみ、両手できつく握りしめた。アケルダマ卿は炉棚から芸術作品の金箔パイプをつかんだ。中央の隠しボタンを押すと、パイプの両端から湾曲した鉤状の刃がバネのようにビュンと現われ、カチッとはまった。片方は鋭くとがった硬い木製、反対側は硬い銀製だ。芸術作品ではなかったらしい。

「敷地内のドローンはどうした？」と、アケルダマ卿。

「見張りの吸血鬼はどこ？」と、アレクシア。

戸口の男はどちらの質問にも答えなかった。聞こえてもいないかのように、二人に近づきもせず、唯一の脱出口である扉にじっと立ちはだかっている。

「女と一緒だ」男が廊下にいる誰かに向かって叫んだ。

「よし、二人とも連れてこい」鋭い声が答え、つづいて複雑なラテン語が聞こえた。アレクシアが聞いたこともない言葉だ。しかも昔ふうの奇妙なアクセントのせいで、ますます聞き取りにくい。

アケルダマ卿が身をこわばらせた。言葉を理解したか、少なくとも意味がわかったらしい。

「**まさか**。ありえない！」アケルダマ卿がつぶやいた。

アケルダマ卿が吸血鬼特有の青白い顔でなかったら、おそらく真っ青になっていただろう。異界族が持つすぐれた反射神経も、何かわからぬ恐ろしい事実のまえに停止してしまったようだ。

そのとき戸口に立っていた見知らぬ男が消え、見おぼえのある人物が現われた。のっぺりしたロウ顔の男だ。

10 公共の福祉のため

アレクシアの宿敵が茶色のガラス瓶を持った手を高くかかげた。

爪がない。アレクシアはぞっとして一瞬、身がすくんだ。

ロウ顔の男は後ろ手に扉をバタンと閉めると、ビンの蓋を開けながら近づき、中身を振りまきはじめた。きまじめな花娘が花嫁入場の前に花びらをまくような、ていねいなしぐさだ。こぼれた液体から見えない煙がたちのぼり、怪しいにおいがあたりにたちこめた。いまではすっかりなじみのある甘いテレビン油のようなにおいだ。

アレクシアは息をとめ、片手で鼻をふさぎ、反対の手でパラソルを防御の形にかまえた。アケルダマ卿がどさりと床に倒れる音がして、金パイプ武器が威力を発揮しないまま転がった。情報通のアケルダマ卿も、クロロホルムの目的と使用法とにおいに関する医療冊子にまでは目を通していなかったらしい。それとも、吸血鬼は反異界族より薬品に弱いのかしら？

頭がぼんやりしてきた。いつまで息をとめておけるだろう？　アレクシアはもうろうとする意識に必死にあらがいつつ、新鮮な空気を求め、応接間の扉に向かって駆けだした。においの影響をまったく受けないらしいロウ男が、すばやく扉の前に立ちはだかった。そういえば深夜の事件のときも、ロウ男の動きは速かった。異界族？　いや、クロロホルムの影響を受けないとすれば異界族ではない。でも、あたしよりはるかに動きが速い。アレクシアは毒づいた。どうしてもっと早くアケルダマ卿にロウ男のことをたずねなかったのだろう？　あれほどきこうと思ってたのに。でも……もう遅い。

　アレクシアは武器がわりのパラソルを振り上げた。真鍮の骨と銀の先端がロウ男の頭蓋骨にガツンと当たったが、敵はまったくひるまない。

　続いて肩のすぐ下をなぐりつけたが、ロウ男は片手で軽々とパラソルを払いのけた。

　アレクシアは驚いて息をのんだ。あんなに力いっぱいなぐったのに、鹿弾をこめた石突きが当たっても骨が折れる音もしない。

　ロウ男は例の不気味な歯のない笑みを浮かべた。

　しまった――アレクシアは驚いた拍子に息を吸った自分に気づいた。あたしったら、なんてバカなの！　でも、いまさら自分を責めてもしかたない。クロロホルムの甘い化学的なにおいは口から入りこみ、鼻と喉に浸透して肺に到達した。くそったれ――アレクシアはマコン卿お気に入りの罵声を借りて毒づいた。

　アレクシアは無駄な抵抗と知りつつ、ほとんど意地で、最後にもういちどロウ男になぐりかかった。唇がしびれ、頭がふらふらする。アレクシアはよろめきながら、ロウ男をつかもうとパラソルを持っていないほうの手を前に突き出した。反異界族、最後のあがきだ。伸ばした手が、おそろしくのっぺりしたロウ男のこめかみ――VIXIのVのちょうど下――に触れた。冷たく、硬い肌。触れても男にはなんの変化もなかった。普通の人間に戻りもしなければ、生気が戻りもせず、魂を吸おうともしない。この男は異界族じゃない――アレクシアは確信した。本物の怪物だ。

「でも……あたくしは〈ソウルレス〉で……」アレクシアはつぶやきの途中でパラソルを落とし、闇のなかに沈みこんだ。

マコン卿はギリギリのタイミングで城に帰り着いた。馬車がウールジー城に通じる長い砂利道をガタゴトと上りきったとき、太陽が広大な敷地の西端にそびえる高木林の後ろに沈んだ。

ウールジー城は街からちょうどいい距離にある。人狼たちが思いきり走れるほどに遠く、ロンドンのさまざまなお楽しみを堪能できるほどに近い。しかもウールジー城は名前が示すような難攻不落の要塞ではなく、どちらかというと階層の数と派手な控え壁《バトレス》が自慢の領主《りょうしゅ》館《やかた》の風情だ。だが、人狼にとって最大の利点は大人数を収容できる広くて頑丈な地下牢にあった。初代城主と設計者は、派手な建築様式だけでなく、いかがわしい趣味にも関心があったらしい。本来の目的がなんであれ、とにかく地下牢は広い。そして――人狼団の見解によれば――地下牢の上階に寝室がずらりと並んでいることが何より重要だった。なにしろウールジー城は大所帯だ。人狼、クラヴィジャー、そして召使たち。

マコン卿は馬車から飛び降りた。すでに例の激しいうずきと、満月が駆り立てる肉食獣の衝動を感じている。夕刻の空気のなかに獲物の血のにおいがして、月の現われとともに狩りと暴虐と殺戮の衝動が強くなってきた。

城門の前ではクラヴィジャーの一団が緊張の面持ちで待っていた。

「ギリギリでございます、ご主人様」執事頭のランペットが主人のコートを受け取りながら、いさめるような口調で言った。

マコン卿はうなるようにつぶやいて帽子と手袋を脱ぎ、玄関ホールの台に載せた。

それから目を細めて一団を見まわし、タンステルを探した。タンステルはマコン卿づきの従者で、クラヴィジャーのまとめ役だ。マコン卿はひょろりとした赤毛を見つけて怒鳴った。

「まぬけ小僧のタンステル、報告せよ」

タンステルはぴょんと飛び上がり、仰々しくお辞儀した。いつものようにそばかすの顔にえくぼを浮かべている。「団員は全員、地下に閉じこめました。ご主人様の独房もきれいに準備が整っております。ただちに下に向かわれたほうがよいかと考えます」

「おまえが考えるとはめずらしい。わたしの言いつけを忘れたか？」

タンステルはさらに笑みを広げた。

マコン卿は両手首を前に突き出した。「予防策だ、タンステル」

タンステルの快活な笑みが消えた。「必要でしょうか、ご主人様？」

マコン卿の骨がミシミシ音を立てはじめた。「なんだと、タンステル、命令に口答えする気か？」この従者の小さなミスに、かろうじて機能していたマコン卿の脳みその論理的部分は打ちひしがれた。タンステルには目をかけているが、そろそろ変異させようかと思うたびにヘマをする。たしかに役者という職業から魂はたくさん持っていそうだが、異界族になるには分別が足りない。人狼団の掟を軽んじてはならない。この赤毛が変異に耐えられたとしても、掟に対してクラヴィジャーのようないいかげんな態度を持ちつづければ、誰も安心しては暮らせない。

執事のランペットが鉄の手錠の載った銅のトレイを差し出した。「ミスター・タンステル、お願いいたします」

ランペットが助け船を出した。ランペットはクラヴィジャーではない。将来、変異する気もないが、任務をそつなくこなすことに喜びを感じている。長年ウールジー人狼団の執事を務めてきた男で、年齢は玄関ホールにいるどのクラヴィジャーと比べても、軽くその二倍は超えるだろう。そして多くの場合、クラヴィジャー全員を合わせたより有能だ。

これだから役者は困る——マコン卿は腹立たしく思った。役者をクラヴィジャーにする難点はそこだ。舞台に上がる男は必ずしも賢いとは言えない。

すべてのクラヴィジャーがそうであるように、タンステルも専用の手錠を持っている。タンステルはあきらめのため息をつくと、トレイから手錠を取り上げ、主人の手首にガチャリとはめた。

マコン卿は安堵の息を吐いた。「急げ」すでにあごの骨が変化しはじめ、人間の言葉を発音するのが難しい。痛みも強くなってきた。骨がねじれるときの苦痛は、長年の経験を持つマコン卿でも、いまだに耐え難い。

クラヴィジャーの精鋭たちがマコン卿を取りかこみ、地下牢に続く曲がりくねった石の階段を急ぎ足で下った。賢明にも数名が防具と武器を身につけ、全員が鋭い銀製のクラバットピンをつけているのを見て、マコン卿はようやくほっとした。なかには鞘に入った銀の剣を腰に帯びた者もいる。彼らは、まんいち剣を振るわなければならない場面にそなえ、マコン卿から慎重に距離を取って一団の外側に陣取っていた。

ウールジー城の地下牢は、うめき、のたうつ人狼たちでいっぱいだ。若い人狼《パピー》たちは、満月の日はもちろん、その数日前から変身の予兆にさからえず、何日も隔離されていた。年配の人狼は満月の日の日没を待って地下牢に下りる。こんな夜遅くまで監禁場所の外にいられるほど強いのはマコン卿くらいのものだ。

ライオールは例のけったいなギョロメガネだけを身につけ、独房の隅にある三本足の足台に行儀よく座って夕刊を読んでいた。できるだけ変身を遅らせようとしているらしい。人狼の多くはそのまま呪いに身をまかせるが、ライオールは毎回、月の不可抗力に自分の意志がどこまで耐えられるかをためす。重い鉄格子ごしに見ると、ライオールの背骨はおよそ人間らしからぬ角度で前方に曲がり、全身に大量の毛が伸びていた。もはや、どんな公《おおやけ》の場にも出られない。夕刊を読むのがせいぜいだ――自分のいわば……牢獄で。

ライオールはギョロメガネの上から黄色い目でマコン卿を見た。

手錠をした両手をぎこちなく前に突き出したマコン卿は、決然とライオールの視線を無視した。もしライオールのあごが、まだ人間の言葉を発することができたら、きっとアレクシアに関しておれをまごつかせるようなことを言ったに違いない。

さらに通路を奥へ進んだ。マコン卿が前を通りすぎるときだけは、どの人狼もおとなしくなる。アルファに気づき、そのにおいをかぐと本能的に静かになるのだ。お辞儀するように前足をたたむ者もいれば、ごろりと横になって腹を見せる者もいる。月の奴隷になっても、優劣関係は絶対だ。誰も決闘を挑んだと思われたくはない。たとえ満月の夜でもアルファは不服従を認めないし、人狼たちもそのことはよく知っていた。

マコン卿はようやく自分の独房に入った。もっとも広く、もっとも頑丈な部屋で、鎖とかんぬきのほかには何もない。マコン卿が変身したら最後、すべてが武器になる。だから足台もなければ夕刊もない。あるのは石と鉄と空虚だけだ。マコン卿はため息をついた。

背後で数人のクラヴィジャーが鉄の扉をバタンと閉め、三本のかんぬきをかけた。彼らは絶対にマコン卿の手が届かないよう、通路を隔てた向かいに待機する。少なくともこの点に関してだけは命令に忠実だ。

月が地平線から姿を現わし、若い人狼たちが吠えはじめた。

マコン卿の骨格は完全に壊れて再生し、皮膚は伸縮し、腱《けん》は組み変わり、髪はぐんぐん伸びて毛皮になった。鋭くなった嗅覚が、城の上方から流れてくる空気のなかに、かすかに覚えのあるにおいをとらえた。

わずかに人間の部分を残していた年配の人狼たちも、マコン卿とともに変身の最終段階を迎えた。昼の残光が消えるにつれ、あたりは咆哮とクーンという泣き声で満たされた。肉体はつねに変化に抵抗する。それゆえ、いっそう痛みは激しさを増す。肉体は魂に残る糸だけでつなぎとめられ、あらゆる感情は狂気に変わる。彼らが上げる声は、呪われし者による死の快楽の荒ぶる叫びだ。

この咆哮に恐怖を感じない者はいない——吸血鬼、ゴースト、人間、動物にかかわらず。なぜなら、どんな人狼も足かせから放たれたら最後、無差別殺戮者と化すからだ。満月の夜、血ぬられた月夜には選択も必然性もない。ただ獣《けもの》になるだけだ。

しかし、マコン卿が鼻面を上げて発した声は、血も涙もない憤怒の叫びではなかった。その低い咆哮はこれ以上ないほど悲痛だった。狼に変わる寸前、ようやくマコン卿は地下牢に流れてくるにおいの正体に気づいた。だが、もう人間の言葉は発せない。クラヴィジャーに警告するには遅すぎる。

ウールジー城伯爵のマコン卿は独房の鉄格子に身体をぶつけ、わずかに残る人間の意識で叫んだ——殺すためでも、自由になるためでもなく、守るために。

だが、すべては遅すぎた。

空気中の甘いクロロホルムの微香がしだいに強まってきた。

〈ヒポクラス・クラブ〉の扉の上部にかかるイタリア白大理石のプレートには〝PROTEGO RES PUBLICA〟という文字が彫りこまれていた。猿ぐつわをはめられ、身体をぐるぐる巻きにされ、二人の男に肩と足をかつがれたミス・アレクシア・タラボッティは、文字を上下逆さまに読んだ。頭がずきずきし、クロロホルムをかいだあとの吐き気のせいで、すぐには翻訳できない。

しばらくして、ようやく意味がわかった。〝公共の福祉を守るため〟。

ふん、気に入らない。この状態のどこが守られてるの？

文字の両脇に記章のようなものがついている。何かのシンボルかしら？　なんだか興奮しやすい無脊椎動物のような……？　真鍮製のタコ？

連行された場所が〈ヒポクラス・クラブ〉だったことにアレクシアはなぜか驚かなかった。たしかフェリシティが《モーニング・ポスト》の記事を読んでたわ。〝科学に興味のある紳士のための革新的社交クラブ〟。これですべて納得がいく。なにせ、あたしがすべての発端となった謎の吸血鬼を殺したのは、まさにこの新しい紳士クラブの隣にある公爵夫人邸の舞踏会だったのだから。これで話がきれいにつながった。しかもすべてにクロロホルムが使われたことを考えると、当然、科学者が関与しているはずだ。

マコン卿も気づいてたのかしら？　〈ヒポクラス・クラブ〉を疑ってただけ？　それとも王立協会そのものが関係してるとにらんでいたの？　まさか。いくら疑い深いマコン卿も、そこまで疑っていたとは思えない。

誘拐犯はアレクシアを蛇腹式の格子戸がついた箱のような部屋に運んだ。顔をよじると、同じように無造作に運ばれる紫色の服を着たアケルダマ卿が見えた。アケルダマ卿は男の肩にあばら肉のようにかつがれ、アレクシアとともに小部屋に押しこまれた。よかった。少なくとも二人はまだ一緒だ。

不幸にもロウ顔の男も一緒だったが、直接アケルダマ卿とアレクシアの移送には関わっていない。ロウ男は格子扉を閉め、壁にはめこまれた滑車のような装置を作動させた。すると、世にも奇妙なことが起こった。なかにいる全員を乗せたまま、小部屋全体が大儀そうに下に向かって動きはじめたのだ。ゆっくりと落下していくような感覚とクロロホルムの後遺症が相まって、胃が変になりそうだ。

アレクシアはこみ上げる吐き気をのみこんだ。

「このご婦人はわれらが昇降室がお気に召さんようだ」足を持つ男がアレクシアを乱暴にゆすり上げながら忍び笑いを漏らすと、肩を持つ男がつぶやき声で同意した。

格子ごしに見える風景にアレクシアは目を見張った。紳士クラブの二階が消えたかと思うと一階フロアが現われ、建物の土台の部分が見えたかと思うと次の天井が見え、ようやく地下室の家具と床が現われた。なんて不思議な体験かしら!

小部屋がガクンと揺れて停止し、一瞬遅れて胃も止まった。運搬役の男たちは格子扉を開けてアレクシアとアケルダマ卿を運び出し、広々とした応接室の中央に敷いてある東洋絨毯の上に隣合わせに並べた。一人が念のためにアケルダマ卿の脚の上に座ったが、アケルダマ卿は目を覚まさない。だがアレクシアのほうは、どうでもいいと思っているらしく、意識を確かめようともしなかった。

　ゆったりした茶色い革張りの肘かけ椅子に、銀のカフスボタンをつけた男が座っていた。男は大きな象牙のパイプをくゆらせながら立ち上がり、近づいて二人の捕らわれ人を見下ろした。

「よくやったぞ、おまえたち！」男はパイプを歯のあいだにはさみ、手をこすり合わせた。「異界管理局《BUR》の記録によれば、アケルダマ卿はロンドンでも最高齢の吸血鬼だ。吸血鬼女王を別にすれば、これまで分析したなかで最強の血液に違いない。ちょうど血液移送処理の最中だ。とりあえず保存室に入れておけ。それで、こっちはなんだ？」男はアレクシアを見下ろした。

　男の顔かたちにはなんとなく見覚えがあったが、この角度からでは完全に陰になって見えない。陰になった顔……？　馬車に乗っていた陰の男だわ！　近ごろはロウ顔の怪物におびえるのに忙しくて、陰の男のことはすっかり忘れていた。

　向こうも見覚えがあったようだ。「いやはや、これは驚いた。また、この女か？」男は考えこむようにパイプをふかした。「ウェストミンスター群を訪ねたかと思えば、こんどは貴重な標本であるアケルダマ卿と一緒とは……。いったい何者だ？」

「おれたちにもわかりません。記録を調べてみねえと。吸血鬼じゃねえです。牙もなければ、吸血鬼女王レベルの護衛もいませんでした。二人の吸血鬼があとをつけてただけで」

「ほう、それで……？」

「もちろん始末しました。たぶんＢＵＲ捜査官でしょう――最近はなかなか見分けがつかねえですが。どうします？」

男は、ぷか、ぷか、ぷかとパイプをくゆらせた。「一緒に保存室に入れておけ。研究に不要とわかったら始末する。レディに手荒なまねはしたくないが、この女はどうみても敵とつながりがありそうだ。ときには犠牲もやむをえん」

アレクシアは悪事の首謀者たちの言動に困惑した。男たちはあたしが誰か——というより、何かを知らないようだ。でも、あたしを狙っていたのは間違いない。真夜中にロウ顔の男を屋敷に送りこんだのが何よりの証拠だ。ロンドンにロウ男が二人いるのでないかぎり、馬車の事件でも、深夜の襲撃でも、ロウ男はあたしを追っていた。

アレクシアは思わず身震いした。敵はBURの記録から自宅の住所を知ったに違いない。なのに、どうしてあたしが誰かを知らないの？　まるで別人と思っているかのようだ——何かにつけて計画を邪魔する女と、BURの記録にある反異界族のミス・アレクシア・タラボッティ……。

アレクシアはハッとした。そう言えばBURの記録には、保安上の理由からスケッチは含まれない。アレクシアの記録には文字と注釈と短い説明があるだけで、大半が暗号化されている。敵は今ここにいるのが記録にあったアレクシア・タラボッティとは思っていない——なぜなら、あたしの顔を知らないから。寝室の窓に立つあたしを見たのはロウ顔の男だけだ。でも、ロウ男はどうしてそれを仲間に話してないの？

いくら考えても答えは出ない。男たちは陰の男の命令にしたがってアレクシアを抱え上げ、アケルダマ卿のあとから豪華な応接室を出た。

「それで、わたしの大事なベイビーはどこだ？」部屋を出るとき、陰の男の声が聞こえた。「ああ、そこか！　それで今回のお出かけはどうだった？　おりこうだったか？　ああ、そうだろうとも」そして男の言葉はラテン語に変わった。

　アレクシアは細くて長い廊下を運ばれていった。両脇には研究室らしき白い扉がずらりと並び、扉と扉のあいだには大理石の低い支柱に据えられた陶器のオイルランプがぽつぽつ灯り、廊下を照らしている。荘厳な雰囲気で、さながら古代宗教の祈りの場のようだ。扉の取っ手がタコの形に見える。よく見るとランプもタコの形だ。

　アレクシアはかつがれたまま長い階段を下り、ふたたびさっきと同じような扉とランプが並ぶ廊下に出た。

「どこに置く？」運搬係の一人がたずねた。「あんまり空きはねえぞ——なにせ大量の実験材料をかき集めた《ヴァンプ・アップ》からな」

　ほかの三人が吸血鬼《ヴァンパイア》にかけたひどいだじゃれにくすくす笑った。

「いちばん奥の部屋にするか。二人いっしょでかまわん。じきに医者たちがアケルダマを処置室に連れてゆく。灰色コートたちは、この吸血鬼を今か今かと待ってたからな」

　別の男が分厚い唇をなめた。「今回の回収作業には、お手当てをたんまりもらわなきゃならねえな」

　男の言葉に同意のつぶやきが聞こえた。

男たちは廊下の突き当たりの部屋の前で止まった。タコをかたどった真鍮製の取っ手の身体の部分を横にすべらせると、大きな鍵穴が現われた。それから扉を開け、アレクシアと背中を丸めたアケルダマ卿を乱暴に部屋に投げ入れた。脇腹がゴッッと床に当たり、アレクシアは必死に悲鳴をこらえた。バタンと閉じた扉の向こうから、歩き去る男たちの会話が聞こえた。

「実験はうまくいくかな？」

「さあね」

「おれたちゃカネさえ払ってもらえばどうだっていい、だろ？」

「そのとおり」

「いいか、おれが思うに……」

やがて声は小さくなり、あとはしんと静まりかえった。

アレクシアは横たわったまま目を見開き、室内に目を凝らした。目が暗闇に慣れるのに少し時間がかかった。オイルランプもなければ光源もない。鉄格子はなく、内側に取っ手も継ぎ目もない扉があるだけで、独房というよりクローゼットのなかのようだ。だが、やはり牢獄には違いない。ここには窓もなければ、家具や敷物のたぐいもない。自分とアケルダマ卿だけだ。

誰かの咳払いが聞こえた。

両手両足をきつく縛られ、さらにいまわしいコルセットとバッスルで動きを制限されたアレクシアは身をよじり、ようやく仰向けの姿勢から横になってアケルダマ卿のほうを向いた。アケルダマ卿は大きく目を開け、こちらをじっと見つめている——瞳の力だけで話そうとするかのように。

だが、アレクシアは目での会話が苦手だ。

通じないと見るや、アケルダマ卿は身体をうねらせはじめた。部屋の奥から紫色のヘビのようにのたうちながら近づいてくる。ビロード地の美しいジャケットはすべりがよく、前進に一役買っているようだ。ついに真横にやってくると、しきりに縛られた両手を動かした。

ようやくアレクシアはアケルダマ卿の意図を理解した。

アレクシアはふたたび背を向けて少し足のほうに移動し、後頭部をアケルダマ卿の手もとに押しつけた。アケルダマ卿は指先でアレクシアの猿ぐつわをはずした。まだ手首と足首には鉄の拘束具がはまっているが、いくら吸血鬼でも、これは壊せない。

さらなる努力のすえに二人は姿勢を変え、こんどはアレクシアがアケルダマ卿の猿ぐつわをはずした。これでなんとか話ができるようになった。

「さて、**実に**困った事態になった。あの悪党どものせいで、わたしの高級イブニングジャケットは台なしだ。**なんとも**腹立たしいことよ。**大の**お気に入りだったのにな。きみをこんなことに巻きこんで申しわけない。大事なジャケットをダメにしたのと同じくらい残念だ」

「バカなこと言わないで。いまいましいクロロホルムのせいで、まだ頭がぼうっとしてるのに、これ以上、困らせないでちょうだい」アレクシアはきつくたしなめた。「今回のことはあなたのせいじゃないわ」

「だが連中の目的はわたしだ」暗闇のなかで、アケルダマ卿は本当にすまなそうに見えた。

でも、もしかしたら影のせいかもしれない。

「名前がばれてたら、きっとあたくしも狙われてたわ。だから、この話はこれで終わり」

アケルダマ卿はうなずいた。「そうだな、**かわいいキンポウゲ**よ。これからもきみの名前はできるだけ伏せておこう」

「簡単よ」アレクシアはニッコリ笑った。「あなたがあたくしを本名で呼ぶことはないもの」

アケルダマ卿はくすっと笑った。「そうだな」

アレクシアは顔をしかめた。「でも、これ以上はごまかせないかもしれないわ。ロウ顔の男は知ってるはずよ。あたくしがウェストミンスター群の外で馬車にいたのを見たし、反異界族をとらえようと夜中に襲撃したとき、あたくしが屋敷の窓のそばにいたところを見たもの。このふたつを合わせれば、あたくしが〝反異界族のアレクシア・タラボッティ〟であることは明らかだわ」

「それは違うな、**露玉ちゃん**」自信に満ちた口調だ。

アレクシアは縛られた手首の痛みを和らげようと身じろぎした。「どうしてわかるの?」

なぜアケルダマ卿はあんなに自信たっぷりなのかしら?

「きみが〝ロウ顔の男〟と呼ぶ男は、人に何かを告げることはできん。やつには声がないのだよ、チューリップのお嬢ちゃん、**まったく**ないのだ」

アレクシアは疑わしそうに目を細めた。「ロウ顔の男が何者か知ってるの？　教えてちょうだい！　彼は異界族じゃない――これだけは確かよ」

「彼ではない――それだよ、**ホタルちゃん**。いかにもわたしは、それが何かを知っておる」

アケルダマ卿ははぐらかすような表情を浮かべた。いつもならクラバットピンをいじりながら浮かべる表情だが、両腕は背中で縛られ、当然ながらピンは奪われていたので、唇を引き結ぶことしかできなかった。

「それで？」アレクシアはじりじりしながらたずねた。

「〝ホムンクルス・シミュラクラム〟だ」

アレクシアはアケルダマ卿をぽかんと見返した。

アケルダマ卿はため息をついた。「怪物《ルーサス・ナチュアリ》と言えばわかるかな？」

アレクシアはじらすアケルダマ卿をにらみつけた。

「科学によって造られた合成生物……錬金術的人造人間……」アケルダマ卿はさらに説明を加えた。

アレクシアは脳みそをしぼり、ずいぶん前に父親の宗教書のなかで見つけた言葉を思い出した。「自動人形《オートマトン》？」

「そのとおり！　自動人形は過去にも存在した」

アレクシアは大きな口をぽかんと開けた。てっきり自動人形は一角獣《ユニコーン》のような、たんなる伝説の生き物——純粋に神話上の怪物——と思っていた。科学好きのアレクシアの血が騒いだ。「何でできているの？　どうやって動くの？　本当に生きているようだったわ！」

　アケルダマ卿はまたしてもアレクシアの言葉に異議を唱えた。「たしかに自動人形は人間のように生き生きと動く。だが、いとしのジャスミンよ、生きているという言葉は正しくない」

「そうね。だったら、どうやって動くの？」

「どんな**卑劣**な科学があのようなものを造り出したのかはわからぬ。おそらく骨格は金属で、動力は小型のエーテル磁性体もしくは蒸気機関だろう。あるいはゼンマイ仕掛けかもしれん。技術者ではないので本当のところはわからんがね」

「でも、いったい誰がそんなものを造りたがるの？」

「この**わたしに**科学者の行動を説明せよと言うのかね？　わたしは言うべき言葉を知らんよ、ペチュニアちゃん。ロウ顔のお友だちは完全な召使のようだ。骨の髄まで主人に忠実な下僕にすぎん。もちろん、命令は**きわめて**正確でなければならんがね」なおも長広舌を振るいそうなアケルダマ卿をアレクシアがさえぎった。

「なるほど、わかったわ。それで、どうやったら殺せるの？」アレクシアはいきなり本題に入った。アケルダマ卿のことは大好きだが、少ししゃべりすぎだ。

「**そう**慌てるでない」アケルダマ卿はたしなめるようにアレクシアを見た。「まあ、そのうち話そう」

「あなたはそれでいいかもしれないけど」アレクシアは不満げにつぶやいた。「あなたは吸血鬼——時間はたっぷりあるわ」

「そうでもないぞ。言うまでもないが、スイートハート、いずれやつらはわたしをどこかに連れてゆくだろう。それも、もうじきだ。少なくともそんな口ぶりだった」

「気がついてたのね?」やっぱり、思ったとおりだ。

「ここに運ばれる途中の馬車のなかで気がついたが、眠ったふりをした。気がついたことを知られても一文の得にもならんからな。眠ったふりをしていれば、面白い情報が聞ける場合もある。だが、残念ながら肝心なことは**何ひとつ**聞けなかった。あの」——アケルダマ卿は言葉を切り、二人を誘拐した男たちにふさわしい表現を探した——「クズどもはほんの手先にすぎん。命令を実行するだけで、命じられた理由はまったく知らない。自動人形《オートマトン》と似たようなものだ。やつらはこの陰謀の本質とは——それがなんであれ——まったく関係ない。だがね、**マリゴールド**——」

またもやアレクシアは言葉をさえぎった。「お願い、アケルダマ卿、悪いけど、早くホムンクルス・シミュラクラムのことを話してちょうだい」

「わかっておる。わたしはいつ連れ去られるかわからん。わかるかぎりの情報を伝えておこう。わたしのかぎられた経験によれば、自動人形を殺すことはできん。生きていないものをどうやって殺す? だが、機能を停止させることはできる」

「どうやって?」不気味なロウ男にレディらしからぬ殺意を抱きはじめたアレクシアは、じれったそうにたずねた。

「いいかね、自動人形の作動と制御は通常、文字や言葉を使って行なわれる。その命令を取り消すことが出来れば、機能を停止させることができるわけだ——機械人形と同じように」

「VIXIのような言葉のこと？」と、アレクシア。

「そのとおり。見たかね？」

「額に描いてあったわ——黒い粉のようなもので」

「たぶん磁化鉄粉だ。エーテル接続を通して自動人形の内部機関に連結しているのだろう。それを無効にする方法を見つけなければならん」

「無効にするって、何を？」

「VIXIだ」

「なるほど」アレクシアはわかったふりをした。「そんなに簡単なこと？」

二人きりの暗い部屋でアケルダマ卿がニッコリ笑った。「こんどはきみがわたしをからかっておるようだな、**マイ・スィート**。残念ながら、わたしにわかるのはここまでだ。個人的にホムンクルス・シミュラクラムと関わったことはないのでね。錬金術は得意分野ではない」

アケルダマ卿の得意分野はなんだろうと思ったが、それには触れずにアレクシアはたずねた。「敵はこのクラブで何をしているのかしら？　自動人形を造る以外に？」

アケルダマ卿は手かせが許すかぎり肩をそびやかした。「何であろうと吸血鬼に関する実験であることは間違いない。おそらく人為的変異を試みるつもりだろう。きみが殺したはぐれ吸血鬼——あれは一週間ほど前だったか？——あれは正規の手順で生み出されたのではなく、人工的に造られた偽物のようだ」

「一匹狼のなかにも失踪者が出ているわ。ライオール教授が突き止めたの」

「本当か？　それは知らなかった」アケルダマ卿の表情には、驚きより知らなかったことへの悔しさが浮かんだ。「なるほど。二種類の異界族で実験しようと考えるのも道理だな。いかに不埒な科学者も、ゴーストの身体を解剖して複製を造ろうとは思わん。だが問題は、やつらが最終的にわれわれを使って何をするつもりかということだ」

アレクシアは〝謎の吸血鬼は数日も生きられなかった〟というナダスディ伯爵夫人の言葉を思い出して身震いした。「いずれにしても愉快なこととは思えないわね」

「そうだな」アケルダマ卿が静かに応じた。「愉快であるはずがない」それからしばらく黙りこみ、やがて重々しい口調で言った。「いとしいチャイルドよ、大まじめで、ひとつお願いがある」

アレクシアは眉を吊り上げた。「まあ、驚いた。あなたがまじめになるなんて」

「たしかにわたしはこれまで多大なる努力を重ね、軽薄さを培《つちか》ってきた」アケルダマ卿は咳払いした。「だが、今回だけはまじめに言わせてほしい。さすがのわたしも今度ばかりは生き延びられそうもない。だが、運よく生き延びられたら、きみに折りいって頼みがある」

アレクシアは言葉を失った。アケルダマ卿という彩りがなくなったら、あたしの人生はどんなにつまらなくなるだろう。同時にアレクシアは、迫りくる死を淡々と受け入れようとする態度に感嘆した。何世紀も生きてきたアケルダマ卿にとって、もはや死は恐怖ではないのかもしれない。

「最後に太陽を浴びてから実に長い時間がたった。いつか夕方の早い時刻にわたしを起こし、手を握って日没を見せてはくれまいか？」

アレクシアは胸を打たれた。アケルダマ卿にとっては命がけの行為だ。あたしを心から信頼していなければ、とても頼めることではない。一瞬でも接触が途切れたら、たちまち焼け死んでしまうのだから。

「本気なの？」

アケルダマ卿は祝禱を述べるかのように答えた。「いかにも」

そのとき部屋の扉がバタンと開いて運搬係の一人が現われ、たくましい肩に無造作にアケルダマ卿をかつぎ上げた。

「約束してくれるかね？」アケルダマ卿が逆さにだらりとかつがれた姿勢で言った。

「約束するわ」アレクシアは祈った。どうか約束を果たせますように。

アケルダマ卿が部屋から運ばれ、扉が閉まってカギがかけられた。ひとり暗闇に残されたアレクシアはすることもなく、おのずと考えにふけった。そして、自分のうかつさに腹が立った。建物じゅうにある真鍮のタコについてきこうと思ってたのに、ききそびれてしまったわ。

11 機械に囲まれて

アレクシアはきつく縛られた両手両足に血をめぐらすことだけを考え、もがきつづけた。永遠とも思えるような時間を、ただひたすら身をよじり、横たわっていた。すっかり忘れ去られてしまったようだ。誰も見に来なければ、体調を気づかう気配もない。不快感は最高潮に達していた。コルセット、バッスル、その他レディの正しい着こなしのための装備は、縛られて硬い床に横たわるには不向きだ。アレクシアは身じろぎし、ため息をつき、天井を見つめ、マコン卿のことと苦しい現実とアケルダマ卿の無事以外のことを考えようとした。すると、あろうことか母親が最近やりはじめた刺繍の複雑な図案ばかりが頭に浮かんできた。どんな誘拐犯も、これ以上の拷問は思いつかないだろう。

やがて外の廊下から二人の話し声が聞こえ、アレクシアは被虐的瞑想から解放された。どちらもなんとなく聞き覚えがある。しだいに声は近づき、話の内容が聞こえはじめた。博物館の見学ツアーのような感じだ。

「もちろん、異界族の脅威を排除するには、まずは理解が必要だ。スニーズウォルト教授の貴重な研究が示すとおり……ああ、この部屋には別のはぐれ吸血鬼がいる。吸血鬼《ホモ・サングイス》のすぐれた標本だ——放血には少し若すぎるがね。残念ながら、経歴も、どこの吸血群の出身かもわからない。これが、被験者の大半をはぐれ吸血鬼に頼らざるをえない結果生じる難点だ。だが、知ってのとおり、ここイングランドの吸血群に属する吸血鬼たちは社会的地位の高い者が多く、ガードも堅いため、うかつには手を出せんのだよ。このはぐれ吸血鬼がなかなか話をしないので手を焼いている。フランスから連れてきたのだが、ここに来て以来、まともではない。どうやら地元から引き離された吸血鬼には重大な身体的・精神的影響が出るようだ。身体振動……時間や方向感覚の欠落……精神異常……などなど。数学的距離の問題か、それとも海を越えることが影響するのかはわからないが、この問題は今後きわめて魅力的な研究分野となるだろう。一人の熱心な若手研究者が、この被験者を研究材料に興味深い実験に取り組んでいる。彼はイギリス海峡を越え、東ヨーロッパの奥地まで収集に出かけようとわれわれを説得中だ。ロシアの被験者がほしいようだが、現在のところ名乗りを上げる者はいない。きみなら事情もわかるだろう。もちろん費用の問題もある」

「実に興味をそそられます」二番目の声が単調なアクセントで答えた。「吸血鬼の精神状態に地域性が関係すると聞いてはいましたが、身体にも影響するとは知りませんでした。研究結果が発表されたら、ぜひ読みたいものです。突き当たりの部屋にはどんな貴重品を保管しておられるのです?」

「ああ、あの部屋にはロンドンで最長老の吸血鬼の一人アケルダマ卿がいた。今夜の捕獲劇は見事だったぞ。すでに実験台に運ばれ、今いるのは謎の客人だけだ」

「謎の客人？」と、二番目の声。興味をひかれたようだ。

アレクシアは首をかしげた。妙に聞き覚えのある声だ。

「いかにも」と、最初の男。「育ちのいいオールドミスふうの女で、われわれの調査の端々に顔を出す。あまりに目ざわりなので連行した」

「女性を監禁してるんですか？」二番目の男が驚きの声を上げた。

「不本意ながらそうせざるをえなかった。首を突っこみすぎた結果だ。自業自得だよ。それにしてもあの女は謎だ」最初の男が困惑と関心の入り混じった口調で言った。「会ってみるかね？　何かわかるかもしれん。なんといっても、きみは独自の視点から異界族の問題に取り組んでいる。きみの意見は貴重だ」

「喜んで協力します。お申し出に感謝します」二番目の男が心底うれしそうに答えた。

募るいらだちにアレクシアは顔をしかめた。ああ、この声――誰だったかしら？　このアクセントはどこかで聞いた覚えが……。さいわい（というより不幸にも）アレクシアの混乱は長くは続かなかった。

部屋の扉が大きく開いた。

アレクシアはまばたきし、廊下の目もくらむような明かりに身を縮めた。

誰かが息をのんだ。

「なんと、これはミス・タラボッティ！」

アレクシアはふたつの黒い人影に、うるむ目を細めた。揺れるオイルランプの光に、ようやく目が慣れてきた。少しでも優雅に見えるように身をよじったが、手足を縛られ、ぶざまな前屈みで床に横たわる状態では成功したとは思えない。それでもなんとか角度を変え、二人の顔を見あげた。

一人は陰の男だった。たびかさなる不愉快な出会いのなかで、顔がはっきり見えたのは初めてだ。見学ツアーのガイド役は、この男だったのね。ついに陰男の顔を見たアレクシアは、ひどく落胆した。見るも恐ろしい悪人面を想像していたのに、実際は灰色の頬ひげを生やした、あごの大きい、うるんだ青い目の、なんの変哲もない男だ。頬に目立つ傷跡ひとつない。目の前に立つ残忍な宿敵は、拍子抜けするほど普通だった。

もう一人の男は小太りでメガネをかけ、髪の生え際が後退している。よく知っている顔だ。

「こんばんは、ミスター・マクドゥーガル」アレクシアは身体を半分に折り曲げた姿勢で礼儀正しく挨拶した。「またお会いできて光栄ですわ」

若き科学者マクドゥーガルは驚愕の声を上げて駆け寄り、アレクシアの隣に心配そうに膝をついた。そっと手を貸して上体を起こし、こんな目にあわせたことをしきりに謝っている。

アレクシアはさほど気にしてもいなかった。上体を起こしたとたん気分が落ち着き、何よりマクドゥーガルが今回の事件の首謀者でないことにほっとした。もしそうだったら、どんなにがっかりしたことか……。彼には好意を持っていたし、うらみたくはない。それにマクドゥーガルは本気で驚き、心配してくれているようだ。うまくいけば味方につけられるかもしれない。

そこでアレクシアは自分のざんばら髪に気づき、恥ずかしくなった。当然ながら誘拐犯たちはリボンと凶器の二本のヘアピン――木製と銀製――を奪い取っていた。そのため、豊かな黒い巻き毛がだらりと背中に垂れている。アレクシアはなんとか片方の肩を上げて横を向き、顔から髪をのけようとした――ほどけた髪と派手な顔立ちと大きな口と褐色の肌が相まって、うっとりするほどエキゾチックだということには気づきもせず。

なんてイタリアふうなんだ――マクドゥーガルはアレクシアの体調を気づかいつつも、ふと目を奪われた。とはいえマクドゥーガルの心配と罪の意識は本物だった。ミス・タラボッティがこんなことに巻きこまれたのは、ぼくのせいだ。馬車で出かけたとき、異界族に対する興味をかき立てすぎたのかもしれない。育ちのいいレディに科学の目的を話すなんて、あまりにうかつだった。ミス・タラボッティほどの教養人が本気で興味を持ったら、話だけで満足できるはずがない。こうして監禁されたのは、間違いなくぼくのせいだ。

「この女性を知ってるのか？」陰男がパイプと小さなタバコ入れを引っ張り出した。焦げ茶色のビロード地で、外側に金糸でタコの図柄が刺繍してある。

マクドゥーガルは膝をついたまま陰男を見上げた。「知ってますとも。こちらはミス・アレクシア・タラボッティです」アレクシアが止めるまもなく、マクドゥーガルが憤然と答えた。

ああ、言っちゃった――アレクシアは観念した――これで完全にばれたわ。

マクドゥーガルは丸く青白い頬を赤らめ、眉毛に汗を浮かべた。「良家の令嬢にこんな手荒な真似をするなんて！」唾をまきちらさんばかりの剣幕だ。「これは、本クラブの名誉だけでなく、科学にたずさわる者すべてに対する大いなる侮辱です。ああ、早く拘束を解かなければ！　恥知らずにもほどがある」

あの言いまわしはなんだったかしら？　アレクシアは首をかしげた。ああ、そうだわ――〝アメリカ人のようにぶしつけな〟だ。たしかにアメリカ人は独立を勝ち取ったけど、そのやりかたは強引だった。

頬ひげの陰男はパイプの火皿にタバコを入れると、さっと廊下に顔を出し、オイルランプで火をつけた。「どうも聞き覚えのある名前だな」男は振り向いて、しばらくパイプをふかし、バニラのにおいのする煙を吐き出した。「ああ、思い出した――異界管理局《BUR》の記録だ！　すると、これがあのアレクシア・タラボッティか？」男は口からパイプをはずし、象牙の柄で念を押すようにアレクシアを指した。

「ほかに〝ミス・タラボッティ〟がどこにいるって言うんです？」と、マクドゥーガル。アメリカ人にしても、かなり無礼な物言いだ。

「なるほど」陰男はようやく納得した。「これですべて謎がとけた――この女性がBURと関係あることも、吸血群を訪れたことも、アケルダマ卿と知り合いであることも！」そう言ってアレクシアをじろりと見た。「ずいぶん手こずらせてくれたな、お嬢さん」それからマクドゥーガルに向かって言った。「この女性が何者か知ってるかね？」

「手足を縛られたレディである以外にですか？　ああ、なんてひどいことを。ミスター・シーモンズ、さっさと手錠のカギをください！」

アレクシアはマクドゥーガルの断固とした態度に感動した。これほど正義感が強く、気骨があるとは思わなかったわ。

「ああ、そうだった」と、ミスター・シーモンズ。これでようやく陰男の名前が判明した。シーモンズは上体をそらして戸口から顔を出し、廊下にいる誰かに声をかけた。それから部屋の中央に戻り、アレクシアにかがみこむと、顔を荒々しくつかんで明るい廊下に向け、パイプの煙を目に吹きかけた。

アレクシアは当てつけがましく咳きこんだ。

マクドゥーガルはますますギョッとした。「やめてください、ミスター・シーモンズ！」

「驚いた」と、シーモンズ。「見た目はまったく普通だな。外見からは誰も気づかんだろう」

ついに紳士的本能が科学的興味に屈したらしく、マクドゥーガルはためらいと不安の入り混じった口調でたずねた。「普通で何が悪いんです？」

シーモンズは煙の向きをアレクシアからマクドゥーガルに変えた。「この若き女性は反異界族、すなわち〝魂なき者《ホモ・イグザニムス》〟だ。ロンドンにいると知って以来、ずっと探していた。もっとも、反異界族という種族が存在すること自体、つい最近知ったばかりだがね。もちろん、カウンターバランス理論にしたがえば、このような種族は存在して当然であり、これまで調査しなかったことこそ驚きだ。〝異界族を狩る危険な種族がいる〟という古い伝説は知っていた。人狼には呪い破り《カース・ブレーカー》、吸血鬼には魂吸い《ソウル・サッカー》、ゴーストには悪魔ばらい師《エクソシスト》。だが、それらがすべて同じ生命体で、その存在が神話ではなく科学的事実であることは知らなかった。調査の結果、反異界族はきわめて稀少な種族であることが判明した。ミス・タラボッティは実にめずらしい生き物なのだよ」

「なんですって？」マクドゥーガルは愕然とした。

シーモンズは驚くどころか、急にはしゃぎはじめた。あまりの変わりように、アレクシアは正気を疑ったほどだ。

「これが反異界族か！」シーモンズはニヤリと笑い、パイプをあちこち振りまわした。「夢のようだ！　彼女については知りたいことが山ほどある」

「BURから書類を盗んだのはあなたね？」と、アレクシア。

シーモンズは首を横に振った。「いやいや、お嬢さん、われわれは社会の危険分子が素性をいつわって普通の人間のふりをしないよう、重要な書類を確保し、保管したまでだ。先手を打てば、異界族の脅威をあらかじめ予測し、陰謀の首謀者を特定できるからな」

「ミス・タラボッティも首謀者なんですか？」アレクシアが反異界族と知ったショックから立ちなおれないマクドゥーガルはさっと身を引き、アレクシアの背中に添えた手を離した。アレクシアはなんとか倒れずにすんだ。

いまやマクドゥーガルは嫌悪感すら覚えているようだ。アレクシアは吸血鬼になった兄の話を思い出した。あれはどこまで本当だったの？

シーモンズはマクドゥーガルの背中をうれしそうに叩いた。「いや、まさか。その逆だよ！　この女性は異界族に対するいわば解毒剤だ。一人の生きた解毒剤だよ。反異界族を捕らえたからには、研究の機会は無限だ！　考えても見たまえ。われわれの目の前にどれほど多くの可能性が広がっているか」シーモンズはすっかり上機嫌になり、うるんだ青い目は科学熱に浮かされたように光っている。

　アレクシアは研究のなかみを想像して身震いした。

　マクドゥーガルはしばらく考えたあと立ち上がり、シーモンズを廊下に連れ出すと、何やら内緒話を始めた。

　二人がいないまに手かせをほどこうともがきながら、アレクシアは絶望的な気分になった。こんな恐ろしい場所にいたら何をされるかわからない。それなのに、今のあたしはまっすぐ立つことすらできないなんて。

　シーモンズの声が聞こえた。「すばらしいアイデアだ。それなら心苦しくもない。きみが言うように彼女が知的な女性なら、研究の価値を理解してくれるかもしれん。自発的参加者と研究を行なうとは、じつに斬新だ」

　その後、アレクシアの待遇は劇的変化をとげた。気がつくと、二人のおとなしい従僕によって丁重に二階に運ばれ、フラシ天の東洋絨毯と豪華な家具つきの豪勢なロビーの一画に案内された。拘束具を解かれたばかりか、顔を洗って、身だしなみを整えるための小さな化粧室も与えられた。象牙色のタフタドレスは今回の一件で目も当てられない状態だ。片方のパフスリーブと金色のレースが裂け、あちこちに救いようのないしみがついている。アレクシアは顔をしかめた。残念だわ――流行遅れだけど、お気に入りのドレスだったのに。アレクシアはため息をついてできるだけドレスのしわを伸ばし、化粧室をきょろきょろ見まわした。脱出手段はないが、ざんばら髪をまとめる短いリボンと、無惨な姿を映し出す姿見があった。金箔ばりの木枠に彫刻を施した華美な姿見は、最新の紳士クラブよりアケルダマ卿の家敷に似合いそうだ。よく見ると、タコがずらりと手をつないだ意匠が彫りこんである。これでもかと現われるタコが、だんだん不吉に思えてきた。

アレクシアは渡された象牙のヘアブラシの背で、できるだけそっと姿見を割り、鋭いガラスのかけらをハンカチに包むと、いざというときのために胴着の前みごろとコルセットのあいだにはさんだ。

武器を手に入れて少し安心したアレクシアは化粧室を出た。ふたたび男たちに案内されて階段を下り、茶色い革の肘かけ椅子のある応接間に戻ると、熱い紅茶と興味深い提案が待っていた。

マクドゥーガルが二人を紹介した。

「ミス・タラボッティ、こちらはミスター・シーモンズ。ミスター・シーモンズ、こちらはミス・タラボッティです」

「お目にかかれて光栄だ」パイプをくわえたシーモンズはアレクシアの手を取り、身をかがめて挨拶した。ついさっきアレクシアを誘拐し、何時間も監禁し、大切な友人におそらく言葉にできないほどの乱暴を働いたことなど忘れたかのように。

アレクシアはゲームのルールがわかるまで、相手の出かたに合わせることに決めた。いずれは主導権を握ってみせるわ。これまでの人生、舌戦でアレクシアに対抗できた男は一人しかいない。しかもマコン卿は言葉ではない奥の手を使っただけだ。マコン卿のことを考えながらアレクシアはそっと部屋を見まわした。誘拐されたとき、パラソルはどこにいったのかしら？

「さっそく本題に入らせてもらいたい、ミス・アレクシア」シーモンズの言葉に、アレクシアは確信した――拘束具ははずされても、自由の身にはほど遠い。

シーモンズは革の椅子に座り、正面の赤い長椅子に座るよう、アレクシアに手ぶりした。

アレクシアはすすめられるままに座った。「どうぞ、ミスター・シーモンズ。〝率直さ〟は」――一瞬、言葉を切り――「誘拐犯と科学者に共通する賞賛すべき資質ですわ」アレクシアはものごとをはっきりさせる主義だ。ごまかしたり、意味をぼかしたりする科学記事には我慢ならない。強い主張こそ何より重要だ。

シーモンズは先を続けた。

アレクシアは紅茶を飲みながら、革の肘かけ椅子についている銀の留め金を見つめた。これも小さなタコのデザインだ。どうしてこの軟体動物にこれほど執着するのかしら？

シーモンズが話すあいだ、マクドゥーガルは心配そうにせかせかと動きまわり、アレクシアを気づかってあれこれたずねた。クッションはいりませんか？　お砂糖は？　お茶をもう一杯いかがです？　寒くありませんか？　縛られた手首にケガはありませんでしたか？

ついにシーモンズは腹を立て、マクドゥーガルをじろりとにらんで黙らせた。

「きみを調べたい」と、シーモンズ。「できれば、きみの協力のもとに。実験にこころよく参加してもらえれば、関係者全員にとってこれほど望ましく、文明社会にふさわしいことはない」シーモンズは下あごの張った顔に奇妙な熱を浮かべ、椅子の背にもたれた。

アレクシアは困惑した。「その前に、いくつか質問があります。もっとも、あたくしの意志とは関係なく実験に参加させるおつもりなら、お答えいただかなくても結構ですけど」

「わたしは科学者だよ、ミス・タラボッティ」シーモンズが笑い声を上げた。「好奇心は大歓迎だ」

アレクシアが眉を吊り上げた。「なぜ、あたくしを調べたいの？　何を知りたいの？　研究の本当の目的は何ですの？」

シーモンズは笑みを浮かべた。「どれもいい質問だが、それほど鋭いとは言えんな。調べたいのは、言うまでもなくきみが反異界族だからだ。きみやBURにとっては常識でも、われわれの知識は乏しい。だから非常に興味がある。まずは異界族の力を打ち消す能力の構成要素を知りたい。その能力を取り出し、応用できれば、すばらしい武器ができるかもしれん！」シーモンズはうれしそうに両手をこすり合わせた。「さらに、きみが実際に異界族の力を打ち消すところを見られたら言うことはない」

「では、研究の目的はなんですの？」アレクシアは募る不安を気取られないよう、平静をよそおった。

「ミスター・マクドゥーガルの理論を聞いたかね？」

アレクシアは二人で馬車に乗った朝を思い出した。はるか昔の出来事のようだ。あれがほんの数日前に実際に起こったこととはとても思えないけど、会話の内容はよく覚えている。あんな面白い話を忘れるはずがない。「少しは覚えていますわ」アレクシアは慎重に答えた。「もちろん、記憶と女の理解力の範囲でですけど」女を卑下するような言いかたはしたくないが、知性を隠し、敵を油断させる手はつねに有効だ。

マクドゥーガルが驚きの目でアレクシアを見た。

アレクシアはさりげなくマクドゥーガルに片目をつぶってみせた。

マクドゥーガルはいまにも卒倒しそうだったが、なんとか椅子の背にもたれてこらえた。

ミス・タラボッティの意図がなんにせよ、ここは彼女にまかせたほうがよさそうだ。

アレクシアはふと思った。案外マクドゥーガルは結婚相手として悪くないかもしれない。でも、こんな気弱な男と暮らしたら、あたしが独裁者になるのは目に見えている。

アレクシアは気後れと知性のなさをよそおった。「ミスター・マクドゥーガルによれば、異界族は血液を媒介して感染する一種の病気か、もしくは体内にある特別な器官が引き起こす現象だそうですわ。その器官を持っている人は異界族になり、あたくしたちのように持っていない人はなれないといったたぐいの」

シーモンズはアレクシアの説明にあざけるような笑みを浮かべた。この得意満面の太った男の顔を張り飛ばしてやりたい――アレクシアはレディらしからぬ衝動にかられた。これだけあごの肉がたるんでいれば、さぞ痛快な音が出るだろう。アレクシアはあわてて紅茶をごくりと飲み、衝動を抑えた。

「まあ、それも一説だ。彼の意見は興味深いが、われわれ〈ヒポクラス・クラブ〉の科学者は、変異がエネルギー変換――一種の電気――によって引き起こされると考えている。エーテル磁場説をとなえる少数派もいるがね。電気については聞いたことがあるかな、ミス・タラボッティ？」

当たり前じゃない、このとんま――アレクシアは喉まで出かかった言葉をのみこんだ。

「何かの記事で読んだことがありますわ。なぜ、この説が正しいと？」

「異界族が光に反応するからだ。人狼は月に、吸血鬼は太陽に。光というのは――ようやく理論化されはじめたばかりだが――電気のひとつの形態にすぎん。そう考えれば、変異と電気の関係が見えてくる」

「ふたつの仮説は矛盾しないと考える科学者もいます」マクドゥーガルが身を乗り出し、会話に加わった。この話題なら安心して口を出せると思ったようだ。「今夜ぼくが行なった講義のあと、〝血液移動によって生じる電気説〟と〝光エネルギーを処理する器官説〟の可能性が議論されました。つまり、ふたつの仮説は統合できるかもしれないってことです」

「そしてその電気エネルギーの処理能力が魂と相関関係にあるかもしれないってことですわね？」アレクシアも思わず引きこまれた。

二人の科学者がうなずく。

「それで、あたくしの役目は？」

二人の科学者は顔を見合わせた。

「それこそ、われわれが知りたいことだ」しばらくしてシーモンズが言った。「きみがこのエネルギーを弱める力を持っているのかどうかを確かめたい。世のなかに電気を通さない物質があるように、反異界族は、いわば生きた接地導体のような働きをするのか？」

上等だ。いよいよあたしは〈ソウル・サッカー〉から〈接地導体〉になったわけね。しかも異名はますますかわいいらしくなってゆく。「それで、具体的にはどうやって調べるおつもり？」

まさか〝きみの身体を切り開いて〟とは言わないだろう。でも、シーモンズなら、そのくらいのことはやりかねない。

「いくつか実験施設を見てもらったほうがよさそうだ。そうすれば、われわれの研究方針がわかるだろう」と、シーモンズ。

この提案にマクドゥーガルは青ざめた。「本気ですか？　ミス・タラボッティは良家の令嬢です。刺激が強すぎるのではありませんか？」

シーモンズは値踏みするようにアレクシアを見た。「いや、なかなか気丈な女性のようだがね。それに実際にその目で見てもらったほうが……かえって……協力する気になるかもしれん」

マクドゥーガルはますます青ざめた。「そんな無茶な」小声でつぶやき、額にしわを寄せ、神経質そうにメガネを押し上げた。

「まあ、そう心配するな！」シーモンズはすっかりご機嫌だ。「こうして目の前に研究対象の反異界族がいるのだ。科学に祝福あれ。ついにわれわれの任務達成も目前だ」

アレクシアはシーモンズの言葉に目を細めた。「あなたがたの任務とは具体的になんですの、ミスター・シーモンズ？」

「もちろん公共の福祉を守ることだ」

「何から？」アレクシアはあえて問いただした。

「異界族の脅威からだ。ほかに何がある？　われわれ英国人は内容をよく知らぬままヘンリー王の命《めい》を受け入れて以来、吸血鬼や人狼を堂々とのさばらせてきた。何千年ものあいだ彼らはわれわれを襲い、餌食にしてきた。たしかにわれわれが一大帝国を築いたのは異界族の軍事知識のおかげだ。だが、その代償はなんだった？」シーモンズは興奮し、狂信者のように甲高い声でわめきだした。「彼らは英国政府や防衛組織に深く関わっているが、その目的は人類を守ることではない。彼らは自分たちの目的の追求しか考えていないのだ！　少なくともやつらは世界統治をもくろんでいる。われわれの目的は研究成果を結集し、異界族による攻撃と目に見えない潜入から祖国を守ることだ。きわめて複雑で神経を使う任務であり、全員が一致団結しなければならん。科学者たちの主たる任務は、理解の枠組みを提供することだ。そしていずれは国家的努力の先頭に立ち、大規模な殲滅作戦を推し進めるのだ！」

異界族の大虐殺ってこと？　アレクシアの全身から血の気が引いた。「まさかあなた、テンプル騎士団なの？」アレクシアは宗教に関する道具がありはしないかとあたりを見まわした。いたるところにあるタコは宗教的象徴？

シーモンズとマクドゥーガルが笑い声を上げた。

「あの狂信主義者どもか！」と、シーモンズ。「とんでもない。もっとも、実験材料を集める過程において、彼らの戦略もそれなりに役に立つことが証明された。さらに最近わかったのだが、テンプル騎士団は反異界族のスパイを雇っているらしい。たんなる宗教的粉飾——すなわち信仰の力が悪魔の力を打ち消すことを示す象徴だと思っていたが、どうやら科学的裏づけがあったようだ。テンプル騎士団の情報を入手できれば、きみの種族の生理学を理解する助けにはなるかもしれん。だが、さっきの質問に対する答えはノー——われわれ〈ヒポクラス・クラブ〉は純粋な科学者集団だ」

「政治目的を擁護しながら、よくもそんなことが言えるわね？」アレクシアは科学の客観性を冒とくする態度に驚くあまり、愚かなふりをして相手を油断させる計画も忘れて思わず口走った。

「それを言うなら〝高潔なる目的意識〟と言ってもらいたい、ミス・タラボッティ」シーモンズが浮かべた笑みは狂信家そのものだ。「われわれは異界族の自由を尊重している」

アレクシアは困惑した。「だったら、なぜ異界族を生み出すの？　なぜ実験するの？」

「〝己の敵を知れ〟だよ、ミス・タラボッティ」と、シーモンズ。「異界族を排除するには、まず異界族を知らねばならない。だが、いまやこうしてきみが目の前にいる以上、異界族の生体解剖は必要なくなった。今後は研究のすべてを反異界族の性質と生殖力の究明に向ければいいのだからね」

シーモンズはマクドゥーガルとアレクシアを連れ、悪夢めいたクラブの終わりなき迷路のような白い実験室のあいだを誇らしげに案内した。どの部屋にも機械が置いてある。動力源の大半は蒸気機関のようだ。巨大な歯車とコイルで上下運動するポンプ式の大型ふいご。有機的な曲線のせいで大型機械よりさらに不気味な、帽子箱より小さい光るエンジン。機械の大小にかかわらず、どれも外枠のどこかに真鍮のタコがついている。エンジンと軟体動物の取り合わせが、なんともまがまがしい雰囲気だ。

機械が吐き出す蒸気のせいで実験室の壁と天井は色あせ、白い壁紙はしわが寄り、皮膚炎のような黄色いうねになっていた。床には歯車から漏れ出る油が粘つく細流となって流れ、あちこちにさび色のしみが見える。なんのしみなのかは考えたくもない。

シーモンズはお気に入りの生徒の学業を披露するかのように、それぞれの機械の機能を自慢げに説明した。

まわりの部屋からはシューッという音と何かがぶつかり合うような音が聞こえるが、目の前の機械はどれも動いていない。

それに混じって甲高い悲鳴が聞こえた。

最初は機械の音かと思った。だが、それが人間の喉から出る声だと気づいたとたん、アレクシアは恐怖のあまりよろめいた。機械があんな甲高い苦悶の叫びを上げるはずがない。まるで身を切断される動物の断末魔の叫びのようだ。アレクシアは通路の壁に強く寄りかかり、よじれる胃からこみ上げる酸っぱい液をのみこんだ。肌がじっとりと汗ばんでいる。これほど純然たる痛みに苦しむ声を聞くのは初めてだ。

シーモンズの意図がわかるにつれて、周囲の機械が急に恐ろしい物に見えてきた。

いきなり青ざめたアレクシアを見て、マクドゥーガルが心配そうにたずねた。「ミス・タラボッティ、大丈夫ですか?」

アレクシアはマクドゥーガルに向かって茶色い目を剝いた。「ここは狂気の館《やかた》よ。わかってるの?」

シーモンズの垂れた頰肉がアレクシアの視界をさえぎった。「どうやら、われわれの研究にこころよく協力してはもらえないようだな?」

またしても耳をつんざくような悲鳴があたりを切り裂き、そのなかに、アレクシアはアケルダマ卿の声を聞き取った。

シーモンズは悲鳴に耳を傾け、舌なめずりした。

シーモンズの目に浮かぶ好色そうな光を見てアレクシアは身震いし、ようやく真実に気づいた。

「これがあたくしの運命なら、協力しようとしまいと関係ないんじゃないの?」

「きみがおとなしく協力してくれれば、あらゆる点で実験は楽になる」

あなたを楽にする気なんかさらさらないわ。アレクシアは顔をしかめた。「あたくしに何をさせる気？」

シーモンズは勝ち誇ったような笑みを浮かべた。「反異界族の能力がどの程度あるかをこの目で確かめたい。きみにあるという噂の、魂を吸い、呪いを打ち消す力が本物だとわかるまでは、大々的な実験を行なうわけにいかないのでね」

アレクシアは肩をすくめた。「ではここに吸血鬼を連れてきてちょうだい。触れるだけでわかるわ」

「本当か？　それはすばらしい。肌と肌が直接、触れたほうがいいのか？　それとも服ごしでもいいのか？」

「いつもは服ごしよ。なんと言ってもあたくしはレディですから、ふだんは手袋をしていますわ。そうでない場合を試したことはないけど」

「それはあとで詳しく調べるから心配ない」シーモンズはそっけなく首を振った。「これから行なうのは基本的な試験だ。おりしも今夜は満月――たまたま完全に変身した人狼の標本が届いた。きみが本物の異界族の力を打ち消せるのかどうかをためすいい機会だ」

マクドゥーガルはぎょっとした。「それは危険です。もしミス・タラボッティの能力が偽物だったり、噂ほどではなかったりしたら……」

「それも試験のうち――だろう？」シーモンズはさらに笑みを広げ、アレクシアを振り返った。「異界族の力を打ち消すのに通常どれくらいかかる?」

アレクシアはとっさに、ためらいもなく嘘をついた。「そうね、だいたい一時間くらいかしら」

反異界族の能力の即効性を知らないシーモンズは、すっかり信じこみ、見学ツアーのあいだ付き添っていた二人の用心棒に命じた。「連れて行け」

マクドゥーガルは反対したが、無駄だった。

ふたたび客から囚人になったアレクシアは、クラブの中庭をはさんだ向かい側にある拘束室に手荒く引きずられていった。

用心棒は、アレクシアとアケルダマ卿が最初に入れられた部屋のある通路に向かった。さっきは静まりかえっていたが、いまはうなり声と咆哮が響いている。ときおり巨体が体当たりするように扉が激しく振動した。

「おやおや、どうやらお目覚めのようだ」と、シーモンズ。

「クロロホルムは、最初は吸血鬼より人狼によく効きますが、薬効時間は短いようです」灰色コートを着て革のメモ帳を持った若い男がどこからともなく現われ、報告した。例の〝単眼交差型なんとかかんとか〟——通称ギョロメガネ——をかけている。この男がかけていると、なぜかライオール教授ほど滑稽には見えない。

「それで、彼はどこだ?」

ギョロメガネの男がメモ帳で扉を指し示した。振動していない数少ない扉のひとつで、不気味に静まり返っている。「五号室です」

シーモンズはうなずいた。「最強の人狼だから、もとの姿に戻るのも難しいはずだ。ここに彼女を入れろ。一時間後に見に来る」そう言ってシーモンズは立ち去った。

マクドゥーガルは激しく抵抗した。無理を承知で二人の用心棒に向かっていったほどだ。アレクシアはマクドゥーガルの正義感を高く評価したが、すべては無駄だった。筋骨たくましい用心棒は、小太りの科学者をいとも簡単に払いのけた。

「生き延びられるはずがありません。完全に変身した人狼の部屋に放りこむなんて！　力を消すのに一時間もかかるというのに、絶対に無理だ！」

自分の能力と即効性を熟知するアレクシアも不安になった。これまでに怒った人狼の力を消したことはない。ましてや満月の夜に猛り狂う人狼に向き合うのは初めてだ。反異界族の力が効き目を表わす前に、少なくとも一回は嚙まれるに違いない。たとえそれに耐えられたとしても、相手が獰猛な男だったらどうするの？　異界族の力がないときでも人狼は力が強い。屈強な男と二人で閉じこめられたら——あたしが反異界族であろうとなかろうと、どんな目にあわされるかわからない。

残された命の短さを考えるまもなく、アレクシアは不気味に静まり返った部屋に押しこまれた。静寂のなか、扉にカギとかんぬきをかける音が響きわたった。

12　ただの人狼

人狼が飛びかかった。

部屋の暗さに慣れない目には、巨大な黒い霞《かすみ》が異界族特有の敏捷さで突進してくるように見えた。アレクシアはぎこちなく脇によけ、かろうじて怪物をかわした。死にものぐるいで身をよじったとたん、コルセットが危険域のきしみを上げ、今にも膝をつきそうになりながらよろよろと着地した。

人狼はアレクシアが一瞬前まで立っていた場所の真後ろの扉に激突し、長い脚としっぽをからませてぶざまに床にすべり落ちた。

アレクシアはあとずさりながら本能的に——無駄だと知りつつ——胸の前で両手を突き出し、防御の姿勢を取った。ああ、恐くて死にそう。相手は巨体だ。反異界族にどんな能力があろうと、この人狼より速く動いて、相手の力を消せるはずがない。

狼は濡れた犬のように身震いして上体を起こした。長く、絹のように光る毛皮。色は変化し、薄暗い部屋のなかでは判別できない。人狼はふたたび飛びかかろうと身をかがめた。盛り上がった筋肉が震え、唾液が銀色の筋となって口の片端からしたたっている。

人狼は猛スピードで身を躍らせ、襲いかかる寸前、びくっと身を引いた。

そのまま突進していれば、アレクシアの命はなかっただろう。アレクシアは人狼の牙がまっすぐ自分の頸部に食いこむさまを思い浮かべた。最初の攻撃をかわしたのはまったくの幸運だった。普通の狼にさえかなわないのに、異界族の狼に太刀打ちできるはずがない。ひごろからよく歩き、狩りの心得もあるが、ミス・タラボッティをスポーツ・ウーマンと呼ぶ者は誰もいない。

攻撃を中断した人狼は明らかに困惑した様子で部屋の隅をあちこちうろつき、アレクシアのまわりを行ったり来たりしてにおいをかいだ。それからクーンと奇妙ないらだちの声を上げ、悩ましげに毛むくじゃらの頭を前後にゆすったかと思うと、ゆっくりあとずさりはじめた。暗い部屋で黄色い目がかすかに光っている。渇望というより不安の表情だ。

それから数分間、アレクシアは、うろうろと心理的葛藤に耐える人狼の姿を驚きの目で見つめていたが、それもつかのま、ついに人狼を押しとどめていた何かが狩りの衝動に屈した。人狼は口を開け、血に飢えたうなりを上げると、筋肉をたわめ、ふたたびアレクシアに飛びかかった。

アレクシアは確信した。今度ばかりは無傷ではすまない。これほど何本もの鋭い牙が一列に並んでいるのを見るのは初めてだ。

人狼が牙を剝いた。

いまや薄暗がりに目が慣れ、姿がはっきり見えた。だが、頭が処理できたのは、殺戮の狂気にかられた毛むくじゃらの巨体が喉元めがけて飛びかかってくるという事実だけだ。とっさに逃げようとしたが、逃げ場所はどこにもない。

アレクシアは気を落ち着けてわずかに脇によけ、突進する怪物に一歩、近づくと、コルセットが許すかぎり身をかがめ、跳躍した狼の脇腹に体当たりした。人狼は巨体だが、アレクシアも華奢ではない。脇腹にまともにタックルされた人狼はバランスを失い、両者はスカートとバッスルワイヤーと毛皮と牙をからませて床に倒れこんだ。

アレクシアは——下着が許すかぎり——両手両足その他すべてを毛だらけの巨体に巻きつけ、力まかせにギュッとしがみついた。

たちまち手の下で毛が消え、骨格が組み変わりはじめるのを感じて、アレクシアは深く安堵のため息をついた。とはいえ、その感触は最悪だ。たしかに筋肉と腱と軟骨が組み変わる音は恐ろしい。まるで牛が身を切断されているかのようだ。だが、それ以上に気味が悪いのは、触れるたびに毛皮が後退し、骨が肉の下で液体のように変化する感触だった。これから数カ月間はうなされそうだ。やがて、ようやく温かい人間の皮膚と硬くしなやかな筋肉の感触が戻ってきた。

アレクシアは深々と震える息を吸い、そのにおいから、いま抱きついている相手が誰なのかを確信した。広い緑の草原と夜気のにおい。アレクシアはほっとし、思わず相手の肌をさすりながら別の事態に気づいた。

「まあ、マコン卿、あなた真っ裸じゃないの！」アレクシアは息をのんだ。今夜は数々の試練に見舞われたけど、まさかこんな事態になるとは夢にも思わなかったわ！

たしかにウールジー城伯爵のマコン卿は真っ裸だった。この事実に本人はさほど動揺したようには見えなかったが、アレクシアはとっさにぎゅっと目をつぶり、アスパラガスのようなどうでもいいことを頭に思い浮かべた。きつく抱き合っているせいで、あごがマコン卿のたくましい肩にがちっと食いこみ、嫌でも形のいい——でも目のやり場に困る——剝き出しの丸いムーン《moon》が目に入る。しかもこのムーンは人狼を変身させる月《ムーン》ではなく、お尻《ムーン》だ。それより、もっと考えたくないのは自分自身の身体の変化だった。頭——というより下のほう？——がどうにかなりそうだ。

でも——アレクシアは冷静に考えた——少なくとも殺される心配はなくなった。

「いや、ミス・タラボッティ。恥ずかしながら、裸はわれわれ人狼には避けられない。無礼は承知だが、どうか離れないでくれ」マコン卿は息を切らし、妙に低く、しゃがれた、遠慮がちな声で言った。

押しつけ合う胸からマコン卿の心臓の鼓動が伝わってくる。そのとたん、アレクシアの頭のなかを次々と疑問が駆けめぐった。こんなに鼓動が速いのはさっきの攻撃のせい？　それとも変身のせい？　もしタキシード姿のときに狼に変わったらどうなるの？　服は裂けるの？　毎回それじゃ、タキシードが何枚あっても足りないでしょうね！　どうして人狼は素っ裸の狼の姿で走りまわっても許されるのに、ほかの人種はダメなの？

だが、アレクシアはすべてをのみこみ、こうたずねた。「寒くない？」

マコン卿が笑い声を上げた。「相変わらず現実的だな、ミス・タラボッティ。この部屋は少し寒いが、しばらくは平気だ」

アレクシアはマコン卿の長くてたくましい剝き出しの脚を疑わしそうに見た。「ペチコートを貸しましょうか?」

マコン卿は鼻を鳴らした。「ペチコートで威厳が保てるとは思えない」

アレクシアは顔を離し、初めて正面からマコン卿を見た。「毛布のように掛けたら――という意味よ。着るんじゃないわ、バカね!」顔を赤らめたが、この褐色の肌では気づかれないわね。「それを言うなら、裸で威厳を保てるとも思えないけど」

「ああ、そうだな。気づかいには感謝するが……」そこでマコン卿は初めて周囲の状況に気づいた。「ところで、ここはどこだ?」

「あたくしたちは〈ヒポクラス・クラブ〉の客人なの。スノッドグローブ公爵邸の隣に開業したばかりの新しい科学施設よ」アレクシアはマコン卿に口をはさむまも与えず、早口でまくしたてた。忘れる前に大事な情報を残さず伝えたかったせいもあるが、何よりマコン卿が近すぎてドキドキしていたからだ。「異界族失踪事件の首謀者は科学者たちよ。あなたもこうしてさらわれたんだから、とっくに気づいてるでしょうけど。彼らはここで恐ろしいことをたくらんでるわ。ここは〝昇降室〟と呼ばれる装置でしかたどりつけない地下室よ。上階のロビーの奥の部屋には、蒸気や電気駆動の見たこともない機械があって、アケルダマ卿を〝放血機〟というものに縛りつけてるの。恐ろしい悲鳴が聞こえたわ。あれは間違いなくアケルダマ卿の声よ、コナル」すがるような口調だ。「アケルダマ卿が拷問で殺されるかもしれないわ」

アレクシアの大きな茶色い瞳に涙があふれた。

アレクシアの涙を見るのは初めてだ。マコン卿の胸に理不尽な怒りが湧き起こった。おい、おれの勇敢なアレクシアを泣かせるやつは断じて許さん。殺してやる。これは人狼の本能ではない。なにせ今はアレクシアの腕にきつく抱かれ、最大限に人間なのだから。

アレクシアが息をつくと、マコン卿はアレクシアの不安と自分の殺戮の衝動から気をまぎらすように言った。「わかった、どれも貴重な情報だ。ところで、どうしてきみがここに？」

「あたくしの反異界族の能力が本物かどうかを調べるために、あなたの部屋に入れられたの」当然だと言わんばかりの口調だ。「科学者たちは異界管理局《BUR》から盗んだファイルを見て、内容が本当かどうかを確かめようとしているわ」

「あの一件は不覚だった」マコン卿はすまなそうに目を伏せた。「いまだにどうやってやつらが保安装置をすり抜けたのかわからない。だが、知りたいのは、どうしてきみがこのクラブに連れてこられたのかということだ」

アレクシアは手のやり場に困り、しかたなくいちばん無難そうな背中の真ん中あたりに置くと、指先で背骨のくぼみをさすりたい衝動をこらえて答えた。「もともとはアケルダマ卿が目的だったみたい。彼がとても高齢な吸血鬼だからよ。実験には、それが重要な要因らしいわ。あたくしはアケルダマ卿と夕食を取っていたの。会いに行く話はしたでしょう？　彼らは屋敷全体にクロロホルムをまいて、たまたま一緒にいたあたくしも連行したってわけ。ミスター・マクドゥーガルが部屋に現われて名前を呼ぶまで、彼らはあたくしが誰かを知らなかったわ。名前を聞いたとたん、シーモンズという男がファイルにあった名前を思い出したの。ああ、それからもうひとつ！　科学者たちは自動人形《オートマトン》を持ってるわ」アレクシアは不気味なロウ細工を思い出して身を縮めた。

マコン卿は大きな手でぼんやりと、なだめるようにアレクシアの背をなではじめた。それを合図にアレクシアはマコン卿の背中にまわした腕を少しゆるめ、なで返したい気持ちを必死に抑えた。

「だめだ、離すな」マコン卿は力をゆるめた理由を誤解したらしく、これでもかと言うようにアレクシアを引き寄せ、さらに裸体を押しつけた。「やはりそうか。だが、血が流れる自動人形を見たのは初めてだ。最新型だな。しかもゼンマイ構造のようだ。まったく現代の科学には目を見張るものがある」マコン卿が首を振ると、髪の毛がアレクシアの頰をくすぐった。不快そうなマコン卿の声には、わずかに賞賛の響きが混じっていた。

「自動人形だと知ってて、どうして教えてくれなかったの？」アレクシアはむっとした。教えてもらえなかったからだけではなく、マコン卿の髪が絹のように柔らかかったからだ。それを言うなら肌も絹のように柔らかい。ああ、どうして手袋をしてこなかったのかしら――ついにアレクシアは誘惑に負け、指先でマコン卿の背中に円を描きはじめた。

「教えたところで事態が好転するとは思えなかった。きみがいつもの無謀な行動を慎むはずがない」マコン卿はアレクシアの愛撫に少しも動じず、つっけんどんに言いながらも、言葉の合間に鼻を首に押しつけた。

「あら、おっしゃいますわね。あなただってこうして捕まってるわ。あなたの無謀な行動の結果じゃないの？」

「まったくその逆だ」マコン卿は不安の表情を浮かべた。「これは、わたしが完全に予測可能な無謀でない行動を取った結果だ。連中はわたしがどこにいるか、満月の夜の何時ごろに帰宅するかを正確に読んでいた。そして人狼団全員にクロロホルムをかがせたんだ。くそっ！　あれだけ大量に持っているところを見ると、〈ヒポクラス・クラブ〉はクロロホルム製造会社の株を買い占めてるに違いない」マコン卿は首をかしげ、耳を澄ました。「咆哮の数からして、ウールジー団の全員が捕まったようだ。クラヴィジャーは無事だといいが」

「おそらくドローンやクラヴィジャーは無事よ」アレクシアがなだめるように言った。「科学者たちの関心は異界族と反異界族だけみたい。彼らは人狼や吸血鬼による謎の脅威から国家を守らなければならないと信じてるわ。そのために異界族を理解しようと身の毛のよだつような実験をしているの」

マコン卿がアレクシアの首から頭を上げた。「やつらはテンプル騎士団か？」

「宗教とは関係ないわ。純粋な科学の探求者よ――あたくしに言わせれば、ひどくゆがんでるけど。しかもタコに取りつかれてるわ」アレクシアは次の質問の答えを予想して顔をくもらせた。「王立協会も関与していると思う？」

マコン卿が肩をすくめると、アレクシアの分厚いドレスごしに上下の動きが伝わった。

「おそらくそうだろう。だが、証拠をつかむのは難しい。ほかにも関係者がいるはずだ。機械と備品の質だけを見ても、多額の資金援助者がいるのは間違いない。だが、驚くことじゃない。一般人が異界族の目的を疑うのは当然だ。われわれは基本的に不死だ——一般人とは目的も多少、異なるし、対立する場合もある。いずれにせよ、われわれにとって昼間族はいまもエサだ」

アレクシアは背中をなでる手を止め、迷うふりをして目を細めた。「あたくしはこの戦いで間違った側についたのかしら？」

実際は迷ってなどいない。異界族の目的がなんにせよ、BURの部屋から痛みや拷問に苦しむ悲鳴が聞こえたことは一度もない。ナダスディ伯爵夫人とウェストミンスター吸血群さえ、シーモンズと不気味な機械よりはるかに文明的だ。

「さあな」マコン卿はアレクシアの腕に身をあずけた。満月の夜に人間の姿で正気を保っていられるのは、アレクシアの力と気まぐれのおかげだ。まったくアルファらしくないが、しかたない。すべての選択権は——この状況も含め——アレクシアにある。「きみはどちらを選ぶつもりだ？」

「科学者たちはあたくしに協力を依頼したわ」アレクシアはいたずらっぽく答えた。少しからかってやろうかしら。

マコン卿は不安そうな表情を浮かべた。「それで？」

シーモンズに協力するなんて、一瞬たりとも考えたことはない。なのにマコン卿は、あたしが本気で迷っているかのような目で見ている。どんな状況になろうと、どんなに言い争いをしようと、あたしはマコン卿の味方よ。それをどう説明すればいいの？ そんなわかりきったこと、面と向かって言えるわけないわ。

「いずれにせよ」アレクシアは考えたすえに言った。「あなたのやりかたを選ぶと言っておくわ」

マコン卿は動きを止め、きれいな黄褐色の目を光らせた。「ほう？ どのやりかただ？」

わかってるくせにとぼける気？ アレクシアはむっとしてマコン卿をつねった。裸だから、つねる場所には困らない。

「いたっ！」マコン卿が痛そうに顔をしかめた。「なんの真似だ？」

「絶体絶命の状況を忘れないで。なんとか一時間の猶予を手に入れたんだから」

「どうやって？」マコン卿がつねられた場所をさすりながらたずねた。

アレクシアはニヤリと笑った。「さいわい盗まれたファイルに詳しいことは書いてなかったみたい。ミスター・シーモンズには〝反異界族の力が作用するには一時間かかる〟って言っておいたわ」

「それなのに、きみをこの部屋に押しこんだのか？」マコン卿はほっとするどころか、ますます怒りを募らせた。

「たったいま、あなたのやりかたを選ぶって言ったでしょう？　これで理由がわかったはずよ」アレクシアはもぞもぞと身じろぎした。太い胴体に手をまわしつづけて腕がこわばってきた。これ以上は無理だわ。ましてや硬い木の床に横たわった状態では。とはいえ、この体勢は嫌いじゃない。

アレクシアのつらそうな様子に、マコン卿が真剣な表情でたずねた。「ケガはなかったか？」

アレクシアは小首をかしげ、いぶかしげに片眉を上げた。

「つまり、わたしが狼の姿できみを襲ったときだ。人狼は満月の夜の記憶がない。不面目ながら、すべては本能に操られるままだ」

アレクシアは安心させるように背中を優しく叩いた。「つまり、無意識に獲物があたくしだとわかったのね」

「きみのにおいがした」不機嫌そうな声だ。「そのせいでまったく別の本能が目覚めた。ひどく混乱したことは覚えているが、それ以外は記憶にない」

「別の本能って？」アレクシアはわざととぼけた。危険領域に足を踏み入れていると知りながら、止められない。マコン卿の口からはっきり聞いてみたかった。いったい、いつからあたしはこんなに大胆になったのかしら？　きっと母方の血のせいね。

「その……生殖に関するものだ」そう言ってマコン卿は熱心にアレクシアの首すじを嚙みはじめた。

とたんに身体の奥がマッシュポテトのようになり、アレクシアは噛み返したい衝動をこらえて、またしてもマコン卿をつねった。さらに強く。

「いたっ！　やめてくれ！」マコン卿は首から唇をはずし、アレクシアをにらんだ。これほど巨体で危険な男が——裸とはいえ——バツの悪い表情を浮かべるのを見るのは愉快だ。

「ふざけてる時間はないわ」アレクシアは淡々と言った。「とにかくここから抜け出す方法を考えてちょうだい。アケルダマ卿を助け出して、この邪悪なクラブを閉鎖するのが先よ。あなたの肉体的欲求に応じてる場合じゃないわ」

「近い将来、応じる見こみはあるか？」マコン卿はアレクシアの下で身をよじり、おずおずとたずねた。

首への愛撫は、アレクシアの身体の奥だけでなく、マコン卿の外部にも影響を与えたらしい。アレクシアは驚きつつも好奇心を覚えた。マコン卿は裸だ。どうなっているかをこの目で見るチャンスだわ。純粋に医学目的で描かれた男性の裸体図は見たことがある。人狼は解剖学的にあの部分も大きいのかしら？　こうして触れ合っているから、異界族の特徴は消えてるはずだけど……。科学的好奇心にかられ、アレクシアは下半身をマコン卿から十センチほど離して下をのぞきこんだ。だが、スカートが邪魔になって見えない。

アレクシアの動きを身を引くしぐさと勘違いしたマコン卿は、またもやぐっと身体を引き寄せ、スカートとペチコートの層を払いのけるかのように片脚をアレクシアの脚のあいだにすべりこませた。

アレクシアは長く苦しげなため息を漏らした。

ふたたびマコン卿は首の上へ下へと唇を這わせ、噛み、キスしはじめた。目もくらむような興奮の波がアレクシアの脇腹を走り抜け、胸を駆けのぼり、脚のあいだに向かってゆく。肌が内側からぞくぞくして、どうにかなりそうだ。しかもマコン卿が裸だから、本の裸体図がどれだけ正確かも知ることになった。もっとも、父の本にこんな状況のことまでは書いてなかったけど。

マコン卿が片手でアレクシアの髪をまさぐった。

苦労して手に入れたリボンをとかれたとたん、アレクシアはため息をついた——せっかく結びなおしたのに、またざんばらだ。

マコン卿はほどけた黒髪を握ってアレクシアの頭を後ろにそらし、唇と歯が触れやすいように首をさらした。

完全に服を着た状態で、たくましい裸の男と胸から足もとまでぴったり接触している図は、ひどくエロティックだ。

前の部分がはっきり見えないので、アレクシアは次善策として手を伸ばしてみた。こんな状況で若いレディがするべきことではないが、そもそも普通の若いレディはこんな状況におちいらない。でも、いちど始めたことは最後までやり通すべきだ。これまでもチャンスは必ずものにしてきた。今回だって逃さないわ。

アレクシアが握ったとたん、その部分が硬くなり、マコン卿はびくっと身を引いた。

アレクシアはパッと手を離した。「あら、いけなかった?」恥ずかしさに言葉をのみこんだ。

「いや、続けてくれ。驚いただけだ」マコン卿はあわてて答え、自分から身体を押しつけた。

恥ずかしさも好奇心——あくまでも純粋な科学的好奇心だ——には勝てず、アレクシアはさっきよりやさしく探索を再開した。アレクシアのためらいがちなタッチに、マコン卿が甘いうめきを漏らした。アレクシアはますます興味をひかれると同時に、今後の展開が心配になってきた。

「あの、マコン卿?」アレクシアがそっとささやいた。

マコン卿は笑い声を上げた。「この状況でそれはないだろう、アレクシア。コナルと呼んでくれ」

アレクシアはマコン卿の唇の下でごくりと唾をのみこんだ。

「コナル、いまの状況を考えると、これはまずいんじゃないかしら?」

マコン卿はアレクシアの頭をそらし、正面から瞳をのぞきこんだ。「この期におよんで何を言う?」黄褐色の目は熱っぽく、うつろで、息は荒い。気がつくと、アレクシアの呼吸も荒くなっていた。

アレクシアは額にしわを寄せ、ふさわしい言葉を探した。「寝転がって楽しんでる場合じゃないわ。彼らが戻ってきてもいいの?」

「彼ら? 誰のことだ?」マコン卿はうわの空だ。

「科学者たちよ」

「ああ、そうだった」マコン卿は押し殺した声で笑った。「やつらに異種族間の交配につい
て教えてやる必要はないな」そう言って空いた手を伸ばし、探索するアレクシアの手を引き
離した。

アレクシアは一瞬がっかりしたが、その手にキスされたとたん、不満も吹き飛んだ。「あ
せるつもりはないが、アレクシア、きみにはどうしようもなくそそられる」

「あたくしもよ。とても意外だけど」アレクシアはうなずき、マコン卿の頭をやさしく叩い
た。

マコン卿はその言葉に勇気づけられたかのように横転すると、今度はアレクシアの背中を
床につけ、上からおおいかぶさるように身体を近づけた。いまやその部分はぴたりとアレク
シアの脚のあいだに押しつけられている。

いきなりのしかかられてアレクシアは悲鳴を上げた。何枚もの布地が重なったドレスに感
謝すべきなのか、腹を立てるべきなのかわからない。でも、いまやこれ以上の接触と交情を
さまたげるのは――おそらく――この布の層だけだ。

「マコン卿……」アレクシアはできるだけいかめしい、オールドミスふうの声で呼びかけた。

「コナルだ」マコン卿は身をそらし、両手でアレクシアの胸を探りはじめた。

「コナル！　いまはそのときじゃないわ！」

「このドレスはどうやって脱ぐんだ？」マコン卿はアレクシアの言葉を無視してたずねた。

象牙色のタフタドレスは背中にずらりと小さな真珠のボタンが並んでいる。アレクシアが

答えるまもなく、マコン卿はドレスのしくみに気づき、慣れた手つきですばやく背中のボタンをはずしはじめた。女性の服を脱がせる手つきは一流だ。アレクシアは一瞬、眉をひそめたが、すぐに思いなおした。こういうときはどちらか片方でもやりかたを知っているほうがいい。それに、二百歳を超える男性がこれまで女性を知らなかったとも思えない。

ほどなくマコン卿はボタンを器用にはずしてドレスの襟ぐりを引き下ろし、コルセットの上部に盛り上がる胸の頂《いただき》をあらわにした。身をかがめ、そのふたつにキスしはじめたとたん、ぱっと身を引き、せっぱ詰まったかすれ声で言った。「これはいってえなんだ？」

アレクシアは肘をついて頭を起こし、下を見た。いったい何が、この腹立たしくも甘美な快感を全身にもたらす行為を中断させたのだろうと思いながら。だが、腰から下には何枚もの服が重なり合って見えない。コルセットのどこがそんなにマコン卿の気をひいたのかしら？

マコン卿はハンカチに包まれた鏡のかけらを拾い上げ、アレクシアに見せた。

「ああ、忘れてたわ。一人になったとき、化粧室から失敬したの。何かの役に立つかもしれないと思って」

マコン卿は一瞬、欲望を忘れ、しげしげとアレクシアを見つめた。「機転がきくな。こんなときは、つくづくきみをBURに雇いたくなる」

賞賛と愛情のこもった言葉に、アレクシアは愛撫されたときより恥ずかしくなってマコン卿を見上げた。「それで、これからどうするの？」

「きみは心配しなくていい」マコン卿はうなり、戸口から見えない床の上にそっと鏡の破片を置いた。

アレクシアはニヤリと笑った。よくもそんな強がりが言えたものだわ。「バカ言わないで。今夜は、あたくしの助けなしには何もできないわよ。今夜が満月だってことを忘れたの？」

うかつにも忘れていたマコン卿は一瞬、恐怖にとらわれ、あやうくアレクシアから身を離しかけた。こうして正気を保っていられるのは、反異界族の力のおかげだ。マコン卿はあわてて身体をアレクシアに押しつけた。そのとたん、彼の身体は硬く反応した。

「ああ、そうだった」マコン卿は必死に下半身以外のことに意識を集中させた。「だったら、できるだけそっと触れていてくれ。下手に手を出すな。ここから脱出するには少々、荒っぽい手段を使うしかなさそうだ。そのときはわたしにしっかりしがみついて、できるだけ敵から離れろ。わあったか？」

なぐり合いに加わるほどバカじゃないわ——ましてや頼れる真鍮パラソルもないときに。アレクシアは言い返したい気持ちをぐっとこらえ、別のところを攻撃した。「いま、〝わあったか〟と言った？」思わず笑みを浮かべた。

マコン卿は自分のなまりに気づいて顔を赤らめ、スコットランドについて何やら小声で毒づいた。

「言ったわね！　ええ、よくわあったわ！」アレクシアはこらえきれずに、ますます笑みを広げた。マコン卿のスコットランドなまりを聞くのはおもしろい。いまのところ、彼が舌ですることのなかで二番目に好きだ。アレクシアが肘をついてマコン卿の頰にそっとキスすると、マコン卿は唇に熱いキスを返した。

アレクシアが顔を離したとき、またしても二人は息を弾ませていた。

「もうやめなきゃ。危険な状況を忘れたの？　破滅と悲劇が起こりつつあるのよ？　あの扉の向こうではひどいことが行なわれてるの」アレクシアはマコン卿の背後を指さした。「いつ邪悪な科学者たちがやってくるかわからないわ」

「だからこそ今しかない」マコン卿は顔を近づけ、下半身を押しつけた。

アレクシアは、ふたたびキスしようとするマコン卿を両手で押し返しながら運命を呪った。やっと裸の胸に触れるチャンスが来たのに、ゆっくり堪能できないなんて。

マコン卿がアレクシアの耳たぶを嚙んだ。「婚礼の夜の予行演習と思えばいい」

アレクシアは自分でも何に腹が立ったのかわからなかった。婚礼の夜が来るとマコン卿が勝手に思いこんでいること？　それとも殺風景な部屋の硬い床の上で婚礼の夜を迎える気でいること？　とにかくアレクシアはかちんと来て、力まかせにマコン卿を押し返した。

「冗談はやめて、マコン卿！」

「なんだ、また他人行儀に戻るのか？」

「あたくしたちが結婚するなんて、まだ思ってるの？」

マコン卿は褐色の目を丸くし、自分の裸体を大げさに指さした。「いいか、ミス・タラボッティ、いくらわたしでも、きみのような才気あふれる女性と近い将来、結婚する気もなくこんなことはしない。たしかにわたしは人狼でスコットランド出身だ。このふたつについて何を読んだか知らないが、スコットランドの人狼は卑劣漢じゃない！」

「無理じいしたくないの」

マコン卿は背中を丸めて抵抗するアレクシアに手を添え、上体を起こした。狼に戻らないよう触れてはいるが、いまや二人の身体の大部分が離れた。

室内の薄暗さにすっかり慣れたアレクシアの目に、マコン卿の正面がはっきり見えた。父の本の図は実物よりはるかに控えめだ。

「本気できみのバカげた認識について話し合わなければならないようだな」マコン卿はため息をついた。

「どういう意味？」アレクシアはマコン卿を横目で見ながらつぶやいた。

「きみがわたしと結婚しない理由についてだ」

「いま、ここで話すべきこと？　それに、どうしてバカげてるの？」

「少なくともここなら二人きりだ」マコン卿が肩をすくめると、胸とお腹の筋肉が大きく波打った。

「あの……その……」アレクシアは言葉に詰まった。「家に戻って……その……服を着てからでもいいんじゃない？」

マコン卿はここぞとばかりに強気に出た。「きみの家族が二人きりで話をさせてくれると思うか？　少なくともウールジー団は無理だ。わたしがきみのかおりをぷんぷんさせて戻ったときから、団はきみが現われるのをいまかいまかと待っている。もちろん、噂を流したのはライオールだ」

「ライオール教授が?」アレクシアはマコン卿の身体から視線をはずし、顔を見上げた。

「教会の庭掃除のおしゃべりばあさんのようにな」

「ライオール教授はみんなになんと言ったの?」

「〝もうすぐウールジー団にアルファ雌が来る〟と。いいか、わたしはあきらめない」ぞっとするような静かな声だ。

「でも、それを決めるのはあたくしでしょう? それが人狼団の掟じゃないの?」アレクシアは困惑した。

「ある時点まではそうだ」マコン卿は狼そのものの笑みを浮かべた。「ここは簡単に〝きみはすでに態度を示した〟と言っておこう」

「あたくしのこと、手に負えない女だと思ってたんじゃないの?」

マコン卿はうれしそうにニヤリと笑った。「それは間違いない」

アレクシアはどきっとして、思わずマコン卿に身体をぶつけ、こすり上げたくなった。だって相手は裸で、しかも例のかすかに口の片方を上げた笑みを浮かべているんだもの。ああ、どうしたらいいの?

「あたくしは威張りすぎじゃないの?」

「きみには好きなだけ威張れる人狼団をひとつ提供しよう。厳しくしつけてくれ。わたしはそんな言葉でだまされるもんですか。「あたくしの家族には我慢できないんじゃないの?」

「きみの家族と結婚するわけじゃない」マコン卿はアレクシアの意志が揺らぎはじめたのを感じ、じりじりと近づいた。

アレクシアはマコン卿の接近にとまどった。近づくにつれて目をおおいたくなる部分はぼやけるけど、顔には今にもキスしそうな表情が浮かんでいる。いったい、どうしてこんなまずい状況になったのかしら?

「でも、あたくしは背が高くて、色黒で、大鼻で、ほかもいろいろ大きすぎて……」アレクシアは投げやりに腰と胸を指さした。

「ふむ。たしかにきみの言うとおりだ」おもしろい。これだけ羅列しながら、いちばん気がかりなこと——おれの年齢(超高齢)と自分の素性(反異界族)——についてはひとことも触れないとは。だが、これ以上、求婚を拒む材料を提供するつもりはない。そんな心配はあとまわしだ。できれば結婚したあとに。とにかく——マコン卿はひそかに顔をしかめた——この苦境を乗り切り、祭壇の前に立つのが先だ。

アレクシアは、急にそのすばらしさに気づいたかのように自分の片手を見つめ、ずっと悩んでいたことを口にした。「何より、あなたはあたくしを愛してないわ」

「ほう?」マコン卿はうれしそうだ。「誰がそう言った? きみは一度もたずねなかった。

わたしの意見などきく気がないとでもいうように」

「それは……」アレクシアは言葉に詰まった。「たしかに、たずねたことはないけど……」

「それで？」マコン卿が片眉を上げた。

アレクシアは白い歯でふっくらした唇を噛み、それから震えるまつげを上げ、近すぎるほど近いマコン卿の顔を不安そうに見上げた。

まさにそのとき、運命のいたずらとばかりに部屋の扉が開いた。

戸口に黒い人影が立ち、ゆっくりと、まぎれもない賞賛の拍手を送っていた。

13　突き当たりの部屋

マコン卿は、人狼になる前の俊敏さを彷彿とさせる稲妻のような速さでくるりとアレクシアの位置を変えると、扉に背を向け、アレクシアの前に盾のようにはだかった。同時に床から鏡の破片をつかみ、侵入者から見えないよう身体の前にかかげた。

「これはこれは、ミス・タラボッティ」と、シーモンズ。「お見事だ。まさか満月の夜に人狼のアルファが人間の姿でいるところを見るとは思わなかった」

アレクシアは座りなおし、すばやくドレスの胴着を肩に引っぱり上げた。背中のボタンが全部はずれている。アレクシアはマコン卿をにらんだが、見返す目に悪びれた様子はまったくない。

「どうも、ミスター・シーモンズ」アレクシアはそっけなく答えた。

シーモンズの背後には、少なくとも六人の異なる体格の男たち――大半が大男――が立っていた。アレクシアの反異界族の力がこけおどしだった場合に備え、万全を期したらしい。

だが、室内に狼の姿はない。シーモンズはマコン卿の背中を冷静に見つめた。

「肉体と同時に脳みそも人間に戻ったのか？　それとも中身は狼のままか？」

マコン卿は怒りに目を細め、鏡の破片を握りなおした。背を向けているので、手下がたくさんいるとは知らない。アレクシアがかすかに首を横に振って合図すると、マコン卿は小さくうなずいた。

シーモンズが近づいた。座りこむ二人に身をかがめてマコン卿の頭をつかみ、上向かせて顔をのぞきこむと、マコン卿は狼さながら敵意もあらわに大きくうなり、いきなり歯を剝いた。シーモンズはあわててあとずさった。

「いやはや、実にすばらしい」シーモンズはアレクシアに目をやった。「これからきみの能力を詳しく調べたい。そしていくつか試験を……」そこで言いよどみ、「これでもきみは、われわれの大義に――正義と安全のための研究に協力しないつもりか？　たったいまきみは人狼の真の恐ろしさを身をもって知った。やつらがいかに危険な生き物かがわかったはずだ！　やつらは人類にとっての疫病だ。われわれの研究は、この脅威に対する帝国規模の予防と防衛のさきがけとなる。きみの能力があれば、新たな無力化作戦が可能になるかもしれん。きみの存在は実に貴重だ。難しいことはない。折りに触れてきみの身体を調べさせてもらうだけだ」

アレクシアは言葉を失った。シーモンズのもっともらしい話しかたには吐き気と寒気がする。あたしはいま、この誘拐犯で拷問者のシーモンズが〝いまわしき者〟と見なす人狼にぴったりくっついて座っている。そして、この人を愛している――アレクシアは淡々と確信した。

「親切なお申し出には感謝しますわ、でも――」

「協力はありがたいが」すかさずシーモンズがさえぎった。「無理にとは言わんよ、ミス・タラボッティ。きみが協力しようとしまいと、われわれはやるべきことをやるだけだ」

「ではあたくしはあなたがたの大義ではなく、自分の良心にしたがって行動します」きっぱりとした口調だ。「あなたのあたくしに対する認識は、彼に対する認識と同じように根本的にゆがんでるようね」アレクシアはマコン卿にあごをしゃくった。マコン卿は〝黙れ〟とばかりににらんだが、アレクシアの舌は止まらなかった――まるでバネじかけのように。「あなたがたの極悪非道な実験に参加するつもりは毛頭ないわ」

シーモンズは精神異常者のようなこわばった笑みを小さく浮かべ、振り向いてラテン語で何か叫んだ。

つかのま沈黙がおりた。

やがて、戸口に集まる科学者と用心棒のざわめきを押しのけ、自動人形が現われた。

マコン卿はアレクシアの顔に浮かんだ嫌悪の表情に気づいたが、振り向いて確かめようとはしなかった。かたくなにシーモンズと用心棒軍団から顔を背け、裸の背中を戸口に向けたまま、アレクシアとシーモンズの言葉の応酬に身をこわばらせている。

アレクシアはマコン卿と触れ合うすべての個所から震えんばかりの怒りを感じた。剝き出しの皮膚の下で筋肉が緊張している。マコン卿は文字どおり震えていた。革ひもを引く犬のように。

アレクシアが息をのんだ。

次の瞬間、マコン卿はなめらかに振り向きながら鏡の破片で切りかかった。シーモンズはアレクシアの顔をよぎった不安に気づき、さっと身をかわした。

同時に自動人形が突進し、脇からアレクシアに飛びかかった。

マコン卿は不意を突かれた。しかもアレクシアからは離れられない。そのため、攻撃の矛先を自動人形に切り替えるのが一瞬、遅れた。

マコン卿より自由がきくアレクシアは、いまわしき自動人形が近づくや悲鳴を上げ、なぐりかかった。不気味な人間もどきにさわられるくらいなら、死んだほうがましだ。

だが、自動人形はアレクシアの抵抗をものともせず、爪のない冷たい手でアレクシアの腕の下をつかみ、身体ごと抱え上げた。自動人形は恐ろしく強かった。脚をばたつかせ、ブーツのかかとで思いきり蹴りつけてもびくともせず、脚を蹴り出してバンシーのように叫ぶアレクシアをロウ製の肩に軽々とかつぎ上げた。

マコン卿が振り向き、アレクシアが逆さにかつがれたとたん、二人の接触が断たれた。もつれた髪のすきまからマコン卿の動転した表情と、何か鋭いものがひらめくのが見えた。よく見ると、自動人形の腰の下——ちょうどアレクシアの頭がぶらさがる下あたり——に鏡の破片が突き刺さっている。マコン卿が理性を失う一瞬前に投げたらしい。

「狼に戻りはじめたぞ！」シーモンズが叫び、あわてて部屋から逃げ出すと、自動人形がもがくアレクシアを抱えてあとに続いた。

「やつを殺せ！　急げ！」シーモンズが命じると、戸口で待機していた男たちが部屋になだれこんだ。

お気の毒さま――アレクシアは思った。彼らは変身がどれほどすばやく起こるかを知らない。人狼を人間に戻すのには一時間かかると言っておいたから、戻るにも同じくらい時間がかかると思っているはずだ。どうか、これがマコン卿の有利に働きますように。でも、手放しでは喜べない。獣の本能が完全に戻れば、ここにいる全員が――アレクシアさえ――危険にさらされる。

廊下を急ぎ足で運ばれる途中、不気味なうなりと、何かがぐしゃっとつぶれる音と、おびえた悲鳴が聞こえた。血も凍るような悲鳴にアレクシアはバンシー叫びをやめ、自動人形から逃れることだけを考えた。捕らえられた動物さながら、のたうち、もがいたが、アレクシアの腰をつかむ自動人形の手は鉄のようにびくともしない。この化け物が何でできているかは知らないが、この握力からすると本当に鉄製かもしれない。

ホムンクルス・シミュラクラムの骨格が何にせよ、表面は肉らしき物質でおおわれている。エネルギーの無駄だとさとったアレクシアはもがくのをやめ、自動人形の背中に突き刺さった鏡の破片を見つめた。傷口からどろりとした黒い液体が少しずつ漏れている。背筋がぞっとした。マコン卿の言ったとおり、自動人形には血が流れている。古くて黒い、汚れた血。この血もすべて科学者たちが造ったものなの？　どうしてマコン卿は狼に戻る寸前に自動人形を傷つけようとしたのかしら？　わかった――跡をつけるために血痕を残そうと思ったのね。でも、これでは無理だ。出血は血痕を残すほど多くない。

とっさにアレクシアは自動人形のじくじくした皮膚に刺さった鏡の破片に手を伸ばし、自分の柔らかい腕の内側をとがった先端で切りつけた。アレクシアの血――健康で鮮やかな赤い血がみるみる傷口からあふれてしたたり落ち、廊下の絨毯に理想的な血痕を残した。マコン卿には、この血もシナモンとバニラのにおいがするのかしら？

アレクシアの傷には誰も気づかない。自動人形は主人のあとに続き、クラブの応接間を通りぬけて機械室に向かった。見学ツアーで訪れた部屋の前を過ぎ、さらに立ち入り禁止区域に近づいてゆく。恐ろしい悲鳴が聞こえた場所だ。

自動人形は廊下の突き当たりの部屋の前で止まった。アレクシアが自動人形の背中で身体をひねり、扉の脇の小さな紙を見ると、両脇にタコを彫りこんだフレームのなかに、黒く美しい飾り文字で〝**放血室**〟と書いてある。

かつがれているので、なかは見えない。やがてシーモンズが何かラテン語で指示すると、自動人形はアレクシアを肩から下ろした。アレクシアはすばしこくないガゼルよろしく飛びのいたが、自動人形は何ごともなかったかのように両腕をつかみ、背中にひねり上げて動きを封じた。

アレクシアはぞっとして身をこわばらせた。ここまで運ばれてきたのに、いまも触れられると寒気がする。

アレクシアはこみ上げる胃液をのみこみ、気を静めようと深呼吸した。ようやく少し落ち着き、顔から髪を振りはらってあたりを見まわすと……

部屋には、床に固定された形も大きさも同じ鉄製の寝台が六つ、ふたつ一組で三列に並んでいた。大柄の人間が寝られるほどの大きさで、さまざまな材料でできた拘束具がこれでもかとばかりについている。そのあいだを、灰色のフロックコートにギョロメガネという いでたちの二人の若い科学者がせわしなく動きまわり、握りしめた革とじの手帳に羊皮紙で巻いた黒鉛で観察結果を書きこんでいた。もう一人はシーモンズと同年代の男で、田舎くさいツイードスーツを着て、犯罪なみにだらしなくクラバットを巻いている。こちらもギョロメガネをかけているが、アレクシアがこれまで見たものより大きく、造りも複雑だ。アレクシアたちが部屋に現われると、三人は作業の手を止め、ギョロメガネで不気味に拡大した目を向けてから、ふたたび一対の寝台のあいだを動きはじめた。寝台には二人の男がじっと横たわっていた。一人はロープで縛りつけられ、もう一人は……。

思わずアレクシアは恐怖と苦痛の声を上げた。血痕のついた紫紺色の高級ビロード地のジャケット。あちこち破れた灰白色と藤紫色の格子柄のベスト。同じようにロープで縛りつけられているが、こちらはさらに両手両足に固定式の木の杭をうがたれ、はりつけにされていた。動かないのは痛みのせい？　それとも、もう二度と動かないの？

アレクシアは発作的に駆け寄ろうとして、自動人形に阻止された。でも今度ばかりはそのほうがよかったのかもしれない。これほど衰弱したアケルダマ卿に反異界族が触れたら、人間に戻ったとたん、死んでしまうだろう。いま彼を生かしているのは異界族の力だけだ——

まだ生きているとしたら。

アレクシアはシーモンズに振り向き、科学者きどりの悪党たちにふさわしい言葉を探した。

「この……人でなし！　彼に何をしたの？」

アケルダマ卿は縛られ、杭をうがたれたうえに恐ろしげな機械につながれていた。美しいジャケットとその下のシルクシャツの片袖が切り取られ、上腕の下から細長い金属チューブが伸びている。チューブは蒸気駆動の装置につながり、そこからまた別のチューブが伸びて隣に横たわる男につながっていた。隣の男は異界族ではないようだ。肌は褐色で、頬はバラ色。だが、こちらも死んだように動かない。

「どこまで進んだ、セシル？」シーモンズはアレクシアを無視し、灰色コートの一人にたずねた。

「もうすぐ終わります。年齢に関する考察は正しかったようで、前回の実験よりはるかにうまくいきそうです」

「通電の予定は？」シーモンズが頬ひげを掻いた。

セシルと呼ばれた男はギョロメガネの脇をいじって焦点を合わせ、手元のメモを見た。

「もうじきです……おそらく一時間以内には」

シーモンズは両手をうれしそうにこすり合わせた。「すばらしい、まことにすばらしい。ニーブス博士の邪魔をしてはいかんな。とても集中しているようだ。彼は仕事熱心だからな」

「いま、ショック強度を弱められないかをためしているところです。弱められれば、ニーブス博士のおっしゃるように、受血者の存命時間を延長できるかもしれません」もう一人の若手科学者が機械の脇についた大きなレバーをいじりながらシーモンズを見上げた。

「すばらしい発想だ。その方法は実に興味ぶかい。さあ、わたしのことはかまわず続けてくれ。新しい被験者を連れてきただけだ」シーモンズはアレクシアを指さした。

「わかりました。では、続けます」セシルという若い科学者はアレクシアには目もくれず、作業を再開した。

アレクシアはシーモンズを正面から見つめた。「ようやくわかってきたわ」低く、すごみのある声だ。「本当の怪物が誰なのか。あなたのやってることは、吸血鬼や人狼には考えもつかない邪悪な行為よ。あなたは創造を冒とくしているわ。こんなものや」アレクシアは自分をつかんでいる自動人形に親指を突きつけ、「あんなものを使って」アケルダマ卿の体内にヒルのように吸いつく金属チューブのついた機械を指さした。恐ろしげな装置は、これまで見たどんな吸血鬼より貪欲にアケルダマ卿の血を吸い上げている。「いまわしき者は、ミスター・シーモンズ、あなたよ」

シーモンズが近づき、アレクシアの頰を叩いた。パンという鋭い音にニーブス博士が目を上げたが、すぐに三人とも無言で作業に戻った。

たじろいだ拍子に冷たい不動の自動人形にぶつかり、アレクシアはびくっと身を引いた。怒りで涙がこみ上げた。涙を振り払って顔を上げると、シーモンズがまたもや狂人めいた笑

した。

「言葉を慎みたまえ、ミス・タラボッティ」そう言うと、シーモンズはラテン語で命令を出した。

自動人形がアレクシアを抱え上げ、一組の寝台の片方に載せて押さえつけると、若い科学者の一人が作業の手を止めて近づき、アレクシアを縛りはじめた。シーモンズも足首と手首をロープで縛るのに手を貸した――手足の先がうっ血しそうなほどきつく。寝台には銀めっきした鉄とおぼしき硬くて頑丈そうな拘束具と不気味な木の杭がついているが、さすがのシーモンズもそこまでする必要はないと思ったようだ。

「新しい受血者を連れてこい」アレクシアを縛り終えたシーモンズが命じると、灰色コートの一人がうなずき、革の手帳を小さな棚に置いてギョロメガネをはずし、部屋を出ていった。

自動人形は物言わぬロウ製の衛兵よろしく閉じた扉の前に立ちはだかった。

首を左にひねると、アケルダマ卿が見えた。寝台の上で身じろぎもせずに横たわっている。作業を終えたニーブス博士が、全身チューブだらけの男を別の装置につなぎはじめた。歯車でできた小型エンジンのような装置で、中心部がガラス瓶のような空洞になっており、両端に金属板がはまっている。

もう一人の灰色コートが近づき、装置のクランクを力いっぱい動かしはじめた。

やがてパチパチとはじけるような音がして、目もくらむような白い震える光線がアケルダマ卿の腕につながれたチューブのなかを駆けのぼり、体内に入った。そのとたん、アケルダマ卿はびくっと身体を引きつらせ、木の杭で貫かれた両手両足を反射的に動かしてカッと目を開き、耳をつんざくような痛みの声を上げた。

若い科学者は片手でクランクを動かしながら、反対の手で小型レバーを押した。光線は進行方向を変えて放血機を通り、アケルダマ卿の隣の台に昏睡状態で横たわる人間につながるチューブを駆け上った。

男もパッと目を開け、同じように身をひきつらせて悲鳴を上げた。科学者がクランクを止めると、電流――おそらくそうに違いない――が消えた。目を閉じ、無言で横たわるアケルダマ卿が、ひとまわり小さく縮み、ひどく年老いたように見えた。だが、シーモンズとニーブス博士と若い科学者はアケルダマ卿には目もくれず、隣の男に駆け寄った。ニーブス博士は男の脈をとって閉じたまぶたを押し上げ、ギョロメガネごしに瞳孔を調べた。男はまったく動かない。

やがて男はかんしゃくを起こしたあとの子どものようにめそめそ泣きはじめた。涙は出ず、ただ乾いた声で小さくしゃくりあげるだけだ。全身の筋肉が硬直し、骨はこわばり、目は今にも飛び出しそうだ。三人の科学者はあとずさりながらも、じっと見つめている。

「ついにやった」シーモンズが満足そうな声を上げた。

「うん、うん」ニーブス博士はうなずき、手を叩いてからこすり合わせた。「完璧だ！」

灰色コートの科学者は革の手帳に何やらせっせと書きこんでいる。

「前回よりはるかに速く、効率的だったぞ、ニーブス博士。すばらしい進歩だ。これで最高の論文が書ける」シーモンズはニヤリと笑って唇をなめた。

ニーブス博士が誇らしげにほほえんだ。「恐縮です、ミスター・シーモンズ。しかし、電流の強度に関しては改善の余地があります。魂の交換を行なうには、もっと正確な数値が必要です」

シーモンズはアケルダマ卿に目をやった。「ほかに採取するものはないか？」

「これほど高齢の被験者だとなんとも言えませんが」ニーブス博士は言葉をにごした。「おそらく——」

そのとき扉をドンドンと叩く音がした。

「わたしです！」

「開《エクスポジトウス》けろ」

シーモンズの命令に自動人形がぎこちなく振り向き、扉を開けた。

さっきの若い科学者が、長い麻布できつく巻かれた古代エジプトのミイラのような人体を肩に抱えて現われた。後ろで人体の足を抱えるのは……マクドゥーガルだ。

縛られて寝台に横たわるアレクシアを見たとたん、マクドゥーガルは担ぎものを落として駆け寄った。

「こんばんは、ミスター・マクドゥーガル」アレクシアは淡々と挨拶した。「ここにいるあなたのご友人たちには感心できませんわ。この人たちの行動は」——効果的に言葉を切り——

——「不道徳よ」

「ああ、ミス・タラボッティ、申しわけありません」マクドゥーガルは握りこぶしをこすり合わせ、そわそわと不安そうに寝台のまわりを動きまわった。「出会ったときにあなたが何者かを知ってさえいたら、こんなことにはならなかったのに……。そうと知っていれば、もっと慎重に、もっと……」マクドゥーガルはぽっちゃりした両手で口をおおい、思い詰めた表情で頭を振った。

アレクシアは無理に小さく笑みを浮かべた。気の毒に——こんなに気が弱くちゃ身がもたないわね。

「さあ、ミスター・マクドゥーガル」シーモンズが会話をさえぎった。「状況はわかっただろう？　この若き貴婦人は協力を拒んでいる。となればやむをえない。観察はかまわんが、立場をわきまえ、決して実験の邪魔はしないでもらいたい」

「しかし、ミスター・シーモンズ、いきなり能力を調べるというのはあんまりです。まず記録を取り、仮説を立て、もっと科学的に進めるべきじゃありませんか？　反異界族については、ほとんどわかっていません。慎重さが必要です。おっしゃるように彼女が特異な存在だとしたら、なおのこと危険な実験など行なうべきではありません」

シーモンズは傲然と片手を上げた。「予備的交換実験を行なうだけだ。吸血鬼は反異界族を〈魂なき者〉と呼ぶ。われわれの予測が正しければ、彼女の蘇生に電気ショックは必要ない。なにせ魂がないのだからね」

「でも、もしぼくの仮説が正しかったら？」マクドゥーガルはいよいよ不安を募らせた。手は震え、眉には汗が浮かんでいる。

「彼女のためにも、そうでないことを祈ろう」シーモンズは悪意に満ちた笑みを浮かべ、振り向いて同胞に指示を出した。「放血の準備を。この女性の本当の能力を分析したい。ニーブス博士、そっちの被験者はすんだか？」

ニーブス博士がうなずいた。「あと少しです。セシル、観察を続けて。牙の隆起が見られたら、すぐに知らせてくれ」ニーブス博士はあちこちいじりながら、ふたつの装置の連結をはずし、アケルダマ卿と隣の被験者の腕から乱暴にチューブを引き抜いた。アケルダマ卿の皮膚に開いた穴がふさがらないのを見て、アレクシアは不安になった。

だが、それ以上、アケルダマ卿を心配する時間はなかった。科学者たちがアレクシアに装置を向けはじめたからだ。ニーブス博士はよく切れそうなナイフをアレクシアの腕に近づけると、ドレスの袖を切り裂き、指先で肘の内側を押して血管を探した。そのあいだじゅうマクドゥーガルは意味不明な苦悩の言葉をつぶやいていたが、アレクシアを助けようとはしない。それどころかおびえてあとずさり、見るのが怖いとでもいうように顔をそむけている。

アレクシアはロープの下でむなしくもがいた。

ニーブス博士がギョロメガネの焦点を合わせ、ナイフを腕に当てた。

そのとき、すさまじい衝突音が部屋じゅうに響きわたった。

巨大で重量のある怒り狂った何かが扉の外側から激しくぶつかっている。扉の前に立つ自動人形が振動するほどの衝撃だ。

「なんだ？」ニーブス博士がアレクシアの腕に置いたナイフを持つ手を止めた。

ふたたび扉が鳴り響いた。

「大丈夫だ、壊れはしない」シーモンズが断言した。

だが、三度目の衝撃で扉はめりめりと裂けはじめた。

ニーブス博士はアレクシアの腕に構えていたナイフをかかげ、防御の姿勢を取った。若手科学者の一人が悲鳴を上げ、もう一人は部屋に散らばる実験道具のなかに武器になるものはないかと走りまわっている。

「落ち着け、セシル！」シーモンズが叫んだ。「扉は壊れない！」自分に言い聞かせるような口調だ。

「ミスター・マクドゥーガル」アレクシアが喧噪にまぎれてささやいた。「あたくしをほどいてくださらない？」

マクドゥーガルは震え、言葉の意味が理解できないとでもいうように呆然とアレクシアを見つめた。

扉がバリッと音を立てて内側にたわみ、裂けた木片のあいだから巨大な狼が見えた。顔まわりの毛はもつれて血で固まり、長くて鋭い白い牙からはピンク色の唾液がしたたっている。全身の毛は黒と金と茶のまだら色。アレクシアを見る目はたぎるような黄色で、人間らしい光はまったくない。

マコン卿の体重は、ゆうに九十キロはあり、その大半は筋肉だ。生身の身体に触れたアレクシアが言うのだから間違いない。つまり、非常に大型で非常に強い狼ということだ。しかも今は満月の狂気に駆り立てられ、怒り、飢えている。

人狼は牙と鉤爪を振りまわして放血室に飛びこみ、手当たりしだい、あらゆるものを——科学者も含め——無造作に引き裂きはじめた。またたくまに部屋は悲鳴と血と狂乱の舞台となった。

アレクシアは恐怖に震えながらも首をひねり、再度マクドゥーガルに呼びかけた。「ミスター・マクドゥーガル、お願いだからロープをほどいてちょうだい。あたくしなら彼を止められるわ」だが、マクドゥーガルは恐怖に震えて部屋の隅に縮こまり、荒れ狂う狼を見つめるだけだ。

「まったく、もう!」アレクシアはしびれを切らした。「さっさとほどきなさい、この唐変木《とうへんぼく》!」

お願いはダメでも、命令は伝わったらしい。アレクシアの罵声で金縛りから覚めたマクドゥーガルは、あやつられるようにぎこちなく結び目をいじり、ようやく手首のロープをはずした。アレクシアは身をかがめて自分で足首のロープをはずし、寝台の端から脚をぶらつかせた。

殺戮の音をかき消すようにラテン語が響きわたり、自動人形がなめらかに動いた。

脚に血が戻るのを待ってアレクシアが立ち上がると、自動人形と人狼が戸口で取っ組み合っていた。床にはニーブス博士と二人の科学者の残骸が散らばり、小さな血だまりのなかでギョロメガネの部品と内臓が泳いでいる。

吐いちゃダメ、気絶しちゃダメ——アレクシアは自分に言い聞かせた。だが、殺戮のにおいは耐えがたい。生肉と、銅が溶けたようなにおいだ。

自動人形と人狼が組み合う横で、無傷のシーモンズがアレクシアに気づいた。

シーモンズはニーブス博士の長くて鋭い外科用メスを拾い上げると、太った体型に似合わぬすばやさで近づき、アレクシアが反応するまもなく首にナイフを押し当てた。

「動くな、ミス・タラボッティ。おまえもだ、ミスター・マクドゥーガル。そこを動くな」

人狼は巨大なあごで自動人形の喉元に嚙みつき、力まかせに食いちぎろうとした。だが、ちぎれなかった。自動人形の骨格は人狼のあごもかなわないほど硬い物質でできている。頭はつながったままだ。ぐらついてはいるが、まだつながっている。人狼の鼻づらのすぐ上で、自動人形の首の深い傷からどろりとした黒い血がしみだした。そのとたん、人狼はくしゃみをして自動人形を放した。

シーモンズはじりじりと扉に近づいた。戸口では二匹の怪物が死闘を演じている。シーモンズは喉にナイフを押し当てたまま、アレクシアを盾がわりに前に押し出した。人狼の背後に忍び寄り、脇をすり抜けるつもりらしい。

気配に気づいた人狼が巨大な頭をくるりとめぐらせ、唇を広げて威嚇のうなりを上げた。

シーモンズがのけぞった瞬間、ナイフがアレクシアの首の皮膚を薄く切り裂いた。アレクシアが悲鳴を上げた。

人狼はあたりのにおいをかぎ、ぎらつく黄色い目を細めた。いまや全神経をアレクシアとシーモンズに向けている。

自動人形が背後から人狼の喉をつかみ、締め上げた。

「ちくひょう、腹ぺこら！」そのとき、誰かの舌足らずの声がした。すっかり忘れ去られていたアケルダマ卿の輸血相手が台から立ち上がっていた。いまや立派な牙を持つ吸血鬼となった男は、ひとつの目的のために部屋を見まわしている。視線があちこち動いた。アケルダマ卿と人狼と自動人形には目もくれず、アレクシアとシーモンズをしばらく見つめたあと室内でもっとも無防備な獲物――マクドゥーガル――に目をつけた。

だが、〈なりたて〉の吸血鬼がアケルダマ卿を飛び越え、異界族特有の敏捷さとスピードで突進すると、部屋の隅で縮こまっていたマクドゥーガルが金切り声を上げた。

アレクシアは戸口に気を取られ、それからの出来事を見る時間はなかった。マクドゥーガルのさらなる悲鳴と、なぐり合う音が聞こえただけだ。

人狼は背後から襲いかかる自動人形を振り払おうとしたが、敵は毛むくじゃらの首をがっちりつかんでびくともしない。人狼が自動人形に気を取られた隙に、破られた扉の一部に空間ができ、ふたたびシーモンズがアレクシアを先に押しやりはじめた。

こんなときにパラソルがあれば……今夜だけで、なんど思ったことか。でも、なければしかたない。アレクシアはシーモンズのみぞおちに強烈なひじ鉄を食らわせ、ブーツのかかとでシーモンズの靴を踏みつけた。

シーモンズは痛みと驚きに悲鳴を上げ、アレクシアを放した。

アレクシアは勝利の叫びを上げて身をひるがえした。その声に、人狼はアレクシアとシーモンズに注意を戻した。

自分が逃げることしか頭にないシーモンズは、アレクシアをほっぽり出して部屋から廊下に飛び出すと、足がもつれんばかりの勢いで駆けだし、声をかぎりに仲間の科学者を呼んだ。

自動人形はまだら色の人狼の喉をつかんだまま、ますます手に力をこめた。

どうすればいいの？　自動人形と闘うには狼のままのほうがいい。でも、マコン卿は苦しげな息を吐きながら、首を絞める自動人形を無視してあたしに近づこうとしてる。でも、あたしに触れたら人間に戻って一巻の終わりだ。

「文字を消すんだ、いとしの**チューリップ**よ」かすれ声が聞こえた。

アレクシアは振り返った。青ざめ、激しい痛みのなかにあるアケルダマ卿が寝台から頭を上げ、うつろな目で血みどろの闘いを見つめていた。

アレクシアは安堵の声を漏らした。ああ、生きてたのね！　でも、どういう意味？

「文字を」アケルダマ卿が繰り返した。苦痛のせいで声が割れている。「ホムンクルス・シミュラクラムの額にある文字を消すのだ」それだけ言うと、精根つきはてたように頭を落とした。

アレクシアは横に動いて身構え、怖気をふるいつつ手を伸ばし、自動人形の額をこすった。全部は消せなかったが、最後のＩが消え、ＶＩＸＩがＶＩＸになった。

だが、それで充分だったらしい。自動人形は身をこわばらせ、人狼が身を振りほどけるほど手の力をゆるめた。動いてはいるが、見るからにぎこちない。

人狼が黄色い狂気をアレクシアに向けた。

アレクシアは飛びかかろうとする人狼につかつかと歩み寄り、毛深い首に両手を巻きつけた。

二度目の変身はそれほど恐ろしくはなかった。感触に慣れたせいかもしれない。触れた場所から毛が後退し、骨と皮膚と肉が組み変わると、またもやアレクシアは裸のマコン卿を抱きしめていた。

マコン卿は咳きこみ、唾を吐いた。

「自動人形の味は最悪だ」そう言って手の甲で顔をぬぐい、赤いしみをあごと頰に塗り広げた。

科学者たちの味見までしたことは言わないほうがよさそうだ。アレクシアはマコン卿の顔をスカートでぬぐった。どうせドレスはぼろぼろだ。

マコン卿の茶色い目を見てアレクシアはほっとした。知性が戻り、狂暴と渇望の光はまったくない。

「ケガはないか?」マコン卿は大きな手を伸ばしてアレクシアの顔をなで、首の切り傷に気づいて手を止めた。

アレクシアに触れているにもかかわらず、マコン卿の目がかすかに残忍な黄色に戻った。

「あの野郎、殺してやる」低く、おだやかな口調が、かえって怒りを感じさせる。「鼻の穴から骨を一本ずつ引き抜いてくれるわ」

「それほど深い傷じゃないわ」アレクシアはもどかしげにたしなめると、マコン卿の手に顔を寄せ、震える息を吐いた。知らぬまにずっととめていたようだ。

怒りに震えるマコン卿の手がやさしくアレクシアの傷をたどりはじめた。あらわになった首もとの歯形をやさしくなで、肩をすべり、腕の切り傷に触れたとたん、ふたたび毒づいた。

「ヴァイキング流に背中から皮をはぎ、心臓を食いちぎってやる」

「恐ろしいこと言わないで。それに、腕の傷は自分でつけたのよ」

「なんだと?!」

「跡をつけるのに血痕が必要だろうと思って」アレクシアはこともなげに肩をすくめた。

「バカなことを」いとおしげな口調だ。

「でも、役に立ったでしょ?」

マコン卿のタッチが強くなったかと思うと、たくましい裸体にアレクシアを引き寄せ、荒々しくキスした。ひどく官能的な、舌と歯が溶け合いそうな激しいキス。まるでキスをしなければ死んでしまうとでもいうような。ああ、なんてはしたない。足首を見られるより恥ずかしいわ。そう思いながらもアレクシアは狂おしげに唇を開き、マコン卿に身をあずけた。

「邪魔をするのは実に**心苦しい**が、恋人たちよ、わたしをほどいてはくれまいか?」抱き合う二人に小さな声が呼びかけた。「それにきみたちの仕事は、まだ終わっていない」

マコン卿は顔を上げ、悪夢とエロティックな夢想から覚めたかのようにまばたきしてあたりを見まわした。

アレクシアは身体を離し、マコン卿の大きな手に片手をあずけた。たとえわずかでも触れ合っているだけで安心できる。もちろんマコン卿の人間の状態を保つためでもあるけど。アケルダマ卿の寝台とアレクシアが縛られていた寝台のあいだでは、なおもマクドゥーガルと人造吸血鬼が組み合っていた。

「あらまあ」アレクシアが驚きの声を上げた。「まだ生きてたの！」マクドゥーガルのことか、人造吸血鬼のことかは誰も——本人すら——わからなかった。闘いは互角だ。吸血鬼は自分の新しい力と能力を使いこなせず、かたやマクドゥーガルはやけくそとパニックがあいまって予想以上に健闘していた。

「さあ、マイ・ラブ」アレクシアはありったけの勇気を出してマコン卿に呼びかけた。「行きましょうか？」

マコン卿はすでに踏み出していた足を止め、じっとアレクシアを見下ろした。「いまのはわたしのことか？」

「なんのこと？」アレクシアはわざととぼけ、もつれ髪のあいだからマコン卿を見上げた。あっさり喜ばせるのはしゃくだ。

「いま〝マイ・ラブ〟と？」

「あなたは人狼でスコットランド出身で裸で血まみれだけど、あたくしはこ、い、こうして手を握ってるわ」

マコン卿は安堵のため息をついた。「よし。行こう」

二人はマクドゥーガルと吸血鬼に近づいた。二人の異界族を同時に変えられるかどうかわからないけど、ここはやるしかない。

「失礼」アレクシアは吸血鬼の肩をつかんだ。吸血鬼はぎょっとして新たな脅威に振り向いた。すでに牙は消えはじめている。

アレクシアは吸血鬼に向かってニッコリ笑い、マコン卿は吸血鬼が変な真似をしないよう、いたずらっ子をつまみ上げるように耳を引っぱった。

「さてさて、いくら〈なりたて〉でも嫌がる相手を選んではいかんな」マコン卿は人間に戻った吸血鬼の耳から手を放すと、下あごに強烈なパンチを浴びせた。熟練ボクサーなみの一撃に、あわれな吸血鬼はたちまち床に伸びた。

「いつまで伸びてるかしら？」アレクシアは気絶した吸血鬼を指さした。手を放したからには、いつ吸血鬼に戻っても不思議はない。

「二、三分だな」マコン卿は異界管理局《BUR》ふうの声で答えた。

マクドゥーガルは命の恩人に目をぱちくりさせた。さいわい、首の片側に並ぶ小さな穴からわずかに出血しているだけだ。

「すまんが、こいつを縛ってくれないか？　わたしはいま片手しか使えないんでね」マコン卿は寝台の上からロープを取ってマクドゥーガルに手渡した。

「あなたはどなたです？」マクドゥーガルはマコン卿を上から下まで見まわし、アレクシアとつないだ手を見つめた。それがいちばん気になるようだ。

「ミスター・マクドゥーガル、質問はあとよ」

アレクシアの言葉にマクドゥーガルはおとなしくうなずき、吸血鬼を縛りはじめた。

「マイ・ラブ」アレクシアはマコン卿を見た。今度はずいぶんスラッと言えたが、まだドキドキする。「アケルダマ卿の様子を見てくれない？　ひどく衰弱してるから、あたくしは触れないほうがいいわ」

マイ・ラブと呼んでくれるならなんでもしよう――マコン卿は喉まで出かかった言葉をのみこんだ。

二人は横たわるアケルダマ卿に近づいた。

「やあ、王女様」マコン卿が呼びかけた。「今度ばかりは危ないところだったな」

アケルダマ卿はマコン卿を眺めまわした。

「これは**かわいい**裸ん坊くん。その格好でよくそんな口がきけるものだ。もっとも、裸は大歓迎だがね」

アレクシアは首から上半身まで真っ赤になったマコン卿をほほえましく見つめた。

マコン卿は無言でアケルダマ卿のロープをほどき、両手両足をできるだけそっと木の杭からはずした。拘束を解かれても、アケルダマ卿はしばらく声もなく横たわっている。

アレクシアは不安になった。本来なら傷はひとりでに治るはずなのに、大きな穴は開いたままだ。血すら出てこない。

「**いとしの**お嬢ちゃん」疲れきった、しかし感謝の目でマコン卿を見ながら、ようやくアケルダマ卿が口を開いた。「祝宴を開かねばならんな。まさかわたしが人狼を好きになるとは夢にも思わなかった。**実に**すばらしい男性ではないか？」

「あたくしのお気に入りよ」アレクシアはいたずらっぽい視線を向けた。

「人間とは、なんと独占欲の強いものよ」アケルダマ卿は含み笑いを漏らし、力なく身をよじった。

「苦しそうだな」と、マコン卿。

「見てのとおりだ、〈まるだし卿〉」

アレクシアは〝触れちゃダメ〟と自分に言い聞かせながら、アケルダマ卿の傷口に顔を近づけた。いますぐ抱きしめ、背中をなでたい衝動に駆られたが、いま触れたら死んでしまうだろう。今でさえ死にそうなのに、人間に戻ったら確実だ。

「血を抜かれたのね」

「ああ。すべて彼の身体に入った」アケルダマ卿はマクドゥーガルの足もとに横たわる吸血鬼をあごで指した。

「わたしの血ではどうだ？」マコン卿がおずおずとたずねた。「使えるか？　もっとも、反異界族との接触によってわたしが完全に人間に戻っていれば……だが」

「おそらく、きみの血だけでは足りんだろう」アケルダマ卿は力なく首を振った。「使えたとしても、こんどはきみの命が危うくなる」

そのとき、アレクシアの手を握ったままマコン卿がのけぞった。爪のない二本の手がマコン卿の喉を締め上げている。

〝マコン卿を殺せ〟という最後の命令を遂行するべく、自動人形がゆっくり確実に部屋の奥から這い寄っていた。マコン卿は人間に戻っている。命令を実行する絶好のチャンスだ。

14　王室の介入

マコン卿はぐえっと苦しげにあえぎ、片手で不気味な生き物を振りはらおうとした。アレクシアは空いた手で自動人形《オートマトン》を叩いた。だが、そんなことで振りほどける相手ではない。狼に戻すしかないと、アレクシアがあとずさりながらマコン卿の手を放しかけたとき、アケルダマ卿が寝台からよろよろと立ち上がった。

アケルダマ卿はベストのポケットから奇跡的にしみひとつないハンカチを取り出すと、よろめきながら自動人形に近づき、額の文字をぬぐった。

そのとたん、怪物はマコン卿を放し、床にくずおれた。

それから起こったことは、実に驚くべきものだった。自動人形の皮膚が温かいハチミツのように細い筋となってゆっくりと溶けはじめ、どろりとした黒い血が黒い粒子物質と混じって流れ出し、皮膚だった物質と混じり合った。皮膚と血は機械じかけの骨格からずるずるすべり落ち、あとには、腐った血とロウと黒い微粒子のべたつく液だまりのなかに横たわる、みすぼらしい服を着た金属枠だけが残った。自動人形の内部は歯車とゼンマイじかけだったようだ。

自動人形の残骸に目を奪われていたアレクシアは、マコン卿の声でわれに返った。「おっと、あぶない」マコン卿はそう言って空いた手をアケルダマ卿のほうに伸ばした。

見ると、〝魔のハンカチ〟を使うのに最後の力を使い果たしたアケルダマ卿が、ぐらりとかしぎかけていた。マコン卿の手は一瞬、身体に触れたものの、落下の衝撃を和らげただけで、アケルダマ卿は紫紺色のビロードの小さな山となって床にくずおれた。

アレクシアは手を出したい気持ちを必死にこらえてかがみこんだ。紫紺色の小山は奇跡的に生きている。

「ど、どうして？」アレクシアは自動人形の残骸を見ながら、どもるように言った。「どうしてうまくいったの？」

「きみはIを消しただけだろう？」マコン卿がホムンクルス・シミュラクラムが溶けてできた液だまりを見つめて言った。

アレクシアはうなずいた。

「つまり、きみはVIXI──ラテン語で〝機能せよ〟──をVIX──〝かろうじて〟──に変えたんだ。だから自動人形の動きは鈍くなった。だが、完全に破壊するには、すべての文字と作動粒子を取り除き、エーテル磁気接続を遮断しなければならなかった」

「そんなことわかるわけないじゃない」アレクシアはむっとした。「自動人形に会ったのは初めてだったんだから」

「それにしては上出来だ、**真珠ちゃん**」うなだれて座りこむアケルダマ卿が目を閉じたまま讃辞を送った。なんとか〝大崩壊〟に抵抗しているが、崩壊は時間の問題だ。

背後の廊下から何かが派手に壊れる音と大勢の叫び声が聞こえた。

「ちきしょうめ、こんどは何ごとだ？」マコン卿がアレクシアの手を引いて立ち上がった。

一分の隙もなくめかしこんだ若者集団が、ぐるぐる巻きにされたシーモンズを抱えて部屋になだれこんだ。床に座りこむアケルダマ卿を見たとたん、若者たちは一斉に悲鳴を上げた。数人が駆け寄り、いかにも心配そうに——キスし、愛撫せんばかりに——アケルダマ卿を取りかこんだ。

「アケルダマ卿のドローンたちよ」アレクシアがマコン卿に説明した。

「こんなところで会うとはな」マコン卿が皮肉っぽく答えた。

「こんなにたくさん、どこから来たのかしら？」

見覚えのあるハンサム——彼に会ったのがつい二、三時間前なんて信じられない——が即座に緊急事態に気づき、仲間たちを押しのけた。青いシルクのイブニングジャケットを脱ぎ、シャツの袖をまくり上げ、弱りきったご主人様に腕を差し出すと、アケルダマ卿がゆっくり目を開けた。

「おお、わが有能なるビフィよ。決して一人で飲ませすぎてはならんぞ」

「わかっています、ご主人様」ビフィは顔を近づけ、小さな子どもにするようにアケルダマ卿の額にキスし、青ざめた唇にそっと自分の手首を押しつけた。

アケルダマ卿は安堵のため息とともに牙を沈めた。

賢明で力も強いビフィは給血の途中で手首を引き離し、別のドローンと任務を交代した。一夜の虐待のせいで、アケルダマ卿はドローン一人ぶんの血を吸い上げそうなほどカラカラに乾いていた。さいわいアケルダマ卿のドローンのなかに、最後まで一人でがんばるような愚か者はいない。二番目の提供者が次の提供者に代わり、四人目に代わったところで、ようやくアケルダマ卿の傷はふさがりはじめ、ぞっとするほど灰色だった肌がいつもの陶器のような白さに戻ってきた。

「さあ、説明しておくれ、おまえたち」ひとごこちついたアケルダマ卿が命じた。

「情報収集に出かけた上流階級のお祭り騒ぎで、早々に思わぬ特ダネを手に入れました」と、ビフィ。「早めに帰宅してご主人様がいないのに気づき、さっそく入手したばかりの情報をもとに捜索を開始しました。その情報こそ、スノッドグローブ公爵屋敷の隣に開業したばかりの科学クラブで怪しげな活動が行なわれ、夜どおし白い明かりがついているというものです。われわれの行動も的確でした」ビフィは歯を使ってサーモンピンクの刺繍いりハンカチを手首に巻きつけた。「もちろん、貴殿の能力を疑ったわけではありません、マコン卿」敬意あふれる口調だ。相手が素っ裸という状況を考えると嫌味に聞こえても不思議はないが、ビフィの口調に皮肉めいたところはまったくない。「それにしても、あの部屋型移送装置にはとまどいました。最後には謎が解けましたが。わが邸宅にも導入すべきです、ご主人様」

「考えてみよう」と、アケルダマ卿。

「お見事だったわ」アレクシアは伊達男たちをほめた。ほめるときにはほめるのがアレクシアの主義だ。

ビフィはシャツの袖を下ろし、広くたくましい肩にイブニングジャケットをはおった。なんと言ってもレディの前だ——それがどんなに髪の乱れたレディであっても。

「事件の後始末をしなければならん。誰か異界管理局《BUR》へ行って捜査官を二、三人、呼んできてくれ」マコン卿はあたりを見まわし、状況を確認した。科学者の死体が三つ。〈なりたて〉の吸血鬼が一人。縛りあげられたシーモンズ。うわごとのようにしゃべりつづけるマクドゥーガル。アレクシアの血を輸血されるはずだったミイラのような人体。そして自動人形の残骸……。部屋はまさに戦場だ。マコン卿は待ち受ける書類の山を想像して顔をしかめた。もっとも、三人の科学者についてはさほど問題はない。なにせマコン卿は主任サンドーナー——女王陛下と帝国を守るために正式に認可された殺し屋——なのだから。だが、自動人形に関しては、思いつくだけでも八種類の書類がある。おそらく思いつかないぶんが二、三はあるだろう。マコン卿はため息をついた。

「それから清掃班を至急、手配し、現場処理に当たるよう伝えてくれ。近くに地元のゴーストがいるかもしれん。そいつに隠し部屋を調べさせよう。まったく、人員配置だけでも頭が痛い」

アレクシアがいたわるように親指でマコン卿のこぶしをなでると、マコン卿は無意識にアレクシアの手を取り、手首の内側にキスした。

ビフィがドローンの一人に指示を出した。ドローンは待ってましたとばかりににっと笑うと、帽子をポンとかぶり、小股で部屋を出ていった。アレクシアはドローンの元気がうらやましかった。一晩ぶんの疲労が押し寄せてきたようだ。筋肉はこわばり、暴行の跡――足首のロープのすり傷、喉と腕の切り傷――がずきずきする。

「施設を完全に閉鎖するには〈宰相〉の承認が必要だ」マコン卿がビフィに言った。「アケルダマ卿のドローンのなかに、〈陰の議会〉に出入りできる階級の者はいるか？　それともわたしがやるしかないか？」

ビフィは抜け目ない、しかし礼儀正しい目でマコン卿を一瞥した。「その格好でですか？　たしかにあなたはどこへでも出入り自由かもしれませんが、〈宰相〉の前は無理でしょう」

つかのま裸であることを忘れていたマコン卿はビフィの言葉にため息をつき、アレクシアはにんまりした――つまりマコン卿は、私室では本当に真っ裸で歩きまわっているってことね。結婚生活がますます楽しみになってきたわ。もっとも、長い目で見れば目ざわりかもしれないけど。

ビフィは悪びれたふうもなく裸のマコン卿をからかった。「ぼくたちが知るかぎり、〈宰相〉にその趣味はありません。でも女王陛下おひとりのときなら、〈陰の議会〉にも出られるかもしれません」ビフィはもったいぶって言葉を切り、「なにせ陛下はスコットランド人がお好きのようですから」と意味ありげに眉毛を動かした。

「なんですって？」アレクシアは息をのんだ。今夜はいろいろあったが、これにはいちばん驚いた。「ミスター・ブラウン（ヴィクトリア女王に寵愛されたと言われるスコットランド出身の使用人ジョン・ブラウン）に関する噂は本当なの？」

ビフィはうなずいた。「すべて本当です。先日、聞いたところでは――」

「ビフィ？」

マコン卿がたしなめるようにさえぎると、ビフィは頭を振り、アケルダマ卿のそばで心配そうに何くれと世話を焼く男たちのなかの一人を指さした。小柄で淡い金髪。貴族らしい鼻。頭から足もとまでバターのような黄色の綾織りを着た男。「あそこにカナリアがいるでしょう？　あれは誰あろうトリズデール子爵です。おい、ティジー、ちょっと来てくれ。きみに用事だ」

黄色ずくめの伊達男が跳ねるようにやってきた。

「ご主人様の様子がよくないよ、ビフィ。ひどくつらそうだ」

「かわいい頭をそう悩ませるな」ビフィは安心させるように黄色い肩を軽く叩いた。「じきによくなる。ここにおられるマコン卿がきみに頼みがあるそうだ。時間はかからない。父上のバッキー・トリズデール公爵のところまでひとっぱしりして〈宰相〉を連れてきてくれ。政治的に顔の利く人物が必要だそうだ、わかるだろう？　あいにく〈将軍〉は使えない。なにしろ満月の夜だからな。さあ、急げ」

もういちどアケルダマ卿を心配そうに見てから、若い子爵は部屋を出ていった。

「トリズデール公爵は一人息子がドローンだと知ってるの？」

「いいえ」ビフィは慎重に唇を引き結んだ。

しら！

「まあ」アレクシアは言葉をのみこんだ。いったい今夜だけでいくつゴシップを仕入れたかしら！

別の伊達男が近づき、クラブの若い科学者が着ていた丈の長い灰色のフロックコートをマコン卿に差し出した。

「かたじけない」マコン卿はもごもご言いながら受け取り、コートをはおった。ズボンをはいていない巨体の人狼が着るとみっともなく短いが、少なくとも大事な部分は隠れる。

アレクシアは少しがっかりした。

ビフィも同じ気持ちだったらしく、コートを渡したドローンをなじった。「おい、ユースタス、なんのつもりだ？」

「そろそろ目の毒になってきたんで」ユースタスは悪びれずに答えた。

マコン卿は軽口を中断させるべく次々に指示を出し、ドローンたちはすべてをそつなくこなした。問題は、彼らが何かというとマコン卿をかがみこませようとすることだ。マコン卿は目を鋭く光らせた――〝おまえたちの魂胆はわかっているが、しかたない、付き合ってやろう〟とでもいうように。

数人のドローンがクラブ内をくまなく探し、科学者を見つけては飛びかかり、吸血鬼が監禁されていたまさにその部屋に閉じこめた。アケルダマ卿の若き取り巻きたちは、見た目は上等の果実のように繊細だが、みな紳士クラブ〈ホワイツ〉で暴れた経験があり、五、六人は筋肉をカムフラージュするような特別仕立ての服を着ている。監禁された人狼たちは、マコン卿の指示にしたがい、夜明けまでそのままにされた。必要以上にアレクシアの能力を試す必要はない。解放された吸血鬼には、そのまま残ってBURの調書に協力するよう頼んだ。数人は応じたものの、大半はすぐにでもそれぞれの縄張りに戻るか、もしくは吸血街で血の補給をしなければならない者ばかりだ。吸血鬼のなかには、ドローンによる捜索をまぬがれて胸をなで下ろしていた科学者を執拗に追いつめ、聞くも恐ろしいやりかたで息の根をとめた者もいた。

「やれやれ！」新たな報告にマコン卿は鼻を鳴らした。「またしても処理すべき書類が増えた。しかもライオールがいない夜に。まったくいまいましい」

「手伝うわよ」アレクシアが明るく言った。

「ほう？　きみはわたしの仕事の邪魔をするのが専門じゃなかったのか、手強い女性《ひと》よ？」

マコン卿のぼやきの対処法はすっかり心得ている。アレクシアはあたりを見まわした。みな自分の仕事に忙しく、こちらを見る者は誰もいない。アレクシアはマコン卿にすり寄り、首すじをそっと噛んだ。

マコン卿は小さく飛び上がり、灰色コートの前を片手でぱっと押さえた。すそが少し上がっている。

「やめてくれ！」

「これでも仕事はできるのよ」アレクシアはマコン卿の耳にささやいた。「大いに活用すべきだわ。それとも別のやりかたで邪魔されたいの？」

「わかった」マコン卿がうめいた。「では事務処理を手伝ってくれ」

「そんなにハードなの？」アレクシアは座りなおした。

マコン卿は眉を吊り上げて前を押さえていた手をのけ、アレクシアに首を嚙まれたせいで硬《ハード》くなった一部を見せた。

アレクシアは咳払いして言い変えた。「そんなに難《ハード》しいのかってことよ」

「書類の整理は、きみのほうがはるかにうまそうだ」マコン卿はしぶしぶ認めた。

「たしかにそのようね」アレクシアは前回、執務室を訪ねたときの恐るべき散らかりようを思い出した。

「きみとライオールはわたしをこき使うつもりのようだ」マコン卿は不機嫌そうにつぶやいた。

そのあとの処理は驚くべき速さで進んだ。アケルダマ卿が情報通なわけがようやくわかった。ドローンたちは驚くほど手際がよく、しかも必要な場面にすばやく現われる。もしかしたら、これまで道化か酔っぱらいにしか見えなかった若いしゃれ者のなかにも、有能なドローンがいたのかもしれない。

五人のBUR捜査官――吸血鬼が二人、人間が二人、ゴーストが一人――が到着したときには基本的な処理はすべて終わっていた。建物内はくまなく調べられ、吸血鬼に対する事情聴取は完了し、拘束者と人狼は解放され、誰かがマコン卿のためにぶかぶかの半ズボンまで見つけてきていた。ビフィにいたっては、サービス残業として、ニーブス博士の機械からぶらさがる金属コイルでアレクシアの髪をまとめ、パリの最新アップスタイルを再現したほどだ。

寝台に座るアケルダマ卿は誇らしげな父親の目でドローンたちの働きぶりを見つめた。「すてきな髪型だよ、**マイ・ディア**」と満足そうにビフィに声をかけ、アレクシアに向かって言った。「どうだね、**小さなマシュマロちゃん**、きみも腕のいいフランス人メイドを雇ってはどうだ？」

シーモンズは二人の捜査官によって監獄に送られた。アレクシアは自分がいないまにこっそりシーモンズを訪ねないよう、マコン卿にきつく言い聞かせた。

「あとは法にゆだねるべきよ。今後もBURで働いて、そのやりかたにしたがうつもりなら、都合のいいときだけでなく、つねにそうすべきだわ」

マコン卿はアレクシアの首もとを横切る血の線をじっと見つめ、食い下がった。

「ほんの短い時間でもダメか？　軽く手足をもぎとってやるだけだ」

「ダメよ」アレクシアはじろりとにらんだ。

BUR捜査官と、てきぱきした清掃班が忙しく立ちまわって記録を取り、マコン卿は書類に目を通し、署名した。BUR捜査官はマコン卿が人間の姿でいることにひどく驚いたが、あまりの仕事量の多さに、マコン卿が采配を振ってくれることをありがたく思いはじめた。

アレクシアも何か手伝おうとしたが、しだいに目が開かなくなり、気がつくとマコン卿の広い脇腹に寄りかかっていた。マコン卿は仕事場をクラブの前室に移し、二人で赤い長椅子に座った。誰かが紅茶を運んできた。アケルダマ卿は鋲のついた茶色い革張りの肘かけ椅子に座っている。やがて、はしたなくもアレクシアはマコン卿のたくましい太ももを枕に長椅子の上で丸くなり、静かに寝息を立てはじめた。

マコン卿は命令を出し、書類に署名しながら、片手でアレクシアの髪をなでた。〝せっかくの最新のスタイルが乱れてしまいます〟というビフィの抗議を物ともせず。

ミス・タラボッティは真鍮タコの夢を見ながら夜どおし眠りつづけた。吸血鬼の〈宰相〉が到着し、立ち去ったことも知らなかった。話し合いの合間にマコン卿が〈宰相〉の鈍感さにうんざりして漏らしたうなり声も、アレクシアには子守歌にしかならなかった。マコン卿が〈ヒポクラス・クラブ〉にある装置と研究資料の処分をめぐってシーデス博士と言い合うあいだも、アケルダマ卿と若者たちが去り、夜が明け、呪いから解放されて人間に戻った人狼団にマコン卿が事件の説明をするあいだも眠りつづけた。

マコン卿がそっとアレクシアをライオールの腕にあずけ、ライオールがアケルダマ卿のつねにそこにあるレースのハンカチでアレクシアの顔を隠し、報道陣が到着する前に運び出すあいだも起きなかった。

しかし、ルーントウィル家の屋敷に着いたときの母親の金切り声には、さすがに目を覚ました。ルーントウィル夫人は正面応接間で待っていた。そして怒っていた。

「一晩じゅうどこにいたの、アレクシア？」深い怒りをたたえた陰気な声だ。

フェリシティとイヴリンは寝間着に長いマントをはおって応接間の廊下に現われるや、驚きの表情を浮かべ、ライオールの姿に気づいたとたん、悲鳴を上げて部屋に駆け戻り、階下で起こりつつある大事件を見損ねてなるものかとあわてて服を整えた。

アレクシアは母親に向かって眠そうにまばたきした。「あの……」頭が働かない。ええと……アケルダマ卿の屋敷に出かけて、科学者たちに誘拐されて、人狼に襲われて、それから夜どおし裸の伯爵と手をつなぎ合って……。「その……」

「お嬢様はウールジー伯爵とご一緒でした」ライオールが、これですべては説明ずみとでもいうように、きっぱりと答えた。

ルーントウィル夫人はライオールの口調を完全に無視し、娘に向かって手を振り上げた。

「アレクシア！　なんてふしだらなことを！」

ライオールは腕に抱えた大事なあずかり物を母親の手から守るべくすばやく回転させ、じろりとにらみつけた。

ルーントウィル夫人は凶暴なプードルよろしく怒りをライオールに向けた。

「言っておきますけど、わが家に正式に結婚もしていない男性と外で一夜を過ごすような娘はいません！　たとえ相手が伯爵だろうとなかろうと。あなたがた人狼には、こうしたことに関して別のルールがあるようですけど、いまは十九世紀――こんな悪ふざけは許されませんわ。いますぐ夫にあなたのアルファを呼び出してもらいます！」

「望むところです」ライオールが片眉を吊り上げた。「しかし、決闘はお勧めできません。

わたくしが知るかぎり、これまでマコン卿に勝った者は一人もおりません」そう言ってアレクシアを見おろした。「ミス・タラボッティを除いて」

「下ろしてちょうだい、教授」アレクシアがライオールに笑いかけた。「すっかり目が覚めたわ。自分で立てます。それから、お母様ならお父様を決闘に送りこむくらいやりかねないわ。冷たくて容赦ない人だから」

ライオールは言われたとおりにアレクシアを下ろした。

だが、思った以上に全身が痛んで脚が言うことをきかず、アレクシアは大きくよろめいた。ライオールがとっさに出した手がまにあわず、アレクシアが倒れかけたとき、すかさず執事の鑑《かがみ》たるフルーテがアレクシアの腕をつかんだ。

「ありがとう、フルーテ」アレクシアはほっとして身をあずけた。

綿ドレスに着替えたフェリシティとイヴリンがふたたび現われ、追い払われる前にさっと長椅子に座った。

アレクシアは周囲を見まわし、一人足りないことに気づいた。「お父様は？」

「あなたが心配することじゃないわ。いったいどういうことなの？　いますぐ説明してちょうだい」ルーントウィル夫人が指を振り動かした。

そのとき玄関の扉を威圧的に叩く音がして、フルーテはアレクシアをライオールにあずけ、玄関に向かった。ライオールがアレクシアを肘かけ椅子に連れてゆくと、アレクシアはなつかしそうにほほえんで腰を下ろした。

「留守だと言ってちょうだい！」ルーントウィル夫人がフルーテの背中に呼びかけた。「誰がお見えであろうと！」

「わたくしでもですか、マダム？」

有無を言わせぬ、威厳のある声がして、英国女王がすべるように応接間に現われた。立派な身なりの小柄な初老の女性だ。

「ヴィクトリア女王陛下がミス・タラボッティに会いにお見えでございます」女王の後ろからフルーテがあわてふためいた声で告げた。何ごとにも動じないフルーテがこんな声を出すとは意外だ。

ルーントウィル夫人が卒倒した。

アレクシアは思った――この長い年月のあいだにお母様がやったことのなかで、もっとも良識ある行為だ。気つけ薬の瓶のコルクを抜いて近づこうとするフルーテにアレクシアはきっぱりと首を振り、立ち上がってお辞儀しようとしたが、女王は片手を上げて制した。

「挨拶はけっこうです、ミス・タラボッティ。大変な夜でしたね」

アレクシアは無言でうなずき、腰かけるよう、女王にていねいに身ぶりした。安っぽいが、いらくただらけの応接間がつくづく恥ずかしくなったが、女王は気にするふうもなく、アレクシアの隣のマホガニー製の椅子に近づき、気絶したルーントウィル夫人に背を向けて座った。

アレクシアは妹たちのほうを向いた。二人とも口を開け、陸に上がった魚のようにぱくぱくさせている。

「フェリシティ、イヴリン、席をはずしてちょうだい」アレクシアはそっけなく命じた。妹たちを部屋から追い立て、自分も出ていこうとしたライオールに女王が短く言った。

「あなたは残ってください、ライオール教授。あなたの専門知識が必要です」

フルーテは〝盗み聞きはさせません〟という表情で静かに退室したが、自分は聞き耳を立てるつもりに違いない。

女王はアレクシアをじっと見つめた。「想像していたのとはずいぶん違うわね」

アレクシアは〝陛下もですわ〟と言いそうになるのをこらえてたずねた。「何を想像しておられたのですか？」

「お嬢さん、あなたは大英帝国で唯一の反異界族です。余は何年も前にあなたのお父上の移住申請書を許可しました。あなたが生まれたことも知っています。以来、あなたの成長を見守ってきました。マコン卿との件がこじれそうだと知って、介入を考えたほどです。なかなか片がつかないようね。伯爵とは結婚するつもりでしょう？」

アレクシアは無言でうなずいた。

「けっこう。許可します」女王はまるで自分の手柄ででもあるかのようにうなずいた。

「許可しない者もおります」ライオールが口をはさむと、女王は文字どおり鼻を鳴らした。

「余が認めれば充分ではありませんか？　〈宰相〉と〈将軍〉は信頼できる助言役ですが、しょせんは助言役です。わが帝国には、異界族と反異界族の結婚を明確に禁じる公式記録もなければ前例もありません。吸血群の慣習はそのような結婚を禁じ、人狼の伝説はそのような交わりに批判的だと聞きました。しかし、そろそろ片をつけなければなりません。BURきっての捜査官を悩ませたくはないし、このレディには結婚してもらわなければならない理由があります」

「なぜですの？」アレクシアは首をかしげた。あたしの結婚が女王陛下となんの関係があるのかしら？

「ああ、そうでした。〈陰の議会〉のことはご存じね？」女王は固い椅子の上でかすかに肩の力を抜いた。女王に許される最大限のリラックスだ。

アレクシアはうなずいた。「吸血鬼の〈宰相〉と人狼の〈将軍〉が正式な相談役として参加する議会ですね。噂によれば、陛下の政治的成功は〈宰相〉の助言に、軍事的手腕は〈将軍〉の進言に負うものが大きいとか」

「アレクシア」ライオールが小声でたしなめた。

女王は気を悪くするどころか、率直な物言いをおもしろがった。つかのま〝余〟を使うのを忘れたほどだ。「敵は何かにつけあら探しをするものです。たしかに二人の相談役は貴重な存在です――意見が対立しないかぎり。問題はわたくしの即位以前から第三の席が空いていることです。〈宰相〉と〈将軍〉のあいだの行き詰まりを打開する助言役がいないのです」

「ゴーストですか？」アレクシアは眉をひそめた。

「まさか。たしかにバッキンガム宮殿のまわりにはたくさんのゴーストがいます。半時も黙らせることができないくらい。公的機関にゴーストがいないのは、彼らが長時間、実体を保てないという理由だけではないわ。いいえ、必要なのは〈議長《マージャ》〉です」

アレクシアは困惑した。

「伝統的に〈陰の議会〉の第三の席は反異界族が務める決まりです。あなたのお父上はその職を辞退しました」女王は鼻を鳴らした。「さすがはイタリア人ね。いまや反異界族の数はきわめて少なく、投票で決めることはできません。したがって、これは任命職です。しかし、正式には――〈宰相〉や〈将軍〉の地位も――投票で決めるべきものです。少なくともわたくしの治世のあいだは」

「ほかに〈議長〉の座につきたがる者がいるとは思えません」ライオールが同情するように言った。

女王がとがめるようにライオールを見た。

ライオールは身を乗り出して説明を始めた。「〈議長〉は政治職です。多くの議論と書類作業をこなし、つねに書物に当たらなければなりません。BURの仕事とはまったく別物です、おわかりですか？」

アレクシアは生き生きと目を輝かせた。「おもしろそうですわ。でも、どうしてあたくしが？　経験豊富な二人の相談役に対して、あたくしに何ができるのでしょう？」

女王はライオールに視線を向けた。質問されるのには慣れていないようだ。

「ですから、この女性は手強いと申し上げたのです」と、ライオール。

「〈議長〉は膠着状態を打開するだけでなく、三人の相談役のなかで唯一、実動する役職です」女王が答えた。「〈宰相〉は多くの吸血鬼と同様、かぎられた縄張りから離れられず、日中は動けない。〈将軍〉は、機動力はあっても飛行船で移動することはできないし、満月の日は身動きできない。これまでは、こうした〈陰の議会〉の弱点をBURが補ってきました。しかし余は、王室の問題を専門とし、いざとなれば即座に駆けつけられる〈議長〉がほしいのです」

「つまり、実際に動きまわる仕事があるということですの？」アレクシアはますます興味をひかれた。

「やれやれ」ライオールがつぶやいた。「マコン卿も、まさか〈議長〉の職にこのような一面があるとは思ってもいないでしょう」

「〈議長〉は現代社会の代弁者です。〈宰相〉と〈将軍〉には信頼を置いていますが、どちらも高齢で頑固です。二人には、一般社会の関心や疑念はもちろん、最新の科学研究に通じた人物からの助言が必要です。今回の〈ヒポクラス・クラブ〉の事件では、大いに肝を冷やしました。このような事態になるまでBUR捜査官も真相を暴けなかったことはゆゆしき問題です。今回の事件で、あなたが有能な捜査官で、知性あふれる女性であることが証明されました。結婚してマコン伯爵夫人になれば、上流社会の地位も手に入ります」

アレクシアはライオールと女王の顔を交互に見比べた。ライオールの不安そうな表情を見た瞬間、アレクシアは決心した。「わかりました。お受けいたします」

女王はうれしそうにうなずいた。「未来の夫君も言っていました――あなたは〈議長〉の地位を受け入れるだろうと。まことにけっこう！　緊急事態でないかぎり、週に二度、木曜と日曜の夜に議会を開きます。いざというときに備え、つねに連絡がとれる状態でいるように。あなたが責任を負うべきは王室のみです。結婚式の翌週から始めます。急いでもらいますよ」

アレクシアはだらしない笑みを浮かべ、まつげの下からライオールを見た。「コナルは認めるかしら？」

ライオールはニヤリと笑った。「マコン卿は何カ月も前にあなたを〈議長〉に推薦しました。あなたが初めてわれわれの捜査の邪魔をなさったときに。アルファはBURがあなたを雇えないことを知っていました。しかし、〈議長〉が女王陛下の代理として実際の捜査に関わることまでは知らなかったでしょう」

「当初はマコン卿の推薦を断わりました。若い未婚女性をいきなりそのような有力な地位につけるわけにはいきません。それは無作法というものです」女王はいたずらっぽい表情を浮かべ、声を落とした。「ここだけの話、マコン卿はあなたが〈議長〉になれば自分の邪魔をしないだろうと思ったみたいよ」

アレクシアは恥ずかしさに片手で口をおおった。女王陛下にまであたしの出しゃばりがばれているなんて！

ライオールが腕組みした。「僭越ながら女王陛下、マコン卿はミス・タラボッティを〈将軍〉にけしかけ、大げんかになるところを見たいのではないでしょうか？」

女王は笑みを浮かべた。「あの二人はうまく行かないようね」

ライオールがうなずいた。「どちらもアルファ意識が強すぎますゆえ」

「もしかして、それがあたくしと結婚する理由？」アレクシアの顔が急にくもった。「結婚すれば、あたくしが〈議長〉になれるから？」またしてもいつもの自信のなさが押し寄せた。

「とんでもない」女王がそっけなくいさめた。「マコン卿はこの数カ月、あなたがハリネズミで彼の大事な部分を突いたときからあなたに夢中です。〈雌狼のダンス〉のあいだじゅう、いったいどうなることかと、みなハラハラのしどうしでした。丸く収まって何よりです。あなたがたの結婚式は社交シーズンの一大イベントになるでしょう。招待客の半数はあなたがたがこの状況をどう切り抜けるのかを確かめたくてやってくるに違いありません。老婆心ながら、忠告しておきます」

アレクシアは生まれて初めて言うべき答えに詰まった。

女王が立ち上がった。「さあ、これですべて解決しました。余は満足です。ゆっくりお休みなさい、お嬢さん。さぞ疲れたでしょう」そう言って女王は屋敷をあとにした。

「とても小柄な人ね」女王が立ち去るのを待って、アレクシアはライオールに言った。

「アレクシア」部屋の奥から震える声がした。「いったい何ごとなの？」

アレクシアはため息をついて立ち上がり、震える脚で困惑する母親に近づいた。ルーントウィル夫人の怒りはすっかり消えていた。なにせ気がついたら、娘が英国女王と話していたのだから。

「なぜ陛下がここに？　なぜ〈陰の議会〉の話をしていたの？　〝議長〟ってなんのこと？」ルーントウィル夫人は状況がわからず、すっかり混乱している。

　あたしのことよ――アレクシアはわくわくしながら思った。このあたしが〈議長〉に！　おもしろくなりそうだ。だが、口にしたのは、母親を黙らせる言葉だけだった。「何も心配いらないわ、お母様。あたくし、マコン卿と結婚します」

　効果はてきめんだった。ルーントウィル夫人はぱっと口を閉じ、困惑の表情が、みるみるあふれんばかりの喜びに変わったかと思うと、うれしそうに息を切らした。「つかまえたのね！」

　フェリシティとイヴリンが目を丸くして、ふたたび部屋に現われた。二人が姉を軽いさげすみ以外の表情で見るのは、これが初めてだ。

「だからといって、こんなやりかたは認めませんよ」妹二人が現われたのに気づき、ルーントウィル夫人は早口で言った。「無断外泊だなんて、まったくなんてことでしょう。でも、ああ、ついにやったのね！」それから横を向き、「あなたたち、お姉様がマコン卿と結婚するんですって」

　フェリシティとイヴリンはますます驚いたが、すぐにいつもの調子に戻った。

「でも、お母様、なぜ女王陛下がここに？」と、イヴリン。

「そんなことはどうでもいいわ、イヴィ」フェリシティがいらだたしげに言った。「問題はウェディングドレスに何を着るかってことよ。お姉様に白はまったく似合わないわ」

夕刊は事件の概略を過不足なく正確に報じた。アレクシアとアケルダマ卿の名前は伏せられ、実験の詳細な内容は、その扇情的陰惨さと違法性をむやみに強調するとして割愛された。このニュースはロンドンじゅうを激しい憶測の嵐に巻きこんだ。王立協会は必死に〈ヒポクラス・クラブ〉との関係を否定したが、BURは猛然と秘密捜査を開始した。その結果、多数の科学者が――数名の著名な博士を含め――資金援助を失い、追いつめられ、監獄送りになった。だが、タコについて説明した者は一人もいなかった。

〈ヒポクラス・クラブ〉は永久に閉鎖され、敷地は押収されて競売に出された。購入したのは、室内便器販売で名を上げたイースト・ダデッジ出身の善良な若夫婦だ。スノッドグローブ公爵夫人は、事件は最初から最後まで自分の社会的地位を侵害する目的のためだけにしくまれた茶番だと主張し、新しい隣人が善良な若夫婦であろうとなかろうと、ダデッジ出身で商売をしているというだけで激しいヒステリーを起こした。スノッドグローブ公爵は万人の健康のため、ただちに夫人をバークシャーにある公爵領に移転させ、屋敷を売りはらった。

今回のいまわしき事件におけるアレクシアの最大の心残りは、どんなにBUR捜査官がクラブ内とアケルダマ卿の屋敷をくまなく探しても、愛用の真鍮パラソルが見つからなかったことだ。

「ああ、残念」ある晩おそく、婚約者とハイド・パークを散歩しながらアレクシアがぼやいた。「お気に入りのパラソルだったのに」

　年配の貴婦人たちを乗せた馬車が通り過ぎた。数人がこちらに向かって会釈し、マコン卿は帽子を傾けて挨拶した。

　社交界は、しぶしぶながら〝夫にしたい貴族男性〟ナンバーワンが名もなきオールドミスと結婚するという事実を受け入れはじめた。なかには、さっきの会釈が証明するように手まわしよくアレクシアに友情の申し入れをする者もいた。だがアレクシアはそのようなおべっかに大きい鼻もひっかけず、あなどりがたい人物として早くも上流社会で一目置かれはじめた。未来のマコン夫人はマコン卿と同様、なかなかしたたかだ。

「パラソルくらい百本でも造らせるよ――それぞれのドレスに合わせられるように」マコン卿はなだめるようにアレクシアの腕を取った。

　アレクシアは片眉を吊り上げた。「銀の石突きよ、わかってる？」

「きみはこれから週に何度か〈将軍〉に会うことになる。銀は必需品だ。もっとも、きみを困らせる真似はしないと思うが」

　アレクシアは〈陰の議会〉のほかの議員とは面識がなく、結婚式が終わるまで会う予定もない。

「あら、〈将軍〉は本当に臆病なの？」アレクシアは探るようにマコン卿を見た。

「いや。準備が悪いだけだ」

「何に対して？」

「きみに対してだ、マイ・ラブ」マコン卿はからかいを甘い言葉でごまかした。

アレクシアはどぎまぎして口ごもった。その様子がかわいくて、マコン卿はハイド・パークのどまんなかでアレクシアにキスした。そのせいでますますアレクシアは言葉に詰まり、ますますマコン卿がキスを浴びせるという悪循環におちいった。

ご推察どおり、真鍮パラソルを失敬したのはマクドゥーガルだ。〈ヒポクラス・クラブ〉の捜査が終了すると同時にすっかり──アレクシアからも──忘れ去られた哀れな若き科学者は、いわば思い出の品としてパラソルをアメリカに持ち帰った。マクドゥーガルは《ロンドン官報》でミス・タラボッティの婚約のニュースを読んでいたく傷心し、マサチューセッツ州の屋敷に戻ってからは科学に対する情熱を再燃させ、より慎重に人間の魂の量りかたの研究を始めた。数年後、すばらしく気性の激しい女性と結婚し、思う存分、尻に敷かれて幸せに暮らしたという。

エピローグ

ミス・アレクシア・タラボッティは結婚式に白を着なかった。〝お姉様の肌の色にはまったく合わない〟というフェリシティの意見が完璧に正しかっただけでなく、婚約者の裸を見て、血を浴びた女に、もはや純白がふさわしいとは思えなかったからだ。

代わりに着たのは象牙色のドレスだった。アケルダマ卿が絶妙のファッションセンスで選び、デザインした豪華なフランス製だ。最新流行を取り入れたすっきりしたラインに長い袖。女性らしい曲線を見事に引き立てる、ぴったりした上半身。四角い襟ぐりはマコン卿の好みどおり深くくれているが、背中は襟が高く、首まわりにはロココ時代の異国ふうドレスを彷彿とさせる小ぶりの襟がついている。襟もとを上品なオパールのブローチでとめたスタイルはネッククラインの新流行となり、それから三週間にわたって人気を博した。

誰にも秘密だったが、実はこのデザインは結婚式の二日前にあわてて変更したものだった。理由はマコン卿と二人きりで一時間ちかくダイニングルームにいたせいだ。いつものように、アレクシアがマコン卿につけた歯形は二人が離れたとたんに消えた。アレクシアはため息をついたが、まんざらでもなかった。あたしの首に残る情熱の跡を見たら、人はマコン卿のことを吸血鬼と思うかもしれない。

格調高いイベントの髪型を担当したのはビフィだ。ビフィは結婚式の計画段階からアレクシアに協力した。招待しなければならないのは誰か、招待したほうがいいのは誰か、招待状はどんなふうがいいか、どんな花を注文すべきか……ビフィはあらゆることに通じていた。花嫁の付き添い役としてアイヴィ・ヒッセルペニーも健闘したが、問題は趣味に難があることだ。だが、ビフィがさりげなくアイヴィをスタイルに関わる仕事から遠ざけたため、すべては美しく、調和していた。あのアイヴィの衣裳さえも。

結婚式は誰もが出席できるよう、上弦の月の日の日没後に行なわれた。まさしく誰もが参列した。女王陛下……アケルダマ卿とすべてのドローン……ロンドン社交界のお歴々……。そのなかで目立ったのは、いったん招待を受けながら、当日になって欠席するというやりかたで二人の結婚を無視した吸血鬼たちだ。

「彼らが反発するのも無理はない」と、アケルダマ卿。

「あなたは違うの?」

「わたしも過去を忘れたわけじゃないが、きみのことは信頼しておるからな、かわいい革新者よ。それに、わたしは変化を愛する」それだけ言うと、あとはアレクシアが何をたずねても答えなかった。

吸血鬼の多くが露骨に式をすっぽかしたなかで、ウェストミンスター群だけは別だった。ナダスディ伯爵夫人は式の様子を探るため、強制的にアンブローズ卿を送りこんだばかりか、アレクシアに意外な贈り物を送りつけた。それは式が行なわれる日の午後、アレクシアの支度ちゅうに届いた。

「伯爵夫人はあたしを追い払いたがっているとお話ししたでしょー?」ナダスディ伯爵夫人の屋敷のフランス人メイド――アンジェリクが卑下するような笑みを浮かべた。

「あなたはそれでいいの?」アレクシアは当惑した。「あたくしのメイドで?」

すみれ色の目をしたアンジェリクはフランスふうにそっけなく肩をすくめた。「あたしのご主人様、科学者に殺されました。貴婦人のメイド、屋敷のメイドよりいーですわ」

「ドローンの立場はどうなるの?」

「ここにはクラヴィジャーもいるでしょー?」アンジェリクはいたずらっぽい表情を浮かべた。

「そうね、じゃあ歓迎するわ」アレクシアは答えた。アンジェリクがスパイなのは百も承知だが、たとえそうだとしても、吸血群にこれ以上、大胆な行動を起こされるより、スパイをそばにおいておくほうがまだましだ。ふと不安が押し寄せた。どうしてウェストミンスター群はこのタイミングでスパイを送りこんできたのかしら?

すぐさまアンジェリクはアレクシアの巻き髪の仕上げにかかるビフィを手伝いはじめた。さっそく右耳の上につけた花にやんわり異議を唱えている。

支度の途中でアレクシアが立ち上がると、二人は抗議の声を上げた。

「どうしても訪ねなきゃならない人がいるの」アレクシアは焦っていた。そろそろ夕方だ。

太陽はまだ沈んでいない。今夜の一大イベントの前にやらなければならないことがある。

「いまからですか？」ビフィは息をのんだ。「今夜はあなたの結婚式ですよ！」

「まだ髪、終わったばかりです！」と、アンジェリク。

二人はなかなか納得しなかった。でも、強情さならアレクシアも負けてはいない。アレクシアは二人にドレスの準備をしておくよう指示し、一時間以内に戻ってくるから心配ないと告げた。「いずれにせよ、あたくしがいなければ何も始まらないわ。太陽が沈む前に会わなければならない友人がいるの」

アレクシアは許可も得ずにルーントウィル家の馬車に乗りこみ、アケルダマ卿の金ぴか屋敷に向かった。悠然と玄関を通ってドローンたちの前を通り過ぎ、死んだように昼寝をむさぼるアケルダマ卿を揺り起こした。

人間に戻ったアケルダマ卿はまばたきし、アレクシアをうつろに見上げた。

「もうすぐ日没よ」アレクシアはアケルダマ卿の肩に手を載せ、小さく笑った。「来て」

アレクシアは寝間着姿のアケルダマ卿の手を握って壮麗な屋敷の階段を上り、衰えかけた太陽が射す屋上に出た。

二人は立ったまま――アレクシアはアケルダマ卿の肩に頬を載せ――街並みに沈む太陽を無言で見つめた。

アケルダマ卿はアレクシアが結婚式に遅れないかと心配だったが、何も言わなかった。

アレクシアはアケルダマ卿が泣いているのに気づいたが、何も言わなかった。

アレクシアは思った――オールドミス人生の終わらせかたとしては悪くないわね。

アケルダマ卿はウェストミンスター寺院で行なわれた式のあいだも泣いていた。どうやら泣き上戸らしい。それはルーントウィル夫人にも言えたが、アレクシアは冷静に思った。母の涙は、娘を嫁にやる寂しさより執事を手放す寂しさのせいに違いない。フルーテは式の朝に辞意を申し出、アレクシアの父親の蔵書とともにウールジー城に移ることになった。フルーテにとっても蔵書にとっても、落ち着き先としては申しぶんない。

結婚式は〝社交センスと美の傑作〟ともてはやされた。なによりすばらしかったのは、花嫁の付き添い役のミス・ヒッセルペニーに帽子を選ぶ権利が与えられなかったことだ。式は意外なほどつつがなく進み、めでたくアレクシアはマコン伯爵夫人となった。

それから一同はハイド・パークに移動した。きわめて異例のことだが、人狼のいるところ例外はつきものだ。集まった人狼の数も半端ではない。ウールジー人狼団はもとより、移動圏内にいるすべての一匹狼と他の人狼団、クラヴィジャー全員が祝宴に参加した。

さいわい肉の量だけは充分だった。結婚式の準備のなかで、唯一アレクシアが本気で情熱と時間をつぎこんだのが料理だ。その結果、公園の隅に並べられたテーブルは、ずらりと並んだごちそうにきしみを上げた。レモン風味のアップルピールを羽根に見立てたホロホロチョウのガランティーヌ・細切りタンの肉汁ゼラチン寄せ詰め。鳥の巣に見立てたリング型ペストリーのなかに見え隠れする八羽をくだらないハトのトリュフソースがけ。カキの煮こみ。タラのフィレのソテー・アンチョビソースがけ。シタビラメのグリル・ピーチコンポート添え。野鳥ずきのマコン卿のためにルーントウィル家の料理人が腕をふるったヤマシギのパイに、キジのローストバターソースがけ・豆とセロリ添え。つがいのライチョウ。さらに牛の両腰肉、マトン肉のワインソースがけ、仔羊カツレツ・フレッシュミントとソラマメ添えが、ほぼレアの状態で供された。サイドディッシュはロブスター・サラダ、ホウレンソウと卵、野菜のフリッター、ベイクド・ポテト。デザートは巨大な花嫁ケーキと、お持ち帰り用に山と積まれたナッツたっぷりの花婿ケーキに加え、ルバーブのタルト、チェリーのコンポート、フレッシュストロベリーと紫ブドウ、舟形のソースポットに入ったクロテッドクリーム、プラムプディングが並んだ。料理は大好評で、アレクシアが厨房監督を引き継ぐや、〝ウールジー城の昼食会〟と称して多くのプランが立てられたほどだ。

アイヴィはこのときとばかり、二本脚の男性なら誰にでも――ときには四本脚にも――笑顔を振りまいた。ほほえましく見ていたアレクシアが目を剝いたのは、あの大嫌いなアンブローズ卿がアイヴィに近づいたときだ。アレクシアことマコン夫人はライオール教授に向かって傲然と指を曲げ、アイヴィ救助に向かうよう指示した。

ライオールは〝新妻は他人の心配よりご自分の心配をなさるべきです〟とぶつぶつ言いながらも、救出に向かった。それとなくアンブローズ卿とアイヴィの会話に加わると、介入作戦に気づかれないよう、さりげなくワルツに誘うふりをしてダンスフロア代わりの芝生の奥にアイヴィを誘導し、マコン卿づきの赤毛のクラヴィジャー――タンステルを紹介した。

タンステルがアイヴィを見つめた。

アイヴィもタンステルを見つめた。

ライオールは二人がどちらも驚いたロバの表情を浮かべたのを見て満足した。

「タンステル、ミス・ヒッセルペニーにダンスを申しこんではどうだ？」

「あの、わたしと、その、踊っていただけませんか、ミス・ヒッセルペニー？」いつもはおしゃべりなタンステルが、つっかえつっかえ申し出た。

「まあ、ええ、喜んで」

忘れ去られたライオールは満足そうにうなずき、こんどはベストをめぐって大げんかを始めそうなアケルダマ卿とアンブローズ卿の仲裁に向かった。

「さて、妻よ？」晴れて夫となったマコン卿が芝生の向こうから近づいた。

「なに、あなた？」

「そろそろ逃げ出してもいいころじゃないか？」

アレクシアはそろそろとあたりを見まわした。踊っていた客が急にダンスフロアから移動しはじめた。いつのまにか曲も変わっている。「うーん、まだ早すぎるんじゃないかしら？」

二人は立ちどまってあたりを見まわした。

「こんなの結婚式の計画にはなかったわ」アレクシアは困惑した。「ビフィ、いったい何ごとなの？」

そばに立つビフィは肩をすくめ、首を振った。

騒ぎの張本人はクラヴィジャーだ。クラヴィジャー団はマコン夫妻のまわりで大きな輪を作り、招待客をゆっくりと追い出しはじめた。そのなかには裏切り者のアイヴィもいた。

マコン卿は片手でパンと額を叩いた。「なんてこった！　やつら本気か？　あの古い伝統儀式をやる気なのか？」言葉がうなりに変わった。「どうやらそのようだ。きみにも慣れてもらうしかないな」

クラヴィジャーの輪のなかへ狼の群れが毛皮の川のようになだれこんだ。上弦の月のもと、彼らの動きには怒りもなければ血への渇望もない。それは流れるように美しいダンスだった。ふさふさ集団のなかにはウールジー団だけでなく、よその人狼もいる。総勢三十人ほどの人狼が飛び、跳ねまわり、キャンと吠え、円を描きながら新郎新婦に近づいてきた。

アレクシアは身じろぎもせず、目もくらむような動きをうっとり見つめた。人狼の輪がますます近づき、ウェディングドレスに触れ、捕食者の熱い息と柔らかい毛皮の感触が伝わるほどになった。一人の人狼がマコン卿の真横で足を止めた。やせた、キツネのような薄茶色の狼——ライオール教授だ。

ライオールはアレクシアに片目をつぶると、頭をのけぞらせ、鋭く一声、雄叫びを上げた。それを合図に人狼たちはぴたりと動きを止め、統率された、実に興味ぶかい行動に出た。きちんと並んで丸い円を描き、一人ずつ一歩前に進むと、新郎新婦の前に立ち、頭を下げて前脚のあいだにはさみ、首の後ろを見せるように小さく奇妙なお辞儀をするのだ。

「あなたに敬意を払ってるの？」アレクシアがたずねた。

「まさか」マコン卿は笑い声を上げた。「いまさらそんなことをすると思うか？」

「あら」どうやらアレクシアに敬意を示しているらしい。「あたくしは何かしなければならないの？」

「きみはそのままで美しい」マコン卿はアレクシアの頬にキスした。

最後に前に出たのはライオールだ。ライオールのお辞儀はほかの誰よりもどことなく優雅で、つつしみ深く見えた。

お辞儀が終わり、ふたたびライオールが吠えると、人狼は飛び跳ね、新郎新婦のまわりを三回まわって夜の闇に駆け出した。

その後は特別な出来事もなく宴は続き、充分に礼儀を尽くしたと思われるころ、マコン卿は新妻とともに待たせておいた馬車に乗りこみ、ウールジー城に向かってロンドンをあとにした。

数人の人狼が狼の姿のまま、馬車について走りだした。

街を出たころ、マコン卿は馬車の窓から顔を突き出し、並走する人狼たちにそっけなく「うせろ」と命じた。

「今夜は人狼団に外出許可を出した」マコン卿は顔を引っこめ、窓を閉めた。

アレクシアは夫に疑うような視線を向けた。

「いや、本当は〝これから三日間、ウールジー城のまわりで毛むくじゃらの顔を見せたやつは、あとで内臓を引き抜いてやる〟と言い渡してある」

アレクシアはほほえんだ。「まあ、驚いた。みんなどこに泊まるつもり？」

「アケルダマ卿の屋敷を襲撃するとかなんとかライオールがぶつぶつ言ってたな」マコン卿はしてやったりの表情だ。

アレクシアはぷっと吹きだした。「壁のハエにでもなってのぞきたいものだわ！」

面倒はこれで終わりとばかりにマコン卿は振り向き、美しいドレスを首もとでとめているブローチをはずしはじめた。

「変わったデザインだな、このドレスは」そっけない口調だ。

「それを言うなら必要なデザインよ」首でとめてあった身ごろがはずれ、小さな歯形がきちんと並ぶ喉もとがあらわになった。マコン卿は〝おれのもの〟とばかりに跡をなでた。

「何を考えてるの？」小さな嚙み跡にそっとキスされ、アレクシアは甘くしびれるような感覚にうっとりしたが、ドレスの背中をまさぐり、並んだボタンをはずしはじめた夫の手の動きに気づかないほどではなかった。

「今さら言わせるな」マコン卿はにやりと笑うと、ドレスの上部を引き下ろし、首もとから大きくくれた襟ぐりに唇を這わせ、コルセットをはずしはじめた。

「コナル」アレクシアがもうろうとつぶやいた。胸の先端から甘く新鮮な快感が狂おしく広がり、言葉を忘れそうだ。「動いてる馬車のなかよ！　あなたとこんなふうになるときは、どうしていつもふさわしくない状況なの？」

「心配するな。御者にはできるだけ遠まわりするよう言いつけてある」マコン卿はわざと言葉の意味を取り違えて答えると、アレクシアを立たせ、慣れた手つきですばやくドレスとスカートとコルセットを脱がせた。

スリップとストッキングと靴だけになったアレクシアは、恥ずかしそうに胸の前で腕を組んだ。

マコン卿は胼胝《たこ》のできた手でスリップの縁をなぞり、太ももをなで、スリップをたくしあげてお尻を両手でおおうと、アレクシアの自尊心の最後の砦を頭から脱がせ、放りなげた。

このとき初めてアレクシアは本物の渇望を見た。異界族と反異界族が触れ合っているのに、マコン卿の目はまぎれもない狼の黄色だ。その目が、ストッキングと象牙色のボタンブーツだけを身につけたアレクシアを見つめている――生きたまま食べようとでも言うように。

「あたくしに仕返しするつもり?」アレクシアは夫を少しでも落ち着かせようと批判がましく言った。マコン卿の真剣な表情が怖かった。なんと言っても、アレクシアにとってこうした行為は初めてなのだから。

「仕返し?」マコン卿は手を止め、心から驚いて見返した。目の黄色も消えている。

「〈ヒポクラス・クラブ〉で、あなたが裸であたくしが服を着ていたときの仕返しよ」

マコン卿はアレクシアを引き寄せた。妻の服を脱がせながら、いつそんな暇があったのかわからないが、とにかく夫の半ズボンの前は開いていた。それ以外は服を着たままだ。「たしかにそういう気持ちもあったかもしれん。さあ、座って」

「そこに?」

「そう、ここに」

アレクシアはためらった。でも、二人の関係には、アレクシアがいくらがんばっても勝てない分野がある。これもそのひとつだ。おりしも馬車がわずかに傾き、アレクシアは前につんのめった。マコン卿はアレクシアを抱きとめ、一気に自分の膝に座らせた。

あまりの近さにマコン卿はしばし呆然としたが、やがてアレクシアの豊かな胸元に夢中になった。最初にキスし、次に含み、そして噛んだ。アレクシアが身をよじると、いやおうなくマコン卿の先端がアレクシアのなかに入った。

「本当に……」アレクシアがあえいだ。「こんなことをするには、とんでもない場所だわ」

馬車が道路のわだちに乗り上げてガクンと揺れ、アレクシアは言葉をのみこんだ。大きく揺れたせいでアレクシアは剝き出しの太ももを半ズボンの生地にこすらせながらマコン卿の上にぴったりまたがった。マコン卿が恍惚の表情でうめいた。

「いたっ!」アレクシアは息をのんで身を縮めると、マコン卿に寄りかかり、仕返しに肩を思いきり噛んだ――血が出るほど強く。「痛いわ」

マコン卿は噛まれたことなど意に介さず、心配そうにきいた。「まだ痛いか?」

またしても馬車が揺れ、今度はアレクシアが深く息を吐いた。なんとも奇妙な、ぞくぞくするような感覚が脚のあいだから広がってゆく。

「ノーという意味だな」マコン卿は馬車の揺れに合わせて動きはじめた。

それから起こったことは、汗と、あえぎと、脈打つような感覚だけだった。たちまちアレクシアはマコン卿といちばん深くつながっているあたりから湧き起こる感覚にわれを忘れ、一瞬のうちに目もくらむような頂点に達した。続いてマコン卿が低く、長いうめきを上げ、アレクシアを抱いたまま馬車のクッションに倒れこんだ。

「あら、縮んでる」アレクシアが目を輝かせた。「本にはこんなこと書いてなかったわ」

マコン卿が笑い声を上げた。「今度きみの本とやらを見せてくれ」

「違うわ、父の本よ」アレクシアは夫の胸にもたれかかり、クラバットに鼻をこすりつけた。こうして身体をあずけてもびくともしないたくましい人でよかった。

「なかなか愉快な人だったらしいな」

「ええ、蔵書を見るかぎり、そのようね」アレクシアは目を閉じ、マコン卿の胸に身をあずけていたが、ふと上体を起こし、こぶしでベストの胸を叩いた。

「いたっ」我慢づよいマコン卿が叫んだ。「今度はなんだ？」

「あなたらしくないわ！」

「何が？」

「あなたはあれを挑戦と受け取ったのね？〈ヒポクラス・クラブ〉であなたがあたくしを誘惑しようとしたのを、あたくしが止めたことよ」

マコン卿は狼さながらの笑みを浮かべたが、目は人間らしい茶褐色に戻っている。「いかにも」

アレクシアは眉を寄せて考えた。どうやってやりこめてやろうかしら？　やがてマコン卿に身を寄せると、もどかしげにクラバットをほどき、ジャケットとベストとシャツを脱がせはじめた。

「さあ、これでいいわ」

「どういうことだ？」

「どう考えても馬車は夫婦の営みには不適当な場所だわ。そうじゃないことをもういちど証明してくれる？」

「おれに挑戦するつもりか、マコン夫人？」マコン卿はわざと困った顔をしてみせたが、すでにアレクシアが服を脱がせやすいよう身を起こしている。

アレクシアは裸の胸に向かってほほえみ、ふたたび黄色に戻った夫の目をのぞきこんだ。

「いつだってそのつもりよ」

〈英国パラソル奇譚〉小事典

異界管理局（ＢＵＲ） *Bureau of Unnatural Registry*：人間社会と異界族の問題を扱う警察組織

異界族 *supernatural*：吸血鬼、人狼、ゴーストらの総称

ヴィクトリア女王 *Queen Victoria*：英国国王。在位一八三七～一九〇一年

吸血鬼女王 *hive queen*：吸血群の絶対君主

吸血群 *hive*：女王を中心に構成される吸血鬼の群れ

世話人《クラヴィジャー》 *claviger*：人間だが、いつか自分も人狼にしてもらうため特定の人狼に付きしたがい、身の回りの世話をする者

〈宰相〉 *potentate*：〈陰の議会〉で政治分野を担当する吸血鬼

〈将軍〉 *dewan*：〈陰の議会〉で軍事分野を担当する人狼

人狼団 *pack*：ボス《アルファ》を中心に構成される人狼の群れ

〈魂なき者《ソウルレス》〉 *soulless*：異界族の能力を消すことができる特別な者

取り巻き《ドローン》 *drone*：人間だが、いつか自分も吸血鬼にしてもらうため特定の吸血鬼に従属する者

〈なりたて〉 *larvae*：変異して間もない吸血鬼

反異界族 *preternatural*：〈魂なき者《ソウルレス》〉の別名

昼間族 *daylight folk*：異界族以外のふつうの人間

〈議長《マージヤ》〉 *muhjah*：〈陰の議会〉で情報分野を担当する反異界族の代表

訳者あとがき

ひとつ、彼女には魂がない。ふたつ、彼女は亡父が自由奔放なイタリア人というオールドミス。みっつ、彼女はあろうことか吸血鬼に襲われた。本来ならばありえない。なぜなら彼女は吸血鬼や人狼といった異界の住人を人間に戻す力を持つ〈魂なき者《ソウルレス》〉――反異界族――なのだから……。

　これが、本書の主人公、アレクシア・タラボッティ嬢であります。

　舞台は普通の人間（昼間族）と吸血鬼、人狼、ゴーストら異界族が共存するヴィクトリア朝ロンドン。舞踏会の晩、父親ゆずりの褐色の肌と、大きすぎる鼻と、毒舌と、夜でもパラソルを持ち歩く奇癖のせいで婚期を逃している良家の令嬢ミス・アレクシア・タラボッティは、いきなり襲いかかってきた吸血鬼をはずみで殺してしまいます。そこへ現われたのが、女王陛下の秘密警察組織――異界管理局《BUR》の捜査官で人狼のマコン卿。ぼやき癖とスコットランドなまりのある、人狼団のボス《アルファ》で頑固な性格のマコン卿とアレクシアは、犬猿の仲です。二人はいがみあいつつ、それぞれ事件の真相に迫りますが……!?

謎の吸血鬼をめぐる事件を軸に、人狼捜査官とのロマンスとジェイン・オースティンの小説を彷彿とさせる家族のドタバタ劇をからめ、十九世紀ロンドンの情緒たっぷりのスチームパンク・ガジェットをつめこみ、P・G・ウッドハウスふうの軽妙なユーモアをまぶした本書は、二〇〇九年ごろから始まったネオ・スチームパンク・ブームの一端をになう作品としてSF・ファンタジイ界で注目を集めています。アレクシアとマコン卿を始め、冷静沈着な補佐官ライオール、装いも言動も奇矯なロンドン最長老の吸血鬼アケルダマ卿、気弱なアメリカ人科学者マクドゥーガルといった脇役陣も魅力で、コメディタッチのなかにもサスペンスあり、ほろりとさせる場面ありと、パラノーマル・ファンタジイのファンはもちろん、ミステリファンやSFファンにもきっと満足していただけるはずです。読みごたえ充分の冒険活劇をぜひご堪能ください。

著者のゲイル・キャリガーはカリフォルニア生まれ。英国人の母親にトールキンを読んでもらうも、あまりのスピードの遅さに途中から自分で読んだという少女は、英国ノッティンガム大学で考古学、カリフォルニア大学で人類学を学びました。

二〇〇九年に本書『アレクシア女史、倫敦《ロンドン》で吸血鬼と戦う』*Soulless* でデビューするや〝ヴィクトリアふうロマンスと風変わりな風俗喜劇と歴史改変小説のみごとなる融合（《パブリッシャーズ・ウィークリー》）〟……〝この瞠目すべき処女作で、キャリガーはさまざまな異界人が暮らすもうひとつの魅力的なヴィクトリア朝ロンドンを構築した。物語のテンポも心地よく、まさに本物のページ・ターナーだ〈《ロマンティック・タイムズ》〉"と絶賛され、二〇一〇年度の全米図書館協会が選ぶアレックス賞を受賞、ローカス賞第一長篇部門候補にもなりました。

〈英国パラソル奇譚〉シリーズは現在、五部作の三作目まで出版されています。これまでに発表された作品と今後の予定は次のとおり。

・Soulless（2009）**本書**
・Changeless（2010）
・Blameless（2010）
・Heartless（2011年刊行予定）
・Timeless（未定）

すでに***Soulless***はフランス、スペインで出版され、今後ドイツ、ポーランド、ロシア、ハンガリー、イタリア、タイなどでも訳される予定です。さらにアンソロジー***The Mammoth Book of Paranormal Romance 2***（2010）に短篇を、***Steampunk II***（2010）に論説をそれぞれ発表しています。

ヴィクトリアン・ファッションと紅茶をこよなく愛するゲイル・キャリガーはウェブでの活動にも熱心で、彼女のサイト（http://www.gailcarriger.com）ではさまざまなニュースが紹介されているほか、『ヴィクトリアふう着せ替え人形』といった遊び心たっぷりのお楽しみコーナーやショートムービー、Q&Aなどもあり、あわせてご覧いただければ本作をよりいっそう楽しめる内容となっています。サービス精神旺盛な彼女は訳者の質問にも気さくに答えてくれ、さらに今回、日本の読者へスペシャル・メッセージを届けてくれました。

日本の読者の皆様へ。とにかく楽しんでもらえる作品になるよう全力をつくしました。この本を読んだ皆様が笑い、その心が軽くなれば、これほどの喜びはありません。そして、茶を心から敬愛する国――日本に、紅茶を愛するアレクシアの仲間がたくさんできることを切に祈ります。

――ゲイル

〈英国パラソル奇譚〉の第二弾はマコン卿の故郷スコットランドが舞台です。今夏にはFT文庫から日本語版をお届けできるはずですので、新たな謎に挑むアレクシア女史の次なる活躍をどうぞお楽しみに。

二〇一一年四月